KB161897

소설비평의 다원성

박종홍

이 도서의 국립중앙도서관 출판예정도서목록(CIP)은 서지정보유통지원시스템 홈페이지(http://seoji.nl.go.kr)와
국가자료공동목록시스템(http://www.nl.go.kr/kolisnet)에서 이용하실 수 있습니다.(CIP제어번호: CIP2015021215)

푸른사상 학술총서 31

소설 비평의 다원성

The Pluralism of Novel Criticism

박종홍

어떤 가난한 나무꾼이 깊은 산속으로 나무를 하러 갔다가 실수로 쇠도끼를 큰 못에 빠트렸다. 나무꾼은 자신의 도끼를 찾을 방법이 없어 울고 있는데, 갑자기 산신령이 못 속에서 나타나서 나무꾼이 울고 있는 까닭을 들은 뒤에 못 속으로 들어가 금도끼를 들고 나와 그것이 그의 도끼인가를 물으니 나무꾼은 아니라고 한다. 그러자 산신령은 다시 못 속으로 들어가 이번에는 은도끼를 들고 나와 그것이 그의 도끼인가를 묻지만 나무꾼은 재차 아니라고 한다. 그리고 산신령이 못 속에서 쇠도끼를 들고 나오자 이번에야 나무꾼이 그것을 자신의 도끼라고 한다. 이에 산신령이 나무꾼의 정직함을 칭찬하고 쇠도끼뿐만 아니라 금도끼와 은도끼도 함께 주었다는 옛날이야기가 있다.

이것은 가난에도 불구하고 금과 은이란 재물을 욕심내지 않은 나무꾼의 정직함이 보상을 받았다는 이야기라 할 수 있다. 하지만 오늘날에는 그 이야기의 의미를 달리 생각해볼 수도 있을 듯하다. 산신령이 나무꾼에게 금도끼와 은도끼를 덧붙여 준 이유를 다른 데서 찾을 수 있다는 것이다. 산신령은 쇠도끼로 단순히 나무만 베고 있다가는 나무꾼이 결코 가난에서 벗어날 길을 찾지 못할 것이라고 여겨서 이번 기회에 그의 고정관념을 바꾸어주기 위해 그에게 다양한 도끼를 마련해주었다는 것이다. 나무꾼이 쇠도끼로 벤 나무를 은도끼로 다듬고 금도끼로 마무리하여 하나의 목제품을 만들 때에 부가가치를 더욱 크게 할 수 있기 때문이다.

그러니까 나무꾼이 다양한 도끼를 제대로 활용하는 작업을 새롭게 시도해볼 수 있도록 산신령이 도와주었다는 것이다.

이에 필자는 소설비평에도 쇠도끼뿐만 아니라 금도끼와 은도끼 같은 다양한 도끼가 필요하다는 생각을 하게 되었다. 나무를 여러 가지 방식으로 다루기 위해 다양한 도끼들이 필요하듯이, 우리가 문학작품을 해석하고 평가하고자 할 때에도 형식주의 · 구조주의 · 심리주의 · 역사주의 · 신화주의 · 여성주의 등 다양한 비평 방법이 필요하다는 것이다. 물론 그동안 이런 방법 저런 방법을 체계 없이 시도해보기는 했다. 그렇지만 과연 이러한 방법들 중에서 어떤 것이 최선의 것인지, 그것들 사이의 관계는 어떠한 것인지에 대한 의문을 갖게 되었기 때문이다.

그러다가 얼마 전에서야 기왕에 존재하는 비평 방법들은 각자 그것대로의 장점과 단점이 있고, 그러한 방법을 내세우게 된 이유와 발생 기반이 따로 있듯이, 최선의 방법만 존재하는 것이 아니란 생각을 하게 되었다. 즉 비평가의 비평 목적, 비평 시기, 비평 대상에 부응하는 방법이 다양하게 존재할 수 있다는 것이다. 그렇다면 비평가가 충실하게 작업한다면 어떤 방법을 선택하더라도 유효한 성과를 거둘 수 있다고 하겠다. 물론 비평가에 따라 특히 선호하거나 능숙하게 활용할 수 있는 비평 방법은 있을 것이다. 하지만 그렇다고 특정한 하나의 방법이 언제 어디서나 최선의 방법이 될 수는 없다는 것이다.

그리고 작품은 작가의 한 부분이고, 작가는 역사의 한 부분이고, 역사는 신화의 한 부분이란 점에서 작품, 작가, 역사, 신화란 네 가지 층위가 위계적으로 존재한다는 생각도 하게 되었다. 뿐만 아니라 여성주의 비평은 이러한 기왕의 비평 방법을 남성 위주의 것이라고 비판하며 대체 작업을 하려 한다는 점에서 여성 층위를 따로 설정하기로 했다.

　그리하여 이 책에서는 작품·작가·역사·신화·여성의 다섯 층위를 설정하고 각각의 층위에 해당하는 소설비평을 세 편씩 선택하여 배열하고 있다. 심리주의 비평에 의거한 「최서해 소설의 '모성 고착'」처럼 1980년대 초반에 쓴 글도 있고, 신화주의 비평에 의거한 『광장』의 낙원 회귀」처럼 2010년대 초반에 쓴 글도 있다. 두 글의 시간적 거리는 무려 30년이나 된다. 물론 이 기간 사이에 역사주의, 사회문화주의, 구조주의, 여성주의 비평 방법에 의한 소설비평을 다양하게 시도해보았던 것이다.

　그런데 이런 글들을 지금 다시 읽어보면 논리가 엉성하거나 분석이 미흡한 곳이 더러 보인다. 하지만 이 책의 체계에 맞추어 글의 제목을 바꾸거나 내용을 약간 고치는 데 그쳤다. 이전의 논리와 분석도 그것대로의 의의를 갖는다고 여겼기 때문이다. 혹시 원래의 글을 그대로 참조할 필요가 있는 동학들을 위해서는 여기에 수록한 글들에 대한 서지사항을 참고문헌 목록에 제시해놓았다.

　소설비평에서 쇠도끼뿐만 아니라 금도끼와 은도끼도 필요에 따라 다양하게 사용하면서 하나에 고정되지 않는 열린 시야로 소설비평을 체계화해보고자 했다. 하지만 반풍수가 집안 망친다고 하듯이, 쇠도끼도 능숙하게 사용하지 못하면서 금도끼와 은도끼를 두루 사용하려 하다가 오히려 좋은 재목만 손상시켜놓았을 위험성도 없지 않다. 필자의 안목과 능력이 부족해 다양한 비평 방법 각각에 대한 파악과 작품에의 적용이 미흡했을 수 있기 때문이다. 이런 우려에도 불구하고 소설비평의 다원성을 체계적으로 모색하려 했다는 시도 자체에 의의를 부여하면서 과감하게 책을 내기로 했다.

푸른 양의 해에 태어나서 푸른 양의 해에 이 책을 낼 수 있어서 더욱 기쁘다. 인문학의 위기 속에서 출판 시장의 여건이 나빠지고 있는 때에 흔쾌히 책을 내어준 푸른사상사 관계자들에게 먼저 감사를 표한다. 그리고 편안한 마음으로 연구와 강의에 집중할 수 있도록 튼튼한 울타리가 되어준 동료 교수와 학생들, 불확실성이 한층 높아진 삶의 길에서 항시 든든한 버팀목이 되어준 가족들에게 이 자리를 빌려서 고맙다는 말을 전하고 싶다.

2015년 여름 압량벌의 학교에서
박종홍

차례

제1장

소설비평의
다원적
층위

소설비평의 다원적 층위

'소설비평'이란 소설을 대상으로 삼는 비평이다. 소설에 대한 이론을 모색하는 작업을 포함하기도 하지만, 좁게 볼 때에 소설비평은 소설 작품을 해석하고 평가하는 작업을 가리킨다. 그리하여 전자처럼 이론을 모색하는 경우를 '이론비평'이라 부르고 후자처럼 개별 작품을 해석하고 평가하는 경우를 '실제비평'이라 부른다.

이론비평은 소설비평의 관점을 확립하고 이론적 근거를 마련하는 데에 목적을 둔다. 이에 소설의 본질과 기능, 해석과 평가의 기준이 이러한 비평의 주 관심사이다. 이론비평에 있어서 구체적인 작품은 이론을 전개시키거나 이론의 타당성을 증명하기 위한 자료일 뿐이다. 하지만 실제비평은 개별 작품을 중시하여 그것을 해석하고 평가하는 일에 중점을 둔다. 이때에 해석이 작품에 대한 설명이라면 평가는 작품에 대한 판단이다. 즉 비평에서는 해석 과정을 통해 작품의 특성을 체계적이고 구체적으로 밝히고, 평가 과정을 통해 작품의 가치를 결정한다.

그렇다면 소설비평에서 작품의 해석과 평가는 어떻게 하는가. 크로체는 "지식의 형태는 두 가지이다. 상상력을 통해 획득되어지는 직관적 지식과 지성을 통해 얻어지는 논리적 지식이 그것이다"[1]라고 했다. 작품의 가치 평가는 이러한 '직관적 인식'과 '논리적 인식'에 의거하여 이루어진다. 직관적 인식이 개별적인 사물에 관한 인식으로 심상을 만들어내는 것이라면, 논리적 인식은 개별적인 사물 간의 관계들로 구성된 인식으로 개념을 만들어내는 것이다.

직관적 인식에 의한 평가와 설명이란 비평 주체의 전체적인 인상을 중시하는 것이다. 그러므로 분석과 종합, 비교와 대조, 원인과 결과, 분류와 결합 등의 실증적이고 합리적인 검토를 중시하지 않는다. 느낌이란 자신의 감성적 반응에 의거하여 작품을 평가하고자 하기 때문이다. 즉 작품 자체의 구체적 특성을 분석한 결과에 의해서가 아니라, 작품을 심미적으로 수용하는 비평가의 순간적 경험에 의해서 작품의 가치를 판단하고 설명한다는 것이다.

논리적인 인식에 의한 평가와 설명은 일정한 방법과 기준에 의거해 작품의 특성을 체계적으로 검토하여 객관적인 판단을 내리고자 한다. 이럴 때에 비평가는 어떤 작품이 읽을 만한 가치가 있는가를 일정한 기준에 의거해 평가한다. 이러한 평가는 실증적이고 합리적인 방식으로 객관적인 기준에 의거해 작품의 가치를 평가한다는 점에서 독단에서 벗어날 가능성이 높다. 하지만 논리적 인식에 의한 평가 역시 어떤 기준에 의한 판단이다. 그러하기에 그 기준이 무엇이냐에 따라 평가가 상당히 달라진다. 또한 그러한 평가의 기준도 시대나 지역이 달라짐에 따라 변화한다.

소설비평에는 다양한 방법론이 존재한다. 그런데 이러한 많은 비평 방

---

1) 베네데토 크로체, 『크로체의 미학』, 이해완 역, 예전사, 1994, 25쪽.

법들을 어떻게 체계화할 것인가. 에이브럼스는 『거울과 등불』에서 문학 활동에 필수적 요소인 우주, 예술가, 청중, 작품 네 가지 중에서 비평가가 어떤 것을 중시하는가에 따라 문학비평론을 '모방론', '표현론', '효용론', '객관론'으로 나누고 있다.[2] 하지만 이러한 분류는 병렬적인 것이기에 이를 통해 여러 문학비평 방법들 사이의 위계를 파악하기는 어렵다. 이에 새로운 체계를 필요로 한다.

미국의 시카고학파에서는 "문학에 대한 타당한 비평 방법은 수없이 많고 또 수없이 많았다"라는 결론을 내리고 있다. 그들은 문학비평의 독단론자, 회의론자 및 통합론자를 비난했다. 독단론자들은 시의 본질이 발견될 수 있으며 오직 그들의 비평 방법이 그것을 밝힐 수 있다고 믿었다. 그러나 회의론자들은 비평가들이 시의 본질에 관해서 합의를 이룬 적이 없으므로 특정 체계에 골몰하는 것은 부질없는 일이라고 주장한다. 또한 통합주의자들은 대립적인 비평적 입장이 부분적으로는 진실이고 부분적으로는 거짓이라고 주장한다. 그러면서 여러 상이한 체계들의 요소를 함께 합쳐서 새로운 통합 체계를 만들어야 한다고 여긴다.

이에 다원론자들은 문학이론과 문학비평 방법에 관계된 사항을 비평가들이 자유롭게 선택해야 한다고 주장한다. 그리하여 그들은 상이한 체계의 한계와 편협한 견해를 집중적으로 살펴보면서, 모든 개념 체계와 어떤 유형의 분석 방법이든 궁극적으로는 당면 문제를 실용적으로 해결할 검증 가능한 판단에 좌우된다는 것을 발견한다. 그러니까 진리의 독점은 있을 수 없으며 각 비평마다 문제가 많듯이 비평의 방법도 많아야 한다고 보는 것이다.[3]

---

2) M. H. Abrams, *The Mirror and the Lamp*, New York, 1958, pp.8~29.
3) 빈센트 B. 라이치, 김성곤 외 역, 『현대미국문학비평』, 한신문화사, 1993, 92~94쪽.

이에 프리드먼은 작품, 작가의 전망, 역사라는 세 가지 층위를 통해 작품을 다층적으로 살펴보고 있다. 예를 들어 찰스 디킨스의 소설 『위대한 유산』에는 고아 '핍'이 주인공으로 등장하는데, 고아는 디킨스의 다른 작품들에도 빈번하게 등장하는 인물이다. 뿐만 아니라 동시대의 영국 소설에서는 공통적으로 고아가 빈번하게 등장하고 있다. 그러므로 고아 인물에 대한 파악은 작가의 삶과 연결해보아야 하고, 동시대 영국의 역사와도 연결해보아야 한다는 것이다.[4]

하지만 프리드먼의 이런 세 가지 층위에는 빠진 것이 있다. 신화의 층위가 그것이다. 고아가 가족을 찾아서 행복한 가정으로 돌아가는 일은 인간이 낙원으로 돌아가는 일을 나타내는 신화적 사건으로도 볼 수 있기 때문이다. 그러니까 고아가 가족을 찾게 되어 행복한 가정으로 돌아가는 일은 인간이 낙원을 찾아가고자 하는 잠재적 욕망을 투영한 신화의 '낙원 회귀 모티프'를 보여주는 사건도 된다는 것이다. 이에 여기에서는 작가, 작품, 역사란 세 가지 층위에 신화의 층위를 더 추가하여 작품, 작가, 역사, 신화 네 가지 층위를 제안하고자 한다. 그러한 네 가지 층위를 도식으로 제시하면 오른쪽의 도식과 같다.

그러니까 작품은 작가의 층위에 포함되고, 작가는 독자와 대응하면서 역사의 층위에 포함되며, 역사는 사회와 대응하면서 신화에 포함된다는 것이다. 하나의 작품은 필연적으로 자체의 특성뿐만 아니라, 작가의 특성, 역사의 특성, 신화의 특성 중의 일정한 부분을 지니고 있기 때문이다. 이에 작품의 의미는 작품, 작가, 역사, 신화의 어떤 층위에서 파악하고자 하는가에 따라 달라지고, 그러한 의미를 파악하는 데 필요한 비평

---

4)   Norman Friedman, *Form and Meaning in Fiction*, University of Georgia Press, 1975. pp. 16~20.

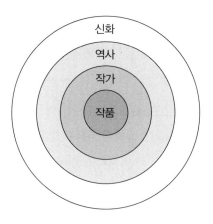

방법 역시 달라져야 할 것이다. 이에 여기에서는 이러한 네 가지 층위에 어떤 문학비평 방법이 활용될 수 있는가를 알아보기로 한다. 물론 특정 비평 방법이 여러 층위에 걸쳐서 적용되기도 하지만, 그것의 지배적 특성이 어떤 층위에 적합한가에 주목할 것이다.

첫째로 작품 층위의 문학비평 방법으로는 작품 자체를 중시하는 러시아 형식주의, 미국의 신비평, 프랑스 구조주의 등을 들 수 있다. 이것들은 작가, 역사, 신화의 층위를 아예 무시하고 작품만을 비평 대상으로 삼고자 한다. 작품은 이런 외적 요소들과 분리되어 독자적 존재 의의를 갖는다고 보는 것이다.

먼저 형식주의 비평은 문학이 문학다운 이유를 찾고자 한다. 여기에서 문학성은 단순히 '이미 그곳에 있는 것'이 아니다. 문학성이란 특수한 이론적 선택을 통해 문학작품을 관찰하고 분석하는 특별한 방법이다. 따라서 러시아 형식주의자들은 구체적 대상인 작품 자체가 아니라 문학을 구별할 수 있는 추상적 대상을 연구했다. 어떤 작품의 문학성은 그것의 기능을 참조할 때에 해명할 수 있다는 것이다.

그런데 많은 공통점에도 불구하고 형식주의와 신비평은 몇 가지 차이점을 보인다. 신비평은 인문과학이 자연과학과는 질적으로 다른 방법을 요구한다고 보지만 형식주의는 문학의 특성이 순전히 과학적이고 경험적인 방법으로만 해결될 수 있다고 본다. 또한 신비평은 문학 특성의 연구가 영구적이고 근본적인 인간 본질의 면모를 밝힐 수 있다고 보지만 형식주의는 그렇게 보지 않는다. 뿐만 아니라 신비평은 작품에서 정서적 기능을 강조하지만 형식주의는 인지적 기능을 강조한다.

그리고 프랑스 구조주의와 러시아 형식주의는 궁극적으로는 랑그와 파롤이라는 소쉬르 언어 체계의 기본적 구별에서 나왔지만, 그것들을 서로 다른 방식으로 이용한다. 형식주의자들의 궁극적인 관심사는 랑그에 해당하는 전체로서의 문학 체계를 배경으로 해서 파롤에 해당하는 개별적인 예술작품이 차별적으로 지각되는 방식에 있다. 하지만 구조주의자들은 개별적 단위인 파롤을 랑그로 다시 용해시키면서 전체적인 기호 체계의 구성 방식을 기술하고자 한다. 러시아 형식주의가 언어에서 부정적이거나 대립적인 차별성을 중시한다면, 구조주의는 상동성과 관련성을 중시하고 과학적 엄밀성과 객관성에 관심을 갖는다.

둘째로 작가 층위의 비평 방법으로는 전기적 비평, 심리주의 비평 등을 들 수 있다. 이것들은 작가의 생애와 심리 특성에 관련해서 작품을 검토하고자 한다. 또한 독자를 중시하는 수용 이론도 여기에 넣을 수 있을 것이다. 작가는 바로 독자이기도 하다. 작가는 처음으로 작품을 읽고 그것이 마음에 들지 않을 때에 바꾸게 되는 최초의 독자이면서 다른 누구보다 작품에 애정을 가지고 집중해서 읽어가는 최선의 독자이기도 하기 때문이다. 또한 독자는 작품을 읽을 때에 자신의 시각으로 새로운 것을 작품에 추가하거나 배제한다는 점에서 작가의 역할도 한다.

소설비평의 다원성

먼저 작가를 중시하는 경우를 살펴보기로 한다. 이때에 작가의 개성 탐구를 중시하여 생애와 관련하여 작품을 검토하게 된다. 생트 뵈브는 문학과 문학적 창조가 다른 인간사와 구별되는 것도 아니고 나누어지는 것도 아니라고 여긴다. 그리하여 작품을 감상할 때에 인간 그 자체에 대한 자신의 지식을 제쳐두고 그 작품을 판단하기가 어렵다고 본다. 아울러 그 나무에 그 열매라고 하면서 전기적 방법을 활용하여 작가의 품성을 통해서 작품의 품격을 확립하고자 한다. 문학은 인간의 품성으로부터 독립된 것도 분리된 것도 아니란 입장이다. 작가의 의도에 의거해서 작품의 가치를 판단하고자 한 것이다.[5]

작가의 개성을 탐구하기 위해서는 심리학도 필요하다. 인간의 개성을 파악하기 위해서는 외부로 쉽게 드러나지 않는 인간 심층의 파악이 긴요하기 때문이다. 물론 심리주의 비평은 작가 층위뿐만 아니라 작품 층위에도 관련되는 비평 활동이다. 그러나 작중 인물의 심리는 작가의 심리 분석에 긴밀하게 관련되어 있기에 주로 작가의 층위에서 심리 분석이 이루어진다고 보아야 할 것이다. 심리주의 비평가는 심리학자들이 즐겨 사용하는 심리학 개념을 비평에 원용한다. 또한 의식의 심리학뿐만 아니라, 무의식을 의식 활동의 잠재적 원인으로 보는 정신분석학도 기꺼이 활용한다.

다음으로 작가보다 독자를 중시하는 비평 방법에는 '수용 이론(reception theory)'이 있다. 전통적 문학비평 방법이 작가의 생산 관계에 중점을 두고 있다면, 수용 이론은 독자의 수용 관계에 중점을 둔다. 이때 수용 이론이란 독일을 중심으로 한 '수용 미학'과 미국을 중심으로 한 '독자

---

5) 레온 에델, 김윤식 역, 『작가론의 방법』, 삼영사, 1983, 108~114쪽.

반응 이론' 및 작품의 독자에 대한 영향력을 중시한 여러 비평을 망라하는 포괄적인 방법론을 가리킨다. 수용 이론은 역사적 과정 속에서 문학작품이 가변성을 지닌다는 점을 확신하고 있다. 이에 역사적이고 문화적인 상대주의를 허용한다. 그렇다고 해서 이것이 19세기의 역사주의로 퇴행한다는 것은 아니다. 수용 이론은 작품의 가치를 고려한다는 점에서 역사주의 비평과 구별된다.

수용 이론에서 '작품(work)'은 비평 이전에 객관적으로 존재하는 것이 아니다. 작품은 독자와 '텍스트(text)'의 상호 작용을 통해서 그것의 의미가 실현된다. 따라서 독자는 텍스트에 종속적인 존재가 아니라 주체적인 존재이다. 그러므로 텍스트가 작가의 단순한 생산물일 뿐이라면 작품은 독자에 의해 의미가 주어진 결과물이다. 1930년대 체코의 구조주의자 무카로프스키도 텍스트와 작품을 구분해야 한다는 점을 강조한 바 있다. 그는 인쇄된 것을 '예술작품'이라 하고 수용자에 의해 구체화된 것을 '심미 대상'이라 했다. 의미 구성의 개방성으로 인해 텍스트는 하나이지만 작품은 다수가 된다는 것이다.

셋째로 역사 층위의 비평 방법으로는 역사주의 비평과 사회문화주의 비평을 들 수 있다. 역사주의 비평은 문학작품이 생겨나게 된 역사적 기반을 중시하는 비평 방법이다. 그리고 사회문화주의 비평은 작품을 사회적이고 문화적 요인의 복잡한 상호 관계의 반영이나 결과로 이해하고자 하는 비평 방법이다. 먼저 역사주의 비평은 어떤 작품이 생겨나게 된 역사적 기반을 중시하는 비평 방법이다. 어떤 작품도 그 자체로 완전할 수 없다는 전제에서 출발한다. 그리하여 역사주의 비평은 역사적 상황과 사회적 관습 등 작품 발생의 여러 요인과 관련시켜서 작품을 비평하고자 한다. 즉 작품은 그 자체로서 연구될 수 없으며, 그것에 관한 일체의 외

적 사실을 관련시킬 때에 정당한 비평을 할 수 있다는 것이다.[6]

역사주의는 시간의 변화를 중시하고 있다. 그러므로 시간의 흐름을 중시하는 비평은 모두 역사주의의 범위에 넣을 수 있을 것이다. 이에 역사주의 비평 방법은 넓은 영역을 차지한다. 그것의 기원은 그리스의 플라톤에까지 거슬러 올라갈 수 있을 정도로 오래되었다. 그러나 엄밀한 범위에서 본격적으로 역사주의 방법을 제시한 비평가는 19세기의 이폴리트 텐이라 할 수 있다. 그는 인간의 정신적 산물을 충분히 이해하기 위해서는 사실의 성격을 검토하고 그것의 원인을 제대로 밝혀야 한다고 생각했다. 그러므로 객관적인 기준에 의해 사실을 판단하고 그 사실의 결정 요인을 추구한다는 원칙을 내세워 과학적 비평을 정당화하고자 한다.

텐은 1853년의 『라퐁텐과 그의 우화』에서부터 어떤 절대적인 개념을 설명하기 위해서는 구체적인 사실을 통해 그것을 떠받쳐주는 본질적인 원인을 발견해야 한다는 것을 기본 방향으로 삼고 있었다. 그의 이러한 원칙은 어떤 특수한 사실의 본질적인 원인에까지 도달할 수 있는 여러 가지 조건을 잡아내고자 한다. 그가 내세운 '종족·환경·시대' 이론은 이런 원칙에 의거해서 만들어진 것이다.

그리고 사회문화적 비평은 작품을 사회적이고 문화적 요인의 복잡한 상호 관계의 반영이나 그 결과로 해명하고자 한다. 이것은 문화와 사회 제도, 작가의 사회적 지위, 문학적 소재로서의 사회의 여러 양상, 문학의 전달과 공급과 같은 문제를 주요 과제로 삼는다. 사회문화적 비평가들의 주요 관심사는 작품과 현실과의 상호 관련성이다. 그들은 작품의 언어 조건, 전달 방식, 작가의 전기, 장르, 관습, 전통 등은 중요하게 여기지

---

6) 윌프레드 L. 궤린 외, 정재완·김성곤 역, 『문학의 이해와 비평』, 청록출판사, 1978, 19쪽.

않는다. 그들의 관심사는 일차적으로 작품과 사회, 경제, 정치 등과의 관련성이다. 따라서 그들의 작업은 실증적이라기보다는 이념적이다.

사회문화적 방법은 문학사회학이라고도 한다. 그러나 문학의 사회학이라는 말과는 다르다. 문학의 사회학은 다분히 경험적으로 주도되어서 사회학의 부분적인 원리로 작용하며 그것에 만족하는 것이라면, 문학사회학은 문예학의 한 방법으로서 사회학적인 문예학의 성격을 띠는 것이다. 문학사회학의 기본 원리는 모든 문학 활동이 사회적으로 수행되어야 한다는 것이다. 이렇게 사회문화적 맥락에서 문학을 파악하고자 하는 비평은 문학을 목적이 아니라 하나의 과정으로 본다. 이런 점에서 역사주의 방법과 비슷하게 보일 수도 있다. 그러나 역사주의 비평과 달리 사회문화적 비평은 텍스트의 원천 및 전달 과정에는 관심을 갖지 않는다. 또한 작가의 삶에 대해서도 간접적으로만 주의를 기울이고, 통시적 측면보다 공시적 측면에 더 큰 관심을 기울인다.

넷째로 신화 층위의 비평 방법으로는 신화주의 비평을 들 수 있다. 이것은 신화의 원형이 작품 속에서 얼마나 충실하게 재현되고 있는가를 밝히는 비평 방법이다. 그러하기에 원형비평이라고 불리기도 한다. 시간적으로나 공간적으로 멀리 떨어져 있는 다른 신화이면서도 비슷한 모티프나 패턴 또는 주제를 지니는 것이 있는데, 이러한 것들을 원형이라고 부른다. 신화주의 비평은 신화가 언제 어디에서나 원형을 유지하고 있으며 작품 속에 재현된다고 여기고, 작품은 신화의 원형으로 돌아가고자 한다고 생각한다.

신화는 인간의 희망과 불안을 상징적으로 투사하고 있다. 그것은 실제적인 현실에 통할 수 있는 표준을 제시하는 것이 아니라 보다 심원한 실재를 반영하는 것이다. 또한 인간 공통의 심리적이고 정신적인 활동을 통해 종족과 민족을 결합시키는 집단적이고 공공적인 것이다. 신화주의 비평가들에게 문학은 두 가지의 시간 차원에 동시적으로 존재한다. 어느 특정한 순간에 역사적 사실로 존재하는 한편, 원형적 인물과 심상, 상징 등에 의해 영구적이고 반복적으로 존재한다.

신화의 주인공은 신이기도 하고 인간이기도 하다. 그들은 모두 사계절의 원천인 태양 또는 삶의 근본인 풍요의 원리와 관련을 맺고 있다. 봄은 순환하는 사계절에서 겨울의 다음에 위치한다. 겨울은 어둠처럼 해체의 단계이다. 여기에서는 대홍수, 대혼돈, 영웅의 패배, 신의 몰락에 대한 신화로 반어와 풍자의 원형이 생성된다. 그렇지만 봄은 새벽처럼 출생의 단계이다. 여기에서는 영웅의 출생 신화, 부활과 재생의 신화, 창조의 신화, 승리의 신화로 소위 로맨스, 열정적 찬가, 광상곡의 원형이 생성된다.[7]

동양과 서양, 과거와 현재를 통틀어 가장 기본적인 신화의 원형은 분리와 시련과 귀환이라는 탐색의 모티프이다. 이 신화적 원형의 주인공들은 여행에서 갖은 고통과 시련을 견뎌내고 마침내 그들이 얻고자 하는 바를 얻어 영광스럽게 돌아옴으로써 그가 속한 사회에 평안과 질서를 가져다준다. 이 여행은 통과 제의와 깊이 관련되어 있고, 신화의 주인공들은 괴물 또는 보물 등을 탐색의 대상으로 삼는다. 또한 아들이 집을 나간 아버지를 찾아서 험난한 길을 떠나기도 한다. 이 모티프는 세계의 여러 신화나 설화에 다양한 형태로 변화되어 나타나지만 기본적인 공통점을 갖는다.

신화주의 비평은 인간 행동의 밑바닥에 깔린 행동의 동기에 관심을 둔

---

7)　노드롭 프라이, 임철규 역, 『비평의 해부』, 한길사, 1989, 191~192쪽.

다는 점에서 심리주의 방법과 유사하다. 또한 심리주의처럼 심층심리학에 크게 의존하고 있다. 그러나 심리주의 비평이 경험적이고 징후적인 경향을 보인다면, 신화주의 비평은 사색적이고 철학적인 경향을 보인다. 즉 심리 분석이 개인의 개성에 대해 설명하고자 한다면, 신화 분석은 보편적인 인간의 마음을 설명하고자 한다.

그런데 신화주의 방법 역시 구조주의적 사고에 바탕을 두고 있다. 변화하지 않는 원형적 심상을 지닌 신화는 작품의 심층 구조가 되고 각각의 작품은 표층 구조가 된다는 것이다. 그러므로 신화의 원형적 심상을 각각의 작품에서 찾아내는 작업은 작품의 기본 구조를 밝힌다는 것이다. 그러므로 신화주의 비평은 문학이 신화라는 기호 체계를 두고 어떤 의미 작용을 하는가를 살피는 비평 방법이라 할 수 있다.

다섯째로 이러한 기존의 비평이 남성적 시각에 의한 남성을 위한 비평이란 점을 비판하는 여성 층위의 비평을 추가해야 할 것이다. '여성주의 비평(feminism criticism)'에는 기존의 비평이 여성상을 왜곡하였다고 여겨 그러한 점을 지적하고 바로잡고자 하는 여성심상비평, 소외되거나 배제된 여성 작가를 발굴하고 제대로 평가하고자 하는 여성중심비평, 남성의 언어와 다른 여성의 언어에 의한 여성 글쓰기를 중시하는 여성언어비평 등이 있다.

여성주의 비평은 작품을 여성의 시각에서 해석하고 평가하고자 한다. 물론 이때에 작가나 비평가의 생물학적 성별보다는 그들의 여성적 시각의 유무가 중시된다. 여성주의 비평은 남성만의 영역으로 여겨지던 전통적 문학비평이 정당하지 않다는 여성들의 비판에 그 기반을 둔다. 그리하여 문학 활동 전반에 걸쳐 존재하는 성차별, 소외된 여성 체험, 왜곡된 여성 심상을 거부하고자 한다. 그러니까 여성주의 비평은 기존의 비평을 남성편향적인 것이라 비판하면서 여성의 주체적 시각을 통해 작품을 검토하고자 하는 비평이다.

엘레인 쇼월트는 「황무지에 있는 페미니스트 비평」에서 여성주의 비평과 문학과의 고무적인 만남은 본질적으로 복합적인 어떤 텍스트가 수용하고 허용할 많은 해석 방식 중의 하나라고 말한다. 모든 여성주의 비평은 어떤 의미에서 공인된 개념적 구조의 적절성에 의문을 표하는 수정주의이며 다원주의란 것이다. 그렇지만 여성주의 비평이 가장 근본적인 원칙들을 남성중심적인 모델에서 찾는 한, 설사 여성주의적인 준거들을 새로 부가함으로써 그것들을 수정한다고 할지라도 새로운 것일 수 없다. 이에 여성주의 비평은 그 자체의 주제, 체계, 이론, 목소리를 발견하고자 한다.[8]

이처럼 소설비평은 다섯 가지 층위에서 다원적으로 이루어질 수 있다. 그러므로 다양한 층위에서 다양한 비평 방법이 각각 장단점에 의거하여 비평의 성과를 거둘 수 있을 것이다. 하지만 대상의 성격에 따라 층위가 달라질 수 있고, 비평 방법도 다르게 선택될 수 있다. 또한 비평의 목적이나 비평가의 세계관에 따라서도 선택하는 층위와 비평 방법이 달라질 수 있다. 그렇다면 어떤 층위의 비평이나 어떤 비평 방법에 일방적인 가치를 부여하기보다는 비평 대상과 비평 목적, 비평 주체에 적합한 층위와 방법을 선택하여 비평 작업을 수행해야 할 것이다.

---

8) 엘레인 쇼월트, 박경혜 역, 「황무지에 있는 페미니스트 비평」, 김열규 외 역, 『페미니즘과 문학』, 문예출판사, 1988, 22~25쪽.

작품 층위의
비평

김동인 소설의 '일원묘사'

1. 머리말

김동인은 주제를 효과적으로 드러낼 수 있는 근대적 서사 기법을 적극적으로 활용했던 작가로 근대소설의 가치는 소재의 중요성 못지않게 세련된 기법이 긴요함을 인식하고 있었다. 특히 소설의 미학적 효과와 직결되는 '시점'을 중요성을 인지하여 자신의 작품에서 그것을 자각적으로 활용하고 있다. 그리고 「소설작법」(『조선문단』 제7~10호, 1925. 4~7)에서는 이러한 시점을 '문체'라 부르며 그것을 '순객관적 묘사', '다원묘사', '일원묘사'의 세 가지로 분류하고 그것들을 체계적으로 설명한다. 그리고 『창조』에 게재된 초기 소설에서는 이것들 중에서 일원묘사를 가장 선호하고 있다.

김동인의 시점 이론 및 작품에서의 실천 양상에 대해서는 최시한의 연구가 주목할 만하다.[1] 그런데 이것은 그러한 이론의 원천인 일본의 '일원

---

[1]   최시한, 「김동인의 시점과 시점론」, 『문학사와 비평』 8집, 문학사와 비평학회, 2001.

적묘사론'에 대한 검토가 없어 그것을 의의를 정확히 파악하기 어렵다. 김학동은 "아마도 이것은 프랑스 리얼리즘 및 자연주의 문학의 이론에서 영향을 받아 「평면묘사론」과 「일원묘사론」을 주장한 일본 자연주의 작가 田山花袋나 岩野泡鳴로부터 그 이론의 근거를 차용하여 변형시킨 것이 아닌가 생각된다"[2]라고 하며, 김동인 시점 이론의 일본 원천을 거론했다. 하지만 그러한 두 이론을 대비하여 검토하지 않고 단순히 원천을 언급하는데 그치고 있다. 강인숙은 그 두 이론 간의 차이가 비교적 상세하게 검토하고 있으나,[3] 김동인 시점 이론의 개성적 측면을 간과하고 있는 듯하다.

김동인 소설의 시점을 검토한 연구는 근대소설의 시점을 전반적으로 검토하는 연구에서 더러 거론된 바 있다. 그러나 대부분의 연구가 거시적인 시점 유형이나 그러한 유형의 역사적 전개 양상을 파악하는데 중점을 둠으로써 작품에 나타난 시점의 특성을 세밀하게 밝히고 있지 못하다. 유국환은 김동인 소설의 기법만을 구체적으로 검토하고 있다.[4] 또한 손정수는 김동인의 초기 소설에 나타난 서사 형식의 변모와 그 의의를 서술자를 중심으로 상세히 검토한다.[5] 그러나 이들 연구는 그러한 서사 기법의 사용과 서사 형식의 변모가 작품의 주제와 어떻게 유기적으로 관련되고 있는가를 검토하고 있지 않다.

이에 여기에서는 먼저 일본 원천과의 상세한 대비를 통해 김동인의 '일

---

2) 김학동, 「자연주의 소설론」, 『한국근대문학연구』, 서강대학교 인문과학연구소, 1969, 196쪽.
3) 강인숙, 「자연주의연구 — 불·일·한 삼국 대비론」, 숙명여자대학교 박사학위 논문, 1985, 224~231쪽.
4) 유국한, 「김동인 소설의 기법 연구」, 서울대학교 석사학위 논문, 1987.
5) 손정수, 「김동인 초기 소설에 나타난 서사 형식의 변모과정에 관한 고찰」, 『문학사와 비평』 8집, 위의 책.

원묘사'가 어떤 것인가를 파악한 뒤에, 그것이 『창조』에 게재된 초기 소설인 「약한 자의 슬픔」「마음이 옅은 자여」「목숨」「배따라기」에서 어떻게 실현되고 있으며, 주제의 변화 속에서 그것이 변주됨으로써 어떤 의의를 갖는가를 살펴보고자 한다. 이러한 작업을 통해 근대 단편소설을 개척했다는 김동인 초기 소설의 근대적 특성이 무엇인가를 서사 기법의 측면에서 보다 명료하게 파악할 수 있을 것이다.

2. '일원묘사'의 개념

일원묘사란 어떤 것인가. 일원묘사의 개념을 파악하기 위해 먼저 일본 대정기 이와노 호메이의 '일원적 묘사'와 김동인의 일원묘사를 대비해 보기로 한다. 이와노 호메이는 작자와 인물 사이에 중간자를 설정하는 '일원적 묘사'를 중시하고, 자신의 창작에서 그것을 적극적으로 실천하였다. 김동인 역시 그러한 것을 일원묘사라 부르며 『창조』에 게재된 작품들에서 적극적으로 실천하였다. 그러하기에 일원묘사의 특성이 무엇인가를 파악하기 위해서는 무엇보다 그 두 사람의 묘사론이 어떤 차이점을 가지는가를 살펴보아야 할 것이다.

이와노 호메이는 묘사의 유형을 작자와 인물의 사이에 중간자를 설정하지 않는 '다원적 묘사'와 특정의 중간자를 설정하는 '일원적 묘사' 및 그 두 유형을 병합한 '제3유형'으로 나누고 있다. 그러나 김동인은 특정의 중간자가 있는 '일원묘사'와 인물의 심리가 직접 묘사되지 않는 '순객관묘사' 및 작자가 모든 인물의 심리를 관통하고 모든 행동을 그려내는 '다원묘사'로 나누고 있다. 그리하여 이와노 호메이가 '다원적 묘사'란 유형 속에서 옆으로부터의 '방관적'인 것과 위로부터의 '조감적'인 것으로 간략히 언급하고 있는 것에 대하여, 김동인은 '순객관 묘사'와 '다원묘사'로 뚜렷하게 유형을 구분하고 있다. 두 사람이 일치하는 것은 일원묘사의 경우에 한정된다.

이와노 호메이는 '일원적 묘사'를 "작자가 먼저 중간에 있는 한 사람의 기분이 되어버리는 것이다. 그것을 갑 내지 주인공이라 한다면, 작자는 갑의 기분에서, 그리고 그것을 통해서, 다른 중간을 관찰하고, 갑이 듣지 않은 일, 보지 않은 일, 혹은 느끼지 않은 일은, 모두 그 주인공에게는 미발견의 세계나 무인도와 같은 것이어서, 작자는 알고 있을지라도 그것을 제거해버리는 것이다"[6]라고 한다. 그리하여 특정 인물을 중간자로 삼는 '일원적 묘사'는 '다원적 묘사'와 달리 구체적 인생을 그릴 수 있다고 여긴다. 그리고 김동인은 "간단히 말하자면, 일원묘사란 것은 경치던 정서던 심리던 작중 주요인물의 눈에 비최인 것에 한하여 작자가 쓸 권리가 있지, ─ 주요인물의 눈에 버서난 일은 아모런 것이라도 쓸 권리가 없는 ─그런 형식의 묘사이다"[7]라고 한다.

그리하여 이러한 설명을 압축하여 보여주는 이와노 호메이의 '일원적 묘사'에 대한 도식과 김동인의 '일원묘사'에 대한 도식을 제시하면 다음과 같다.

---

6) 岩野泡鳴, 「現代將來の小說的發想を一新すべき僕の描寫論」, 『新潮』 10月호, 1918; 『日本近代文學大系』, 角川書店, 1974, 169面.
7) 김동인, 「소설작법」, 『조선문단』 제10호, 1925.7, 70쪽.

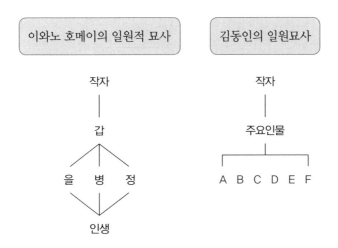

도식에서 김동인은 이와노 호메이와 달리 작자의 반대편에 있는 인생을 제거하고 있다. 이것은 김동인의 경우에 소설과 인생을 분리시키고자 했음을 나타낸다. 그는 있는 그대로의 세계보다 자신이 새롭게 만든 세계를 중시했다. 비록 '불완전한 세계'라도 자기의 정력과 힘으로 지은 것이 예술이란 것이다. 그러므로 김동인은 "어린애도 하누님의 세계에 만족치 안코, 인형이라는 자긔의 세계를 사랑하는 이 인생에서, 이 누리에서, 오해한 인생이던 엇써턴, 「자기의 창조한 인생, 자기가 지배권을 가진 인생」"[8]을 예술에서 추구해야 한다고 여긴다. 진짜 인생이냐 가짜 인생이냐 하는 것이 중요하지 않고, 작가가 창조하고 지배하는 인생이 중요하다는 것이다. 구체적 인생을 대하는 태도에서 김동인은 이와노 호메이와 대척적인 입장을 지녔다. 이에 일원묘사에 대한 도식에서 인생을 제거하고 있는 것이다.

---

8)   김동인, 「자기의 창조한 세계」, 『창조』 제7호, 1920. 7, 50쪽.

가장 쉽게 말하자면, 일원묘사라는 것은 '나'라는 것을 주인공으로 삼은 일인칭소설에, 그 '나'의게 엇던일홈을 부친 자로서, 늘봄의 「하수분」의 주인공 '나'라는 사람을 'K'라던 'A'라던 일홈을 급여할것 가트면 그것이 즉 일원묘사형의 작품일 것이며 싸라서, 일원묘사형소설의 주요인물(「마음이 여튼자」의 'K'며 「약한자의슬픔」의 '엘리자 벳'이며 「폭군」의 '순애' 등)을 '나'라는 일홈으로 고처서 일인칭소설을 만들것가트면 조금도 거트짐업시 완전한 일인칭소설로 될 수가 잇는것이다.[9]

또한 인용문에서 김동인은 '일원묘사'의 주요인물이 일인칭이든 삼인칭이든 차이가 없다고 여긴다. 일인칭 소설에서 '나'에게 어떤 이름을 붙이면 일원묘사형 소설이 되고, 일원묘사형 소설에서 주요인물의 이름을 '나'로 바꾸면 일인칭 소설이 된다는 것이다. 간혹 일인칭 소설과 일원묘사형 소설이란 용어를 따로 사용하는 경우도 있지만, 크게 삼등분한 문체의 유형 중에 일인칭 묘사체가 없다. 이것은 그가 일인칭 소설을 경시하고 있다는 것이다. 이런 점은 일본 고백체 소설의 강한 영향 때문으로 보인다. 이와노 호메이 역시 "작자가 갑(혹은 을 기타의 것일지라도 오직 한 사람에 한정된다)에 제3인칭을 부여하고 있어도, 실제로는 갑으로 해서 자전적인 제1인칭으로 사물을 일컫고 있는 것과 마찬가지라고 보면 알기 좋을 것이다"라고 하며, 삼인칭이든 일인칭이든 실제로는 차이가 없다고 여긴다.

또한 이와노 호메이와 달리, 김동인은 일원묘사를 '일원묘사 A형식'과 '일원묘사 B형식'으로 구분한다. '일원묘사 A형식'이 한 주요인물이 작품 전체에 일관하는 방식을 가리킨다면, '일원묘사 B형식'이란 절 혹은 장을

---

9) 김동인, 「소설작법(4)」, 『조선문단』 제10호, 1925. 7, 71쪽.

따라서 주요인물을 바꾸어가는 방식을 가리킨다. '일원묘사 A형식'이란 자신의 「마음이 옅은 자여」처럼 주인공 K에게 일관되게 초점이 맞추어지기에 경원선 열차에서 C가 횡사를 하였다 할지라도 K가 보지 못하면 작가가 C의 횡사를 쓸 권리가 없고, 동해 바닷가에서 C가 아무리 바다를 감동적으로 바라보았다 할지라도 K가 C를 향해 있지 않다면 작자가 그것을 쓸 권리가 없는 것이다. 그리고 '일원묘사 B형식'은 현진건의 「지새는 안개」 초판 1페이지부터 14페이지까지의 주인공은 '정애'이며, 14페이지부터 21페이지까지는 '화라', 21페이지부터 32페이지까지는 도로 '정애'인 것처럼 작품 전체를 여러 토막에 끊어서 한 토막씩 그 토막의 주요인물을 선택하는 것이다.

그런데 최시한은 "무엇이 하나이고 여럿이란 말인지 분명하지 않다. 그게 보는 자라면 다원묘사보다도 일원묘사 B형식이 더 다원적이다"[10]라고 하며 용어의 혼란을 지적한다. '일원묘사 B형식'은 중간에 작자를 매개하는 인물이 여러 명이란 점에서 오히려 다원적이란 것이다. 하지만 주네트도 '보는 자'를 '고정적 초점화'와 '가변적 초점화'의 두 경우로 구분하고 있다.[11] 이에 의하면, 김동인의 '일원묘사 A형식'은 고정적 초점화에 해당하고, '일원묘사 B형식'은 가변적 초점화에 해당한다.

슈탄첼은 이야기를 말하는 자인 '화자 인물(teller character)'과 그것을 아는 자인 '반영자 인물(reflector character)'을 구별한다. 화자 인물이 서술 활동 속에서 자기 존재를 통해 제시된 허구적 정보의 완전함을 보증하는 존재라면, 반영자 인물은 서술 과정과 무엇이 제시되었는가 하는 선별 동기가 서술체의 주제가 되지 않기에 그 선별 규준에 관한 어떤 명

---

10) 최시한, 앞의 논문, 37쪽.
11) 제라드 주네트, 권택영 역, 『서사담론』, 교보문고, 1992, 175~243쪽.

시된 정보도 주어지지 않는 존재이다. 그리하여 화자 인물은 서술하고, 기록하고, 정보를 주고, 편지를 쓰고, 자료를 포함시키고, 믿을 만한 정보제공자를 인용하고, 자기 자신을 서술하고, 독자에게 연설하고, 서술한 것을 논평하는 일 등을 한다. 그는 항상 전달자처럼 기능하기에 그때 거기의 소식이나 전언을 수용자나 독자에게 보내는 것처럼 서술한다.

이와 대조적으로 반영자 인물은 자신의 관점과 의식 속에서 외부 세계의 사건을 지각하고 반영하며, 생각하고 느끼며, 기록하는 일을 말하지 않고 지금 여기에서 보여준다. 그는 서술하지 않기에 의미의 전달자처럼 기능하지 않는다. 그러므로 화자 인물은 이야기를 말하는 자인 서술자라면, 반영자 인물은 아는 자일 뿐이며 서술자가 아니다. 또한 같은 서술자라도 일인칭 인물 서술자가 소설에 대한 자신의 동기와 존재론적 유대를 가진다면, 작가적 서술자의 경우에는 그러한 유대를 가지지 않는다.[12]

이 책에서는 말하는 자를 '보고자(reporter)', 보는 자를 '반영자(reflector)'라고 부르기로 한다. 그리하여 일원묘사를 주요인물인 '반영자'에 의거하는 '반영적 일원묘사'와 보조적 인물인 '보고자'에 의거하는 '보고적 일원묘사', 그리고 주요인물이 반영자이면서 보고자이기도 한 '융합적 일원묘사'로 세분할 것이다. '보고적 일원묘사'에서 보고자는 혼자 사건을 체험했든지, 함께 체험하거나 관찰했든지, 실제 체험자로부터 직접 들든지 했던 것을 보고하듯이 서술한다. 그러나 '반영적 일원묘사'에서는 반영자가 자신의 내면을 반영하듯이 보여준다. 그러면 독자는 마치 자기가 등장인물인 반영자의 감각과 의식을 통해 작중 세계를 보고 있는 듯한 기분을 느끼게 된다. '보고적 일원묘사'와 '반영적 일원묘사'는 작중에 중

---

12) 프란츠 슈탄첼, 김정신 역, 『소설의 이론』, 문학과비평사, 1990, 215~228쪽.

　　　　　　　　　　　　　　　　소설비평의 다원성

간자로 등장하는 인물이 존재한다는 점 외에는 유형의 영역이 달라질 정도로 상당히 대척적인 성격을 지닌다. 그리고 말하는 자인 보고자와 보는 자인 반영자가 한 인물에게 공존하는 경우는 '융합적 일원묘사'라 불러야 할 것이다. 하지만 인칭의 차이를 무시하는 김동인의 소설에서 '융합적 일원묘사'를 찾아보기는 어렵다.

최시한은 "이렇게 말하는 자와 보는 자를 구별함으로써, 결과적으로 말하는 자의 기능과 화법은 다양하게 선택·조절되는 것임을 드러낸 점은 높이 평가할 만하다"[13]라고 하며, 김동인이 일원묘사에서 말하는 자와 보는 자를 구별하고 있다고 본다. 하지만 앞에서 살펴본 묘사 유형에 대한 설명에서 그런 점에 대한 구체적인 언급이 없듯이, 김동인이 그것들의 차이를 논리적으로 인식하고 있었던 것은 아닌 듯하다. 김동인 문체론의 원천인 이와노 호메이의 경우에도 그러하다. 그의 도식에서도 작자가 인물의 상위에 제시되어 있으나, 그것이 말하는 자와 보는 자를 구별하기 위한 것이란 언급은 없다. 그들의 일원묘사에 대한 해명은 주로 중간자로 선택된 특정 인물의 감각과 의식에 작자가 쓰는 내용이 제한된다는 점을 나타낸다고 보아야 할 것이다. 그러나 창작 활동에서 김동인은 직관적 인식으로 인칭의 차이를 인식하였던 듯하다. 「약한 자의 슬픔」과 「마음이 옅은 자여」에서는 삼인칭 주요 인물이 보는 자로 설정되어 '반영적 일원묘사'로 언술되고 있다면, 「목숨」과 「배따라기」에서는 일인칭 보조적 인물이 말하는 자로 설정되어 '보고적 일원묘사'로 언술되고 있기 때문이다.

이에 다음 절에서는 『창조』에 게재된 김동인의 초기 소설에서 이러한

---

13) 최시한, 앞의 논문, 36쪽.

'보고적 일원묘사'와 '반영적 일원묘사'가 주제의 변화에 호응하여 어떻게 나타나고 있는가와 그러한 점은 어떤 의의를 갖는가를 체계적으로 검토해보기로 한다.

3. '반영적 일원묘사'에 의한 참사랑 추구

김동인의 첫 단편소설인 「약한 자의 슬픔」(『창조』 제1호~제2호, 1919. 2~3)에서 주요 인물인 '강엘니자벳트'는 고아이지만 재주와 용모가 뛰어난 여학생이다. 그녀의 감각과 의식을 통해서 작중 세계가 제시되며 사건이 전개된다. 이런 점에서 그녀는 '화자 인물'이 아니라 '반영자 인물'이다. 외부 세계와의 외적인 갈등보다는 그녀의 내적인 갈등과 그것의 극복 양상이 작품의 중심 내용을 이루고 있으며, 갈등하는 내면은 주로 공상과 독백에 의거하여 '장면적 제시'로 고백되고 있다.

강엘니자벳트는 신교육을 받은 당시의 청춘남녀들이 그러하듯이 연애에 의한 영적인 참사랑을 추구한다. 백야생도 「일년후」에서 "나는 일시적 연애와 잠시 육적 성욕을 써나, 영적 진연애와 이상적 장래 삶을 바랍니다. 그럼으로 당신ㅅ긔 금전, 부귀를 구함보담 참사랑과 완전한 스윗트 홈을 일울만한 자격을 바랍니다"[14]라고 했다. 영적 사랑이 참된 연애이고 그것이 참사랑이란 것이다.

이에 강엘니자벳트는 통학 중에 자주 마주치는 H의숙 학생인 '이환'을 상대로 삼아 연애를 시도하고 있다. 그러나 그에게 말도 한번 건네지 못한 짝사랑일 뿐이며, 학교 친구 '혜숙'을 통해 그녀의 마음이 그에게 전해

---

14) 백야생, 「일년후」, 『창조』 제6호, 1920. 5, 68쪽.

졌다고 여겨지자 오히려 학교 가는 길을 바꾸어 그를 피하고 있다. 그러니까 그녀의 그에 대한 영적인 참사랑 추구는 공상 속의 관념일 뿐이다. 이러한 참사랑 추구에 비해 K남작에 대한 그녀의 거짓 사랑은 훨씬 구체적인 것이다. 그녀는 자신의 정조를 뺏은 K남작과의 육적인 사랑을 지속하고 있으며, 표면적인 거부에도 불구하고 실질적으로는 그것을 은근히 바라고 있는 듯하기 때문이다. "이성의 손이 살에 와닷는거슨, 엘니자벳트와 가튼 여성의게 대하여서는 한 쾌락에 다름업섯다."라고 하듯이, 이성과의 육체적 접촉을 쾌락으로 받아들이기도 한다.

> 엘니자벳트는 속에 두사람을 그린 후에 어나편이 자기의 더갓갑고 더사랑스러운고 생각하여보앗다. 사랑스럽기는 이환이 더사랑스럽지만, 갓갑기는 아모래도 남작이 다갓가운 것가치 생각된다.
> 이와가튼 결단은 그의 구하는 바를 채우지를 못하엿다. 그는, 사랑스러운 편이 더갓갑고, 갓가운 편이 더사랑스럽기를 원하엿다. 그러치만 사랑과 갓가움은 평행으로 나가서 아모데 까지 가도 합하지를 아낫다. 그는, 평행으로 나가는 사랑스러움과 갓가움이 어대까지나 나가는가를 알녀고, 마음속에 둘을 그려노코, 그둘을 차차 연장시키면서, 눈알을 구을녀서, 그것들을 짜라가기 시작하엿다.[15]

인용문에서처럼 강엘니자벳트는 이환과 K남작 사이에서 심하게 동요하고 있다. 그녀에게 이환이 더 사랑스러운 존재이지만 더 가까운 존재는 남작이다. 이것은 그녀가 표면적으로는 영적인 참사랑을 추구하지만 실질적으로는 육적인 거짓 사랑에 끌리고 있음을 나타내고 있다. 그녀의 모호하고 혼란한 의식은 모순을 보이기도 한다. 그녀가 남작과의 육적

---

15) 김동인, 「약한 자의 슬픔」, 『창조』 창간호, 1919. 2, 62~63쪽.

사랑을 피하는 동시에 그것을 원하고 있음이 그러하다.

그렇지만 강엘니자벳트의 K남작에 대한 애착은 그녀를 파탄에 이르게 한다. 그녀는 임신 사실을 알자 그녀를 집에서 쫓아내는 그에게 배신감을 느낀다. 이에 그녀가 그를 상대로 친자확인소송을 걸어 손해배상을 요구하지만 패소하고 그 충격으로 유산까지 하고 있다. 이러한 그녀의 비극적 몰락은 그녀가 사회적 약자에 기인한 것이다. 그럼에도 좌절과 절망 속에서 이루어지는 갱생의 의지는 그것과 상관없이 나타난다.

> 표본생활 이십년 (그는 생각난드시 우스면서 중얼거렷다) 나는 참 약햇다. 일하나이라도 내가 하고 시퍼서 한거시 어듸잇는가! 세상사람이 이러타하니 나도 이러타, 이일을 하면 남들은 나를 엇지 볼가 이런 걱정으로 두룩거리면서 지나스니 엇지 이지경에 니르지 아나스리오! 하고 시픈 일은 자유로 해라 힘써서 끗까지! 거긔서 우리는 사랑을 발견하고 진리를 발견하리라! …(중략)…
>
> 그는 생각하여 보앗다. 「내가 너희의게 새 계명을 주노니 사랑하라.」(그는 깃븜으로 눈에 빗츨내엿다) 그러타! 강함을 배는 태는 사랑! 강함을 낳는 자는 사랑! 사랑은 강함을 나흐고, 강함은 모든 아름다움을 낳는다. 여긔, 강하여지고 시픈 자는— 아름다움을 보고 시픈 자는— 삶의 진리를 알고 싶은 자는— 인생을 맛보고 시픈 자는 다— 참사랑을 아러얀다.[16]

작품의 결말 부분인 인용문에서 강엘니자벳트는 표본 생활과 같은 타율적인 삶을 살아왔기에 자신이 약자이며 자율적인 삶을 자유롭게 추구함으로써 참사랑을 아는 강자가 될 것임을 강변하고 있다. 이러한 그녀의 주장은 그녀가 처한 실상과는 아주 동떨어져 있다. 물론 김우종의 지

---

16) 김동인, 「약한 자의 슬픔」, 앞의 책, 20~21쪽.

적처럼 "이 작품에는 사회적 신분으로서의 약자라는 것과 함께 의지가 약하다는 의미의 약자가 함께 결합되어 있"[17]기는 하다. 그러나 그녀의 몰락은 K남작의 요구를 완강하게 거절하지 못했던 개인적 성격의 약함보다 재판에서 부당하게 패소하고 그 충격으로 유산까지 하게 되는 사회적 처지의 약함에 더 큰 원인이 있다.

그렇다면 그녀는 개인적 약함뿐만 아니라 사회적 약함도 극복해야 한다. 그런데도 이러한 그녀의 자각에서 사회적 약자의 문제는 전혀 거론되지 않는다. 더욱이 그녀는 엉뚱하게 '약한 자의 슬픔'이란 소설을 써보겠다고 한다. 그리하여 그녀가 「약한 자의 슬픔」을 쓴 작가의 위치로 올라선다. 즉 그녀가 김동인이 된다. 그러니까 그녀의 자각과 주장이 주요 인물의 음성 대신에 작가의 음성으로 나타나고 있다는 것이다. 즉 반영자 인물에 밀착해서 말해야 할 작가가 자신의 음성으로 직접 말하고 있는 것이다.

3·1운동을 전후한 시기에 김동인을 비롯한 일본 유학생 출신 작가들의 주된 관심사는 '참자기'를 찾고 '참사랑'을 실현하는 일이었다. "우리는 참자기, 참사랑, 참인생, 참생활을 이해하여야하오. 이거슬 이해하랴면은 참예술을 이해하야하오"[18]라고 했다. 참자기를 통해 참사랑을 하는 것이 참인생이며 참인생을 그린 것이 참예술이란 것이다. 물론 「약한 자의 슬픔」에서도 이러한 주제가 나타나고 있다. 그러나 참자기를 찾아 참사랑을 성취한다는 주제와 반영자를 통해서만 작중 세계를 보여줄 수 있다는 일원묘사가 서로 호응하지 않는다.

---

17) 김우종, 「「약한 자의 슬픔」에 나타나는 약자의 의미」, 김열규·신동욱 편, 『김동인연구』, 새문사, 1982, Ⅲ-4.
18) 김동인, 「소설에 대한 조선사람의 사상을」, 『학지광』 제18호, 1919. 8, 47쪽.

그렇다면 왜 이런 괴리가 나타났는가. 신교육을 받은 지식인이긴 하지만 부유한 남성 작가인 김동인과 가난한 고아 여성인 강엘니자벳트는 그들의 처지가 너무 대척적이었기 때문일 것이다. 그러므로 주요인물이 찾아야 할 참자기와 작가가 찾아야 할 참자기가 서로 어긋날 수밖에 없었던 것이다. 이에 결말에서 인물의 음성 대신에 작가의 음성이 어색하게 드러나고 말았던 것이다. 김동인도 이런 점을 알아차린 듯하다. 후속 작품에서 작가로 추정되는 주요인물을 등장시키고 있음이 그러하다.

「마음이 옅은 자여」(『창조』 제3호~제6호, 1919. 12~1920. 5)도 주요인물 'K'의 감각과 지각을 통해 작중 세계를 볼 수 있으며, 편지와 일기, 독백을 통해 그의 내면이 장면적으로 묘사되고 있다는 점에서 반영적 일원묘사라 할 수 있다. 「약한 자의 슬픔」의 강엘니자벳트가 작가와 대척적인 처지의 인물이었다면, 교사 'K'는 작가의 분신이라 할 수 있을 정도이다. 'K'는 자신의 대화 상대가 되지 못한다는 이유로 구여성인 아내를 시골로 보내고 신여성과의 연애를 바란다. 그러다가 자매학교의 여학교 교사인 'Y'와 연애가 이루어진다.

하지만 참사랑에 대한 'K'의 기대와는 달리 신성한 영적 사랑이 되지 못하고 비속한 육적 사랑에 떨어지고 만다. 그는 참사랑을 실현하지 못하는 자신을 자책하며 심하게 번민하면서도 시종 본능적 욕구의 굴레에서 헤어나지 못하고 있다. 그리고 'Y'가 어려서 정혼했던 남자와 결혼하기 위해 떠나감으로써 그러한 연애도 깨어지고 만다. 본능적 욕구에의 굴복이라는 내적인 장애뿐만 아니라 인습적 규범이란 외적인 장애에 의해 그의 참사랑 추구는 좌절된 것이다. 이러한 참사랑 좌절의 고민과 절망이 편지 형식을 통해 나타나고 있다. "20년대 소설에서 편지는 정보 제공이나 친교적 기능보다는 자신을 특정 대상에게 드러내는 고백의 형식

소설비평의 다원성

으로 이용되었다"[19]라고 한다. 고백을 통해 인물의 내면을 충실히 보여주는 데는 편지 형식이 효과적이란 것이다. 'K'는 방황하다가 'C'의 권유로 함께 금강산 여행을 간다. 그리고 그동안 박대했던 아내의 소중함을 깨닫고 가족이 있는 함종으로 돌아가지만 아내는 폐렴으로 이미 죽어 무덤 속에 있었다. 이에 그는 아내의 무덤 앞에서 자신이 약자임을 철저히 자각한다.

이처럼 「약한 자의 슬픔」과 「마음이 옅은 자여」에서 강엘니자벳트와 'K'는 참사랑을 추구하지만 좌절하면서 자신들이 약자임을 철저히 자각하고 있다. 그렇다면 그들을 약자로 만든 것은 무엇인가. 실제로는 사회적 처지 때문이라 할 수 있다. 그런데도 강엘니자벳트는 타인의 시선에 지배당하고 자신이 원하는 바를 적극적으로 실천하지 못한 마음의 약함 때문이라고 주장한다. 또한 'K'는 자신이 통제할 수 없는 큰 힘에 의해 패배한 것이다. Y와의 참사랑 추구는 그의 본능적 욕구와 인습적 규범으로 인해 좌절했으며, 아내로의 회귀는 질병으로 인해 철저히 좌절하고 있기 때문이다. 강엘니자벳트는 약자임을 자각할 때에 강자가 될 수 있다고 주장하지만, 그녀가 약자임을 자각한다고 해서 실제로 강자가 될 수 있는 것은 아니다. 1920년대 초기 소설에서 전반적으로 그러하듯이 그들에게 '강자'는 동경의 대상으로만 존재할 뿐이다.[20]

「약한 자의 슬픔」과 「마음이 옅은 자여」는 주요인물인 강엘리자벳트와 K의 감각과 의식을 통해서 작중 세계를 반영하고 있다. 그리하여 그들의

---

19) 최인자, 「1920년대 초기 편지체소설의 표현적 의미」, 『국어교육연구』 제1권, 1994, 139쪽.
20) 이주형, 「1920년대 소설에서의 지식인의 고뇌와 작품 형식」, 『국어교육연구』 22, 경북대학교 사범대학 국어교육연구회, 1990. 8, 7쪽.

내면이 독백이나 일기, 그리고 편지에 의해 심층적으로 드러나고 있다. 그러면서도 「약한 자의 슬픔」에서는 강엘니자벳트를 삼인칭 반영자로 시종 제시하고 있다면, 「마음이 옅은 자여」에서는 'K'를 삼인칭 반영자로 제시하고 있다. 뿐만 아니라 그의 편지와 일기 속에서는 일인칭 '나'로 제시하기도 한다.[21] 김석봉은 그것들을 '인물시각적 서술상황'으로 본다.[22] 또한 조진기는 「약한 자의 슬픔」을 '객관적 삼인칭 서술양식'으로 보고 있다.[23] 그들 작품은 반영자 인물의 내면에 대한 장면적 제시가 주류를 이룬다는 점에서 김석봉처럼 '인물시각적 서술상황'으로 보거나, '반영적 일원묘사'로 보아야할 것이다.

「약한 자의 슬픔」과 「마음이 옅은 자여」에서 반영자인 강엘니자벳트와 'K'는 참사랑 추구의 좌절과 그것으로 인한 절망 속에서 자신들이 약자임을 철저히 자각하고 있으며, 자신들의 나약한 내면을 걷잡을 수 없는 의식의 흐름인 '내적 독백'[24]으로 고백하고 있다. 그들의 불안하고 모호한 심리 상태는 빈번하게 환각, 환시의 장면을 통해 세밀하게 묘사되고 있으며, 정지된 시간 속에서 그들의 마음이 연상과 회상을 통해 유동하고 있다. 이처럼 이들 작품에서는 개인 심리의 심층적 측면을 섬세하게 파고들어간다.

일찍이 백철은 "「약한 자의 슬픔」이나 그 뒤의 「마음이 옅은 자여」에서나 작자가 작품의 문학적생명을 그 심리묘사 위에 둔것같이 그 심리묘사에 치중한 경향이 있다. 그것은 일반적 의미에서 자연주의 계통을받

21) 유국한, 앞의 논문, 29~30쪽.
22) 김석봉, 「1920년대 초기 단편소설의 서사론적 연구」, 서울대학교 석사학위 논문, 1997, 25쪽.
23) 조진기, 『한국근대리얼리즘소설연구』, 새문사, 1989, 231~253쪽.
24) 레온 에델, 이종호 역, 『현대심리소설연구』, 형설출판사, 1960, 83~85쪽.

은 심리묘사와 같은 것이 아니고 일종의 심리유희, 심리주의적인 경향에 속하는 종류의 것이었다"[25]라고 했다. 또한 이강언도 「약한 자의 슬픔」과 「마음이 옅은 자여」는 내면심리의 폭을 훨씬 깊고 다양하게 묘사하여 훨씬 박진감 있는 단계로 나아감으로써 "현대 심리소설의 기법과 동일한 것은 아니라 할지라도 그러한 기법을 어느 정도 시험했던 흔적을 찾아볼 수 있다는 데 일차적인 의의가 있"[26]다고 보았다. 그러므로 「약한 자의 슬픔」과 「마음이 옅은 자여」의 '반영적 일원묘사'를 지속적으로 보여주었다면, 김동인은 1930년대의 모더니즘 소설가를 선도하는 심리주의 작가로 평가되었을 것이다.

「약한 자의 슬픔」과 「마음이 옅은 자여」에서는 참사랑의 성취가 불가능하다는 점을 거듭 보여주고 있다. 그리하여 후속 작품에서는 참사랑의 문제가 거론되지 않는다. 대신에 그러한 참사랑의 추구를 좌절시키는 자연의 질서, 즉 운명이 어떤 것인가와 그것에 대응할 강자는 누구인가 하는 점을 찾고 있다. 이에 따라 일원묘사의 방식도 변한다.

4. '보고적 일원묘사'를 통한 운명에의 도전

김동인의 「목숨」과 「배따라기」는 인간을 압도하는 운명의 발견 및 그것에 대한 인간의 도전을 '보고적 일원묘사'로 전달하고 있다. 여기에서는 일인칭 서술자인 '나'의 관찰을 통해 주요인물인 'M'과 '형'에게 일어난 일을 간접적으로 보고하고 있다. 그러니까 주요인물이 자신의 내면을 직

---

25) 백철, 『조선신문학사조사』 근대편, 수선사, 1948, 157쪽.
26) 이강언, 「김동인소설과 내면심리의 표출양상」, 『한국현대소설의 전개』, 형설출판사, 1992, 19~31쪽,

접 보여주지 않지만, 그가 기록한 일기나 구술한 내용을 보조적 인물인 서술자가 전달하고 있다는 것이다.

그런데 서술자인 '나'에게 전해진 '나의 목숨'(M의 감상일기)이란 제목의 일기는 'M'이 자신의 내면을 고백하는 일곱 개의 조각 글로 이루어져 있다. 그리하여 'M'이 반영자로서 자신의 분열되고 혼란한 내면을 내적 독백, 꿈, 환상을 통해 보여준다. 이 일기 형식은 다층 서술의 내화가 된다. 편지 형식이 단순히 병치되고 있는 「마음이 옅은 자여」에 비해 「목숨」에서는 일기 형식이 자연스럽게 내화로 삽입되고 있다.

「목숨」에서 'M'은 S병원 원장으로부터 죽음을 선고받는다. 그는 심한 고통 속에서 머리와 몸집이 두 개체로 분리되었다고 여길 정도로 정신이 몽롱해지며 공상과 실재를 혼동하기도 한다. 그가 이처럼 정신이 몽롱한 동안에 '갈색의 악마'를 꿈속에서 두 번 만난다. 처음은 조각 글 3으로 병원에서 열일곱 번째 되는 밤에 일어난 일이며, 다음은 조각 글 6으로 수술 도중인 마취 상태에서 일어난 일이다. 이때에 'M'은 갈색의 악마와 심각한 논쟁을 벌이는데, 이를 통해 죽음이라는 극한상황에 놓인 인간의 내면을 적나라하게 보여준다.

　　"그것이다……사람이란 것의 제일 약흔 덤은. 사람은, 다만 한갓 권리 다툼에 자긔의 모든 장래와 목숨을 희생한다. 너무 역시 약한 물건이다"
　　"아니다 사람의 제일 위대한 덤이 거긔 잇다!"
　　"하하하. 사람의게두 위대한 덤이 잇늬? 그것은 우리 사회에선 제일 약한 자의 하는 일인데……"
　　"그럼 너의 악마 사회의 제일 강한 자의 하는 일은 무엇이냐?"
　　"알고 십흐늬?" 악마는 씻씻 웃고 잇다.
　　"알기 실타, 듯기 실타"

"그럼 왜 무런?"

"다만 무러 본 쑨이다"

"그럼 설명안해두 되겟지?"

"안해두? 니가 무러 본 뒤엔 설명ᄒ구야 견된다"

"하하하하, 역시 듯고 십긴 한계루구나, 우리 사회에서 제일 강흔 자가 ᄒ는 일은, '마음에 ᄒ구 십흔 것은 쏙 ᄒ구야 만다' 는 것이다. 아 랏늬?"[27]

이러한 'M'과 갈색 악마와의 토론에서 '강자'란 자신의 욕망을 반드시 실현하는 존재이다. 이제 강자의 성격이 「약한 자의 슬픔」과 「마음이 옅은 자여」와 완전히 달라지고 있는 것이다. 이러한 강자는 본능적 욕구를 충실한 실현하는 마성적 존재이다. 'M'이 절대자의 심판이 없다면 악마란 존재가 왜 필요한가라고 묻자 '우리는 즉 사람의 정이구 사람의 본능이지'라고 대답한다. 그렇다면 꿈속의 악마는 바로 의식의 심층에 자리잡은 'M'의 분열된 자아이자 작가의 분열된 자아인 것이다. 악마와의 이러한 꿈속 대화는 주요인물을 매개로 삼아 작가의 고민을 환상을 통해 나타내고 있다.

그렇지만 조선 최고의 권위자인 병원 원장으로부터 죽음을 선고받았던 'M'은 그곳의 대진 의사인 'R'의 권유로 수술을 받고 완쾌되어 새로운 삶을 살게 된다. 이러한 사건을 통한 말하고자 하는 바는 무엇인가. 그것은 죽음과 같은 중대사가 인간의 대처 능력을 넘어서는 외계의 횡포, 즉 운명으로 인해 우연적으로 결정될 수 있음을 나타낸다. 비록 'M'은 수술을 받고 자신의 목숨을 지킬 수 있었지만, 오진으로 인해 그냥 죽을 수도 있었던 것이다. 그러니까 그의 목숨이 우연적 힘에 의해 결정되고 있음

---

27) 김동인, 「목숨」, 『창조』 제8호, 1921. 1, 38~39쪽.

을 나타낸다.

「배따라기」에서도 「목숨」처럼 일인칭 보고자가 주요인물에 대한 사건을 전달하고 있다. 여기에서는 「목숨」과 달리 보고자가 주요인물과 친밀한 사이도 아니며 사건에 직접 참여하지도 않는다. 또한 「목숨」의 내화는 일인칭 주요인물 반영자에 의거하지만, 「배따라기」의 내화는 삼인칭 작가적 서술자에 의거한다. 이재선은 "한문으로 이루어진 단형서사체는 주로 이중의 서술자를 지닌 서술구조로 이루어져 있다는 것이 그 특징이다. 1인칭과 3인칭에 입각한 서술이 그것이다"[28]라고 했다. 이러한 이중 서술자의 인칭 변화가 전통적인 서사체에서 흔히 볼 수 있는 서술 기법이라면, 김동인은 이제 전통적 서사체의 서술 방식에 관심을 돌리고 있는 것이다. 그러니까 「배따라기」에서 비로소 일원묘사의 원천이었던 일본 고백체 소설의 굴레에서 벗어나고 있다.

그렇다고 김동인이 전통적 서술 방식을 복고적인 취향에서 활용하고 있는 것은 아니다. 그것은 외화가 내화 못지않게 비중이 크다는 점에서 잘 드러난다. 김윤식은 "이 작품의 거의 절반 이상이 '나'의 독백으로 되어 있어 정작 작품의 내용을 이루고 있는 형제 간의 인생 비극은 '나'의 독백인 대동강의 뱃놀이와 날씨, 경치, 곧 '나'의 심경 속에 용해되어진 형국을 이루고 있다"[29]라고 하며 외화의 비중이 높음을 강조했다.

나는, 이러흔 아름다운 봄경치에, 이러케 마읗것 봄의 속색임을 드
릇대는, 언제던, 유-토피아를 생각치아늘수업다. 우리의 시시각각으

---

28) 이재선, 「서술자의 역할과 서술유형」, 『한국단편소설연구』, 일조각, 1979, 66쪽.
29) 김윤식, 「지라르의 시선에서 본 〈참소설〉」, 『한·일 근대문학의 관련양상 신론』, 서울대학교 출판부, 2001, 46~47쪽.

로 애를쓰며 수고하는 것은—그목뎍은 무엇인가, 역시 유-토피아건설
에 잇지아늘가. 유-토피아를 생각홀째는, 언제던, 그 "위대흔 인격의
소유쟈"며 "사람의 위대흠을 슻까지 즐긴" 진나라 시황을 생각지 아늘
수업다.

    …(중략)… 여긔 한 유-토피아를 세우려던 시황은, 멧만의 력사가가
엇더타고 욕을 ᄒ던 그는 참말로 참삷의 향락쟈며, 력사이후의 뎨일
큰 위인이라고 홀수 잇다. 그만흔, 슌젼흔 용긔잇는 사람이 잇고야,
우리 인류의 력사는 슷이 날지라도 한 "사람"을 가졋섯다고, 홀수 잇
다.[30]

  자전적 보고자인 '나'는 진시황을 운명에 도전할 수 있는 인간으로 숭
배하고 있다. 그가 인간의 한계를 넘어서서 이상향을 만들고자 했던 위
대한 인격의 소유자란 것이다. 비록 규범에서 일탈한 향락적 인간이라
할지라도 진시황 같은 절대적 권력자만이 그러한 일을 할 수 있다고 보
는 것이다. 자신의 본능적 욕구를 마음껏 실현한 인간이란 점에서 그는
「목숨」의 갈색 악마가 말한 강자라 할 수 있다.

  그리고 내화에서 형은 "거저, 운명이 데일 힘셉데다」 운명의 힘이 데
일 세이다는 그의 소리에는, 썩이지 못할 원한과 뉘우침이 석겨 잇다"[31]
라고 하며 인간을 압도하는 운명의 힘을 강조하고 있다. 그러니까 형은
'운명의 힘'이 동생과 불륜을 저지른 것으로 오해하여 아내를 물에 빠져
죽게 하고 그들 형제를 뱃길로 이십 여 년 동안이나 유랑하게 만들었다
고 보는 것이다. 배가 파선했을 때 우연히 만난 아우 역시 형에게 "형님,
거저 다 운명이외다"라고 하며 그들의 유랑이 운명 때문이라고 한다. 여
기에서의 운명은 인간과 대립하면서 인간을 압도하는 광포한 자연의 질

---

30) 김동인, 「배따라기」, 『창조』 제9호, 1921. 6, 3쪽.
31) 위의 책, 6쪽.

서를 가리킨다.

장수익은 "일원묘사는 서술자가 인물을 조종함으로써 광포한 세계를 부정하는 것으로 요약될 수 있다. 이를 「배따라기」의 내화에 적용해 보면, 강한 자는 형이 될 것이며, 약한 자는 아우와 아내가 될 것이다. 그럴 때 누구를 조종할 것인가가 문제시되는데, 그러한 조종의 대상으로서 형이 선택된 것이다"[32]라고 한다. 그런데 아내와 아우에게 횡포를 부릴 수 있다고 하여 형을 강자로 보기는 어려울 것이다. 형 역시 운명에 희롱당해 아내를 죽게 하고 아우마저 유랑하게 만든 약자이기 때문이다. 물론 형은 시종 운명에 파괴당한 약자인 것만은 아니다. 그는 운명의 횡포에도 불구하고 계속 아우를 찾아 유랑함으로써 운명에 도전하는 강한 의지를 보여주고 있으며, 화자인 '나'와 산천초목을 감동시키는 '영유배짜락이'를 부를 수 있는 예술가적 자질을 보여주고 있기 때문이다. 그가 범속한 인간으로서의 실패를 비범한 예술가로서 극복하고 있다는 것이다.

이에 김동인이 생각하는 운명에의 대응 방법이 드러난다. 그는 운명에 도전할 수 있는 비범한 존재로 전제자와 예술가를 들고 있는 것이다. 그런 비범한 인간들은 절대적 권력과 천재적 영감을 통해 운명의 부당한 횡포에 맞설 수 있다는 것이다. 이재선도 "뱃사람이면서도 예술가적 기질을 지닌 「배따라기」의 주인공을 통해서 예술의 구극은 아픈 경험의 비밀을 간직하고 있다는 이념을 제기함으로서 30년대의 그의 「광화사」나 「광염소나타」로 가는 과정을 이미 암시하고 있다"[33]라고 했다. 그렇다면 「배따라기」에서는 '나'의 유토피아에 대한 욕망과 그것을 이룰 수 있는 영웅의 운명에 대한 도전이라는 주제를 효과적으로 부각시키기 위해 형

---

32) 장수익, 「1920년대 초기 소설의 시점 연구」, 서울대학교 박사학위 논문, 1998, 78쪽.
33) 이재선, 「액자소설의 원질과 그 계승」, 앞의 책, 131쪽.

소설비평의 다원성

이 구술한 내화를 삽입하고 있다.

「배따라기」도 「목숨」처럼 범속한 인간을 압도하는 운명의 힘이 얼마나 냉혹한가를 내화를 통해 나타내고 있는 것이다. 물론 「목숨」에서는 주요 인물인 반영자가 자신의 내면을 기록한 일기를 일인칭 서술자를 통해 그대로 보여주지만, 「배따라기」에서는 일인칭 서술자가 주요인물에게 들은 일을 재구성하여 전달하고 있다. 그러니까 내화에서 주요인물의 내면을 직접 보여주는 「목숨」에 비해 주요인물의 내면을 행동으로 바꾸어 간접적으로 보고하면서 자전적 일인칭 서술자의 적절한 논평을 가하는 「배따라기」가 훨씬 뛰어난 성취를 보여준다고 할 것이다.

「약한 자의 슬픔」과 「마음이 옅은 자여」처럼 삼인칭 주요인물이 반영자로서 자신의 내면을 직접 보여주는 '반영적 일원묘사' 대신에, 「목숨」과 「배따라기」에서는 일인칭 서술자가 주요인물의 내면을 일기를 전달하거나, 들은 사건을 자신이 재구성하여 전달하는 '보고적 일원묘사'에 의거하고 있는 것이다. 그렇다면 일원묘사가 왜 이렇게 변하고 있는가.

유국환은 "그것은 극도의 에고이즘에 바탕한 창작기법으로서의 인형조종술과 그가 경험세계에서 얻은 제도적 장치로서의 고백체가 서로 갈등을 일으켰기 때문"[34]이라고 판단한다. 김동인의 창작 방법인 인형조종술과 고백체인 일원묘사가 서로 괴리되었다고 보는 것이다. 하지만 장수익은 「배따라기」를 검토하면서 "정작 김동인에게는 이 두 항목이 서로 모순되지 않고 도리어 자연스럽게 연결되는 것으로 여겨졌을 것임도 당연한 일이다"[35]라고 판단한다. 창작 방법과 일원묘사가 서로 모순되지 않는다는 것이다. 인간이 스스로의 의지에 의해 어떤 행위를 한다고 간주하

---

34) 유국한, 앞의 논문, 51~52쪽.
35) 장수익, 「김동인 소설과 근대문학의 자율성」, 『문학사와 비평』 8집, 앞의 책, 247쪽.

지만 신의 입장에서 그것은 자신이 조종한 결과에 지나지 않는 것처럼, 실제로는 인물이 작가에 의해 조종된다 하더라도 외면상으로는 인물 자신의 의지에 의거해서 생각하고 행동하는 것처럼 묘사되어야 하기에 그렇게 되었다는 것이다. 그러나 '보고적 일원묘사'에서는 인물이 작가에 의해 조종될 수 있겠지만, '반영적 일원묘사'에서 반영자 주요인물이 작가에게 자유자재로 조종되기는 어렵다.

그리하여 김동인은 "필자는 결말로서 여주인공의 자살을 집어너흐랴 한것이엇다. 묘사는 일원묘사엇다. 그러나 그 작의 결말은 뜻박으로 필자는 그 여주인공을 죽이지를 못하엿다"[36]라고 했다. 애초에 강엘니자벳트와 'K'를 자살시키려고 했지만 그렇게 하지 못했다는 것이다. 이것은 삼인칭 반영자 인물이 자신의 내면을 '고백체'로 보여주고 있을 때에 독자적 생명력을 가지기에 작가도 마음대로 할 수 없다는 점을 나타내고 있다. 그러하기에 「배따라기」의 내화에서는 작가적 서술자를 설정하여 인물을 자유롭게 조종하며 주제를 효과적으로 드러내고자 했던 것이다. 김동인은 이렇게 일본의 고백체 즉 '반영적 일원묘사'의 굴레에서 점진적으로 벗어나고 있었다. 그러니까 작품의 주제가 달라지면 그것에 호응하여 묘사법도 달라지고 있다는 것이다.

염상섭은 「표본실의 청개구리」와 「제야」에서 '반영적 일원묘사'를 통해 당시의 현실에서 참자기를 추구할 때에 오히려 광인의 길로 들어설 수밖에 없음을 보여주거나, 신여성의 연애 즉 참사랑 추구의 허위성을 비판적으로 보여주고 있다. 그러나 중편 「만세전」에서는 지식인 주요인물이 예술보다 인생, 개인보다 민족을 선택함으로써 역사에 동참하고자 했

---

36) 김동인, 「조선근대소설고」, 『조선일보』, 1929. 8. 13.

다. 하지만 김동인은 일본 고백체의 영향인 '반영적 일원묘사'에서 점차 벗어나면서 자신의 의도를 효과적으로 드러낼 수 있는 '보고적 일원묘사'로 옮아가고 있었다. 그리고 집단의 욕망보다 오히려 개인의 욕망을 더욱 중시하면서 인생보다 예술, 민족보다 세계를 선택하고 역사보다 운명과의 대결에 관심을 부여하고 있었다.

5. 맺음말

김동인의 '일원묘사'는 일본에서 대정기에 활동한 이와노 호메이의 '일원적 묘사'의 영향을 받은 것으로 보이지만 단순한 모방이라기보다는 자신의 개성을 담아 창의성을 충분히 나타내고 있었다. 특히 김동인은 이와노 호메이와 달리 작자의 반대편에 있는 인생을 제거하고 있는데, 이것은 김동인의 경우에 소설과 인생을 분리시켜 있는 그대로의 세계보다 자신이 새롭게 만든 세계를 중시함을 나타내고 있었다.

그리하여 여기에서는 이러한 일원묘사를 반영적 일원묘사와 보고적 일원묘사로 나누어 『창조』에 게재된 김동인의 소재 초기소설에서 주제 변화에 따른 구체적 실현 양상을 파악하고자 했다.

「약한 자의 슬픔」과 「마음이 옅은 자여」는 삼인칭 주인공이 자신의 내면을 직접 고백하는 반영적 일원묘사에 의거하고 있었다. 여기에서 강엘니자벳트와 'K'는 영적인 참사랑을 추구하지만 오히려 육적인 거짓 사랑에 빠져들고 있으며, 이러한 참사랑의 추구와 좌절 속에서 자신들이 약자임을 자각하고 있었다. 그리고 이들 작품은 물론 「약한 자의 슬픔」의 강엘니자벳트에 비해 「마음이 옅은 자여」의 'K'는 외계에 대한 진전된 인식을 보여주고 있었다. 강엘니자벳트는 현실의 패배 속에서 자신이 약자임을 깨닫고 있으나 외계에 대한 현실적인 대응을 하지 못하며 자아의 각성을 통해 약자에서 강자로 변모할 수 있다고 여기고 있기 때문이었다.

그런데 「목숨」과 「배따라기」에서는 일원묘사의 변화를 통해 일인칭 보고자가 주요인물에 대해 전달하는 보고적 일원묘사에 의거하고 있었다. 이들 작품에서는 참사랑의 문제가 다루어지지 않는 대신에 인간의 삶이 자연의 우발적이고 냉혹한 힘인 운명에 의해 좌우된다는 점과 그러한 광포한 운명에 대응할 강자가 누구인가를 모색하고 있었다. 여기에서 보고자인 '나'는 「목숨」에서처럼 'M'의 내면을 그의 일기를 통해 그대로 전달하거나 「배따라기」에서처럼 형의 일을 재구성하여 전달하고 있었다.

이처럼 참사랑의 좌절에 따른 약자의 자각에서 운명에 대응할 강자의 모색으로 작품의 주제가 변화하면서 일원묘사의 방식도 변하고 있었다. 이것은 김동인이 작품에서 주제와 기법을 얼마나 긴밀하게 호응시키고 있었는가를 잘 보여주었다. 그리하여 1920년대 초기 소설에서부터 자아의 각성과 자연과의 대결이라는 근대적 인식을 잘 보여줄 뿐만 아니라, 일원묘사를 창의적으로 원용함으로써 기법의 혁신을 도모하였다는 점에서 본격적 근대소설의 발전에 기여한 김동인의 선구적 역할을 충분히 확인할 수 있었다.

김말봉『밀림』의 대중 소통 전략

1. 머리말

1930년대 후반의 전형기에 새로운 방향을 다양하게 모색하고 있던 조선의 문단에서 김말봉의 등장은 이채로운 사건이라 할 수 있었다. 그녀는 다른 작가들과 달리 스스로 대중을 중시하는 통속소설가로 자처했으며, 이에 호응하듯이 그녀의 작품은 매우 큰 성공을 거두었기 때문이다. 그러니까 본격소설이 위축되던 전형기에 김말봉의 첫 장편소설「밀림」(『동아일보』, 1935. 9. 26~1936. 2. 7)은 본격적 통속소설의 등장으로 일컬어지며 긍정과 부정의 찬반 논란 속에서 독자의 주목을 크게 받았던 작품이었다.

당시에 이원조는 "김말봉씨로말하면 작가적경영으로나 일반적인상으로나 일가의 명성을 얻었다는것보담은 차라리 신인의 계보에드는데도 불구하고「찔레꽃」한편으로서 일반독자의 인기를 끄은 것은 일직이 어느 대가의 작품이 끄은 인기에 못지아니할뿐아니라"[1]라고 하며, 김말봉

---

1)   이원조, 「신문소설분화론」, 『조광』 2, 1938. 2, 169쪽.

작품의 대중적 인기를 긍정했다. 그러나 김남천은 "작가들이 신문소설에 희생되어 아까운 청춘을 낭비하는데 이이상 더 그런것에 관심을 환기시키고 십지는안타. 나는 오히려 이런류의 소설이 청산되여야 신문독자의 건전한 취미는 구원을 바더리라고 생각할뿐이다"[2]라고 하며 이런 소설이 청산되어야 한다고 그것을 폄하했다.

그런데 백철은 "『밀림』 등과 같이 순수하게 흥미중심의 통속성을 갖고 등장한 것은 김말봉이 처음이요 이때에 시작되어 통속소설이 저널리즘에 영합된 기운은 차츰 현저해졌다"[3]라고 하며, 『밀림』의 출현을 문학사적으로 매우 주목하였다. 그는 1935년부터 시작하여 1937, 8년경을 통속소설이 정말 통속소설답게 등장한 시기로 보고 있다. 그 이유는 첫째로 이전에는 일종의 사회사업으로 여겨지던 조선의 신문이 1935년 이후 영업상으로 소위 수지를 맞추려고 하고 또 어느 정도까지 수지가 맞게 됨으로써 상업주의가 겨우 형태를 갖추게 되자 통속소설을 요구하였다는 것이고, 둘째로 시대의 현실이 매우 암흑해서 그전과 같이 경향적으로 나갈 길이 막혀버린 때문에 일부의 작가가 세태소설이나 신변소설을 쓴 것과 또 일부의 작가들이 역사소설을 쓴 것처럼 가장 무난하게 이 시대를 통과하려는 흐름으로 통속소설을 본격적으로 요구하였다는 것이다.

이렇게 김말봉의 통속소설을 긍정하든지 폄하하든지 간에 당시의 비평가들은 그것들이 일반 독자의 인기를 크게 얻었다는 점은 모두 인정하고 있다. 물론 『밀림』에 대한 다수 독자의 이러한 인기는 당시에 본격적 통속소설의 등장이라 일컬어졌듯이, 텍스트의 대중 소통 전략이 유효했기 때문이라고 할 수 있다.

---

2) 김남천, 「작금의 신문소설─통속소설론을 위한 감상」, 『비판』 제52호, 1938. 12, 68쪽.
3) 백철, 『조선신문학사조사』 현대편, 백양당, 1949, 334쪽.

텍스트는 기표와 기의가 제대로 결합될 때에 비로소 의미 작용을 할 수 있다. 발신자는 자신의 의도에 적합한 기표를 선택하여 그것에 기의를 담아서 하나의 기호로 수신자에게 전달한다. 그러니까 발신자가 보낸 기표에서 수신자가 다시 일정한 기의를 추출할 때에 의사소통이 성립되는 것이다. 그러므로 이러한 의사소통이 원활하게 이루어지기 위해서는 발신자가 자신의 기의에 적합한 기표를 수신자에게 보내고 수신자가 그 기표를 통해 송신자가 보낸 기의를 재생산해낼 수 있어야 한다. 그럴 때만 발신자와 수신자는 의미를 공유하는 것이며 의사소통이 성공한 것이다. 그런데 일상적인 언어나 과학적 언어에서는 발신자와 수신자 사이에서 왕래하는 기표에 담긴 기의가 거의 일치하는 지시 의미를 갖지만 문학적 언어는 이와 상당히 다르다. 문학적 언어는 함축적인 의미를 지향하고 있기 때문이다. "같은 기호라도 함축 의미는 문화마다 다르다. 함축 의미는, 사전에서는 찾아볼 수 없는 의미로, 특정 문화 속에서 오래 듣고 보면서 배우는 수밖에 없다. 기호가 사람들의 마음에 불러일으키는 함축 의미 속에 인생의 묘미가 있다"[4]라는 것이다.

그러하기에 문학 텍스트에서는 원활한 의사소통에 의한 의미의 공유가 이루어지기 어렵다. 관련 상황이나 맥락, 발신자, 수신자, 약호 등으로부터 상대적으로 자유롭기 때문에 문학적 언어의 기의는 일상적 발화의 도구적 기능에서 해방되어 일상적 의미와 문학적 의미 사이에서 무한한 함축성을 창출할 수 있다는 것이다. 야콥슨에 의하면, 언어의 시적 기능은 전언 자체를 지향할 때에 가능하다. 관련 상황이나 맥락, 발신자나 수신자와도 무관하며 심지어 약호와도 무관한 것이다.[5] 이처럼 시적 기

---

4) 김경용, 『기호학이란 무엇인가』, 민음사, 1994, 51쪽.
5) 로만 야콥슨, 신문수 편역, 「언어학과 시학」, 『문학 속의 언어학』, 문학과지성사, 1989,

능의 함축성으로 인해 의미의 공유가 이루어지기 어려운 문학 텍스트에서 발신자인 작가의 전언을 수신자인 독자에게 원활하게 전달하여 의사소통이 충실하게 이루어지기 위해서는 그에 부응하는 대중과의 소통 전략이 필요하다.

일제강점기의 통속소설 전반에 대한 연구에서뿐만 아니라 김말봉의 통속소설에 대한 연구에서 『찔레꽃』은 많이 다루어지고 있다.[6] 그러나 이상진의 연구를 제외한다면 『밀림』은 거의 다루어진 바가 없다.[7] 그리고 『밀림』을 단독으로 다룬 연구는 아예 찾아 볼 수 없다. 이에 이 책에서는 본격적 통속소설의 등장으로 일컬어지는 김말봉의 『밀림』을 연구 대상으로 삼고서 대중 독자와 원활하고 유효한 의사소통을 하는 데 어떤 소통 전략이 적절하게 활용되고 있는가를 중점적으로 살펴보고자 한다.

여기에서는 1942년에 경성 영창서관에서 출판된 『밀림』을 텍스트로 삼는다. 1955년에 출판된 서울 영창서관의 『밀림』도 있지만, 일제강점기의 경성본이 작품 발표 당시의 특성을 더욱 잘 보여줄 것이기 때문이다. 서울본은 맞춤법이 바뀌고, 조선과 경성 같은 단어가 한국과 서울로 바뀐다. 또한 몇 군데 일본어로 된 대화가 한국어로 바뀌고 있다. 그리고 상권의 면수는 동일하지만 하권의 경우는 한 면에 실린 분량이 한 줄씩 줄어들어 경성본의 588면이 서울본에서는 613면으로 늘어나고 있다.

54~62쪽.

6) 천상병, 「사회와 윤리—김말봉의 『찔레꽃』론」, 『한국장편문학대계』 13, 성음사, 1970; 안창수, 「찔레꽃에 나타난 삶의 양상과 그 한계」, 『영남어문학』 12, 1985; 유문선, 「애정갈등과 통속소설의 창작방법 : 김말봉의 '찔레꽃'에 관하여」, 『문학정신』, 1990. 6; 배기정, 「『찔레꽃』의 전개 양상과 그 의미」, 『국어교육연구』 26, 국어교육연구회, 1994.

7) 이상진, 「대중소설의 반페미니즘적 경향—김말봉론」, 한국여성 소설연구회, 『페미니즘과 소설비평』 근대편, 한길사, 1995, 291~319쪽.

2. '주석적 서술자'의 적극적 개입

『밀림』은 '주석적 서술자'가 텍스트에 적극적으로 다양하게 관여하고 있다. 여기서 주석적 서술자란 서술 세계의 바깥에 위치한 권한 높은 개성적 서술자의 존재를 의미한다. 주석적 서술자는 대개 자기의 존재를 뚜렷이 알림으로써 독자가 텍스트를 일관되고 용이하게 파악할 수 있도록 한다. 슈탄첼은 "작가는 주석적 서술자에게 알맞는 배역을 부여함으로써 그의 서술적 기능을 허구화하고 극화한다. 이때 서술자는 역사적 실제적 인물로서의 작가와 대단히 거리가 멀어질 수 있다"[8]라고 했다.

그러니까 슈탄첼은 일반적으로 사용되던 서술 초점 대신에 '서술 상황(narrative situation)'이란 용어를 사용하면서 일인칭 인물 서술자와 삼인칭 주석적 서술자를 구분한다. 일인칭 인물 서술자는 소설에 대한 자신의 동기와 존재론적 유대를 가진다면, 삼인칭 주석적 서술자의 경우에는 그러한 유대를 가지지 않는다.[9] 그러므로 주석적 서술자는 텍스트에 능동적으로 개입함으로써 독자의 오독을 막고 이해도를 높여줄 수 있다. 그런데 서술되고 있는 사건에 대한 주석적 서술자의 참견이 그가 분장하게 되는 배역보다도 더 중요한 지침이 된다. 즉 "이런 종류의 첨언들에서 주석적 서술자의 정신적 인상이 두드러지는바, 그의 관심사, 세정에 대한 그의 지식, 정치적·사회적·도덕적 문제에 대한 그의 생각, 특정한 인물이나 사물에 대한 그의 선입견 등이 드러나게 되는 것이다."[10]

『밀림』에서의 주석적 서술자도 그의 사설과 주석을 통해 텍스트에 적

---

8) 프란츠 슈탄첼, 안삼환 역, 『소설형식의 기본유형』, 탐구당, 1982, 35~36쪽
9) 위의 책, 24~35쪽.
10) 위의 책, 36~37쪽.

극적으로 참견함으로써 자신의 입장을 뚜렷이 드러내고 있다. 여기에서 서술자는 어떤 인물의 특징이나 숨겨진 비밀을 알려준다. 또한 인물들에게 앞으로 일어날 사건을 예고하거나, 특정 사건에 대한 자신의 감회를 나타내고 있다. 그리하여 독서 과정에서 독자의 관심을 집중시키고 엉뚱한 방향으로 이탈하는 것을 막아준다.

① 갑작이 부표를 탁 놋코 한여자가 물속으로 텀벙 뛰어들엇다. 우리는 지금부터 그의 이름을 서자경이라 부르자.(『밀림』 상권, 25쪽)

② 오꾸마가 조선을 나온것도 그리고 경성한복판에다가 등불과 술과 색채로서 손님을 기다리는 집을맨든것도 그가 상해에서 나올때에 가지고온 계획이다.(『밀림』 하권, 159쪽)

인용문들에서는 주석적 서술자가 주요 인물에 대한 정보를 직접적으로 전달해주고 있다. ①에서는 마치 작가가 독자와 얼굴을 맞대고 있듯이 아주 장난스러운 태도로 서자경을 소개하고 있는데, 다른 인물을 소개할 때에는 찾아볼 수 없는 점이다. 백만장자의 외동딸로 미모와 지식을 겸비한 서자경은 지나친 자만심과 충동성으로 인해 가까운 사람들에게 고통을 주며 자신도 불행에 빠지고 있다. 이런 점에서 이러한 주석은 독자가 그녀에게 더욱 많은 관심을 갖도록 서술자가 오히려 경박한 태도로 그녀를 소개하고 있는 것이다.

그리고 ②에서는 이와 달리 빈민의 딸로 기생으로 팔려가고 여러 외국인의 첩으로 지내는 등 파란만장한 삶을 살아온 오꾸마의 비밀을 진지한 태도로 알려주고 있다. 그녀가 상해에서 조선으로 들어와 경성에 '오로라'란 댄스홀을 차리고 마담으로 활동하는 일이 모종의 임무를 수행하기 위한 것이란 것이다. 이처럼 주석적 서술자는 특정 인물의 이름과 비밀을 장난스럽거나 진지하게 알려주면서 그들에 대한 자신의 태도를 나타내며 독자의 이해를 높여주고 있다.

그런데 ②가 서울본에서는 "오꾸마가 한국을 나온것도 그리고 서울한복판에다 등불과 술과 색채로서 손님을 기다리는 집을맨든것도 그가 상해에서 나올때에 가지고온 <u>크나큰심부림을 실행하는 순서의 한가지밖에 아무것도 아닌 것이다.</u>"[11]로 바뀌고 있다. 밑줄 친 부분은 개작을 통해 문장 표현이 나중에 달라진 부분이다. 이것은 작가가 오꾸마의 이런 비밀 임무를 매우 중시한다는 점을 나타내고 있다.

① 과연 상만은 요시에와 지난일이 일종의 작난에 지나지 아니한것이다. 그러나 그작난은 드디여 상만의 일생을 암흑으로 끌고들어갈 악마의 발톱이되고 만것이다.(『밀림』 상권, 347쪽)

② 상만인가 인애인가 손수건을 흔드는 손넘어로 하—얀 소매끝이 보일때 그것은 분명코 인애라고 생각되엿다. 그러나 이것으로 자경과 인애가 십년이 넘은 우정을 끝막는것이라고 그들은 꿈엔들 생각하엿스랴!(『밀림』 상권, 447쪽)

③ 유리창 넘어로 옥을 깍근듯한 푸른 하늘이 반가운듯 내려다보고 광선을 안은 정원 나무들우에는 참새떼가 부즈런히 우지짓고 잇다. 그러나 자경에게는 영구이 새이지아니할 어둠의 첫날이 시작되는것이다.(『밀림』 상권, 465쪽)

인용문에서는 주석적 서술자가 인물들의 앞날과 사건의 진행 방향을

---

11) 김말봉, 『밀림』 하권, 서울: 영창서관출판부, 1955, 165쪽.

예고하고 있다. ①은 장래에 요시에와 아들 학세가 오상만에게 불행의
주된 원인이 될 것임을 훈계적 태도로 미리 독자에게 알려주고 있으며,
②는 오상만의 배신으로 인해 절친한 사이였던 주인애와 서자경이 서로
갈라설 것임을 연민적 태도로 알려주고 있다. 그리고 ③은 오상만에게
정조를 잃은 서자경의 앞날이 순탄치 않을 것임을 알려준다. 주석적 서
술자의 이런 개입이 없더라도 독자 역시 사태를 어느 정도 짐작할 수 있
을 것이다. 그럼에도 불구하고 최대한 이해력을 높이기 위해 그러한 점
을 그들에게 반복해서 각인시켜주고자 그들의 앞날을 미리 예고하고 있
는 것이다.

> ① 회나무아래 주저앉엇든 그림자는 멍…하니 두사람의 등뒤를 바
> 라보고 앉었다가 갑작이 두손으로 머리를 쥐여 뜻엇다. 그림자는 오날
> 나온 유동섭이엿다. 앞으로 닷새가 잇어야만 출옥한다든 동섭이가 어
> 쩨서 오늘 저녁에 나왓을가.(『밀림』 하권, 17쪽)

> ② 일순간 무서운 질투의 회초리가 소낙비처럼 자경의 중추신경을
> 후려갈기는 것을 느끼엇다. 이러토록 자경을 괴롭게하는 그녀자는 과
> 연누구인고.(『밀림』 하권, 68쪽)

> ③ 정평산이란 돌연히 나타난 인물이 과연 자경의 운명에 어떠한 역
> 활을 하게될지 우리는 진실로 인생이란 뜻하지않은곳에서 뜻하지않은
> 사변을 경험한다는 사실을 또한번 똑똑히 보게될것이다.(『밀림』 하권,
> 527쪽)

인용문들에서는 주석적 서술자가 질문을 던져놓고 그것에 대해 대답
하는 방식으로 독자의 관심을 끌고 있다. ①은 예정보다 일찍 출옥한 유
동섭이 오상만과 서자경 사이의 비밀을 알게 된 경위를 말해주고 있는

것이며, ②는 서자경이 술이 취해 오꾸마의 품에 안긴 유동섭을 목격하고 그들의 관계를 오해하게 되는 과정에서, 오꾸마의 정체에 대한 물음을 던지고 그것에 대답하고 있다. 그리고 ③은 서자경이 사회주의자인 정평산에게 호의를 보이지만, 오히려 조직의 본거지를 경찰에 밀고했다는 오해를 받아 그에게 총상을 입는다는 사실을 의문 제기의 방식으로 알려주고 있다.

> ① 아침애 결혼을 축하하든 종은 저녁때 사람의 죽음을 조상하는것이다. 이리하여 인애는 무상이라는 궤도를 밟고 영원을 향하여한거름 한거름나아가는 것이다.(『밀림』 하권, 103쪽)

> ② 상만은 천연스럽게 거짓말을 하고 아즉도 괴로운 듯이 손으로 배를만저 보는것이다. 거짓과 거짓으로 무장하는 부부— 과연 그들의 행복은 모래우에지은 집처럼 덧없는 그것이 아닐까.(『밀림』 하권, 187쪽)

인용문들은 주요 사건과 인물에 대한 주석적 서술자의 도덕적 판단을 나타내고 있다. ①은 오상만과 서자경의 결혼식 날에 그와 자신의 딸과의 결혼을 간절히 원하던 주인애의 어머니가 죽는다는 사건을 두고 인생이 얼마나 무상한가를 말해주고 있다. 그리고 ②는 사랑과 신뢰가 없이 결혼한 오상만과 서자경의 결혼 생활이 얼마나 허망한가를 부연해서 강조하고 있다. 인물들의 인생에 대한 주석적 서술자의 이러한 참견을 통해 독자는 보다 용이하게 사태의 핵심을 파악하고 작가가 긍정하는 가치를 더욱 잘 이해하게 될 것이다.

이처럼 『밀림』에서는 주석적 서술자가 능동적으로 다양하게 개입하여 독자의 관심을 집중시키고 텍스트에 대한 이해력을 높여주고 있다. 소설은 '대중 독자'를 상대로 삼는다. 티보데는 소설의 독자를 두 종류로 나누고 있다. 하나는 소설이라고 하면 무엇이건 손에 잡히는 대로 읽으나 소설에다 오락, 청량제, 일상생활에서의 휴식 같은 것밖에는 요구하지 않으며 '취미'라는 말 가운데 포함되어 있는 내적 또는 외적으로 여하한 요소에 의해서도 계발되지 않는 사람을 가리키는 '렉테에르(보통 독자)'이고, 다른 하나는 문학이라는 것을 일시적 오락으로서가 아니라, 본질적인 목적으로 실재하고 있는 세계, 즉 인간에게 있어 다른 인생 목표와 똑같은 깊이를 가지고 전 인간을 사로잡을 수 있는 것으로서 존재하고 있는 영역에서 선발된 사람을 가리키는 '리세에르(정독자)'이다.[12] 여기에서의 대중 독자는 티보데의 렉테에르처럼 부정적인 의미를 갖는 것이 아니라 다수의 독자를 지칭하는 가치중립적인 용어이다.

통속소설의 경우에는 이렇게 주석적 서술자가 능동적으로 개입하여 서술자와 서술 세계 사이에 존재하는 간극을 좁혀줄 수 있다. 흔히 그것들 사이의 양극을 가리켜 질서와 혼돈, 도덕적 율법과 혼란, 존재와 가상, 사회적 전통과 무정부 상태의 양극과 동일시하기도 한다. 그렇다면 주석적 서술자의 중재 능력이 독자로 하여금 이 세계를 질서와 조화의 세계로서 체험하도록 할 것이다. 서술자와 서술 세계 사이의 긴장도는 모든 단계를 다 생각할 수 있으며, 이 긴장도가 가장 낮은 단계에까지 내려오면 두 가치 세계가 완전히 합일되는 점에까지 이르는데, 이런 경우를 통속소설에서 자주 볼 수 있다.[13]

1938년에 임화는 "자기 독특한 방법을 가지고 현대소설의 깊은 모순인 성격과 환경의 불일치를 통일하엿다. 이점이 통속적인 의미에서 일망정

---

12) 티보데, 유억진 역, 「소설의 독자」, 『소설의 미학』, 신양사, 1959, 23~27쪽.
13) 프란츠 슈탄첼, 앞의 책, 41~43쪽.

김씨를 좌우간 「유니크」한 존재로 만들게 한 것이다"[14]라고 했다. 김말봉의 장편소설은 전형기의 암담한 상황 속에서 성격과 환경의 일치를 보여주고 있다는 것이다. 텍스트에서 서술자와 서술 세계의 간극이 중화됨으로써 불가능한 곳에서 성격과 환경을 일치시켰다는 것이다. 그러니까 『밀림』에서도 주석적 서술자의 능동적 역할이 서술자와 서술 세계를 중화시켜 작가의 의도에 따른 성격과 환경의 일치를 보여주고 있다는 것이다.

3. '보고적 서술'의 우위

앞장에서 살펴보았듯이 『밀림』에서 주석적 서술자는 사건의 전개에 적극적으로 개입하여 대중과의 소통을 원활하게 하는 다양한 기능을 수행하고 있었다. 뿐만 아니라 그러한 주석적 서술자는 언술 방식에서도 대중 소통 전략에 의거하고 있다. 그것은 서술자의 언술에서 '장면적 묘사'보다 '보고적 서술'의 비중이 높은 점이다.

서술자는 '보고적 서술'의 방식으로 말하기도 하고 '장면적 묘사'의 방식으로 말하기도 한다. 보고적 서술에 있어서는 서술 내용이 특정 서술자의 입장을 나타내고 또 과거의 사실로서 나타나게 된다. 이것은 그렇게 보고하게 된 경과에 대한 설명 때문이다. 그리고 장면적 묘사에 있어서는 장소와 시간이 언급되기 때문에 독자로 하여금 상세한 시공간적 감각을 지닐 수 있게 한다. 그래서 독자는 마치 자기가 현재 그 사건의 무대 위에 있는 것같이 생각하게 되는 것이다.[15]

---

14) 임화, 「속문학의 대두와 예술문학의 비극 — 통속소설론에 대하야」, 『동아일보』, 1938. 11. 28.
15) 프란츠 슈탄첼, 앞의 책, 29쪽.

임화는 "통속소설은 묘사대신 서술의 길을 취하는 것이며 혹은 서술아래 묘사가 종속된다"[16]라고 하면서, 통속소설에서는 묘사보다 서술에 치중한다고 본다. 묘사가 과학적인 분석의 정신을 통해 현상에 대한 심도 있는 인식을 필요로 한다면, 서술은 상식적이고 표면적인 현상을 그대로 받아들이게 한다고 보는 것이다. 세밀한 묘사는 작가에게 치밀한 관찰력과 진득한 표현력을 요구한다. 뿐만 아니라 속도감을 갖지 못하기에 대중 독자에게 지루하다는 인상을 줄 수 있다. 그러므로 통속소설에서는 인물의 성격이나 상황을 세밀하게 장면적으로 묘사하기보다는 사건을 보고적으로 신속하게 서술한다.

> 그때 이십년전 서정연씨는 어느 서양인이 경영하고 잇는 병원에 서기로 잇섯다. 일즉이난 자녀들은 다없어지고 아내가 설흔여섯살에 딸을 하나 나흔 것이 자경이엇다. 삼십원 월급을 가지고 세식구가 살아가기에는 과히 군색한 것은 없지마는 언제나 남는 것은 없엇다. 서씨는 눈만 감으면 돈이 곧 쏟아저나올일이 각금각금 머리에 떠올랏스나 사업의 날개인 자본이 없는 그는 모든 것을 단렴할 수밖에없었다. 우연히 자긔 고향에서 어릴때 가치 한문을 배흐든 유영춘을 자긔가 근무하는 병원에서 발견햇슬때 유씨가 석달후에 죽을것도 몰랏고 또 피땀으로 벌어온 유씨의 유산을 직혀줄 사람이 자긔가되리라고는 꿈에도 생각지못하엿다. 그러나 그는 각금 의로운 유씨를 방문하엿다. 자긔가 교회의 집사이니만큼 성경도 낭독하여 주고 긔도도 가치 하엿다. 다만 그뿐이엿다. 그러나 유씨가 별세한뒤 석달후에 유영춘씨 어머니마저 떠나고 동섭이가 서정연씨의 집으로오자, 일만수백원의 돈은 서씨의 수중에서 꽃이피고 열매가 열기 시작한것이다. 서씨는 병원일을 그만두고 조그마한 포목상을 시작하엿다. 그것이 지금 종로 한복판에 사층 벽돌로 싸아올린 큰 백화점이 되엿다는 것이다. 그리는동안에 서씨는

---

16) 임화, 앞의 글.

인조견 공장을짓고 고무신공장도내었다. 서씨가 손을대는족족 그것은 성공이엇다.(『밀림』상권, 75~76쪽)

인용문은 서자경의 아버지 서정연이 사업가로 성공한 내력을 개괄적으로 설명해주고 있다. 그가 20년 전에 병원에서 죽어가는 고향 선배인 유영춘을 우연히 만나서 재산 관리인이 되었으며, 이런 연유로 유동춘의 아들인 유동섭을 자기 집에서 아들처럼 기르게 되었고, 위탁받은 재산을 최대한 활용하여 백만장자가 되었다는 것이다. 이런 20년간의 사연이 보고적 서술을 통해 요약되어 전달되고 있는데, 만약 이러한 서정연의 축재 과정이 장면적 묘사로 이루어졌다면 텍스트의 분량은 지금보다 훨씬 많아야 했을 것이다. 또한 관심의 초점도 '자본 만능이라는 이 시대가 준 공로'라는 점으로 옮아가야 했을 것이다. 그러니까 보고적 서술을 통해 서정연의 축재 과정을 과감하게 요약함으로써 중심 사건에 더욱 집중하고 있다. 이런 점도 작가의 의도를 대중 독자에게 효율적으로 전달하기 위한 적절한 소통 전략으로 활용되고 있는 것이다.

이처럼 『밀림』에서는 장면적 묘사보다 보고적 서술이 훨씬 중시되고 있다. 사건이 보고적 서술로 전달될 때에 독자는 서술자가 그 사건에 대해 처해 있는 것으로 보이는 바로 그러한 시간적·공간적 거리를 지닌 채 그것을 인지한다. 개개의 사건들과 전체적 진행 과정은 독자가 상상하기에 과거에 이미 완결된 것으로 생각되며, 중요한 사실들은 그 결과가 간결하게 요약되어 보고된다. 보고적 서술에 있어서는 서술 내용이 한 서술자의 입장의 표현으로 나타나고 또 과거의 사실로써 나타나게 되는데, 이것은 그렇게 보고하게 된 경과에 대한 설명 때문이다. 따로 떼어서 볼 때에는 정말 무미건조하게 느껴지는 보고적 서술도 텍스트 전체와의 연관성하에서 볼 때에는 장면적 묘사보다 독자에게 더욱 직관적이고 정감적인 인상을 남길 수 있다.

슈탄첼에 의하면, 장면적 묘사는 보고적 서술과 아주 다른 방법으로 독자를 사로잡는다. 장면적 묘사는 사건의 상세한 진행 과정을 마치 현재에 일어나는 것처럼 나타내고자 한다. 그래서 독자는 사건을 그 행위 자체 속에서 함께 체험하지 않을 수 없게 된다. 장면적 묘사에 있어서는 시간과 장소가 언급되기 때문에 독자는 상세한 시공 감각을 지닐 수 있다. 그래서 독자는 마치 자기가 현재 그 사건의 무대 위에 있는 것같이 생각하게 된다.[17]

또한 『밀림』에서는 '장면적 묘사'의 부족함을 보완하기 위해 인물 간의 대화를 적절하게 활용하고 있다. 일반적으로 소설은 인물 간의 대화보다 서술자의 언술을 중시한다. 그리하여 서술자의 언술에 의거하여 대부분의 이야기를 전달하게 된다. 숄레스와 켈로그도 "극은 서술자가 없는 이야기인 반면에, 서사는 서술자가 함께 존재하는 이야기다"[18]라고 하여 서사문학에서 서술자의 존재와 역할을 중시했다. 그럼에도 불구하고 독자와의 직접성을 강화하기 위해서는 대화가 필요하다.

"인애는?"
"인애씨는 내은인이야요 고맙긴 고마워요. 그러나 내심장 전부는 아니엿서요"
"악마!"
갑작이 자경이 상만의 앙가슴을 냅다 질르고 교의에서 벌덕 이러섯다.

---

17) 프란츠 슈탄첼, 앞의 책, 28~30쪽.
18) Robert Scholes and Robert Kellogg, *The Nature of Narrative*, Oxford University Press, London and Oxford and New York, 1979, p.4.

소설비평의 다원성

"난 이길로, 가서 인애와만나고 올테야요. 인애에게 전부를 다말해
버릴테야"

자경은 응접실 문을 확 열엇다.

"정말이요? 그릿타면 너무감사한데, 내가할말을 자경씨가 대신해
주신다니 하하하"

상만은 이러서서 나가는 자경의 허리를 덥석안고 그의 목덜미에 입
술을 대엿다.

"난 죽어버릴가바"

자경은 상만의 가슴에 얼골을 파묻고 흙흙느끼엇다

"자경씨—성격이나 취미나 당신은 나와 결혼을 해야만 행복한 일생
을 보내리다, 네 자경씨 우리는 결혼해야 됩니다"

(자세한 것은 하편을보시요)(『밀림』 상권, 467~468쪽)

인용문은 상권의 마지막 부분으로 대화 위주로 사건이 전개되고 있다.
여기에서 오상만은 서자경을 유혹하여 백만장자의 사위가 되고자 기회
를 노리다가 그녀의 정조를 뺏은 뒤에 그녀에게 결혼을 요구한다. 오상
만은 서자경과 절친한 사이인 주인애의 약혼자다. 그는 주인애의 도움을
받아 동경고상을 졸업하였을 뿐만 아니라 서정연의 회사에도 취직이 되
었지만 그녀와의 결혼을 계속 미루다가 결국 그녀를 배신하고 있는 것이
다. 그러니까 이러한 배신의 결정적 계기가 되는 상황을 대화로만 보여
주고 있다. 그런데 이를 통해 자신의 필요에 따라 변신을 거듭하는 오상
만의 복합적 면모도 잘 드러난다.

이처럼 『밀림』에서는 인물 간의 대화가 비중 높게 나타나고 있다. 길이
가 짧은 대화를 활용하여 사건을 신속하고 간명하게 진행시키고 있다는
것이다. 이것은 독자의 이해를 쉽게 하여 흥미를 부여하는 효과적인 방
법이라 할 수 있다. 짧은 대화는 속도감 있고 간명하게 이야기를 전달함

으로써 유장한 언술에 비해 독자가 지루하지 않게 작품을 읽을 수 있도록 한다.

하지만 김태현은 "일부 상품소설에서의 대화의 남용은 이런 기능보다 원고지 채우기에 급급한 작가의 능력과 밀접한 관계를 이루고 있다. 또 그것은 읽기 쉽다는 이점 때문에 독자의 독서심리에도 어느 정도 부합된다"[19]라고 하며 대화의 남용을 비판하기도 한다. 대화가 적절하게 활용된다면 소설 읽기에 도움이 되지만, 대화가 오용되거나 남용된다면 오히려 작품의 올바른 이해에 방해가 될 수 있다는 것이다.

4. 맺음말

1930년대 후반에 대표적 통속소설가로 자타가 공인했던 김말봉의 대중 소통 전략을 파악하기 위해 첫 장편소설인 『밀림』에서 '주석적 서술자'의 다양한 개입 양상을 살펴보았다. 여기에서 주석적 서술자는 인물의 이름이나 비밀을 장난스럽거나 진지한 태도로 알려주기도 하고, 앞으로 일어날 사건을 직접적으로나 의문 제시를 통해 연민적 태도로 예고하거나, 어떤 결과에 대한 원인을 회상하여 말해주거나, 어떤 사태에 대한 자신의 감회를 교훈적 태도로 드러내고 있었다. 이처럼 주석적 서술자가 텍스트에 능동적으로 다양하게 개입하여 대중 독자의 이해를 도우며 소통을 원활히 하고 있었다.

그리고 『밀림』에서는 서술자의 언술 중에서 '장면적 묘사'보다 '보고적 서술'이 우세하게 나타나고 있었다. 또한 장면적 묘사의 부족함을 보완

---

19) 김태현, 「위기의 시대와 상품소설」, 『문학의 시대』 제2집, 풀빛, 1984, 96쪽.

소설비평의 다원성

할 수 있는 인물 간의 대화가 높은 비중을 차지하면서 이를 통해 사건의 내용을 신속하고 간명하게 전달하고 있었다. 이런 점 역시 대중 독자와의 원활하고 유효한 소통을 가능하게 하는 데 기여하고 있었다. 당시에 『밀림』을 비롯한 김말봉의 통속소설이 독자의 흥미를 크게 끌 수 있었던 것은 바로 이러한 대중 소통 전략이 유효했기 때문이라고 할 수 있었다.

최명익 소설의 '초점화' 양상

1. 머리말

최명익은 1930년대 후반기의 조선 문단에서 집중적인 관심을 받았던 신세대의 대표적 작가이다. 당시에 일부 비평가들로부터 비판을 받기도 했으나,[1] 다른 대다수의 비평가들로부터는 긍정적인 평가를 받았다.[2] 백철은 "최씨의 작품으로선 「역설」을 처음 읽었으나 어덴지 침착한 것과 무게가 있어서 신인의 중진이란 생각이 든다"[3]라고 최명익 소설의 무게감을 칭찬하고 있으며, 김동리는 "문단 신생면의 신진작가 중 그 작가적 기량과 태도(작가적)에 있어 우리의 신임이 제일 두터운 이론 최명익 씨다"[4]라고 최명익을 신세대 작가의 선두 주자로 내세울 정도로 높이 평가했다.

---

1) 임화, 「창작계의 일년」, 『조광』 50호, 1939. 12; 김남천, 「신세대론과 신인의 작품」, 『동아일보』, 1939. 12. 19.
2) 엄흥섭, 「문예시평 ⑦ 신인들에 대한 앞날의 기대」, 『조선일보』, 1937. 5. 10; 김환태, 「순수시비」, 『문장』 1권 10호, 1939. 11.
3) 백철, 「금년간의 창작계 개관」, 『조광』 38호, 1940. 5, 57쪽.
4) 김동리, 「신세대의 정신」, 『문장』 제2권 5호, 1940. 5, 86쪽.

최명익 소설에서 지식인 주인공의 자의식 표출 양상과 그것의 시대적 의미에 대한 조연현의 선구적 검토 이래로,[5] 최혜실에 의해 최명익 소설의 심리소설적 특성 규명이 본격적으로 이루어진다.[6] 그리고 1990년대부터 기법론적 측면에서의 연구도 산발적으로 이루어지고 있다. 그렇지만 기법에 대한 연구에서 핵심이라 할 '시점(point of view)'에 대한 본격적인 연구는 거의 찾아보기 어렵다. 윤부희는 서술자가 작품 속에 존재하는 경우와 그렇지 않은 경우로 최명익 소설을 양분하여 각각에서 기법을 살펴보고 있다.[7] 하지만 여기에서도 시점만의 독자적인 특성이 검토되고 있지는 않다. 그리고 윤애경은 최명익 소설에서 서술자와 인물의 거리 문제를 통해 인물의 의식을 표현하는 방식을 집중적으로 검토하고 있다.[8] 그러나 삼인칭 소설 세 편만을 통해 부분적으로 시점을 다루고 있을 뿐이다.

츠베탕 토도로브는 "문학에 있어서 우리는 결코 있는 그대로의 사건들이나 사실들을 접하는 게 아니라, 어떤 태도로 제시된 사건들을 접하는 것이다. 같은 사실에 대한 두 가지의 다른 비전은 구별되는 두 가지 사실을 이루게 되는 것이다"[9]라고 하며, 대상에 대한 '전망(vision)'을 중시했다. 그리고 노먼 프리드먼도 "시점이 소설적 기법의 문제들 중에서 첫째가 된다는 점은 의심할 바가 없다"[10]라고 했다. 이처럼 시점은 소설의 가

---

5) 조연현, 「자의식의 비극」, 『백민』, 1949. 1, 132~137쪽.
6) 최혜실, 「1930년대 한국 심리소설소설연구 ― 최명익을 중심으로」, 서울대학교 석사학위 논문, 1986.
7) 윤부희, 「최명익소설연구」, 이화여자대학교 석사학위 논문, 1993.
8) 윤애경, 「최명익 심리소설의 서술 방식과 현실 인식 양상」, 『현대문학이론연구』 제24집, 현대문학이론학회, 2005, 225~246쪽.
9) Tzvetan Todorov, *Qu'est―ce que le structuralisme?* 2 Pétique, Èdition du Seuil, 1973, p.57.
10) Norman Friedman, *Form and Meaning in Fiction*, The University of Georgia Press, 1975, p.134.

제2장 작품 층위의 비평   75

장 핵심적인 특성이라 할 수 있다. 그런데 시점은 서술 행위의 복합성과 미묘함을 포괄하기에는 다소 부적절한 개념이기도 하다. 클린스 브룩스와 로버트 펜 워런이 1943년 『소설의 이해(Understanding Fiction)』에서 제시한 네 가지 '서술 초점(focus of narration)'은 소설의 분석적 이해에 광범위하고 지속적인 영향을 끼친 바 있지만, 그들의 분류는 말하는 자인 '서술자(narrator)'와 보는 자인 '초점자(focalizer)'를 변별하지 않아서 혼란을 야기한다.

이에 제라르 주네트는 말하는 자와 보는 자 사이의 혼동을 막기 위해 시점 대신에 '초점화(focalization)'란 용어를 사용하면서 그것을 세 가지 하위 유형으로 구분한다. 첫째 '제로 초점화(zero focalization)'는 특정 인물을 초점자로 삼지 않기에 비초점 서술이라 불리는데 대체로 전통적인 서사에서 많이 나타나는 것이다. 둘째 '내적 초점화(internal focalization)'는 철저히 초점자의 시선에 의거하는 것이다. 셋째 '외적 초점화(external focalization)'는 초점자가 주요 인물의 생각이나 느낌을 전혀 보여주지 않는 것이다.[11]

여기에서도 서술자와 초점자를 분리하여 초점자와 초점 대상 간의 관련성을 면밀하게 검토하기 위해서 시점 대신에 초점화란 용어를 사용하기로 한다. 먼저 최명익 소설에서 주네트의 세 가지 초점화 유형이 실현되는 양상을 체계적으로 검토할 것이다. 이어서 작품 발표 시기별로 초점화 유형이 달라지고 있기에 그러한 변화가 어떤 의미를 갖는가를 구체적으로 살펴볼 것이다. 이때에 그러한 서술 기법의 선택과 작가의식 간의 관련성도 주목할 것이다. 서술자와 작가를 완전히 분리해야 한다는

---

11) Géard Genette, *Narrative Discourse*, Translated by Jane E. Lewin, Cornell University Press, 1980, pp.185~194.

소설비평의 다원성

주장도 있지만, 작품에서 작가를 배제할 수는 없을 것이다. 직접적이든 간접적이든, 명시적이든 암시적이든 작가는 작품과 불가피하게 결합되어 있기 때문이다.

웨인 부드는 작가적 존재를 소멸시키고자 하는 형식주의자들과 작가의 소멸에 불만을 품고 있던 비평가들 양쪽을 모두 만족시키는 절충안으로 '내포 작가'라는 용어를 제시하였다. 내포 작가는 텍스트와 독자와의 만남을 통한다는 점에서, 그리고 독자가 문학작품에 부과하여 그것의 기준을 끌어낸다는 견지에서 독자가 창조하는 작가의 이미지를 묘사한다. 반대로 텍스트 내의 표지가 없을 때에 독자는 서술자를 텍스트의 내포 작가로 추측한다.[12]

여기의 검토 대상 작품은 1930년대 후반부터 1940년대 초까지 발표된 소설들로 1947년 을유문화사에서 출판된 최명익 창작집 『장삼이사』에 수록된 「비오는 길」 「무성격자」 「역설」 「심문」 「봄과 신작로」 「장삼이사」 여섯 편이다. 이들 작품의 서두를 중점적으로 검토할 것인데, 서두는 작품의 서술 양식을 이해하는 데 가장 핵심적인 부분이라 할 수 있다. "소설의 전달 양식은 서두에서 가장 뚜렷이 표명되는데, 그것은 서술의 실제 양식에 독자의 상상력이 맞추어지는 과정이 그 소설의 첫마디에서 시작하기"[13] 때문이다.

2. '내적 초점화'를 통한 지식인의 자기 성찰

「비오는 길」(『조광』, 1936. 4~5)에서 병일은 자신이 관찰한 것과 의식

---

12) 수잔 스나이더 랜서, 김형민 역, 『시점의 시학』, 좋은날, 1998, 54쪽.
13) 프란츠 슈탄첼, 김정신 역, 『소설의 이론』, 문학과비평사, 1990, 231쪽.

한 것을 항상 말없이 그대로 보여준다. 그는 '말하는 자'가 아니라 '보는 자'이기 때문이다. 이처럼 초점자는 소통을 위하여 자신들의 지각, 사고 감정들을 언어화하지 않는다. 그런데 이렇게 내적 초점화에 의거할 때에 독자는 인물 편이 되기 쉽다. 인물의 행위에 대한 깊은 동기를 알면 알수록 독자는 그것들에 대하여 이해와 용서, 인내를 더욱 많이 하게 되기 때문이다. 랜서의 지적처럼 "독자로서 우리는 인지하는 의식과 핵심적인 면에서 심리적으로 동일시하는 경향이 있다. 인물과의 친근성은 어느 정도 "인물이 주관화되는 — 능동적인 인간 의식이 주어져서 주체로 되는 정도에 의존한다"[14]라는 것이다.

　① 성밖 한끝에 사는 병일이가 봉직하고 있는 공장은 역시 맞은편 성밖 한끝에 있었다. 맞은편이지만 사변 형의 대각은 채 아니므로 30분쯤 걷는 그 길은 중로에서 성안 시가지의 한 모퉁이를 약간 스칠 뿐이다.
　집을 나서면 부행정 구역도에 있는 좁은 비탈길을 십여분 간 걸어야 한다.
　그 길은 여름날 새벽에 바자개 뜨는 햇빛도 서편집 추녀밑에 간신히 한뼘 넓나 비칠까 말까 하게 좁은 길을 사이에 두고 작은 집들이, 서로 등을 부빌 듯이 총총이 들어박힌 골목이다.
　이 골목은 언제나 그렇듯 한산한 탓인지, 아침 저녁 어두어서만 이 길을 오고 가게 되는 병일은, 동편 집들의 뒷담 꽁무니에 열려있는, 변소 구덩에서 어정거리는 개들과, 서편 집들의 부엌에서 행길로 뜻물을 내쏟는 안질난 여인들 밖에는, 별로 내왕하는 사람을 볼 수 없었다.
　일찍 각기 병으로 기운이 빠진 병일이의 다리는, 길을 좀 둘러라도 평탄한 큰 거리로 다니기를 원하였다. 사실 걷기 힘든 길이었다.(「비

---

14)　수잔 스나이드 랜서, 앞의 책, 209쪽.

오는 길」, 98쪽)

인용문 ①은 「비오는 길」의 서두로 초점자 '병일'의 공간적 위상을 보여주고 있다. 여기에서는 병일이 하루 중에 이동하는 공간의 모습이 상세히 묘사되고 있다. 작품의 제목이 '비오는 길'이듯이 병일의 하루 이동 경로 공간인 길이 매우 중요하기 때문이다. 하지만 이러한 공간은 병일의 관념에 의해 굴절된 것이다. 그러니까 목적지향적인 이동 경로가 아니라 무의미한 반복적 공간으로 병일의 방관적이고 허무적인 내면을 조명하는 공간이란 것이다. 이러한 공간에 대한 시선은 바로 내부로 향한 시선의 매개로서 의미를 갖는다.

「역설」(『여성』, 1938. 2~3)에서 초점자 '문일'의 공간에 대한 시선과 공간 이동의 태도 역시 그러하다. 병일이 집에서 직장으로 향하는 길을 반복적으로 걷고 있다면, 문일은 한적한 교외의 집 밖의 좁은 오솔길을 반복적으로 산책하고 있다. 물론 병일과 달리 문일은 외부로 통하는 새 길을 만나기도 한다. 하지만 문일도 새 길로 건너가는 대신에 한적한 옛 길로 발길을 돌려 외부 세계로 향하는 관심을 의도적으로 차단하고 있다.

그런데 초점자 병일은 비 오는 날 우연히 마주친 초점 대상 '이칠성'으로 인해 커다란 내면의 동요를 일으킨다. 그리고 세속적 욕망에 맹목적인 이칠성의 강한 흡인력 속에서 병일 역시 보통 사람의 행복관에 점점 끌려 들어간다. 이에 "내게는 청개구리의 뱃가죽만 한 탄력도 없고, 의액이 풀잎 같은 청기도 날카로움도 없지 않은가"라고 자신의 흔들림을 내적 독백으로 표출하기도 한다. 그리하여 병일은 산문적 현실 속에 존재하는 강한 힘을 인정하게 된다. 그럼에도 이칠성과의 거리를 유지하고, 그에게 동경과 경멸의 이중적인 태도를 보인다. 병일 자신이 이칠성 쪽으로 나아갈 수도 없고 그것을 거부하면서 자신의 태도를 지속할 확신도 가질 수 없었기 때문이다.

이에 병일은 심한 자의식의 분열 속에서 이중적 태도를 나타낸다. 그렇지만 그러한 자아 분열의 근본 원인을 추적하고 극복 방향을 찾는 데로 나아가고 있지는 않다. 장질부사로 인해 이칠성이 갑작스레 죽어버림으로써 병일의 불안과 고민이 돌연히 해소되어버림이 그러하다. 이때에 병일은 지금부터는 더욱 독서에 강행군을 하리라고 계획한다. 하지만 병일의 독서 행위를 일상성의 지배에 저항하면서 지식인의 불안과 소외를 해결할 방책을 제시한 것으로 받아들이기는 어렵다. 최명익도 점차 독서가 문제 해결책이 될 수 없음을 인식하였던 것으로 여겨진다. 뒷시기에 발표되는 내적 초점화의 작품들에서 초점자의 독서 행위에 대한 관심이 약화되거나 제거되고 있기 때문이다.

② 십여일 전부터 아버지가 종시 자리에 눕게 되었다는 편지를 받은 지 이틀 되던 날 아침에 또 속히 내려오라 전보를 받은 정일이는 문주와 작별하기 위하여 병원으로 찾아갔다. 전보가 없더라도 속히 갈려고 작정하였고, 문주도 그런줄 알고 있지만 입원실에 외로이 누워있는 문주를 볼 때 정일이는 지금 곧 떠난다는 말을 하기가 주저되었다. 흰 병실에 흰 침대에 흰 요에 싸여 있는 탓인지 흰 베개 위에 놓인 문주의 얼굴은 어제 아침 입원할 때보다 더 여위고 창백하게 병상이 난 듯이 보였다. 종시 입원하게 되었다는 생각만으로도 저렇게 원기를 잃을 문주였다는 생각에 문주가 싫다는 것을 달래고 갑권하여 이렇게 입원시킨 것이 후회되기도 하였다. 마침 전보를 보이고 곧 떠나야겠다고 말하는 정일이는 이렇게 전보를 친 집에서는 자기가 반드시 이번 급행으로 올 것을 믿고 기다릴 모양이라고 설명할 밖에 없었다. 문주는 고개를 끄떡이고 자기 걱정은 하지 말고 다녀 오라고 말하여 요 위에 놓인 자기 손을 잡는 정일이에게 웃어보이랴는 노력까지 보였다. 문주의 손

을 만지며 실심한 사람 같이 앉아 있는 정일이에게 차 시간이 급하지 않으냐고 재촉하는 기침을 핑계하여 저편으로 얼굴을 돌리었다.(「무성격자」, 26쪽)

③ 시속 오십 몇 키로라는 특급 차창 밖에는, 다리 쉼을 할만한 정거장도 역시 흘러 갈 뿐이었다. 산, 들, 강, 작은 동리, 전선주, 꽤 길게 평행한 신작로의 행인과 소와 말. 그렇게 빨리 흘러 가는 푼수로는, 우리가 지나친 공간과 시간 저 편 뒤에 가로 막힌 어떤 장벽이 있다면, 그것들은 칸바스 위의 한 텃취, 또한 텃취의 「오일」 같이 거기 부디쳐서 농후한 한 폭 그림이 될 것이나 아닐까?고 나는 그러한 망상의 그림을 눈 앞에 그리며 흘러 갔다. 간혹 맞은 편 홈에, 부플 듯이 사람을 가득 실은 열차가 서 있기도 하였다. 그러나, 무시하고 걸핏걸핏 지나치고 마는 이 창 밖의 그것들은, 비질 자국 새로운 흠이나 정연히 빛나는 궤도나 다 흐트러진 폐허 같고, 방금 뿌레일되고 남은 관성과 새 정력으로 피스톤이 들먹거리는 차체도 폐물 같고, 그러한 차체에 빈 틈 없이 나붙은 얼굴까지도 어중이 떠중이 뭉친 조란자 같이 보이는 것이고, 그 역시 내가 지나친 공간 시간 저 편 뒤에 가로 막힌 칸바스 위에 한 텃취로 붙어 버릴 것 같이 생각되었다.(「심문」, 142~143쪽)

인용문 ②는 「무성격자」(『조광』, 1937. 9)의 서두이고, 인용문 ③은 「심문」(『문장』, 1939. 6)의 서두이다. 초점자인 특정 인물의 시선을 통해 작품 속의 세계를 바라보며, 자신들의 내면도 보여주고 있다. 이런 점에서 ②와 ③은 동일하게 내적 초점화의 작품들이다. 그런데 ②에서는 삼인칭 주요 인물인 '정일'의 시선으로 세계를 바라보고 있다면, ③에서는 일인칭 주요 인물인 '나'의 시선으로 세계를 바라보고 있다. ②의 초점자 '정일'은 서술자가 아니지만, ③의 초점자 '나'는 서술자이다. 그러므로 동일하게 내적 초점화라도 ②는 '이종 서사(heterodiegetic)'의 내적 초점화이고, ③은 '동종 서사(homodiegetic)'의 내적 초점화이다.

주네트는 서술자가 작품 속에 등장하지 않는 경우를 '이종 서사'라 부르고, 서술자가 작품 속에 활동하고 있는 경우를 '동종 서사'라 부른다. 이종 서사에서는 서술 세계를 말하는 자인 '서술자'와 보는 자인 '초점자'가 다른 존재로 분리되어 있지만, 동종 서사에서는 서술자와 초점자가 한 존재로 통합되어 있다. 동종 서사와 이종 서사는 서술자가 이야기를 조망하는 방식과 선별하는 동기가 전혀 다르다. 동종 서사는 인물과 같은 차원에 있는 서술자가 보거나 들은 것 생각하고 느낀 것에 이야기의 범위가 제한되지만, 이종 서사는 서술자가 인물과 다른 차원에 있기에 서술의 범위가 크게 확장될 수 있다. 이에 서술자의 판단에 따라 이야기의 비중과 비율을 자유롭게 조절하여 전달할 수 있는 것이다.[15]

「무성격자」 같은 이종 서사의 내적 초점화에서는 초점자가 어떤 인물인가에 대한 정보가 거의 제공되지 않는다. 그러므로 독자는 예비 지식 없이 그와 직접 부딪치는 것 같다. 그러니까 사건을 직접 체험하면서 그들의 자리에 들어가기를 강요받는 듯하다. 초점자의 시선을 통해 허구적 현실의 한 부분이 따로 떼어져 나와 중요한 모든 세부 사항이 식별되는 방식으로 서술 세계가 선별되기 때문이다. 이러한 전달 방식은 제시된 사건에 관련된 어떤 것이 초점자의 지각에 의해 조명 받는 허구적 현실의 밖에 존재하는가의 여부를 독자에게 알려줄 수 있는 높은 권위를 결여하고 있다. 그러므로 그러한 조명이 나은 것인지 나쁜 것인지의 여부가 초점자의 존재론적으로 제한된 지식과 체험에 좌우된다.

그렇지만 「심문」 같은 동종 서사의 내적 초점화에서는 서술자이자 초점자인 '나'에 대한 자세한 정보가 제공된다. '나'의 내면 풍경을 보여준 뒤

---

15) Géard Genette, 앞의 책, 243~247쪽.

소설비평의 다원성

에 이름이 '김명일'이고 3년 전에 처 '혜숙'이 죽자 중학교의 도화선생을 그만두고 무직업의 화가로 활동하고 있음을 알려주고 있기 때문이다. 또한 하얼빈에서 사업가로 성공한 옛 친구인 '이군'으로부터 옛 애인인 '여옥'이 그곳에서 댄서로 일하고 있다는 소식을 들은 뒤에 이군을 만나고자 하얼빈으로 가고 있는 중이란 '나'의 여행 목적도 바로 알려주고 있다. "그래서 나 역시 정한 시간에 여옥이를 찾아 가기로 하였다. (독자 중에는 이 '그래서 나 역시……'라는 말에 불쾌를 느끼고, 그만 것을 동기나 이유로 행동하는 나를 경멸하는 이가 있을는지 모를 것이다. 사실은 나는 그러한 독자를 상대로 이 여행기를 쓰는 것이다)"[16]라고 하며, 작가적 존재가 노골적으로 나서서 작품의 서술 동기를 직접적으로 알려주기도 한다.

이러한 서술 동기의 직접적인 진술에 대해 윤부희는 "서술자의 돌연한 출연이나 의도에 반하는 여행목적의 서술은 오히려 독자의 관심을 여옥의 이야기에 초점을 맞추려는 하나의 제스츄어인 것이다"[17]라고 본다. 그러나 서술 동기의 직접적 제공이 독자의 관심을 여옥에게 부여하기 위한 가벼운 몸짓에 불과한 것으로 보기는 어렵다. 이런 작가적 서술자의 강한 노출은 존재론적인 동기 부여를 위한 것으로 보아야 할 것이다. 슈탄첼에 따르면, 신체적 결정소가 없는 삼인칭 서술자와는 달리 구체화된 일인칭 서술자에게는 서술 동기가 존재론적인 것이다. 그것은 그의 실제 체험과 그가 경험하는 기쁨과 슬픔, 그의 기분과 욕구 등과 바로 연결된다. 그리하여 서술 행위는 강제적이고 운명적인 피할 수 없는 일이 된다.[18]

그런데 이렇게 직접적으로 참견하는 '나'가 '서술 자아'라면 회상 속에

---

16) 「심문」, 159~160쪽.
17) 윤부희, 앞의 논문, 61쪽.
18) 프란츠 슈탄첼, 앞의 책, 145~146쪽.

서 하얼빈으로 기차 여행을 하고 있는 '나'는 '경험 자아'이다. 그리하여 "체험하던 그 당시와 지금 현재의 서술 행위 사이에 놓여 있는 시간적 간격, 즉 자아의 체험과 그 뒤에 그 자아가 회고하면서 행하는 서술 사이에 놓여 있는 시간이 체험적 자아와 서술적 자아 사이의 긴장을 유발시킨"[19]다. 그리고 결국에는 이런 긴장이 어떤 평형 상태로 조정될 것이라는 점을 알려주기도 한다. 동종 서사의 내적 초점화에서는 바로 이러한 서술 자아와 경험 자아 사이의 긴장이 중요하다. 이를 통해 서술 자아의 진면이 더욱 여실하게 부각될 수 있기 때문이다. 그러나 「심문」에서는 그러한 시간적 간격이 어느 정도인지 알 수 없고, 단지 시간적 간격이 짧을 것이란 짐작만 할 수 있다. 그리하여 서술 자아가 그러한 체험을 통해 얼마나 내적 성숙을 이루었는가 하는 점이 뚜렷이 나타나지 않는다.

「무성격자」에서 초점자인 정일의 시선에 포착되고 있는 초점 대상은 두 사람이다. 한 사람은 정일과 이질적인 성향의 아버지 '만수 노인'이고, 다른 한 사람은 동질적인 성향의 애인 '문주'이다. 만수 노인은 「비오는 길」의 이칠성과 동질적인 인물로 욕망의 화신이다. 그는 위암에 걸린 상태에서도 도시의 노른자위 땅을 계속 사들이고 죽어가는 마지막 순간까지도 그 땅에 대한 소유욕을 잃지 않는다. 만수 노인과 문주는 같은 날에 죽는데, 정일은 문주가 아니라 만수 노인을 선택하고 있다. 만수 노인이 가족이기 때문이 아니라 그의 강한 생존 의지를 긍정하기 때문이다. 정일의 이러한 변화는 「비오는 길」의 병일과 「역설」의 문일에게 찾아볼 수 없었던 점으로 일상적 욕망을 긍정하고 있는 것이다.

그런데 「무성격자」에서 만수 노인에 대한 초점화 방식이 달라지는 부

---

19) 프란츠 슈탄첼, 안삼환 역, 『소설형식의 기본 유형』, 탐구당, 1982, 62~63쪽.

분이 있다. 작가적 서술자에 의해 만수 노인의 치부 내력이 간략하게 서술되기도 하고, 만수 노인이 초점자가 되어 직접 자기의 내면을 보여주기도 한다. 그렇다고 '가변적' 초점화나 '복수' 초점화로 서술 방식이 바뀌고 있는 것은 아니다. 그러한 변화가 일관된 규칙성을 보여주지는 않기 때문이다. '가변적' 초점화는 『보바리 부인』의 경우처럼 초점 인물이 처음엔 샤를이다가 그다음엔 엠마가 되며, 그다음엔 다시 샤를이 되는 것이다. 그리고 '복수' 초점화는 서간체 소설의 경우에 같은 사건이 편지를 쓰는 여러 등장인물의 시점에 따라 여러 번 서술되는 것이다.[20] 그러니까 이런 초점화의 파괴는 작품에서 만수 노인의 비중이 매우 높음을 나타내는 것이라 할 수 있다. 이처럼 어떤 작품이 전적으로 하나의 초점화로 시종하는 것은 아니다. 제라르 주네트도 "한 종류의 초점화가 언제나 전 작품을 지배하지 않으며 오히려 대단히 짧은 제한된 서술 단위에 영향을 미칠 뿐이다. 게다가 상이한 시점 사이의 구별이 확신을 줄만큼 그렇게 선명한 것은 아니"[21]라고 했다.

「심문」에서도 초점 대상인 여옥은 죽는다. 그렇지만 「무성격자」에서 병으로 죽은 만수 노인이나 문주와 달리 「심문」에서 여옥의 죽음은 스스로 선택한 행위란 점에서 성격을 달리한다. 초점자인 명일도 그녀의 죽음을 긍정적으로 인식하고 있다. 그녀가 자신의 인간적 존엄을 지킬 유일한 길로 자살을 선택했다고 여기기 때문이다. 이때에 비로소 명일은 그녀의 영롱한 인당에서 아름다운 마음의 무늬를 본다. 이것을 장수익은 "결과가 아무리 나쁜 것일지라도 그 결과를 낳기까지의 과정에서 기울인 마음

---

20) Géard Genette, 앞의 책, 189~190쪽.
21) 위의 책, 191~192쪽.

의 정성이야말로 진실로 가치 있는 것임을 깨달은 것이다"[22]라고 판단한다. 그러나 이런 깨달음이 과정 자체의 가치를 나타낸다고 보기는 어렵다. 이때에 비로소 명일이 아내 혜숙과 여옥을 혼동하던 이중적 태도에서 벗어나고 있듯이, 자존을 지킬 죽음을 스스로 선택하는 여옥의 의지적 결단을 통해 역설적으로 분열된 자아를 하나로 통합한 새로운 존재로 거듭날 수 있는 자기 성찰의 계기를 찾은 것으로 보아야 할 것이다.

3. '제로 초점화'를 통한 민중 여성의 비애 폭로

「봄과 신작로」(『조광』, 1939. 1)는 『장삼이사』에 실린 최명익의 소설 중에서 가장 예외적인 작품이라 할 수 있다. 여기에서는 지식인이 아닌 민중, 남성이 아닌 여성, 도시 사람이 아닌 농촌 사람을 주된 초점 대상으로 삼고 있으며, 내적 초점화에서 벗어나고 있기 때문이다. 도시 지식인 남성을 주된 초점 대상으로 삼은 앞시기의 작품들과는 소재뿐만 아니라 기법도 완전히 달라지고 있는 것이다.

> ④ 금녀와 유감이는 시집온 후로 이제 첫 봄을 맞았다. 친정의 외양간 기둥에 그대로 걸려 있을 것같은 나물바구니 호미를 눈앞에 그리며 이 봄을 맞았다.
> 이 동리에서도 봄고양이가 울었다.
> 지난 봄 어느 날이었다. 금녀와 유감이가 가득 찬 나물 바구니를 겨드랑이에 끼고 피곤한 어깨를 느러진 손에 호미를 들고 건드렁건드렁 활개를 치며 가물가물 어두어 오는 동구 안길을 찾아 들고 있을 때 나뭇새 수수깡 밭 밑에서 고양이가 울고 있었다.

---

22) 장수익, 「최명익론─승차 모티프를 중심으로」, 『외국문학』 가을호, 열음사, 1995, 150쪽.

그 고양이는 털을 거스른 목을 짜내 듯이 허리를 까부러치고 우는 것이었다.

한참 서서 보는 동안에 그 고양이는 몇 번이나 울음을 멈추었다. 그 때마다 금녀와 유감이의 머리카락을 스치는 바람 결에 밭의 수수깡 잎이 버들 피리 같이 울었다. 그러자 또 고양이가 우는 것이었다. 이번에는 저 편에서 다른 고양이가 울기 시작했다. 이놈이 울면 저놈이 귀를 재우고 저놈이 울면 이놈이 귀를 재우는 모양으로 서로 소리를 더듬어 가까이 갔다.

버들 피리 같이 우는 밭안의 파 줄기가 입에 물고 빨던 애기의 손가락 같이 달 빛에 젖어 부옇게 빛날 때 고양이 한 쌍은 마주쳤다. 마주친 두 놈은 얼크러져서 잔디밭 언덕에서 떨어지듯이 굴러 내렸다.

유감이는 얼굴이 붉어졌다. 잘 보이지 않아도 금녀도 붉어졌으려니 생각하고

— 가자 얘애

— 앳쇠에

금녀는 재채기를 하고 깔깔 웃으며 달아났던 것이다.

이 봄에 동리에서 우는 고양이 소리를 금녀도 들었고 유감이도 들었다. 그러나 유감이 만은 우물 길에서나 집에서 우는 고양이를 만나면 발길로 차거나 부지깽이로 갈겨 쫓아내었다.(「봄과 신작로」, 68~69쪽)

인용문 ④는 「봄과 신작로」의 서두이다. "금녀와 유감이는 시집온 후로 이제 첫 봄을 맞았다"란 첫 문장의 주어는 금녀와 유감이다. 하지만 그녀들이 '말하는 자'는 아니다. 서사의 외부에 존재하는 작가적 서술자가 말하고 있기 때문이다. 첫 단락은 초점 대상인 '금녀'와 '유감이'의 현재 처지와 시공간적 위치를 직접 알려주고 있다. 내적 초점화의 작품들과는 달리 인격화된 서술자의 존재가 충분히 인지되는 제로 초점화의 작품이다.

④에서 첫 문장의 주어가 두 사람으로 제시되고 있다. 이것은 그녀들

이 독립된 존재로서의 의의보다는 평범한 농촌 여성들이라는 집단적 존재의 의미를 부각시키고 있는 것이다. 하지만 "유감이는 얼굴이 붉어졌다. 잘 보이지 않아도 금녀도 붉어졌으려니 생각하고"란 문장처럼 인물의 내부로 들어가서 그녀의 마음을 직접 보여주기도 한다. 이것은 재현된 현실에서 '초점 맞추기'가 이루어지고 있는 것이다. 이러한 "초점 맞추기는 서술체(또는 서술체의 일부)의 주제적으로 가장 중요한 요소에게로 독자의 주의를 유도"[23]하는 기법이다. 제로 초점화에서도 서술자가 자신의 전지자적 특권을 사용해서 한 인물만의 사고와 감정의 내부 관점을 보여주고자 초점 맞추기의 기법을 사용하고 있다는 것이다.

그런데 봄에 발정이 나서 우는 고양이를 대하는 그녀들의 반응은 매우 다르다. 금녀와 달리 유감이는 우는 고양이를 만나면 발길로 차거나 부지깽이로 갈겨 쫓아낸다. 유감이의 이런 반응은 어린 새댁인 그녀가 나이든 신랑과의 성관계를 부정적으로 받아들이고 있음을 나타낸다. 그리고 금녀는 너무 어린 신랑을 만나 오히려 성에 대한 호기심을 강하게 보인다. 그리고 이것이 그녀가 트럭 운전수와 탈선하게 되는 중요한 요인이 된다. 하지만 그녀의 일탈이 본능적 충동에 기인한 것만은 아니다. 이런 점은 트럭 운전수가 결국 그녀를 위협하여 일시적 농락 대상으로 삼고 있는 데에 잘 나타나고 있다. 한 여자는 나이가 많은 신랑을 만나 지나친 성관계의 요구로 인해 고통받고, 다른 여자는 어린 신랑을 만나 억제된 성으로 인해 고통받고 있는 것이다. 그렇다면 그녀들의 비애의 근본 원인은 인습적 결혼인 조혼 때문이라고 할 수 있다.

---

23) 프란츠 슈탄첼, 안삼환 역, 앞의 책, 173쪽.

⑤ 이 봄도 다 가서 늦게 피는 아까시아 꽃마자 떨어지기 시작하였다. 금녀는 종시 자리에 눕게 되었다. 얼마 전부터 아랫배가 쑤시고 허리가 끊어지고 참을 수 없이 자주 변소 출입을 하게 되었다. 금녀는 제 병이 무슨 병인지는 알 수 없으면서도 제가 앓는 것을 누가 알 것만이 걱정이었다. 그래서 악지로 참아가면서 더욱 부지런히 일을 하려고는 애써 보았다. 그러나 이번에는 아프기만 하던 배가 갑자기 붓기 시작하였다. 걸을려면 높아진 배를 격하여 보이는 발끝이 안개 속이나 구름 위를 걷는 것 같이 허전하고 현기가 났다. 아침이면 낮에도 금녀의 눈앞에 보이는 것은 무엇이나 다가 오는 어둠과 싸우는 저녁놀같이 누렇고 희미하였다. 금녀는 이를 악물고 무슨 병인지 모르면서도 숨기기만 하려고 애썼으나 더 참을 수 없어 자리에 쓰러지고 말았다.

금녀가 죽기 전 날 저녁에 금녀의 시집 송아지가 죽었다. 그날 아침에 금녀의 새서방이 끌고나가서 동뚝 아까시아 나무에 매었던 송아지가 갑자기 죽었다. 시어머니는 세상살이 반 미천을 잃었다고 에누다리를 하며 통곡했다. 시아버지는 소를 돌보지 않았다고 아들을 때렸다. 온동리에서는 알 수 없는 우역이 생겼다고 떠들었다. 그 이튿날 아침에 장거리의 순사와 면소 농회기수가 출장하였다. 죽던날 아침까지도 색임질을 잘하고 웅장하게 움마아 소리를 지르던 송아지가 갑작스럽게 꺼꾸러진 변통을 알 수가 없었다.(「봄과 신작로」, 92~93쪽)

인용문 ⑤에서는 금녀가 죽게 된 상황이 그녀 시집의 송아지가 죽은 사건과 함께 작가적 서술자를 통해 전달되고 있다. 금녀의 내면이 제시되기도 하지만 대부분의 사건이 매우 냉정하게 객관적으로 서술되고 있다. 그러니까 완전히 무제한의 시점을 보여주는 '편집자적 전지(editoral omniscience)'가 아니라 직접적인 작가적 서술자의 침입이 없는 '중립적 전지(neutral omniscience)'에 의거하고 있는 것이다.[24] 물론 전지적 서술

---

24) Norman Friedman, 앞의 책, 145~148쪽.

자라고 항상 전지전능한 것은 아니다. 슈탄첼의 지적처럼 "처음에 전지전능한 것으로 나타난 거의 모든 서술자는 조만간 자신의 지식의 지평의 한계를 나타내거나 잠정적으로 한 인물 또는 어떤 사건의 최종 평가를 내리는 능력을 박탈"[25]당하기 때문이다.

그런데 「봄과 신작로」에서는 전통적 인습뿐만 아니라 구미의 근대문명도 부정적으로 인식되고 있다. 금녀가 도회의 난봉꾼 자동차 운전수가 옮겨준 성병으로 죽게 되듯이 그녀 집의 소도 아메리카에서 들어온 아까시아 나무의 껍질을 잘못 먹고 죽게 된다는 상황 설정이 그러하다. 양문규의 지적처럼 "1930년대 새로운 자본주의 문명의 유입 과정 속에서 희생당하는 농촌의 삶을 암시적으로 보여"[26]주고 있다는 것이다. 근대 문명의 유입으로 인한 농촌의 황폐화에 대한 이런 비판도 최명익의 작가의식이 민중의 객관적 현실을 중시하는 방향으로 옮아갔음을 알려주는 것이라 할 수 있다.

4. 외적 초점화를 통한 민중 여성의 생존 의지 부각

「장삼이사」(『문장』, 1941. 4)에서는 초점자이자 서술자인 '나'가 외부 세계를 관찰한 것을 전달하고 있다. 여기에서 '나'는 매우 제한적인 정보를 가지고 있는 주변 인물이다. '나'의 주된 관심은 타자에 있기에 자신에 대한 정보는 거의 알려주지 않는다. 그러니까 「장삼이사」는 동종 서사이면서 외적 초점화의 작품이다. 「심문」 같은 동종 서사의 내적 초점화에서는 독자에게 인물에 대한 예비 지식을 미리 알려주고 필요할 때에는 그

---

25) 프란츠 슈탄첼, 안삼환 역, 앞의 책, 140쪽.
26) 양문규, 「최명익 소설연구」, 『인문학보』 9집, 강릉대학교, 1990. 6, 40쪽.

소설을 이해하는 데 요청되는 모든 정보를 그들에게 줄 것이라는 사실을 보증한다. 하지만 동종 서사의 외적 초점화에서는 독자에게 제공되는 정보가 매우 제한적이다. 그러므로 이러한 초점화는 추리적이거나 반어적인 작품에 매우 유용한 방식이라 할 수 있다. 알려지지 않은 정보로 인해 불확정 영역이 크기에 예기치 않은 반전과 다양한 해석의 여지가 높기 때문이다.

⑥ 그렇게 분비고 법석하는 정거장 홈의 혼잡을 옮겨 싣고 차는 떠났다. 그런 정거장의 거리와 기억이 멀어 감을 따라 이 삼등 찻간에 가득 실린 무질서와 흥분도 차차 가라앉기 시작하였다.

앉을 수 있는 사람은 앉고 섰을 밖에 없는 사람은 선 채로나마 자리가 잡힌 셈이다.

이 찻간 한 끝 바로 출입구 안 짝에 자리 잡은 나 역시 담배를 피어 물고 주위를 돌아볼 여유가 생겼던 것이다.

— 웬 사람들이 무슨 일로 어디를 가노라 이 야단들인가 —.

혼잡한 정거장이나 부두에 서게 될 때마다 이렇게 중얼거려 보는 것이 나의 버릇이지만 그러나!,

— 이 중에는 남모를 설움과 근심 걱정을 가지고 아득한 길을 떠나는 이도 있으려니.

이런 감상적인 심정으로보다도, 지금은 단지 인산 인해라는 사람들 틈에 부대끼는 괴로운 역정일는지 모를 것이다. 그렇다고 지금도 그런 역정으로 주위를 흘겨 보는 것은 아니다. 물론 또 아득한 길을 떠나는 사람의 서러운 표정을 찾아 구경하려는 호기심도 없었다. 만일 그런 것이었다면 방심 상태인 내 눈의 요기꺼리는 되겠지만.

방심 상태라면 나만도 아닌 모양이었다. 긴장에서 방심 상태로, 그래서 사람들은 각기 제 본색으로 돌아가 각각 제 버릇을 회복하게 되는 것이었다.

그런 우리들 중에 모자 대신 편물 목테를 머리에 감은 농촌 젊은이가 금방 회복한 제 버릇으로 그만 적잖은 실수를 저지르고 말았다. 실수라는 것은, 통로에 섰던 그 젊은이가 늘 하던 제 버릇 대로 뱉은 가래침이 공교롭게 나와 마주 앉은 중년 신사의 구두 콧등에 떨어진 것이었다. 물론 그것만도 적잖은 실수겠지만 그렇게까지 여러 사람의 눈이 동그래서 보게쯤 큰 실수를 만든 것은 그 구두의 발작적 행동이었다.

　아닌게 아니라 그 구두는 발작적으로 통로 바닥이 빠져라고 쾅쾅 뛰 놀았다. 그러나 그리 매츠럽지가 못한 구두코라 용이하게 떨어질 이가 없었다. 그래 더욱 화가 난 구두는 이번에는 호되게 허공을 걸어차기 시작했다. 그래 뛰어나는 비말의 피해를 나도 받았지만 그 서슬에 어쩔 줄을 모르고 서 있던 그 젊은이는 정면으로 뛰어나는 비말을 피하여 그저 뒤로 물러서기만 했다. 그러나 그 젊은이의 동행인 듯한 노인이 제 보꾸러미에서 낡은 신문지를 한 줌 찢어 젊은이를 주었다. 젊은이는, 당장 걷어차거나 쫓아 나와 물려는 맹수나 어르듯이 그 구두 콧등 앞으로 조심히 신문지 쥔 손을 내밀어 보았다.(「장삼이사」, 208~209쪽)

　인용문은 ⑥은 「장삼이사」의 서두이다. 여기에서 초점자인 '나'는 열차 안의 모습을 세밀하게 관찰하여 전달하고 있다. '나'의 공간적 위치는 내적 초점화에서와는 달리 매우 정확히 제시된다. '나'는 무질서와 흥분으로 들뜬 삼등 찻간의 한 끝인 출입구 안쪽에 자리 잡고 있다. 그리고 '나'의 시선은 먼 거리에서 가까운 거리로 향하다가 자신이 앉은 자리 주변으로 집중된다. 통로에 서 있던 한 농촌 젊은이가 무심결에 뱉은 가래침이 중년 신사의 구두 콧등에 떨어지고 이에 대해 중년 신사가 발작적 반응을 보일 때에 '나'의 시선은 범위를 더욱 좁혀 신사의 구두에 모아진다. 그러다가 다시 주변 사람들의 반응과 행위로 시선이 이동하고 있다. 초점자의 시선이 카메라처럼 근거리에 접근하여 그의 구두를 집중적으로 보여주다가 다시 원거리로 이동하여 전체의 상황을 조망하고 있다는 것이다.

　내적 초점화에 의거하는 ③에서는 초점자인 '나'의 내면이 시간의 흐름을 중지한 듯이 상세하게 묘사되고 있다면, 외적 초점화에 의거하는 ⑥에서는 '나'가 관찰한 외부 세계가 서술의 초점이 되고 '나'에 대해서는 아무것도 알려주지 않는다. 나는 어떤 모습이고, 어떤 처지에 놓여 있으며, 무엇 때문에 기차 여행을 하고 있는가에 대해서 전혀 말해주고 있지 않다는 것이다. 그러니까 주변적 인물인 일인칭 서술자는 "이 인물의 적합한 의사소통물과 말들을 인용해서 또는 인물 제스처와 얼굴 표정으로부터 그리고 허구적 인물의 반응으로부터 그 인물의 내면 세계에 관한 추측을 유도해 냄으로써"[27] 독자에게 다른 인물이 아닌 바로 자신의 생각에 대한 지식을 동기화시켜주어야 한다는 것이다. 물론 "작자 주. 아무리 작자가 결벽성을 포기하고 시작한 이 작품이지만 이 ××의 의음만은 복자하는 것이 작자인 나의 미덕일 것이다"[28]라고 하며, 「장삼이사」에서도 작가의 참견이 나타나기도 한다. 하지만 이런 직접적인 개입은 실수라기보다는 외적 초점화의 외부 세계 관찰의 단조로움을 해소하기 위해 의도적으로 작가적 존재가 끼어들고 있는 것으로 보아야 할 것이다. 즉 하나의 파격을 보여준다고 할 수 있다.

⑥에서 초점자 '나'의 시선이 중년 신사에게 집중되고 있어 그가 주된 초점 대상으로 보일 수도 있다. 이에 김치홍은 "이 작품에서 중심 인물은 중년 신사다. 그의 행동은 주변인물들의 관심의 대상이고 그와의 관련을 통해서 작품은 전개되어 간다"[29]라고 판단한다. 하지만 주된 초점 대상은 중년 신사가 아니라 그와 동행하는 여성이다. 초점자의 시선이 이동하면

---

27) 프란츠 슈탄첼, 안삼환 역, 앞의 책, 192~193쪽.
28) 「장삼이사」, 221쪽.
29) 김치홍, 「최명익의 「장삼이사」 고」, 『명지어문학』 19집, 명지대학교 국어국문학과, 1990. 6, 199쪽.

서 차츰 그녀가 주된 관심의 대상으로 부각되고 있기 때문이다.

   ⑦ 또 차가 떠났다. 차창 밖의 그 신사는 뒤로 흘러가고 말았다.
   앉으려던 젊은이는 제 얼굴을 쳐다보는 그 여인의 눈과 마주치자 아
무런 말도 없이 그 뺨을 후리 쳤다. 여인은 머리가 휘청하며 얼굴에 흐
르러지는 머리카락을 늘 하던 버릇대로 귀바퀴 위에 거두어 올리었다.
또 한 번 철석 소리가 났다. 이 번에는 여인의 저 편 손가락 끝에서 담
배가 떨어졌다. 세 번째 또 손질이 났다. 여인은 떨리는 아랫입술을 옥
물었다. 연기로 흐릿한 불빛에도 분명히 보이리만큼 손 자국이 붉게
튀어 오르기 시작하는 뺨이 푸들푸들 경련을 일으키는 것이었다. 하얗
게 드러난 앞 이로 옥물은 입 가장자리가 떨리는 것은 북받히는 울음
을 참는 모양이었다. 그러나 마주 보는 내 눈과 마주친 그 눈은 분명히
웃고 있었다. 그리고 보면 경련하는 그 뺨이나 옥물은 입술도 참을 수
없는 웃음을 억제하는 것 같이 보이기도 하였다. 나는 나를 잊어 버리
고 그러한 여인의 얼굴을 바라볼 밖에 없었다. 종시 여인의 눈에는 눈
물이 어리우기 시작하였다. 한 번만 깜박 하면 쭈루루 쏟아지게 가득
눈물이 고였다. 나는 그 눈을 마주 볼 수 없어서 얼굴을 돌릴 밖에 없
었다.(「장삼이사」, 229~230쪽)

   인용문 ⑦에서 초점 대상인 여인은 중년 신사가 열차에서 내린 뒤에
젊은 아들로부터 뺨을 몇 차례 맞는다. 그런데 '나'는 그러한 모욕과 고통
속에서 울어야 할 그녀의 눈에서 오히려 웃음을 보게 된다. 왜 그녀는 울
어야 할 상황에서 웃고 있는 것일까. 이에 대한 정보는 구체적으로 직접
제시되지 않는다. 그러므로 독자는 여러 가지 정황을 종합하여 그것에
대한 해답을 찾아내야 한다. 독자뿐 아니라 초점자인 '나'도 뺨을 맞고 있
는 그녀의 속마음을 알 수 없다. 외적 초점화에서 초점자는 자신의 시선
에 포착된 것만 알 수 있기 때문이다. 그러므로 "여인은 머리가 휘청하며
얼굴에 흐르러지는 머리카락을 늘 하던 버릇대로 귀바퀴 위에 거두어 올

리었다."란 문장에서처럼 머리카락을 거두어 올리는 여인의 행동을 '늘 하던 버릇대로'라고 서술할 수는 없다. 그런 점은 초점자 '나'가 알 수 없는 여인의 평소 습관이기 때문이다. 그러니까 이런 부분은 관찰자인 인물 서술자가 아니라 작가 서술자가 말하고 있는 것이다. 서술자가 서술 대상에 대한 지나친 감정 연루로 인해 초점화의 일관성을 순간적으로 잃어버린 것이라 할 수 있다.

결말에서도 초점자 '나'의 예상과 실제 그녀의 행동은 전혀 반대로 나타난다. '나'는 변소로 간 그녀가 자살할지 모른다는 생각으로 불안감을 갖는다. 하지만 그녀는 그곳에서 화장을 고치고 평상심으로 돌아온다. 이런 착각은 '나'가 지식인의 관념성으로 인해 타자인 민중의 실체를 제대로 인식하지 못했음을 나타낸다고 할 수 있다. 이에 최혜실은 "화자가 그 비극을 절실히 깨닫고 있는 휴머니스트라고 생각, 자신의 상상력 속에 감상의 유희를 하고 있었을 뿐, 중년 신사, 신사의 아들, 색시가 생활을 대하는 태도를 전혀 이해하지 못한 채 자신의 감상을 즐기고 있었음이 여인의 생활의지 앞에서 여실히 폭로된 셈이다."[30)라고 했다. 지식인 초점자는 관념적인 시선으로 인해 몸 파는 여인으로 대표되는 초점 대상인 민중의 강한 생존 의지를 인식할 수 없었다는 것이다. 최명익이 이전과 달리 민중의 현실적 삶을 중시하게 되었기에 여기에서 지식인의 이러한 관념 편향성을 폭로한다고 할 수 있다.

앞 장들에서 살펴보았듯이, 최명익은 「비오는 길」「무성격자」「심문」에서처럼 자신이 잘 아는 지식인의 내면을 보여주고자 할 때에는 내적 초점화에 의거하고 있다. 하지만 「봄과 신작로」「장삼이사」에서처럼 자신이

---

30) 최혜실, 앞의 글, 79쪽.

잘 모르는 민중의 삶을 전달하고자 할 때에는 제로 초점화나 외적 초점화에 의거하고 있는 것이다. 그러니까 지식인 남성의 자기 성찰 양상을 다루는 데는 그것에 적절한 내적 초점화을 활용하고 있다면, 민중 여성의 비애와 강인한 생존 의지를 다룸에 있어서는 제로 초점화와 외적 초점화를 적절히 활용하고 있다는 것이다.

5. 맺음말

여기에서는 『장삼이사』에 수록된 최명익 소설에서 내적 초점화, 제로 초점화, 외적 초점화가 실현되는 양상을 작가 의식의 변화와 관련하여 구체적으로 살펴보았다. 이때에 작품의 서두를 중점적으로 검토했는데, 서술의 실제 양식에 독자의 상상력이 맞추어지는 과정이 그 작품의 첫 부분에서 시작하기 때문이었다. 물론 한 작품에서 하나의 초점화가 일관되게 실현되는 것은 아니었다. 작가가 의도적으로 그렇게 하거나 실수로 특정 초점화의 일관성을 깨트리는 경우도 있기 때문이었다.

내적 초점화의 작품이 총 6편 중에서 4편으로 지배적인 비중을 차지하고 있었다. 내적 초점화에서는 남성 지식인 초점자의 내면이 주된 초점 대상이고, 초점자와 동질적인 성향의 여성 지식인과 이질적인 성향의 속물적 남성이 부차적 초점 대상이었다. 동일한 내적 초점화이지만 서술자가 작품 속에 존재하지 않는 이종 서사는 「비오는 길」「역설」「무성격자」의 세 편이었고, 서술자가 작품 속에 존재하는 동종 서사는 「심문」한 편이었다.

이종 서사의 내적 초점화에서는 초점자에 대한 정보가 거의 제공되지 않기에 독자가 사건을 직접 체험하면서 그들의 자리에 참여하도록 요구

받지만, 동종 서사의 내적 초점화에서는 서술자이기도 한 초점자에 대한 자세한 정보가 제공되며 작품의 서술 동기를 직접적으로 알려주기도 했다. 내적 초점화의 지식인 초점자들은 자의식 과잉으로 인한 분열된 자아를 보여준다는 공통점에도 불구하고 작품 발표 시기에 따라 점진적인 변화를 보여주고 있었다. 독서를 통한 이상적 삶을 지향하던 초점자의 방관적 태도가 점차 치부를 통한 일상적 욕망을 지향하는 초점 대상의 의지적 태도를 긍정하는 쪽으로 변하고 있음이 그러했다. 또한 자존을 지키고자 스스로 죽음을 선택하는 초점 대상의 결연한 의지를 자기 성찰의 계기로 삼은 초점자는 분열된 자아의 통합 가능성을 찾아가고 있었다.

그리고 각각 1편씩 발표된 제로 초점화의 「봄과 신작로」와 동종 서사 외적 초점화의 「장삼이사」은 양적 비중은 낮다. 하지만 작가 의식에서 획기적인 전환을 보여주고 있다는 점에서 실질적인 비중이 높았다. 이들 작품에서는 지식인 초점자가 사라지거나 비중이 현저히 약화되고 있었고, 대신에 민중 여성이 주된 초점 대상으로 부각되고 있었다. 「봄과 신작로」에서는 지식인 초점자가 부재하는 대신에 서술자가 중립적 전지의 방식으로 인습과 근대 문명의 희생물이 된 농촌 여성들의 비애를 폭로하고 있었다. 그리고 「장삼이사」에서는 서술자이자 초점자인 일인칭 주변인물이 익명의 대중들을 냉정하게 관찰하여 객관적으로 보고하고 있는데, 특히 도망치다 잡혀가는 창녀를 주된 초점 대상으로 삼아 민중의 강인한 생존 의지를 보여주고 있었다. 이런 점은 최명익이 지식인의 내면 대신에 민중의 객관적 현실을 중시하게 되었음을 알려주고 있는 것이었다.

이처럼 최명익 소설은 내적 초점화에서 제로 초점화와 외적 초점화로, 이종 서사에서 동종 서사로 초점화 방식이 변화하고 있었다. 또한 초점 대상도 이상을 추구하는 지식인의 내면에서 일상적 욕망을 중시하는 민중의 외적 현실로 변화하고 있었다. 그러니까 최명익은 지식인의 자기성찰 양상은 그것에 적절한 내적 초점화로 전달하고 있었고, 민중의 비애와 강인한 생존 의지는 그것에 적절한 제로 초점화와 외적 초점화를 통해 전달하고 있었다는 것이다. 이를 통해 최명익 소설은 작가의식을 가장 잘 나타낼 수 있는 초점화 방식을 적절히 활용하여 문학적 성과를 거두는 데 성공하고 있음을 확인할 수 있었다.

제3장

작가 층위의 비평

김동인의 욕망 중개자

1. 머리말

인간은 욕망하는 존재다. 그렇지만 근대 자본주의 사회의 구조적 모순으로 인해 주체는 욕망의 대상에 직접적으로 다가서지 못한다. 욕망의 중개자라는 타자의 존재를 필요로 한다는 것이다. 그러니까 수직적인 자율적 욕망 추구가 불가능하여 삼각형의 타율적 욕망 추구가 이루어진다. 지라르는 근대사회의 구조와 대응하는 근대소설의 구조도 이러한 삼각형의 욕망 구조에 의거한다고 본다. 이때에 욕망의 대상에 대한 주체와 중개자 사이의 정신적이거나 물리적인 거리가 가까워 그들 사이의 현실적인 경쟁 관계가 성립하는 '내면적 중개'와 그들 사이의 거리가 멀어 추상적으로만 경쟁 관계가 성립하는 '외면적 중개'로 구분한다. 그리하여 내면적 중개가 외면적 중개보다 더욱 근대적 복합성을 잘 보여준다고 한다.[1]

이에 여기에서는 김동인에게 욕망의 대상이 무엇이고, 그러한 대상에

---

[1] René Girard, *Deceit, Desire, and the Novel*, translated by Yvonne Freccero, The Johns Hopkins University Press, 1965.

접근하고자 할 때에 어떤 욕망의 중개자를 필요로 하며 어떤 대결 의식을 보여주고 있는가를 살펴볼 것이다. 또한 시간의 변화 속에서 변화된 주체로 인해 대상과 중개자는 다시 어떻게 변하고 그러한 변화의 의미는 무엇인가를 구체적으로 살펴보고자 한다.

2. '독립자존'에의 욕망과 중개자 김대윤

김동인에게 욕망의 첫 번째 중개자는 아버지 김대윤이다. 본관이 전주인 김대윤은 평양의 유지로 대대로 많은 전답을 물려받은, 경제적으로 풍족한 대지주였다. 뿐만 아니라 기독교의 부흥지로 여겨졌던 평양 교회의 초대 장로를 지냈으며 민족주의자들과의 교류도 활발했다고 한다. 김동인은 평안남도 평양시 하수구리 6번지에서 1900년 10월 2일에 김대윤의 3남 1녀 중 차남으로 태어났다. 하지만 어머니 옥씨는 김대윤의 전처가 장남 김동원을 낳고 죽은 뒤에 재혼한 후처이다. 그러므로 아버지 김대윤에게는 김동인이 둘째 아들이지만 어머니 옥씨에게는 첫 아들이 된다.[2]

김동인은 자신의 유년 체험에 대한 자전적 기록을 비교적 많이 남겨놓고 있다. 하지만 의외라고 할 정도로 중개자인 김대윤에 대한 자료는 찾아보기 어렵다. 반면에 그의 어머니 옥씨에 관한 사항 및 그녀에 대한 태도는 「몽상록」(『조선중앙일보』, 1934. 11. 5~12. 16), 「가신 어머니」(『조광』, 1938. 3) 등에 상세히 기록되어 있다.[3] 물론 이와 같은 김동인의 기

---

2) 박현숙, 「새 자료로 본 동인 문학의 이면」, 『문학사상』 2호, 1972. 11, 294쪽.
3) 김윤식, 「김동인론 — 전기적 사실과 작가론의 관계」, 『(속)한국근대작가론고』, 일지사, 1981, 125쪽.

록은 자신에 의해 미화되고 왜곡되어 있을 가능성도 있다. 하지만 신중히 검토한다면 욕망의 근원이 어디에 있는가를 파악하는 데 큰 도움을 줄 수 있을 것이다. 모든 인간에 있어 가정환경을 통해 겪게 되는 유년기의 체험은 선천적 기질과 결합하여 그들의 성격을 결정하는 데에 결정적인 영향을 미치고 있기 때문이다.[4]

김동인은 유년 시절을 회고하면서 "남은 한 번 혀를 차고 말 일을 한 달이나 애상적으로 지내니 만큼 이 동인이는 음울하고 눈물 많은 소년이었습니다"[5]라고 한다. 그가 거만하고 방탕한 인물이 아니라 지극히 민감하고 애상적인 인물이었다는 것이다. 그렇다면 주변의 친지들에게 김동인은 어떤 인물이었는가.

> 날카롭은 이지의 '메스'로 모든 것을 기탄 없이 해부키를 게을리 하지 아니하는 동인에게 벽창우 같은 고집이 언제나 심두에 붙어서 떠날 줄을 모르니 사람의 생겨 먹은 성격이란 이지와 교양과의 체질로는 암만하여도 고쳐지는 것이 아닌상 싶습니다. 그러기에 요한군까지라도 괴물이니 '스핑스'니 독립자존이니 하는 말을 동인에게 던지는가 보외다.[6]

인용문에서 김억은 김동인의 성격에서 날카로운 이지적 비판력과 편향적인 고집스러움이 상존하는 모순성을 지적하고 있다. 김동인이 이지적이지만 어떤 경우에는 고집스런 맹목성을 강하게 드러낸다는 것이다. 주요한도 김동인에게 괴물 같은 이해할 수 없는 면모가 있음을 언급하고

---

4) Kaplan Morton and Robert Kloss, *The Unspoken Motive*, New York: The Free Press, 1973, p.19.
5) 김동인, 「하느님의 큰 실수」, 『김동인전집』 6, 삼중당, 1971, 414쪽.
6) 김억, 「김동인론 ― 문단인 종횡담」, 『동광』 27호, 1931. 11, 70쪽.

있다. 그들에게 김동인이 괴물 같은 '독립자존'의 인물로 여겨졌다는 것이다. 그런데 다른 사람들에게 김동인이 독립자존의 인물로 여겨졌던 것은 그가 독자적 삶을 추구했기 때문인 듯하다. 그는 타인의 지배나 간섭에서 벗어나서 자신만의 삶을 추구했던 것이다. 그리고 김동인의 이러한 욕망은 중개자 김대윤과의 경쟁 관계에서 비롯한다고 할 수 있다. 김동인은 욕망의 중개자 김대윤을 긍정하고 모방하는 것이 아니라 부정하고 비판한다.

김동인은 김대윤을 가문의 수장으로 존중하면서도 한편으로는 가족들의 억압자로 여겨 대립 의식을 갖는다. 이에 김동인은 아버지 김대윤을 극복함으로써만 자신이 홀로 설 수 있음을 의식적으로든 무의식적으로든 강하게 의식하였던 것이다. 아버지가 단순한 대립자를 넘어서서 존경할 만한 권위자이기도 할 때에, 아들에게 최상의 중개자가 될 수 있다. 그러한 아버지를 극복함으로써 아들은 최고의 성취감을 맛볼 수 있을 것이며, 삶에 대한 자신감도 확보할 수 있을 것이기 때문이다.

그리하여 김동인은 교회의 장로로 신앙심 높았던 아버지 김대윤과 달리 기독교에의 맹신을 신랄하게 비판하고 있다. 「이 잔을」(『개벽』, 1923. 1), 「명문」(『개벽』, 1925. 1) 등에서 절대자에 대한 믿음을 거부하며 기독교인들의 무분별한 신앙심을 희화화하고 있다. 김대윤이 기독교의 신을 근대화한 서구 문물의 수용으로 자연스레 받아들이고 있다면 김동인은 그렇지 않은 것이다. 그에게 기독교의 신은 인간의 무지로 인해 만들어진 전근대적 우상의 하나였고, 이러한 기독교의 절대 신의 권위에 대한 거부는 김대윤의 권위에 대한 거부와 동일시되고 있다.

김동인은 평양에서 기독교 계통 학교인 숭덕소학교를 졸업하고 1913년에 숭실중학교에 입학했다. 그러나 성경 시험을 거부하여 담당 교사로부터 야단을 맞자 일주일 동안 무단으로 결석한 뒤에 학교를 중퇴한다. 그리고 동경으로 유학을 떠나 1914년 동경학원에 입학하지만 이듬해 동경학원이 폐쇄되자 명치학원 보통부 2학년에 전입한다. 명치학원에는 소학교 동기인 주요한이 한 학년 위에 다니고 있었다. 주요한은 이때에 이미 시인으로 활약하고 있을 뿐만 아니라 문인들을 많이 배출한 명치학원의 교지인 '백금학보' 편집을 맡기도 했다. 이때에 김동인은 변호사나 의사가 되어야 한다는 김대윤의 기대와 달리 작가의 길을 선택한다. 「음악공부」(『창조』 제8호, 1921. 1)에서는 예술을 지망하는 아들과 그것을 말리는 아버지와의 갈등이 잘 나타나고 있다. 이것은 문학의 길을 선택한 김동인과 김대윤의 부자 갈등을 그대로 보여주고 있다고 할 것이다.

김동인은 "키가 오척팔촌오분 가량은 되고 몸집은 그 키에 비교하여 걸맞지 안도록 가늘어서 먼발치로 띄워 놋코 볼지라도 누구나 다 약한 사람인 것을 알어 볼 수 잇스며"[7]라고 한다. 문인 기질의 유약한 '세장형' 인물이었던 것이다. "나의 취미와 성격이 문학에 몰두하게 했던 것 같다"[8]라고 하듯이, 문학의 길을 선택한 것은 이러한 기질적 특성에 기인한다고 할 수 있다. 그러나 이러한 기질적 특성보다 더 본질적인 요인은 그것이 아버지의 굴레에서 벗어나 독립자존에의 욕망을 실현할 수 있는 길이었다는 점에 있을 것이다.

김동인은 어느날 야시장에서 「쥬마」라는 탐정소설을 사게 된 것을 계기로 소설에 몰두하게 되고, 우연히 서점에서 「비밀 지하실」을 사서 읽음으로써 본격적인 문학작품의 진가를 인식한다. 그리하여 "다시 거리로 뛰어 나가 『세계문학소설집』의 전부 열 권을 사들였다. 그 가운데 메테를

---

7) 유지영, 「김동인 인상기」, 『조선문단』 9호, 1925. 6, 72쪽.
8) 김동인, 「나의 문단생활 이십년 회고록」, 『김동인전집』 6, 앞의 책, 293쪽.

링의 「푸른 새」도 있었다. 도테의 「르베르트 헤르몽」도 있었다. 나는 그것을 모두 애독하고 숙독하고 탐독하"[9]였다고 한다. 본격문학의 가치를 깨닫게 되자 체호프의 단편에 관심을 가지며, 톨스토이, 트루게네프, 도스도예프스키의 작품을 애독한다. 이때에 도스토예프스키보다 톨스토이를 높이 평가한다. 도스토예프스키는 참인생에 가까운 인생을 창조하였지만 자기가 창조한 인생을 지배하지 않는다면, 톨스토이는 참인생과는 다른 인생을 창조하였지만 자기 마음대로 그 인생을 조종하였기에 더 위대한 예술가라는 것이다. 즉 자신처럼 독립자존의 욕망을 작품에 구현한 작가이기에 톨스토이가 더욱 위대하다는 것이다.[10]

김동인은 명치학원 2학년 때에 소풍에서 화엄 폭포를 구경한 뒤 그것을 적은 글로써 작문 선생의 칭찬을 받자 크게 고무된다. 문학 창작에 대한 가능성을 타인으로부터 공개적으로 인정받았기 때문이다. 이에 3학년 때에는 몇 명의 동료와 함께 회람 잡지를 만들어 거기에 「병상」이라는 소설을 일본어로 발표하기도 한다. 문학 작품의 독서와 습작 활동을 통해 그는 점차 문학의 길에 다가서고 있다는 것이다.

1910년을 전후로 해서 일본 유학생들이 문학에 적극적인 관심을 갖게 된 이유는 다음의 두 가지로 지적되고 있다. 첫째로 이들 일본 유학생들이 각자 문학 이외의 전공자였음에도 불구하고 문학에 손을 댄 것은 문필 행위 자체가 민족정신의 소산이었고 동시에 문학 정신이 그들의 정신적 지주가 되어 시류를 거부할 고고성을 그들에게 주었다는 점이다. 둘째로 초기의 유학생들이 국비로 파견되었음에 비하여 후기의 유학생들이 특정 단체의 지원을 받거나 자비에 의존했다는 점이다. 이것은 그들

---

9) 김동인, 「병상만록」, 『김동인전집』 6, 앞의 책, 477쪽.
10) 김동인, 「자기의 창조한 세계」, 위의 책, 269쪽.

의 가정적 배경이 비교적 부유층에 속했다는 것이며, 따라서 귀국 후에 일정한 직업이 없이도 안정된 생활을 누릴 수 있고 생계를 위해 일제와 타협하지 않아도 된다는 것이다.[11]

김동인은 김대윤과의 대결 의식 속에서 독립자존을 욕망하고 있었다. 그러하기에 그에게 선민적 고고성을 유지할 수 있게 해주는 문학은 무엇보다 매혹적인 영역이었다. 당시 일본에서는 예술의 신성함을 맹신하고, 예술가적 특권에 대한 자부심을 바탕으로 작가가 획일적인 제약에 얽매이지 않고 개성과 재능을 한껏 발휘해야 한다는 점을 중시하고 있다. 이것은 제1차 세계 대전 이후에 근대적 자유 민주주의 사상이 광범위하게 생성되기 시작한 일본 '대정기 문학'의 특성이기도 하다.

대정기는 일본 근대 사상에 개인주의가 가장 깊이 침투한 시기이며, 서구의 예술지상주의가 일본 문학에 도입된 시기이다. 일본 문인들은 이때 비로소 일본 문단이 "서구와 동시대에 살며, 서구 문예의 정통적인 적자"[12]라는 자부심을 지니게 되었다고 한다. 이러한 일본 대정기의 자유분방하고 고답적인 문학 활동의 영향을 받으며, 김동인은 자신의 독립자존의 욕망을 실현할 수 있는 최상의 길로 문학을 선택하고 있는 것이다. 그리하여 "참 예술가는 인령이오, 참 문학적 작품은 신의 섭이오, 성서이오"[13]라고 하며, 문학을 종교만큼 신성시한다. 김동인은 작가가 신과 같은 존재로 작중인물을 인형처럼 조종해야 한다는 '인형조종술'을 주장하기도 한다. "자기가 창조한 소설 속에서 세계 또는 인생을 마음대로 조종

---

11) 김은전, 「한·일 양국의 서구문학 수용에 관한 비교문학적 연구」, 『기헌손낙범선생회갑 기념논문집』, 1971, 233~236쪽.
12) 中村光夫, 『明治文學史』, 筑摩書房, 1966, 228面.
13) 김동인, 「소설에 대한 조선사람의 사상을」, 『김동인전집』 6, 앞의 책, 265쪽.

함으로써 자기의 자유를 확인하고 만족하는 소설가는 신이라는 칭호에 어울"[14]린다는 것이다.

김동인은 1917년에 욕망의 중개자 김대윤이 사망하여 평양으로 돌아온다. 하지만 장례가 끝난 뒤에도 동경으로 건너가지 않고 세계문학전집을 읽으며 평양에서 그대로 지낸다. 작가가 되고자 결심한 그에게 명치학원에서의 정규 학과 공부는 의미가 없었기 때문이다. 김동인은 1918년 봄에 평양에서 수산물 도매상을 하던 상인의 딸이며 구여성인 동갑의 김혜인과 결혼하지만 신혼여행을 다녀온 뒤에는 다시 동경으로 떠난다. 그리고 명치학원을 중퇴하고, 천단화학교(川端畵學校)에 입학하여 미술 공부를 하게 된다. 천단화학교는 가와바타 고쿠쇼(川端玉章)가 1909년 창립한 미술학교로 "東京小石川區下富坂町十九"에 위치했는데 김동인은 양화과(洋畵科)를 수학했다.[15]

김동인은 "소설이라 하는 것이 문장예술인 이상 마치 회화의 색채와 같은 중요성을 지닌다"[16]라고 하면서 소설과 회화의 특성을 종종 동일 선상에 놓고 있다. 미술에서 체득한 미학을 문학에 응용하고자 하였던 것이다. "『백화(白樺)』에 게재된 삽화는 총 1200여 점으로, 한 호에 평균 7점을 계속 실었을 정도였다"[17]라고 할 정도로 『백화』에는 그림이 많이 실렸다. 이런 점은 후기 인상파를 중심으로 하는 서양 미술 소개에 힘을 쓴 일본 백화파 문인들의 미술 애호에 관련된다. 김동인도 이런 흐름을 적극적으로 수용하고 있는 것이다.

---

14) 황종연, 「낭만적 주체성의 소설」, 『문학사와 비평』 8집, 문학사와 비평학회, 2001, 97쪽.
15) 백천풍, 「한국 근대문학 초창기의 일본적 영향」, 동국대학교 석사학위 논문, 1981, 28쪽.
16) 김동인, 「소설학도 서재에서」, 『김동인전집』 6, 앞의 책, 229쪽.
17) 深萱和男, 「白樺と美術」, 『文學・語學』 19號, 三省堂, 1961, 90面.

김동인은 1918년 12월 말 일본 동경의 하숙에서 주요한과 함께 『창조』 발간의 실질적인 문제를 의논한다. 주요한이 200원이면 창간호를 낼 수 있고 매 호 100원만 추가로 부담하면 계속적인 발간이 가능하다고 설명하자 김동인이 그 자금을 마련하기로 한 것이다. "『창조』 창간호가 발행된 1919년 2월 8일은 또한 '3 · 1운동'의 전초인 '동경 유학생 독립선언문' 발표의 그날이었다"[18]라고 하면서, 김동인은 『창조』 창간호의 발행 일자를 1919년 2월 8일의 동경 유학생 독립선언의 날짜와 일치시키고 있다. 잡지에 명기된 발행일자는 2월 1일임에도 불구하고 이렇게 2월 8일이라는 날짜를 강조하고 있음은 『창조』 발간과 3 · 1운동을 관련지어 그것의 역사적 존재 의의를 높이고자 한 듯하다.

　그리하여 "『창조』가 서도 문인의 기관지라고 불려지기도 했다"[19]라고 하듯이, 개성 출신의 최승만을 제외하고는 평양 출신의 김동인, 주요한, 전영택, 김환이 창간 동인으로 참여하고 있다. 1920년 7월 25일에 창간호가 출간된 『폐허』에는 『창조』와의 경쟁 의식 속에서 경성과 경기도 출신 염상섭, 남궁벽, 변영로, 오상순 등이 동인으로 참여하고 있다. 김윤식의 지적처럼 "서도파와 서울파와의 이러한 지역적 대립은 우리 근대문학 초창기의 뚜렷한 정신사적 흐름을 말해 주"[20]고 있는 것이다. 그런데 『창조』는 1921년 5월 30일 발행된 9호로서 폐간되고 만다.

　그렇게 의욕적으로 만들어졌던 『창조』가 9호로서 폐간된 이유는 무엇인가. 그것은 다음의 두 가지로 파악된다. 첫째로 『창조』 동인들의 이름이 이미 조선 문단에 널리 알려졌고, 신문과 잡지가 다수 발행됨으로써

---

18)　김동인, 「문단삼십년사」, 앞의 책, 10쪽.
19)　김동인, 「문단회고」, 위의 책, 272쪽.
20)　김윤식, 『염상섭연구』, 서울대학교 출판부, 1987, 101쪽.

동인지가 아니라도 그들의 작품을 충분히 발표할 수가 있었고, 둘째로 실질적 운영자였던 김동인이 초기의 순수한 열정을 잃어버렸기 때문이라 할 수 있다.

이에 욕망의 중개자도 사라졌고 문학에의 열정도 식은 김동인은 경성에서 많은 기생들과 방탕한 생활을 즐긴다. 「여인」(『별건곤』, 1929. 12~1930. 8)에서 김옥엽, 황경옥, 세미마루, 김산월, 노산홍, 김배옥 등을 언급하고 있다. 강인숙은 "불감증인 김연실이 즐겁지도 않은 연애를 신념 때문에 열심히 하는 것과 김동인이 유미주의를 실천하기 위하여 사랑하지도 않는 여자들과 방탕한 생활을 하는 것과 일맥상통하는 점이 있으며 그 신념 때문에 파탄이 오는 점도 비슷하다"[21]라고 한다. 그러나 김동인이 유미적 신념을 실천하고자 기생과 방탕한 생활을 벌였다고 볼 수는 없다. 김동인의 방탕은 신념 때문이라기보다는 김대윤이란 욕망의 중개자가 사라지고 이에 따라 문학에의 열정도 식었기에 기생을 통해 새로운 탈출구를 찾고 있었기 때문이라 할 것이다.

물론 김동인도 이러한 일시적 위안에만 매달릴 수는 없기에 반성 속에서 평양으로 돌아온다. 그리하여 1926년에는 토지 관개사업을 벌이고 보통강벌의 밭을 천석지기의 옥답으로 만들었으나, 당시의 산미제한 정책으로 당국의 허가를 얻지 못하여 완전히 파산한다. 더구나 이런 남편을 불신하게 된 아내 김혜인마저 가출하여 그를 궁지에 몰아넣는다. 김동인은 보름 후에 동경에서 그녀를 찾지만 딸만 데려오고 그녀와 헤어진다. 작가의 길을 통해 신과 같은 존재가 되고자 했던 김동인이 완전히 추락한 것이다.

---

21) 강인숙, 『한국현대작가론』, 동화출판사, 1971, 203쪽.

소설비평의 다원성

하지만 김동인에 있어 소설은 바로 그의 삶이고 그의 삶이 곧 소설이었다. 김동리는 소설에 대한 김동인의 이러한 진지한 태도를 '자연주의의 구경'[22]이라며 높이 평가한다. 비록 김동인이 인간의 삶에서 신을 추방하여 자연과 인간을 극단적으로 대립시키는 결함을 지니지만 삶의 궁극적 의미를 작품에서 치열하게 추구한 본격적 작가란 것이다.

김동인은 욕망의 중개자가 사라지고 문학에 대한 열정도 식자 기생들과의 향락적 생활을 즐기고 관개사업을 벌였다가 파산함으로써 집안의 도련님에서 시정의 파락호로 전락한다. 하지만 계속 그렇게 살 수는 없다. 그러하기에 김동인은 김대윤을 대신할 새로운 욕망의 중개자를 필요로 한다. 물론 김대윤이 죽은 뒤에 김동원이 집안의 가장이 되었다. 하지만 김동인은 김동원을 중개자로 삼을 수는 없었다. 김동인이 볼 때에 김동원은 아버지 김대윤의 단순한 모방자이자 추종자였을 뿐이다. 그러니까 그는 "기울어 가는 국가, 망해 들어가는 대한제국 때문에 애타 하시던 아버님, 당년의 지사 안창호, 안태국, 임치정, 이승훈씨 등을 늘 집에 청하셔서 토론하게 하며, 형으로 하여금 그 지사들과 교우를 맺게 하고 늘 이를 권장하시던 아버님"[23]이라고 아버지와 형을 함께 회고하고 있다.

김윤식은 "김동인의 위에 군림했고 또 할 수 있는 존재는 그의 부 김대윤뿐이고, 그가 죽은 뒤에는 맏형이 그 자리를 차지했던 것이다"[24]라고 한다. 김대윤에 이어 김동원이 중개자의 자리를 차지했다고 본 것이다. 하지만 욕망의 중개자가 되려면 주체의 경쟁 상대일 뿐만 아니라 존경할 만한 권위자여야 한다. 그러나 김동원은 김동인의 경쟁자일 수는 있

---

22) 김동리, 「자연주의의 구경―김동인론」, 『신천지』 제3권 5호, 1948. 6.
23) 김동인, 「3·1에서 8·15」, 『김동인전집』 6, 앞의 책, 631~632쪽.
24) 김윤식, 『김동인연구』, 민음사, 1987, 15~16쪽.

지만 권위자는 아니었다. 그러하기에 김동원이 욕망의 중개자가 될 수는 없었다.

김동인은 중개자 김대윤을 긍정하고 모방하는 대신에 부정하고 비판하고 있다. 그러나 김동인은 이러한 자신의 대결 의식을 공개적으로 표명하고 있지는 않다. 아들이 아버지를 부정하고 비판하는 일은 불효로 세상의 비난을 받고 명성에 해가 될 수 있을 것이기 때문이다. 이에 김동인은 침묵하거나 작품에서 우회적으로 중개자를 부정하고 비판할 뿐이다. 그렇지만 김동인은 엄격하고 실제적이며 신앙심 높은 김대윤을 욕망의 중개자로 삼을 수 있었기에 오히려 대결 의식 속에서 독립자존의 욕망을 실현하는 순수문학의 길을 걸어갈 수 있었다고 할 수 있을 것이다.

3. 일탈적 영웅에의 욕망과 중개자 이광수

김동인이 문학의 길을 필생의 과제로 선택하였을 때에 욕망의 중개자였던 김대윤이 사라졌다. 이때에 김동인에게 새로운 욕망의 중개자가 나타난다. 바로 선배 작가로 동경 유학생들의 관심을 한 몸에 받고 있던 이광수였다. 그러니까 김동인이 『창조』 발간을 주도하면서 참인생을 다루는 참예술로 순수문학을 중시하기에, 계몽문학으로 대다수 독자들의 열렬한 호응을 받은 이광수와 대결 의식을 갖게 됨은 필연적인 귀결이라 할 수 있다.

김동인은 "국초 이인직의 독무대 시대를 지나서 춘원 이광수의 독무대, 그뒤, 이, 삼년은 또한 나의 독무대 시대나 다름없었다"[25]라고 회고한

---

25) 김동인, 「문단삼십년사」, 『김동인전집』 6, 앞의 책, 33쪽.

다. 당시의 조선 문단에서 이광수가 이인직의 뒤를 잇는 유일한 산봉우리이듯이, 김동인 자신도 이광수를 잇는 유일한 산봉우리란 것이다. 하지만 자신을 본격적 근대 소설가로 자처한 김동인은 욕망의 중개자 이광수를 과도기의 작가로 폄하한다. 이광수가 문학에 대한 기본 소양이 부족하여 참된 문학작품을 받아들일 태세가 갖추어져 있지 않은 대중 독자들에게 정도가 낮은 문학을 공급함으로써 독자의 수준을 높이는 중간 역할을 맡았을 뿐이란 것이다.[26]

김동인에게 욕망의 중개자 이광수는 성장 환경뿐만 아니라 작가가 된 이유에서도 큰 차이를 보여준다. "한국시대에 동경에 갈 때에 대신이 되자는 목적을 가지고 유학을 갔지요. 그러나 시대가 변해서 대신이 될 수가 없으니까 그럭저럭 소설을 쓰게 되었는데"[27]라고 한다. 이광수는 관료가 되려고 일본으로 유학을 떠났지만 나라가 망해 어쩔 수 없이 소설을 쓰게 되고 문학 활동을 통해 민족의 지도자적 역할을 맡았다는 것이다. 하지만 김동인은 이미 망국인으로서 의사나 변호사가 되고자 일본으로 유학을 떠났지만 문학이 독립자존에의 욕망을 실현시켜줄 수 있다는 점에서 문학을 목적 자체로 선택하고 있다. 그리고 이광수가 공적인 간행물인 『학지광』과 『매일신보』 등에 작품을 발표하고 있었다면 김동인은 『창조』란 동인지를 만들어 작품 활동을 시작한다.

물론 김동인은 『창조』를 폐간한 뒤에 평양에서 1924년 8월에 후속 동인지 『영대』를 발간하여 「유서」를 연재하기도 한다. 그러나 서울에서는 1922년 1월에 홍사용, 박종화 등 휘문의숙 출신과, 나도향, 박영희 등 배재학당 출신이 결합하여 발간한 『백조』가 1923년 9월에 3호로 폐간되었

---

26) 김동인, 「조선근대소설고」, 앞의 책, 149쪽.
27) 이광수, 「이광수씨와의 일문일답」, 『이광수전집』 8, 삼중당, 1971, 644쪽.

으며, 그것의 붕괴와 더불어 신경향파 문학이 출현하기 시작한 시기였다. 이미 문단은 1924년 2월 박영희가 문예부 책임을 맡은 『개벽』의 계급주의 문학과 1924년 10월 이광수 주재로 발간된 『조선문단』의 민족주의 문학으로 재편되고 있었던 것이다. 하지만 김동인은 『창조』 발간 시기의 입장을 그대로 유지하며 순수문학을 고집한다. 그는 조선의 당면 과제인 제국의 억압에 저항하는 문학 운동에는 전혀 관심이 없었던 것이다.

3·1운동 직후의 김동인의 행적과 태도에서도 이런 점이 잘 나타나고 있다. 1918년 2월에 동경 유학생들이 기독교청년회관에서 '2·8독립선언'을 발표하고 공원에서 데모를 하다 검속된 사건이 일본의 신문에 보도되자 김동인의 집에서는 안전을 위해 '어머님이 병환이 위독하니 곧 귀국하라'는 전보로 그를 평양으로 불러들인다. 그러나 고향에 돌아온 김동인은 아우 김동평에게 격문의 원고를 만들어준 것이 드러나 1919년 3월 26일 경찰에 수감되어 감옥을 전전하며 석 달을 갇혀 있은 뒤 '6개월 징역에, 2개년 집행유예'의 판결을 받는다. 그런데 김동인은 감옥에서 나오자 후지지마에게서 함께 미학을 배웠던 일본 여자 아끼꼬를 만나기 위해 동경으로 간다. 그러나 "당신은 조선 사람이지요? 나는 일본 사람이에요"[28]란 쌀쌀한 거부 의사만 듣고서 실망한 채 돌아오고 있다. 출옥한 김동인이 처음 찾아간 여자가 평양의 아내가 아니라 동경의 일본 여자였다는 것이다. 뿐만 아니라 그는 동경 유학 초기에 이웃집의 영국계 혼혈 소녀인 메리라는 소녀를 짝사랑했던 일을 고백하고 있기도 하다. 이것은 비록 애정 문제이긴 하지만 그의 민족의식이 얼마나 미약했는가를 그대로 보여주고 있는 것이다.

---

28) 김동인, 「여인」, 『김동인전집』 4, 앞의 책, 231~235쪽.

김동인은 1930년 4월에 평양 숭의여중을 졸업한 11세 연하의 신여성 김경애와 재혼하고, 일 년 뒤에는 서울 서대문구 행촌동으로 이사함으로써 명실상부한 가장의 역할을 맡게 된다. 이에 비장한 결심을 하고 그토록 꺼리던 신문 연재소설을 쓰기로 한다. 이제까지 비판하던 욕망의 중개자 이광수처럼 대중 독자를 의식하고서 작품 활동을 하게 된 것이다. 이제 김동인도 "차차 내성이 시작될 때에 문학의 도에는 상아탑을 위한 문학도 외에 건설을 위한 문학도라는 다른 부문이 있다는 일점을 통절히 느끼고, 그 건설을 위한 문학도에는 문학과 대중의 결합이 필요하다는 점까지 느끼고, 여기로 전하여 노력한 지도 어언간 칠, 팔년이 지났다"[29]라고 한다. 이것은 김동인이 전적으로 원고료 수입에 의해 가족의 생계를 유지할 정도로 처지가 달라졌고, 이에 따라 문학에 대한 태도도 달라졌음을 말해주고 있다. 그동안 비판하던 중개자의 길을 따르게 된 것이다. 그리하여 「젊은 그들」(『동아일보』, 1929. 9. 2~1931. 11. 10)을 비롯한 다수의 역사소설을 신문에 연재한다.

그런데 생활에서 극히 곤궁한 처지에 놓인 것에 비례해서 작품에서 영웅에의 지향을 더욱 강하게 보여주고 있다. 그리하여 역사소설에 자신의 개성을 강하게 투영한 영웅을 제시한다. 김동인의 역사소설에 나오는 영웅은 중개자 이광수의 역사소설에 나오는 영웅과 대척적이다. 이광수가 「마의태자」(『동아일보』, 1926. 5. 10~1927. 1. 9)와 「단종애사」(『동아일보』, 1928. 11. 30~1929. 12. 11)에서 '궁예'와 '김종서'를 영웅으로 제시하고 있다면, 김동인은 「견훤」(『조광』 31~42, 1938. 5~1939. 4)과 「대수양」(『조광』, 1941. 3~12)에서 '견훤'과 '수양대군'을 영웅으로 제시하고 있다.

---

29) 김동인, 「망양탄」, 『김동인전집』 6, 앞의 책, 566쪽.

또한 「광염소나타」(『중외일보』, 1929. 1. 1~12)와 「광화사」(『야담』, 1935. 12)에서는 '백성수'와 '솔거' 같은 광기의 예술가를 천재로 긍정하고 있다. 중개자 이광수가 윤리를 척도로 삼아 인물의 가치를 판단한다면 김동인은 능력을 척도로 삼아 그들의 가치를 판단한다. 더욱이 김동인에게는 절대적 권력자이면서 천재적 예술가이기도 한 「운현궁의 봄」(『조선일보』, 1933. 4~1934. 2)의 '흥선대원군'이나 「왕부의 낙조」(『중앙』, 1935. 1)의 '공민왕'은 최상의 영웅이었다. 그리하여 이러한 역사소설의 영웅들에게 자신의 욕망을 대리적으로 성취하게 함으로써, 김동인은 자신의 일상적 삶에서의 실패를 보상하고자 한다.

김동인의 「춘원연구」(『삼천리』, 1934. 12~1935. 10, 『삼천리문학』, 1938. 1~4)는 14장으로 구성된 이광수에 대한 평전적 작품 분석이다. 이광수에 대한 이와 같은 방대한 작업은 욕망의 중개자에 대한 김동인의 대결 의식이 얼마나 집요했는지를 잘 보여준다. 그러나 중개자인 이광수에 집착하면 할수록 김동인의 욕망은 심하게 훼손되어간다. 이광수의 위치가 시대 상황의 변화 속에서 계속 불안정해지고 있었기 때문이다. 김동인은 1937년 동우회 사건으로 이광수가 서대문 형무소에 수감되자 자신도 그렇게 될 수 있다는 강박관념으로 문인들의 황군 위문을 주선한다. 이에 동조한 이태준의 '문장사', 임화의 '학예사', 최재서의 '인문사'가 여비를 만들고 문인 몇 명이 대표가 되어 전선 위문을 떠나기로 한다. 김동인은 대표단에서 빠지고자 했지만, 박영희, 임학수와 함께 세 사람이 대표로 뽑혀 1939년 북중국으로 황군 위문을 하게 된다. 총독부 고급 관리들의 성대한 환송을 받으며 출발했지만 김동인은 여행 도중 내내 전선 시찰 보고문을 써야 한다는 것 때문에 심한 압박감에 시달린다. 그리하여 돌아오는 길에 혼도하여 쓰러지게 되며, 이를 핑계로 여행에 대한 기

소설비평의 다원성

억을 모두 잃어버렸다고 여행기를 쓰지 않는다.[30]

김동인은 이러한 시기에 지독한 불면증과 수면제의 과용, 도박에의 몰두, 마약복용 등 일련의 자기학대 행위 속에서 심신이 다 병약해진다.[31] 백철은 "1940년경, 조선일보에 장편소설「정열도 병인가」를 연재하던 시기엔 벌써 그 중독의 정도가 상당히 진전되고 있었다"[32]고 한다. 융에 의하면, "자기 자신이 갈망하는 심상만 염두에 넣고 기타 다른 요소를 무시하는 편파적 성격의 사람이 중년기에 이르러 심각한 정신적 위기와 정신병의 성격을 띤 정신적 불안과 동요를 겪게 된다."[33] 그러니까 김동인도 결국 고집스런 결벽성으로 인해 과도한 정신적 압박을 받고 있었다는 것이다.

그리고 김동인은 1942년 1월에 김동환이 경영하는 잡지사 '삼천리'에서 아동문학가 최인화와 한담을 하던 도중에 일본의 실권이 군부에 있고 천황은 허수아비에 불과하다고 말한다. 그것이 일본 정보원의 귀에 들어가 두 번째로 검속되어, 천황불경죄로 4개월간 구치된 끝에 3개월의 형을 받는다. 1937년 6월에 동우회 사건으로 검속된 중개자 이광수가 친일로 전향한 뒤에 무죄 선고를 받고 풀려난 것과 대조적인 처지에 놓이게 된 것이다. 1939년 12월 이광수는 친일문학단체인 조선문인협회 회장이 되고, 1940년 4월에는 가야마 미쓰로(香山光郎)로 창씨개명하고서 일제에 적극적으로 협력한다.

그러다 을유 해방을 맞이한 김동인은 심기일전하여 창작 활동에 임하

---

30) 김동인, 「문단삼십년사」, 『김동인전집』 6, 앞의 책, 69~71쪽.
31) 전영택, 「생각나는 사람들 ⑤― 김동인 (하)」, 『대한일보』, 1967. 3. 2.
32) 백철, 「고 김동인선생의 인간과 예술」, 『신천지』 8권 2호, 1953. 6, 286쪽.
33) 욜란디 야코비, 이태동 역, 『칼 융의 심리학』, 성문각, 1978, 45~47쪽.

며 「반역자」(『백민』, 1946. 10)와 「춘원과 '나'」(『신천지』, 1948. 3)를 통해서 욕망의 중개자인 이광수의 친일 활동을 적극적으로 변명하고 있다. 이광수는 해방이 되자 사릉에 칩거하며 집필 활동을 하다가 1949년 2월에 반민법에 의해 최남선 함께 서대문 형무소에 수감되지만 8월에 반민특위의 불기소로 자유의 몸이 된다. 이때에 김동인은 "춘원의 성격은 어디까지든 충직하였다. 겉으로만 부르짖고 속으로 딴 꿈을 꿀 줄 모르는 사람이었다. 그런지라 솔선하여 창씨개명을 하였고 대담스럽게도 황국신민이 되라고 부르짖기도 한 것이다"[34]라고 하며 이광수의 충직성을 강조한다. 그런데 김동인이 이광수를 이렇게 옹호하고 있는 이유는 무엇인가. 중개자 이광수의 추락은 바로 주체인 김동인의 추락도 되기 때문이다. 하지만 김동인의 적극적 옹호에도 불구하고 이광수는 심각하게 권위를 상실하며 중개자로서의 의의를 잃어갔다.

김동인은 을유 해방 후에도 일제강점기에서처럼 현실에서 심하게 좌절한다. 해방이 되었지만 현실은 여전히 냉혹하고 그가 영웅이 될 기회는 없었기 때문이다. 그리하여 다시 역사소설의 영웅을 통해 훼손된 욕망을 회복하려 하지만, 이전에 이미 경험했듯이 그것은 일시적인 대리만족에 그칠 뿐이다. 「을지문덕」(『태양신문』, 1948. 10~1949. 7)을 연재하던 중에 중풍으로 쓰러지고, 전신 마비로 식물인간이 되어 목숨만 이어가다가 1951년의 '1·4 후퇴' 시에 왕십리의 영단주택에서 홀로 죽음을 맞이한다. 욕망의 중개자 이광수는 1950년 7월 납북되어 이미 생사 불명인 상태였다. 욕망의 중개자가 사라졌듯이 욕망의 주체도 사라져간 것이다.

김동인은 두 번째 욕망의 중개자인 이광수도 긍정하고 모방하기보다

---

34) 김동인, 「문단삼십년사」, 『김동인전집』 6, 앞의 책, 73쪽.

는 부정하고 비판하고 있었다. 하지만 첫 번째 중개자의 경우와의 달리 대결 의식을 공개적으로 표명하고 있었다. 주체와 중개자의 거리가 매우 가까워 그들은 조선 문단의 영웅이란 욕망의 대상을 놓고 현실적인 경쟁 관계를 보여줄 수 있다. 그러하기에 김동인은 이광수를 부정하고 거부함으로써 자신의 명성을 높일 수 있다. 그러니까 규범적인 영웅을 중시한 이광수란 중개자가 있기에 김동인은 일탈적인 영웅을 대안으로 제시할 수 있었고, 이를 통해 개성적인 작가의 길을 완성할 수 있었다는 것이다.

4. 맺음말

김동인은 아버지 김대윤과 선배 작가 이광수를 욕망의 중개자로 삼고 있었다. 평양 교회의 장로로 독실한 신도였고 민족의식이 뚜렷했던 욕망의 중개자 김대윤과 달리, 김동인은 기독교에 대한 맹목적 신앙을 비판하고 있으며 민족의식도 희박했다. 그리고 동경 유학시에는 김대윤의 기대를 저버리고 예술을 신성시하면서 작가의 길을 선택하고 있었다. 그러니까 주체는 중개자의 욕망을 비판하거나 부정하는 방식으로 경쟁하고 있었다. 독립자존을 욕망하며 작가를 신과 같은 존재로 여긴 김동인에게 엄격한 도덕가이자 종교인인 아버지 김대윤은 극복해야 할 최상의 중개자였다.

동경 유학 중에 김동인은 심미적인 문학이 독립자존을 추구하는 자신의 욕망과 부합한다고 여겨 순수문학의 길에 매진했다. 식민지 지식인의 손상된 자부심을 문학이 채워줄 수 있다고 여겨 김동인은 문예 동인지 『창조』발간을 주도하며 작가 활동을 본격화했다. 그러나 이미 문학의 길을 가로막던 중개자 김대윤은 죽었기에 독립자존에의 욕망도 의의를 잃고 있었다. 이에 김동인은 기생들과의 방탕한 생활과 관개사업의 실패로 물려받은 많은 재산을 탕진하고 아내인 김혜인과도 이혼함으로써 극도로 곤궁한 처지에 놓이게 되었다.

그런데 김동인은 1930년에 신여성 김경애와 재혼하고 서울로 이사한 뒤에 역사소설에서 자신의 개성을 강하게 투영한 영웅을 제시하고 있었다. 이때에는 선배 작가인 이광수가 욕망의 중개자가 되고 있었다. 김동인의 『춘원연구』는 중개자인 이광수에 대한 대결의식이 얼마나 집요한가를 잘 보여주고 있었다. 이때에도 김동인은 중개자의 욕망을 부정하고 비판하는데, 동일한 시기를 다룬 역사소설에서도 이광수와 달리 절대적 권력자를 영웅으로 찬양했다. 또한 예술가를 주인공으로 삼은 단편소설에서는 일탈적인 광기의 천재를 긍정하기도 했다. 그러니까 이광수가 윤리를 가치의 척도로 삼기에 규범적 영웅을 중시한다면, 김동인은 능력을 중시하기에 일탈적 영웅을 중시하였다.

그런데 일제강점 말기에 들어서면서 친일 행위에 앞장선 욕망의 중개자인 이광수의 위상이 추락하면서 김동인의 욕망도 함께 추락하였다. 을유 해방 후에 김동인은 작품에서 이광수를 적극적으로 변호하지만 추락한 중개자의 위상을 회복할 수는 없었다. 해방기의 냉혹한 현실에서 다시 좌절한 김동인은 역사소설의 영웅을 통해 재기를 모색하지만 결국 중풍으로 쓰려져 식물인간이 되어 목숨만 연명하다가 1951년에 죽었다. 욕망의 중개자 이광수는 1950년 7월에 납북되어 이미 생사 불명인 상태였다. 욕망의 중개자가 사라졌듯이 욕망의 주체도 사라져간 것이었다.

김동인은 첫 번째 중개자 김대윤과의 대결의식을 공개적으로 표명하고 있지 않는데, 아들이 아버지를 부정하고 비판하는 일은 불효로 세상의 비난을 받고 명성에 해가 될 수 있기 때문이었다. 이에 김동인은 침묵하거나 작품에서 우회적으로 부정하며 비판하고 있었다. 그렇지만 김동인은 도덕적으로 엄격하고 신앙심 높은 김대윤이 욕망의 중개자였기에 강한 대결 의식 속에서 독립자존의 욕망을 실현할 유미적인 순수 문학의 길을 걸어갈 수 있었다.

　김동인은 두 번째 욕망의 중개자인 이광수도 부정하며 비판하고 있지만, 첫 번째 중개자의 경우와의 달리 대결 의식을 공개적으로 표명하고 있었다. 주체와 중개자의 거리가 매우 가까워 그들은 조선의 영웅이란 욕망의 대상을 놓고 심각한 경쟁을 보여줄 수 있기 때문이었다. 그러하기에 김동인은 이광수를 부정하며 거부할 때에 오히려 자신의 명성을 높일 수 있는 것이었다. 그러니까 규범적인 영웅을 중시한 이광수란 중개자가 있었기에 김동인은 이를 극복할 일탈적인 영웅을 대안으로 제시할 수 있었고, 이를 통해 개성적인 작가의 길을 완성할 수 있었다.

최서해 소설의 '모성 고착'

1. 머리말

최서해는 1920년대 중반기 한국 문단에 혜성과 같이 등장한 작가였다.[1] 절박한 빈궁 체험과 유랑 생활을 바탕으로 한 최서해의 색다른 작품 세계는 당시 대다수 지식인 작가들의 관념적인 작품 세계에 식상한 다수 독자들에게 큰 호소력을 발휘했기 때문이다. 그리하여 최서해의 소설에 대한 많은 검토가 있었다. 하지만 연구 방법은 사회·역사적 접근에 한정되어 있고, '체험문학', '반항문학', '계급문학' 등의 대동소이한 평가가 있을 뿐이다. 이에 여기에서는 정신분석학의 방법을 원용하여 최서해의 심층을 살펴보고, 그러한 작가의 내면이 작품에 어떻게 실현되고 있는가를 살펴볼 것이다.

작가의 내면 및 작품을 통제하는 숨겨진 동인을 탐색하고자 함에 있어 정신분석학의 원용은 아주 유용하다. 작가가 어떻게 고도로 민감한 감

---

[1]   김동인, 「조선근대소설고」, 『김동인 전집』 6, 삼중당, 1976, 154쪽.

수성을 획득하게 되었는가를 해명하는 데 결정적인 역할을 해줄 수 있기 때문이다. 물론 정신분석학을 작가 및 작품의 해석과 평가의 도구로 사용할 때에는 전문적 지식을 필요로 한다. 순전히 진단적 의미에서 정신분석학을 문학에 응용하게 될 때 작가는 신경증 환자로 전락되고 말 위험성이 크기 때문이다.[2] 신경증 환자나 예술가는 똑같이 현실을 거부하나, 신경증은 현실을 잊고자 하지만 예술은 현실을 부정하면서 보다 고양된 다른 것으로 대체하고자 한다.[3]

여기에서는 최서해의 유년 시기에 대한 전기적 자료들을 비판적으로 점검함으로써 그의 문학적 상상력의 원동력이 된 심층적 근원을 추적한 뒤에, 이것이 작품에 어떻게 투영되는가 하는 점을 중점적으로 검토해볼 것이다. 최서해의 문학적 상상력의 근원은 '모성 고착(Odeipus complex)'이라 할 수 있다. "오이디푸스 콤플렉스란 유년기의 사랑 삼각 관계를 말하는 것으로, 부모들 스스로가 어린아이에게 오이디푸스 콤플렉스로 반응하도록 자극하기 쉽다. 왜냐면, 부모들은 아이들의 성의 차이에 의해서 선호도가 달라지기 때문이다. 즉 아버지는 딸을 좋아하고 어머니는 아들을 좋아한다"[4]라는 것이다.

이에 유년기 성장 환경에 대한 검토를 통해 최서해에 있어 모성 고착의 생성 기반을 살펴볼 것이다. 그다음에 최서해의 소설에서 모성 고착으로 인한 신경증이 어떻게 승화되고 있는가를 확인하도록 할 것이다. 이때에 모성에의 집착, 부성의 거부, 가학적 반항이라는 세 가지 양상을 주목

---

2) 레온 에델, 김윤식 역, 『작가론의 방법』, 삼영사, 1983, 147쪽.

3) Arnold Hauser, *The philosophy of Art History*, New york: Alfred A.Knopf, 1959, p.58.

4) Kaplan Morton and Robert Kloss, *The Unspoken Motive*, New york: The Free Press, 1973, p.24.

할 것이다. 마리 보나파르트의 포 소설의 정신분석학적 해석처럼,[5] 이러한 작업을 통하여 최서해 소설의 인과론적인 관계를 확인함으로써 이제까지 기법상의 미성숙성으로 지적되어온 '반항의 대상에 대한 부적당성', '내용상 및 구성상의 불통일성' 등이 나타나게 된 심층적인 이유도 밝히고자 한다.

2. 유년기의 성장 환경과 모성 고착

최서해는 본명이 학송(鶴松)이고 1901년 함북 성진 임명에서 태어났다. 그의 어머니는 김소사로 불렸는데 이름이 능생이라고 한다.[6] 최서해의 위로 누나가 있었다는 기록과 아래로 누이동생이 있었다는 기록이 있지만 어느 것도 확실하지는 않다. 그리고 그의 아버지는 남겨진 기록이 거의 없어 이름조차 밝힐 수 없을 정도이다. 이에 최서해의 아버지에 대한 자료를 당시 문우와 동료들의 기록에 의거하여 간추려보면 다음의 세 가지를 들 수 있다.

① 그의 아버지는 일종 협객으로 지사풍 있는 인물이다. 한말 정부의 지방 소관리로 있다가 경술년에 많은 사람들이 그리 하든 모양으로 관록을 버리고 비×를 부르며 강 저쪽으로 떠났다.[7]

② 서해는 어린 시절에 농촌에서 성장했음을 알 수 있다. 그의 가정은 늙은 부모와 누이동생, 그리고 서해 이렇게 단출한 네 식구였다. 그

---

5) Hendrik M. Ruitenbeek Edited, *Psychoanalysis and Literature*, new york: E. P. Dutton, 1964, pp.19~101.

6) 이해성, 「새 자료를 통해 본 최서해의 생애」, 『문학사상』 26, 1974. 11, 242~244쪽.

7) 김동환, 「서해의 삼주기에」, 『조선중앙일보』, 1934. 6.

들은 가난한 소작농이어서, 네 식구가 부지런히 일했으나 일년 내내 조밥과 된장찌개였다는 것이다.[8]

③ 그는 외아들이었다. 누님이 하나 있었는데 출가한 뒤 죽었다는 것이다. 날 때부터 서해는 축복된 가정에 태어나지 못했던 모양이다. 견묘의 사이와 같은 아버지의 미움과 어머니의 사랑 밑에서 자라났으니 어릴 때부터 음울한 가정의 분위기 속에 자란 것도 상상할 수 있다. 그의 단편소설 「박돌의 죽음」을 읽으면 돈밖에 모르고 인정이라고는 티끌만큼도 없는 한의가 나온다. 서해의 아버지도 한의라는 소리를 들었다.[9]

이제 상기한 세 가지 자료를 검토해 가장 신빙성 있는 것을 찾아보기로 한다. 먼저 김동환에 의한 ①의 기록은 신뢰성이 약하다. 최서해의 아버지가 한말 정부의 관리였고 나라가 망하자 민족적 분개 때문에 가족마저 버리고 떠날 정도의 지사적 인물은 아니란 것이다. 그렇다면 최서해의 아버지에 관한 자료가 그렇게 빈약하게 남아 있지는 않을 것이다. 오히려 최서해가 아버지의 인격 및 행위를 부끄럽게 여기고 있었으며 이에 따라 아버지에 관한 기억을 의도적으로 제거했다고 보는 편이 더욱 설득력을 가진다.

그리고 김기현에 의한 ②의 기록도 신뢰하기 어렵다. 최서해는 보통학교밖에 졸업하지 못했을 정도로 빈궁한 처지에서 성장했다. 하지만 그가 어릴 때 아버지에게서 한문을 배워 한학에 조예가 깊었으며, 홀어머니 아래서 가난한 살림에도 불구하고 『청춘』이나 『학지광』 등의 잡지를 사서

---

8) 김기현, 「최서해의 전기적 고찰 (1)」, 『고대어문론집』 16, 1975, 72쪽.
9) 박상엽, 「서해의 극적 생애」, 『조선문단』, 1935. 8, 160쪽.

볼 정도로 교양 수준이 높았다고 한다.[10] 이런 점으로 미루어볼 때 그의 아버지가 농촌의 소작농이었다고 보기는 어렵다. 더욱이 이것은 최서해의 시 「시골 소년의 부른 노래」를 주된 자료로 하여 내린 결론이다. 작가를 파악함에 있어서 작품 자체에 주의를 기울일 필요는 있다. 그러나 시의 화자는 다른 문학 장르에서보다 주관적이며 정서적인 존재이다. 그러므로 시를 통해 작가의 처지를 파악하기는 어렵다. 그것은 지나치게 소박한 인과관계의 적용일 것이다. 시에 있어서는 어조와 분위기로부터 그것에 대체로 기록되어 있는 시적 정서와 시인의 정신적 특질을 복원해 내는 경우가 많다.[11]

그렇다면 박상엽에 의한 ③의 경우가 가장 믿을 만한 기록으로 여겨진다. 여기에서는 최서해의 부모가 서로 사이가 매우 나빴고 아버지가 한의사였다고 한다. 최서해의 소설에서도 한의사가 아주 이기적이고 냉혹한 인물로 그려진다는 점이 주목된다. 최서해처럼 전기적 자료가 부족하거나 명확하지 않는 작가의 경우는 작품의 도움을 받는 것도 유용할 것이다. 믿을 만한 자료가 없다면 베르베르의 역행적 방법처럼 작품에서 출발하여 작가의 과거에로 회귀하는 방법도 가능하다는 것이다.[12]

이를 통해 최서해의 유년기 성장 환경을 추정할 수 있다. 그는 사이가 좋지 않은 부모 밑에서 성장했으며, 어릴 때에 그의 아버지가 이기적 욕망 때문에 집을 떠나버린 뒤에 그들 모자는 극도로 빈궁한 생활을 영위했다는 것이다. 최서해처럼 나쁜 아버지가 부재할 때에 아들은 비정상적이라고 할 정도로 어머니에게 강하게 밀착하게 된다. 유아의 심리발달에 있

---

10) 최서해, 「그립던 어린 때」, 『조선문단』, 1925.3, 75쪽.
11) 레온 에델, 앞의 책, 112쪽.
12) 김현, 『프랑스 비평사』, 문학과지성사, 1981, 332~333쪽.

소설비평의 다원성

어 보다 중요한 역할을 하는 사람은 어머니이다. 어머니가 잃어버린 남편에 대한 사랑을 보상하고자 아들에게 지나친 사랑을 주게 될 때, 차라리 사랑이 모자라는 어머니보다 오히려 더 큰 해를 끼칠 수 있다. 프로이트의 증언처럼 "신경증 환자가 종종 고통을 받게 되는 죄악감의 가장 중요한 원인 중의 하나가 오이디푸스 콤플렉스에 있다."[13]

프로이트는 아들과 부모 사이의 삼각관계를 심리적 발달의 중대한 계기로 보아 유아는 이러한 갈등을 겪음으로써 자아가 개선·증진되거나 반대로 해를 입게 된다고 주장한다.[14] 5~6세 때까지의 유아는 이성의 부모에게는 마음이 끌리며 사랑하고, 동성의 부모에게는 경쟁과 질투를 느끼며 적대시하는 경향이 생긴다. 그러니까 아들은 어머니와 사랑의 관계에 있기에 아버지를 위험한 경쟁자로 여기며 살해하고자 하는 잠재적 욕망을 갖게 된다는 것이다.

마리 보나파르트는 에드거 앨런 포 작품의 인물들은 과거 체험의 내면화된 심상들이며, 병적인 집착을 통하여 어머니에게 영원히 지배당하게 되었다고 본다. 「검은 고양이」에서 전체가 새까만 고양이는 나쁜 어머니에 대한 증오의 전치란 것이다. 젖가슴 부분이 흰털로 덮여 있는 고양이는 잠시 동안 좋은 어머니로 보인다. 하지만 그것은 흰 부분의 색깔과 위치로 어머니의 젖을 표현하고 있다. 그러니까 포의 소설은 죽은 어머니와 다시 결합하고자 하는 금지된 소망을 나타내고 있다는 것이다.[15]

최서해는 신경질적이라 할 정도로 결벽증이 심했다.[16] 이런 성격적 특

---

13) 프로이트, 김성태 역, 『정신분석입문』, 삼성출판사, 1977, 254쪽.
14) 익냐스 렙, 제석봉·정진형 편역, 『정신위생』, 학문사, 1982, 37쪽.
15) 엘리자베드 라이트, 권택영 역, 『정신분석비평』, 문예출판사, 1989, 60~62쪽.
16) 박상엽, 앞의 글, 156쪽.

성은 유년기에 모성 고착으로 인한 심리적 갈등을 성장과 더불어 적절히 해소시키지 못한 때문이다. 동성의 부모에게 애욕을 가지며 이성의 부모를 증오하여 거부하는 모성 고착이 적절하게 해소되지 못한 정신적 외상은 신경증(neurosis)의 원인이 된다. 그리고 신경증은 다시 '마조히즘(masochisme)'과 '사디즘(sadisme)'이란 정신분열적 증상으로 이어지기도 한다.[17]

그러니까 이제까지 신경향파 문학과 연관시켜 설명해왔던 최서해 소설의 방화와 살인 같은 반항 행위의 본질적인 이유도 정신 병리적 측면에서 찾을 수 있다는 것이다. 즉 반항이 필연적인 인과 관계가 없이 충동적으로 행해지며 반항 대상도 임의적이라는 점도 이러한 것을 나타낸다고 할 수 있다. 최서해의 소설에서 필연성이 부족한 원인을 기법적 능력의 미숙성에서 찾기도 한다. 하지만 최서해가 고등교육을 받지 못했다고 해서 당시의 다른 작가에 비해 기법이 미숙했다고 볼 만한 실제적인 근거는 없다.

최서해는 어린 시절에 이기적 욕망을 실현하고자 가족을 버리고 떠난 아버지로 인해 매우 빈궁하게 살아야 했다. 이에 그에게 어머니는 의지할 수 있는 유일한 안식처가 되었고 아버지는 강한 증오의 대상이 되었던 것이다. 이러한 점이 그에게 모성 고착을 해소할 수 없도록 했을 것이다. 이에 다음 장들에서는 최서해의 소설에서 이러한 모성 고착이 표현되는 양상을 모성에의 집착, 부성의 거부, 가학적 반항의 세 가지로 나누어 구체적으로 살펴보기로 한다.

---

17) Jean Laplanche et J. B. Pontalis, *Vocabulaire de la Psychanalyse*, Presses Universitares de France, 1967, 231~232쪽.

3. 모성에의 집착

최서해의 소설에서 어머니의 모습은 거의 전 작품에 등장하며 항시 긍정적으로 그려지고 있다. 첫째로 남편이 없어도 홀로 정성껏 아들을 키운 어머니(「토혈」「기아와 살육」「무서운 인상」), 둘째로 아들이 자신을 버리고 떠나도 원망 한번 하지 않고 기다리는 어머니(「십삼원」「전아사」), 셋째로 아들의 죽음을 본 뒤 발광하는 어머니(「박돌의 죽음」) 등이 그러하다. 그리하여 이들 작품에서 "문제가 제기되는 것은 항상 어머니와 처자 때문[18]이다."

「탈출기」에는 가족들의 지독한 가난을 안타까워하는 어머니가 여실하게 그려지고 있다. 반면에 아내는 남편의 경제적 무능을 탓할 줄도 모르며 무조건적으로 순종하는 개성이 없는 인물이다. 그렇다고 아내를 동양적인 미덕을 지닌 존재로 그리고 있는 것은 아니다. '나'에게 아내의 비중이 어머니에 비해 너무 약하다는 것이다. 프로이트에 의하면, 모성 고착으로 신경증적 증상을 갖게 된 사람은 어머니에의 억압된 성적 욕망 때문에 아내와의 원만한 관계를 유지할 수 없다.[19] 그리하여 '나'는 자신의 고통보다도 가족들의 고생을 더욱 안타깝게 여긴다고 외치지만 이율배반적인 행동으로 이들을 팽개치고 떠나고 있다.

> 김군! 나는 더 참을 수 없었다. 나는 나부터 살려고 한다. 이때까지
> 는 최면술에 걸린 송장이었다. 제가 죽은 송장으로 남(식구)들을 어찌
> 살리랴 그러려면 나는 나에게 최면술을 걸려는 무리를, 험악한 이 공

---

18) 김윤식 · 김현, 『한국문학사』, 민음사, 1974, 161쪽.
19) Morton Kaplan and Robert kloss, 앞의 책, 31쪽.

기의 원류를 쳐부수어야 하는 것이다…(중략)…

김군! 거듭 말한다. 나도 사람이다. 양심을 가진 사람이다. 내가 떠나
는 날부터 식구들은 더욱 곤경에 들 줄도 나는 안다. 자칫하면 눈 속이
나 어느 구렁에서 죽는 줄도 모르고 굶어 죽을 줄도 나는 잘 안다.[20]

인용문만 본다면 '나'가 집을 떠나는 행위는 사회적 모순과 부조리에
항거하고자 하는 이념적 의지의 소산으로 보일 수 있다. 하지만 실상은
다르다. "나는 나부터 살려고 한다"라고 하듯이 자신의 욕망을 추구하고
자 가족을 버리고 있는 것이다. 이러한 '나'의 행동은 최서해의 경우와 상
응한다. 최서해 역시 어려운 처지에 놓여 있던 가족을 버려둔 채 단신으
로 경성으로 떠나 작가가 될 수 있는 길을 찾았기 때문이다.[21] 그가 어린
시절에 가족을 버리고 떠난 아버지를 미워하고 있으면서도 결과적으로
는 그러한 행동을 본받고 있다는 것이다.

그리고 「고국」의 '나운심'도 독립군에 가담한 뒤에 일시적으로는 기뻤
지만 "날이 가고 달이 갈수록 그 군인 생활에 염증이 났다"[22]고 하며 독립
군에서 떠나고 있다. 그러니까 최서해 소설의 주인공은 자신의 지사적인
의지를 구현하고자 민족운동 단체에 가담하고 있지 않다. 서종택의 지적
처럼 "최서해 소설의 등장 인물들은 현실에 대응하여 거기에서 유발되는
행동의 양태는 생리적인 단계를 극복하지 못한 차원에서 머물러 있"[23]다
는 것이다.

「전아사」에서도 '변기운'은 남편이 죽은 뒤에 아들 때문에 개가도 하지

---

20) 최서해, 「탈출기」, 『현대한국단편문학전집』, 문원각, 1974, 25쪽.
21) 이해성, 앞의 글, 244쪽.
22) 최서해, 「고국」, 앞의 책, 16쪽.
23) 서종택, 앞의 글, 280쪽.

소설비평의 다원성

않고 모든 성의를 다하여 자식을 보살펴왔던 어머니를 버려두고 혼자 도회로 도망을 간다. 그의 행동 역시 「탈출기」에서 '나'가 어머니와 처자를 돌보지 않고 집을 떠나는 것과 같은 것이라 할 수 있다. 즉 그러한 행동이 유일한 방책이었기 때문에 그렇게 하는 것이 아니라 본능적인 충동으로 나타나고 있다는 것이다. 변기운은 도회에서 소설가로 활동하고 있듯이, 바로 최서해의 변조된 모습이라 할 수 있다.

변기운은 "어머니는 나의 큰 은인인 동시에 큰 적이다"[24]라고 하거나 "이렇게 괴로운 중에도 서울을 인제 구경하나 보다 하니 뛸 듯이 기뻤읍니다[25]라고 한다. 그러니까 그에게 어머니는 은인이자 원수이고, 그녀를 떠나는 것이 괴로우면서도 기쁘다. 이것은 어머니에의 집착에서 벗어나보고자 안간힘을 다하는 아들의 심리적 고뇌를 잘 보여주고 있다. 지나치게 어머니에 의존해온 인물은 오히려 이에서 벗어나고자 하는 잠재적 욕구를 갖게 된다는 것이다.

이러한 모순된 심리는 '양대감정병립(ambivalence)'에 속하는 것이다. 블루러(Bleuer)는 세 영역에서 양대감정병립을 고려한다. ①의지적 : 주체는 동시에 먹기를 원하고 먹기를 원하지 않는다. ②이지적 : 주체는 동시에 한 명제와 반대되는 명제를 얘기한다. ③정서적 : 그는 똑같은 사람에게서 동일한 행동을 좋아하거나 싫어한다.[26]

이처럼 「전아사」에서 변기운이 어머니를 떠나서 도회로 가는 것과 「탈출기」에서 '나'가 가족을 떠나 독립군에 들어가는 것은 거의 같은 행동이다. 두 경우 모두 그들 인물들에게는 어머니에의 집착에서 벗어나 보다

---

24) 최서해, 「전아사」, 앞의 책, 120쪽.
25) 위의 책, 122쪽.
26) Jean Laplanche et J. B. Pontalis, 앞의 책, p.19.

바람직한 일을 행하고 싶다는 욕망이 깊숙이 뿌리를 내리고 있기 때문이다. 그들은 모자의 헤어짐이 어머니에게 죽음과 같은 고통을 안겨주리라는 사실을 냉혹하게 무시하면서 그 집을 떠나고 있는 것이다. 그렇다고 그들이 어머니에의 집착에서 아주 벗어난 것은 아니다. 변기운은 어머니가 돌아가셨다는 소식을 듣자 "차마 하늘이 무서워서 몇 번이나 죽으려 한강까지 갔다 오고 칼을 빼어 들기"[27]까지 할 정도로 어머니를 버리고 떠난 자신의 행동에 죄책감을 갖는다. 이것만 보더라도 최서해 소설의 인물들이 어머니에게 얼마나 집착하고 있는가를 충분히 짐작할 수 있다.

이처럼 최서해의 소설에서 모성에 대한 집착은 작가의 심층적 근원과 결부되어 설명될 때 그 성격이 보다 분명히 드러난다. 즉 모성 고착으로 인해 한편으로는 어머니에게 비정상적으로 집착하면서 다른 한편에서는 그러한 굴레에서 벗어나고자 하는 충동적 행동을 보여주고 있다는 것이다.

4. 부성의 거부

최서해의 소설에 아버지가 등장하는 경우는 아주 드물다. 그리고 아버지가 어쩌다 등장하는 경우에도 이유 없이 처자를 괴롭히는 냉혹하고 이기적인 인물로 표현된다. 이러한 것을 우연적인 일치로 보아 넘기기에는 그 정도가 너무 심하다. 모성 고착으로 인해 아버지에 대한 증오와 대결 의식을 해소하지 못하고 부성을 거부하는 최서해의 잠재의식이 투영된 것으로 보아야 한다는 것이다.

---

27) 최서해, 「전아사」, 앞의 책, 130쪽.

「폭군」에서 '춘삼'은 "구들이 차다는 트집으로 아내를 실컷 때리고", "낮전에 술이 흙같이 취하여"[28] 망나니처럼 행동하는 아버지이다. 어린 아들 '학범'에게 이런 아버지는 증오와 거부의 대상이 된다. 아버지 춘삼의 방탕한 생활 탓으로 근본이 양반이요 돈냥도 넉넉했던 그들 집안이 몰락하고 있다. 학범의 어머니가 시집을 온 지 4년 만에 시부모님들이 연이어 돌아가셨으며, 그 뒤 춘삼은 고삐에 풀린 망아지마냥 "술, 계집, 골패, 투전 싸움으로 일관하며 마침내는 집 문권까지 남의 손에 넘어 가게"[29] 만들었다. 어머니는 남편의 방탕과 광적인 학대에도 불구하고 닭도 치고 도야지도 기르고 삯바느질도 하여 생계를 꾸리며 아내의 도리를 다한다. 그럼에도 불구하고 그녀는 술이 취한 남편의 횡포를 말리다가 그가 던진 방칫돌에 맞아 죽고 만다. 이러한 춘삼의 행동은 정상적인 상태를 벗어나서 정신분열증의 증상을 보여주고 있다.

그런데 남편이 아내를 대하는 방식은 대개 아버지가 어머니를 대하는 방식을 본받는 것이다. 「탈출기」나 「전아사」에서 어머니를 버리고 도망가는 작중인물의 행동에는 최서해가 아버지의 행동을 모방하고자 하는 잠재적 심리가 투영되어 있다. 「폭군」에서 춘삼의 폭군적인 모습도 최서해의 아버지가 보여준 모습과 유사했을 것으로 여겨진다. 펠드먼은 "아버지가 거의 언급되고 있지 않으면서도 남성다움에 대한 갈망은 그의 아버지와 동등해지고 싶다는 욕망에 뿌리를 두고 있음이 틀림없다"[30]라고 한다. 이런 점은 최서해 소설에 등장하는 부정적인 아버지의 형상을 규명

---

28) 최서해, 「폭군」, 앞의 책, 62쪽.
29) 위의 책, 65쪽.
30) A. Bronson Feldman, "Zola and The Riddle of Sadism", *Psychoanalysis and Literature*, edited by Hendrik M. Ruitenbeek, E. P. Dutton & Co. Inc., 1964, p.277.

하는 데 좋은 단서가 된다.

「누이동생을 따라」에도 천하 난봉꾼인 아버지가 등장한다. 그는 첩을 얻어 딴 살림을 차려 그곳에서 지내며 본집에는 어쩌다 들른다. 그러면서도 그때마다 본처와 자식들을 구박하기에 '순남'과 '용녀'는 아버지에 대한 애정이 조금도 없는 반면에 어머니에 대한 애정은 가득하다. 이러한 아버지도 「폭군」에서의 춘삼과 마찬가지로 극도로 이기적인 인물이다. 그렇다면 「박돌의 죽음」에 등장하는 극도로 이기적이고 냉혹한 한의사의 행동도 아버지에 대한 최서해 자신의 증오심이 투영된 것으로 볼 수 있다. 여기에서 본질적인 대립은 '박돌'의 어머니와 한의사 '김초시'와의 사이에서 이루어지는 다툼이다. 그리고 박돌이 죽자 어머니가 미쳐 김 초시를 물어뜯어 죽이는 장면은 최서해의 억압된 유아적 욕망을 대리적으로 행사하는 것으로 보인다. 남을 문다는 것은 유아의 본능적인 행동이다. 그러니까 어머니의 발광은 '구강기(oral stage)'[31]의 퇴행적 행동을 보여주고 있다는 것이다. 어린 아들에게 부친 살해의 욕망은 의식화되기 어렵다. 아버지는 아들이 대항하여 싸우기에 너무 크고 강한 존재이며, 어머니는 그러한 욕망을 알게 된다면 아들을 두려워할 것이기 때문이다.[32]

박돌이 죽은 근본 원인은 그들 모자의 지독한 빈궁에 있다. 그리고 그들의 빈궁은 개인적인 노력이나 능력이 부족한 때문이기보다는 사회의 전반적인 구조적 모순에 기인한다고 할 수 있다. 그럼에도 박돌의 어머니는 김 초시에게만 복수를 하는데, 이것은 다른 이유가 있다고 보아야 할 것이다. "김초시의 가슴을 타고 앉아서 그의 낮을 물어뜯고", "코, 입,

---

31) 칼빈 S. 홀, 이지수 역, 『성격의 이론』 상, 중앙적성연구소 출판부, 1974, 51쪽.
32) Morton Kaplan and Robert Kloss, 앞의 책, 50쪽.

귀…… 검붉은 피는 두 사람의 온몸에 발릴"[33] 정도의 광적인 행위는 최서해의 억압된 욕망이 대리적으로 폭발된 것으로 볼 수 있다. 그렇게 볼 경우에만 그러한 복수 행위의 인과성이 설명될 수 있을 것이다.

「홍염」에서는 아버지가 그나마 긍정적으로 그려진다. 여기에서 아버지 문 서방은 방화와 살인을 통해 중국인 지주에게 빼앗긴 딸을 되찾고 있다. 하지만 문 서방과 딸 사이의 이런 긍정적인 관계는 부녀 관계이다. 아버지와 딸 사이의 과도한 애정적 밀착 역시 부녀 사이의 병적인 집착인 부성 고착을 보여주는 것이다.

> "용례야! 놀라지 마라! 아버지다! 용례야"
> 문서방은 딸을 품에 안으니 이때까지 악만 찼던 가슴이 스르르 풀리면서 독살이 올랐던 눈에서 뜨거운 눈물이 떨어졌다. 이렇게 슬픈 중에도 그의 마음은 기쁘고 시원하였다. 하늘과 땅을 주어도 그 기쁨을 바꿀 것 같지 않았다.
> 그 기쁨! 그 기쁨은 딸을 안은 기쁨만이 아니었다. 적다고 믿었던 자기의 힘이 철통같은 성벽을 무너뜨리고 자기의 요구를 채울 때 사람은 무한한 기쁨과 충동을 받는다.[34]

인용문에서 문 서방은 사위인 중국인 지주의 집에 불을 지르고 그를 죽인 뒤에 딸을 가슴에 안고 기뻐하고 있다. 문 서방의 가슴 벅찬 희열은 지주에게 빼앗긴 딸을 되찾은 소작인 아버지의 기쁨이기보다는 오히려 강한 힘을 소유한 사랑의 경쟁자를 패배시키고 사랑의 대상을 획득한 감격의 표출로 보인다. 아버지가 딸에 대하여 성적인 욕망을 갖는 것은 죄

---

33) 최서해, 「박돌의 죽음」, 앞의 책, 50쪽.
34) 최서해, 「홍염」, 『한국문학전집』 6, 신여원, 1972, 138쪽.

악이다. 그녀는 다른 남자와 성적으로 결합해야 하기 때문이다. 그러하기에 이러한 금기가 어겨진다면 치명적인 형벌이 주어질 수 있다. 그러나 지주인 중국인 은가에게 딸을 강제로 빼앗긴 문 서방의 경우에는 자신의 은밀한 욕망을 합리화시켜 행동으로 옮길 수 있는 것이다. 아내가 죽은 뒤에야 딸을 빼앗는 것도 그러한 점을 나타낸다. 그러므로 문 서방의 격렬한 보복적인 방화 및 살인은 충동적인 발광이라 할 수 있다. 이재선의 지적처럼 "문서방은 중국인 착취자를 끝내 살해하고서야 환희를 느끼지만 이 환희는 거의 자족적인 히스테리에 가깝다"[35]라는 것이다.

5. 가학적 반항

최서해의 소설에서는 가학적인 반항도 다수 나타나고 있다. 「큰물진 뒤」에서 '윤호'는 외계의 강압적인 힘에 계속 수동적으로 당하기만 하다가 어느 날 돌연히 개심한다. 그가 선한 일보다 악한 일을 해서라도 자신의 곤궁한 처지에서 벗어나야 한다는 생각을 갖게 된 것이다. 그러면서도 최서해 소설의 다른 인물처럼 현실의 모순을 개혁하기 위해서 그렇게 한다는 변명도 하지 않는다. 윤호는 자신과 아무런 원한도 없는 이 주사의 집에 강도 노릇을 한다. 그러면서 "아니다. 남을 안 죽이면 내가 죽는다. 아내는 죽는다. 응, 소용없다. 선한 일! 죽어서 천당보다 악한 짓이라도 해야 살아서 잘 먹지! 그놈들도 다 못된 짓하고 모은 것이다"[36]라고 하며 자신의 범죄를 정당화하고 있다.

그리고 「그믐밤」에서 '김좌수'는 아들 '만득'의 연주창을 고치려 머슴

---

35) 이재선, 『한국 단편소설 연구』, 일조각, 1979, 221쪽.
36) 최서해, 「큰물진 뒤」, 앞의 책, 36쪽.

'삼돌'의 목 뒤편 살을 베어내고 있다. 그는 삼돌이 죽은 뒤에 환영에 시달리며 정신 분열적인 환각 상태에 이르고, 결국 칼을 휘둘러 아들의 몸을 두 조각으로 쪼개어 죽인 뒤에 자신도 피를 토하며 쓰러진다. 이러한 결말은 충동적인 가학적 반항을 극단에서 보여준다고 할 수 있다. 「기아와 살육」의 '경수' 역시 광적인 충동에 이끌려 살인과 방화를 저지른다. 여기에서는 절대적 가난에 따른 극한 상황이 설정되어 있고, 개에 물려 죽는 그의 어머니의 비참한 모습이 여실하게 그려지고 있기는 하다. 하지만 이런 상황 때문에 경수가 발광하였다고 보기는 어렵다. 그의 행동은 억압된 잠재적 욕망이 폭발한 가학적 반항으로 보이기 때문이다.

> 뻘건 불 속에서는 시퍼런 칼을 든 악마들이 불끈불끈 나타나서 온 식구를 쿡쿡 찌른다. 피를 흘리면서 혀를 물고 쓰러져가는 식구들의 괴로운 신음 소리는 차마 들을 수 없이 뼈까지 저민다. 그 괴로워하는 삶을 어서 면케하고 싶었다. 이 환상이 그 눈앞에 활동사진같이 나타날 때,
> "아아, 부셔라! 모두 부셔라!"
> 소리를 지르면서 그는 벌떡 일어섰다. 그의 손에는 식칼이 쥐어졌다. 그는 으악— 소리를 치면서 칼을 들어서 내리 찍었다. 아내, 학실이, 어머니 할 것 없이 내리 찍었다. 칼에 찍힌 세 생명은 부르르 떨며 방안에는 피비린내가 탁해졌다.[37]

인용문에서 경수는 환각적 충동에 의해 살인을 하고 있다. 경수의 이와 같은 발작을 단순히 가난 때문으로 보기는 어렵다. 그렇게 처리한다면, 경수가 발광하여 그의 가족을 차례로 죽인 뒤에 "상점이 보이면 상점을

---

37) 최서해, 「기아와 살육」, 앞의 책, 124~125쪽.

짓부수고 사람이 보이면 사람을 찔렀다"[38]라는 행동을 설명할 수 없기 때문이다. 경수의 행동은 충동적이고 대상이 없는 무차별적인 살인과 파괴 행위일 뿐이다. 즉 정신분열증적인 발작으로 볼 수밖에 없다는 것이다.

최서해 소설은 "빈궁에의 소재적 집중에서 연역하여 방화와 살인으로 귀납된다"[39]라고 한다. 그러한 특성을 1920년대 신경향파 소설의 도식적 표현으로 보는 견해는 부분적으로만 정당한 것이다. 최서해는 자신의 직접적인 빈궁 체험으로 인해 극한적인 가난을 소재로 즐겨 사용하고 있다. 하지만 계급주의 사상 때문에 그렇게 하는 것은 아니다. 그러하기에 최서해는 카프에 가입한 뒤에도 카프의 여러 가지 정책에 대하여는 그다지 찬의를 표하지 않았고, "한국 사회와 한국 민족을 위하여 일을 한다는 점에서 카프를 지원하고 옹호하였을 뿐"[40]이다. 더욱이 최서해는 일제의 기관지인 『매일신보』에 입사한 뒤에는 카프에서 제명되기도 한다.[41]

그런데 백철은 "서해의 문학은 차차 시대가 지날수록 광채를 잃었다. 서해와 문학은 정말 예술성이 풍부한 것이 아니고 일종의 소재 문학이었기 때문"[42]이라 한다. 이러한 견해가 그의 소설이 당시의 독자들에게 공감을 얻게 된 요인에 대한 일면적인 타당성을 지니기는 한다. 하지만 그것으로는 불충분하다. 시간이 지날수록 이전과는 달리 최서해 소설이 독자들에게 그리 감동을 줄 수 없었던 것은 최서해가 그러한 소재를 다루는 태도가 절대적 가난 속에서 밑바닥 체험을 했던 초기의 절실함을 유지할 수 없었기 때문일 것이다. 다른 측면에서 본다면 현실과의 타협 속

---

38) 위의 책, 125쪽.
39) 이재선, 앞의 책, 221쪽.
40) 박영희, 「초창기의 문단측면사」, 『현대문학』, 1959. 12, 221쪽.
41) 김기현, 「최서해와 카프」, 『성봉김성배박사회갑기념논문집』, 1977, 404쪽.
42) 백철, 앞의 책, 317쪽.

에서 생활의 안정을 찾음으로써 모성 고착으로 야기된 심층적 충동을 표출할 긴장감을 잃었기 때문이라고 할 수 있다.

6. 맺음말

여기에서는 최서해의 삶과 작품을 지배하는 심층적 의식이 모성 고착에 있다고 보았다. 그리하여 유년기의 성장 환경에 대한 검토를 통해 모성 고착의 형성 기반을 파악한 다음에 작품에서의 구체적 실현 양상을 크게 모성에의 집착, 부성의 거부, 가학적 반항의 세 가지로 나누어 살펴보았다.

유년기의 성장 환경에서 한의사였던 최서해의 아버지는 방탕과 이기적 욕심 때문에 가족을 버려둔 채 딴 살림을 차린 부정적 인물로 파악되었다. 이와 달리 어머니는 헌신적이고 자애로운 긍정적 인물이었다. 어머니는 남편에게서 잃어버린 애정을 보상하고자 아들인 최서해에게 과도한 애정을 쏟았고, 부모와의 이러한 원만하지 못한 관계가 최서해에게 모성 고착을 갖게 한 것이었다.

최서해의 소설에서 어머니는 거의 모든 작품에 등장하며, 항상 긍정적인 측면에서 그려지고 있었다. 하지만 아버지가 등장하는 경우는 매우 드물고, 어쩌다 등장하는 경우에도 이유 없이 처자를 괴롭히는 이기적이고 냉혹한 인물로 제시되고 있었다. 그리고 무대상적인 가학적 반항을 적나라하게 보여주고 있었다. 그러므로 이전까지 신경향파 문학의 영향으로만 파악되었던 절도, 살인, 방화도 억압된 무의식적 충동이 폭발한 반항으로 볼 수 있었다.

이상, 다중 주체의 '정사' 욕망

1. 머리말

서사에서 주체가 동일성의 원리에 입각한 통합적 존재인가 비동일성의 원리에 입각한 해체적 존재인가 하는 점은 매우 중요하다. 그것은 획기적인 인식론적 변화를 나타내고 있기 때문이다. 근대의 관념론적 형이상학은 중세까지의 형이상학에서 지고한 위치를 지녔던 신을 밀어내고 이성적이고 자율적인 절대 주체를 그 자리에 들어서게 하였다. 하지만 그러한 절대 주체의 개념은 주체와 객체를 대립적으로 구분하여 객체에 대한 차별을 이념적으로 정당화한다. 그리하여 절대 주체의 개념은 한편으로 봉건적 절대주의를 타파하고 시민의식을 형성하는 중요한 역사적 기여를 했지만, 다른 한편으로는 자본가적 지배, 제국주의적 지배, 절대 사회주의적 지배라는 형태를 통해 타자에 대한 억압을 당연시하게 만들었다. 이에 주체의 해체는 타자에 대한 억압에서 벗어나려는 운동과 관련되어 출현하게 된다. 그러므로 인물이 어떠한 주체로 제시되고 있는가 하는 점은 서사의 지향점을 제대로 파악하는 데 필수적인 고려 사항이라

　　　　　　　　　　　　　　　소설비평의 다원성

할 것이다.[1]

19세기 이전의 낭만주의나 사실주의 소설과 달리 20세기의 모더니즘 소설에서는 자아의 분열과 분리에 따른 분산적이고 융합적인 주체가 제시되고 있다. 모더니즘 작가들에게 "인물이란 일관되고 해명 가능하며 잘 구조화된 전체로 보이지 않고 심리적인 싸움터, 해결될 수 없는 수수께끼, 또는 지각이나 감각의 흐름으로 보인다"[2]라는 것이다. 1930년대 조선의 대표적 모더니즘 작가인 이상의 소설에서도 주체의 해체로 인한 다양한 분신들이 나타나고 있다. 그러니까 절대적인 단일 주체가 아니라 주체와 객체의 상호관계성에 의거한 '다중 주체'가 제시되고 있다는 것이다. 데리다는 절대적 자기동일성을 갖는 주체는 허구일 뿐이고, 그 안에 타자성·차이성·균열성 등이 포함되어 있음을 밝혀내고 있다. 그리하여 동일성을 갖춘 실체로서의 개념이 아니라 주체와 객체의 상호관계성을 기초로 한 개방적 주체로서 다중 주체를 시사한다.[3]

그러므로 이상 소설을 충실하게 해석하고 평가하기 위해서는 이러한 주체의 분열 양상은 어떠하며, 그것의 의미는 무엇인가를 구체적으로 살펴보는 것이 무엇보다 긴요한 작업이 될 것이다. 이상 소설 전반에 나타난 주체의 분열, 즉 다양한 분신들의 존재 양상과 의미에 대해서는 김주현에 의해 이미 구체적으로 검토된 바 있다.[4] 그렇지만 이 연구는 이상의 죽음에 대한 대응 의식과 관련하여 그러한 분신들의 존재 의의를 밝히는

---

1) 윤효녕, 「제1장 주체 논의의 현 단계 : 무엇이 문제인가」, 윤호녕 외, 『주체 개념의 비판』, 서울대학교 출판부, 1999, 2~3쪽.
2) 유진 런, 김병익 역, 『마르크시즘과 모더니즘』, 문학과지성사, 1986, 49쪽.
3) 윤효녕, 「제2장 데리다 : 형이상학 비판과 해체적 주체 개념」, 윤호녕 외, 앞의 책, 42~53쪽.
4) 김주현, 「이상 소설과 분신의 주제」, 『이상 소설연구』, 소명출판, 1999, 225~250쪽.

데 한정되고 있다. 그러므로 그러한 죽음에 필수불가결하게 결합되어 있는 사랑이 다중 주체의 욕망과 유기적으로 관련되는 영역까지는 다루지 않는다. 그리고 조연정은 초기작에 속하는 「휴업과 사정」, 장편 「12월 12일」을 대상으로 삼아 분신 테마의 양상과 의미를 구체적으로 검토하고 있다.[5] 이 연구에서는 자전적 인물의 상대 인물에게 투사된 작가 이상의 심리를 반대로 추적하고 있다. 이런 작업은 주목할 만하다. 하지만 동경 체험에 의거하여 주체와 근대성의 근원에 대한 커다란 인식의 전환이 나타나는 이상의 후기작들을 다루지 않는다면 이상의 분신에 대한 검토는 그 의의가 반감될 것이다.

이상의 유고작인 「실화」(『문장』 제2집, 1939. 3)는 다음과 같은 몇 가지 점에서 작가의 본질을 파악하는 데 매우 중요한 가치를 지닌 작품이라 할 수 있다. 첫째, 「실화」는 동경 시내가 구체적으로 묘사되고 있으며, 이상의 실질적인 동경 체험이 담긴 작품이다. 그리하여 이를 통한 이상의 변모된 세계 인식이 잘 나타나고 있다. 사노 마사토에 의하면, "동경행 이전과 이후의 감정적 단절이 이상의 텍스트에 어떤 영향을 미쳤는가는 따로 생각해봐야 하는 흥미로운 문제이다."[6] 둘째, 자아의 분열과 분리에 따른 다양한 주체의 존재 양상을 통해 주체 해체의 시대적 의미를 보여주고 있다. 셋째, 죽음과 사랑이 결합된 정사(情死)가 본격적으로 제시되고 있다. 동경에서 쓴 마지막 작품이라 할 수 있는 「실화」에서 이상은 죽음과 사랑을 하나로 묶은 정사를 통해 욕망의 근원을 탐색하고 있다는 것이다. 넷째, 유고작인 「실화」는 의외라 할 정도로 가식적인 얼굴과 과

5) 조연정, 「이상 문학에서 '분신' 테마의 의미와 그 양상」, 신범순 외, 『이상 문학연구의 새로운 지평』, 역락, 2006, 331~371쪽.
6) 사노 마사토, 「이상의 동경 체험 고찰」, 『한국현대문학연구』 제7집, 1999. 12, 198쪽.

장된 몸짓에서 벗어난 작가 이상의 진면목이 솔직하게 나타나고 있다.

김윤식은 "「실화」와 「단발」은 이상이 죽은 지 두 해 뒤에 유고로 세상에 알려진 것인데, 그 이유는 추측컨대, 생전에 그가 미완성인 채 남겨둔 노오트이거나 스스로 중요성을 덜 인정한 작품인 까닭이다"[7]라고 하며, 유고작이란 점에서 「실화」의 중요성을 그다지 인정하지 않는다. 하지만 조연현은 "이상의 주체의 해체를 해명하는 데 있어서 「실화」는 그의 어떠한 작품보다도 대표적인 것이라 아니할 수 없을 것이다"[8]라고 중요성을 인정하고 있다.

그런데 유고작 「실화」와 달리 발표작 「종생기」는 현란한 수사학 장치 속에서 이상의 희화적 면모가 과장되게 나타나고 있다. 이런 대조적인 특성은 이상의 시에서도 그대로 나타나는데, 유고작 「자상」은 이상의 비장하고 영웅인 면모를 보여주지만 발표작 「자화상」은 대척적으로 희극적인 면모를 보여준다. 신범순은 "이상은 이 두 편의 시에서 비슷하지만 거의 반대되는 자화상을 그렸다. 둘 다 '죽음의 나라'의 얼굴이지만 「자상」의 그것은 희극적이며 「자화상」(습작)의 그것은 비장하고 영웅적이다. 이상은 영웅적인 자화상을 감추어 놓았고(이 작품은 유고작으로 발표되었다), 희극적인 자화상만을 발표했다"[9]라고 했다. 그러니까 이상의 복합적인 내면이 작품에 따라 대조적으로 나타나기에 그러한 표상의 근원에 대한 파악이 긴요하다고 할 수 있다.

이에 여기에서는 「실화」를 대상으로 삼아 주체의 해체 양상과 그것의 의미를 살펴볼 것이다. 이어서 작품에 제시된 세 가지 '정사' 욕망이 이상

7) 김윤식, 『이상소설연구』, 문학과비평사, 1988, 153쪽.
8) 조연현, 「근대정신의 해체—고 이상의 문학사적 의의」, 『문예』 제4호, 1949. 11, 134쪽.
9) 신범순, 「실락원의 산보로 혹은 산책로의 지형도」, 신범순 외, 앞의 책, 21쪽.

에게 어떤 의미를 갖는가를 살펴본다. 서사를 이끌어가는 추진력은 바로 주체의 욕망이 어떻게 성취되는가에 달려 있다. 그러니까 "욕망은 언제나 서사가 출발하는 거기에 존재하고, 가끔은 최초의 각성 상태로 그렇게 한다. 그리고 움직임이 창조되어야 하고, 행위가 착수되어야 하고, 변화가 시작되어야 하는 그러한 강렬한 상태에 도달하기도 한다"[10]라는 것이다. 그러므로 이상의 소설에서 주체의 해체 양상과 해체된 주체의 '정사' 욕망을 구체적으로 검토하는 작업은 작가의 심층적 지향을 밝힘으로써 작품의 충실한 이해에 기여할 것이다.

2. 주체의 해체 양상

「실화」에서 주요인물이자 서술자인 '나'는 동아시아를 대표하는 근대 도시 동경에서 '몽롱한 의식 상태'로 일상적 현실과 마주한다. 몽롱한 의식 상태란 사르트르의 '실존'처럼 "우연, 인과율의 결여, 주체성 및 목적 지향성의 상실, 무질서 및 카오스 등의 특징을 지닌"[11] 것이다. '나'는 몽롱한 의식 상태 속에서 꿈과 현실의 경계를 무너뜨리고 있다. 이것은 꿈과 현실의 경계가 모호하여 꿈에서 현실을 바라보고 현실에서 꿈을 바라본다는 것이다.

그리하여 2장의 시작과 끝에는 "꿈 — 꿈이면 좋겠다."라는 문장이 반복되고 있기도 하다. 이런 꿈과 현실의 혼동은 이상의 다른 소설에서도 그대로 나타나고 있다. 일찍이 최재서도 "예를 든다면 「날개」 주인공의

---

10) Peter Brooks, *Reading For The Plot—design and intention in narrative*, Harvard University Press 1992, p.38.

11) 페터 V. 지마, 서양상 · 김창주 역, 『소설과 이데올로기』, 문예출판사, 1997, 191쪽.

올빼미와 같은 생활이라든가 혹은 「동해」에 있어서의 비논리적인 시간관념이라든가 ― 이 모든 것은 꿈과 현실의 혼동이라고밖에는 볼수없습니다"[12]라고 했다.

그런데 이러한 몽롱한 의식 상태로 동경 시내를 배회하는 주인공 '나'는 단일한 통합적 주체가 아니다. 자아의 분열과 증식에 따라 다양한 분신을 거느린 다중 주체란 것이다. 먼저 '나'의 자아 분열은 자기 자신에 대한 호칭의 차이를 통해 잘 보여주고 있다. 동경의 'C양'은 '나'를 '先生님'이라 부르고, 동경 시내에서 만난 'Y군'은 '나'를 '李箱'이라 부른다. 그리고 경성의 '兪政'은 '李箱兄'이라 부르지만, 'S'와 아내 '姸'은 '箱'이라 부른다. '연'과 'S', 그리고 'Y군'에 비해 'C양'과 유정은 '선생님'과 '형'이란 가벼운 존칭을 쓴다는 점이 다를 뿐이다. 호칭 대상의 특성이 크게 달라진 것은 아니다. 이는 '나'에 있어 다른 사람의 인식보다 내부의 자기 인식이 더욱 중요하다는 점을 말해준다. '나'는 자신을 참담한 '李箱翁'이라 칭하고 더 나아가 근육이 없는 '형해(形骸)'라 칭하기도 한다. 그러니까 '나'는 젊은 사람인데도 객관적인 시간의 흐름을 비틀어 주관적인 시간을 경험하면서 노쇠한 노인으로 존재하고 심지어 생명력을 상실한 해골로도 존재하고 있다는 것이다.

① 姸이는 N삘딩에서 나오기 전에 WC라는데를 잠간 들르지 않으면 안되었다. 나오면 南大門通十五間大路 GO STOP의 人波.
"여보시오 여보시오, 이姸이가 조二層바른편에서부터 둘째 S氏의 사무실안에서 지금 무엇을하고 나왔는지 알아마치면 용하지"
그때에도 姸이의 살결에서는 능금과같은 新鮮한生光이 나는 법이다. 그렇나 불상한 李箱先生님에게는 이 복잡한 交通을 향하야 빈정거

---

12) 최재서, 「고 이상의 예술」, 『조선문단』 제13호, 1937. 6, 129쪽.

릴 아모런 秘密의材料도 없으니 내가 財産없는 것보다도 더 가난하고 승겁다.[13]

②　"너는뭐냐?나미꼬?너는 어쩌녁에 어떤 마찌아이 에서 방석을비고 十五分동안—아니 어떤빌딩에서 아까 너는 걸상에 포개앉었었느냐 말해라—헤헤—飮碧停? N빌딩 바른편에서 부터둘째 S의사무실?(아—이 주책없는 李箱아 東京에는 그런 것은 없읍네)게집의 얼굴이란 다마네기다. 암만베껴 보려므나. 마즈막에 아주 없어질지언정 正體는 안 내놓스느니"新宿의 午前一時—나는 戀愛보다도 위선 담배를한 대 피우고 싶었다.[14]

인용문 ①에서는 '불상한 이상선생님'이라 불리는 인물이 서술자에 의해 비판적으로 서술되고 있다. 그리고 ②에서는 '주책없는 이상'이라 불리는 인물의 내적 독백이 반성적으로 표출되고 있다. 「실화」에서 인물의 내적 독백은 '( )'로 구별하여두고 있다. '나'는 불쌍한 이상선생님이자 주책없는 이상으로 사건의 맥락을 제대로 파악하지 못하는 무능력자란 것이다. 그러니까 '나'가 인물 이상과 서술자인 작가 이상으로 분리되어 있는 것이다.

그런데 '나'의 이러한 분리는 주체의 시선에 대한 타자의 응시가 이루어지고 있음을 나타낸다. 라캉은 시선과 응시의 분열을 중시한다. "보이는 것 역시 우리를 보여지는 존재로 만드는 것에 의존한다"란 사실을 재발견해야 한다는 것이다. 응시가 시선에 앞서 존재하는데, "나는 한곳만을 바라보지만 나는 모든 방향에서 보여진다"[15]라고 함이 그러하다.

---

13) 이상, 「실화」, 『문장』 제2집, 1939. 3, 59쪽.
14) 위의 책, 65~66쪽.
15) 자크 라캉, 이미선 역, 「시선과 응시의 분열」, 권택영 편, 『욕망이론』, 문예출판사, 1994,

그리고 인용문 ①과 ②에서는 '나'가 경성에서 겪었던 아내 '연'의 탈선 사건이 일본에서 카페 여급 '나미꼬'에게 일어난 일과 겹쳐지고 있다. 물론 이것은 인물 이상의 착각임을 언급하고 있기는 하다. 하지만 동경의 여급과 경성의 아내가 동일시되고 있음을 말해준다. 그렇다면 「실화」의 여자 인물들은 모두 '연'과 동일시되는 인물들이라 할 수 있는 것이다. 동경의 'C양' 역시 그러하다. 물론 그녀는 경성의 '연'과 대조적인 면모를 보이기는 한다. 성교의 상대가 여러 명인 '연'과 달리 'C양'의 상대는 'C군'뿐이다. 그리고 '연'의 방은 가을에도 국화 한 송이 없는 살풍경한 곳이라면, 'C양'의 방은 겨울에도 싱싱한 국화가 두 송이나 있는 안온한 곳이다. 그러면서도 '연'과 'C양'은 빈번한 성교로 인해 입술이 파르스레하고, 동거하는 남자들의 '안해'임을 부정하고 있다는 점에서 공통점을 나타낸다. 일찍이 이어령도 "「실화」는 의식 흐름의 수법으로 이루어진 소설로 서울의 공간과 동경의 공간이 동시화하고 연이와 C양이 하나로 융합되어 있습니다"[16]라고 하여 그녀들을 동일시한다.

그런데 「실화」에서는 앞에서 살펴본 '나'에 종속된 분신뿐만 아니라, 분리된 대등한 분신도 존재하고 있다. 'C양'이 '나'에게 들려주는 '언더-더워취-'란 소설 속의 주인공 남자도 다중 주체의 하나라 할 수 있다. '나'는 함께 죽기로 했던 '연'의 배신으로 인해 혼자만 시체와 같은 존재가 되어 동경으로 떠나왔다면, 소설 속의 남자는 자신을 죽을 만큼 사랑했던 여자가 죽자 자신은 외국으로 떠났다. '나'와 그 남자는 비록 이렇게 대조적이다. 하지만 목숨을 건 사랑에 연결되어 있다는 점과, 함께 죽지 못하고 국

194~195쪽.

16) 이어령, 「이상 연구의 길 찾기―왜 기호론적 접근이어야 하는가」, 권영민 편, 『이상문학연구60년』, 문학사상사, 1998, 23쪽.

외로 떠나왔다는 점에서 공통성을 보이고 있다. 또한 두 사람은 담배를 즐겨 피운다는 취향의 공통성도 가진다. 소설 속의 남자는 "기-다랗게 꾸브러진 파잎에다 향기가 아주 높은 담배를 피어빽빽-연기를 품기고" 앉아 있기를 이 세상에서 제일 좋아하는 인물인데, 이런 점은 동경에 와서 담배만 늘었던 '나'의 모습을 연상하게 한다.

이때에 '나'와 그 남자를 원활하게 동일시하고자 내적 독백과 연상이 적절히 활용되고 있다. 그러니까 " "로 제시된 C양의 발화를 ( )로 제시된 '나'의 '내적 독백'으로 잘게 분절하고 있다는 것이다. 연상과 내적 독백으로 기억을 불러내는 이러한 방식은 의식의 심층을 표면에 드러내기 위한 효과적 방법이다. 그러니까 내적 독백에서 '연'과의 사건이 반복적으로 언급되면서 '나'와 소설 속 남자가 겪은 사건이 대조적인 내용이지만 별개의 사건이 아님을 말해주고 있는 것이다. 현재와 과거의 반복적 교체는 독자로 하여금 시간의 변화를 거의 감지할 수 없게 한다. 그리하여 시간적 흐름보다는 오히려 공간의 이동에 따른 변화가 자아의 긴장과 갈등의 실질적 요인으로 작용하고 있다.

7장에서 회상으로 제시되고 있는 유정 역시 '나'와 동일시될 주체의 하나라 할 수 있다. 그들 두 사람은 건강뿐만 아니라 신념까지 빼앗긴 동병상련의 처지이다. 이에 김윤식도 "이것은 20세기의 병인 TB를 앓아야 했고, 그 때문에 죽어야 했던 두 사람의 운명의 표정이 아니었던가. 그러니까 김유정은 친구도 아니고, 남도 아니고, 구인회패도 아니고 이상 자신이었다"[17]라고 하며 두 사람을 동일시하고 있다.

그렇다면 이상의 소설에서 이렇게 주체의 해체를 뚜렷하게 나타내는

---

17) 김윤식, 앞의 책, 57~58쪽.

이유는 무엇인가. 일찍이 최재서는 이상 소설에서 형식에 대한 실험정신을 주목했다. "그는 어떤 완성된 형식안에다가 자기의 체험이나 주장을 집어넣으려는 전통적 작가가 아니라 현대문명에 파괴되야 보통으론 도저히 수습할 수 없는 개성의 파편파편을 추려다가 거기에 될 수 있는 대로 리얼리티— 를 주려고 해서 여러가지로 테크니크스 실험을 하야본 작가올시다"[18]라고 한다. 주체의 해체를 보여주는 것 자체가 기법 실험의 산물이었다는 것이다. 그러나 「실화」에서 이러한 주체의 해체가 단순히 실험적 기법을 시도한다는 점에 국한되는 것은 아니다.

이에 조연현은 "이상의 해체된 주체의 분신들은 서구적인 의미에 있어서의 우리의 근대정신이 이를 영도해 나아갈 민족적인 주체가 붕괴된 것을 말하는 것이며 이러한 붕괴는 우리의 근대정신의 최초의 해체를 상징하는 것이다"[19]라고 했다. 1930년대 후반 조선의 지식 청년들도 표현할 자기의 통일된 주체가 없었기에 해체된 주체들을 파편적으로 제시한 이상의 작품을 통해 자신들의 붕괴된 주체를 위무하였다는 것이다.

그러나 이러한 주체의 해체에 대한 이러한 시대적 의미는 지나치게 포괄적이다. 그러하기에 이상의 개별적 욕망, 특히 작품에 나타난 욕망이 어떤 것이며 어떻게 표출되고 있는가에 대한 의문을 해소해주지는 못한다. 김주현은 "작가 이상으로 볼 때 작품에 자신을 직접 등장시키거나 또는 그를 분열시켜 여러 분신들을 제기한 것은 어쩌면 죽어 사라지는 육체를 영속화하려는 욕망의 소산이며, 자신의 처절한 내적 투쟁의 산물일 것이다"[20]라고 했다. 그렇지만 주체의 해체를 죽음을 의식한 육체의

---

18) 최재서, 앞의 글, 130쪽.
19) 조연현, 앞의 글, 136쪽.
20) 김주현, 앞의 책, 249쪽.

영원성에 대한 욕망의 소산으로만 보기는 어렵다. 이상은 죽음에 대한 강박감 못지않게 사랑과 예술에 대한 집념을 강하게 보여주고 있기 때문이다.

「실화」에서 이상은 주체와 타자의 경계를 무너트림으로써 주체의 타자 지배라는 근대적 이성중심주의의 한계를 비판적으로 인식하고 있다. 그렇지만 그가 이러한 주체의 해체를 당연한 일로 받아들이고 있는 것은 아니다. 먼저 이상이라 불리는 '나'에게 종속된 존재에 대해 거의 '참담한', '불쌍한', '주책 없는' 등의 부정적 수식어를 덧붙이고 있음이 그러하다. 또한 "슬퍼? 응—슬플밖에—20세기를 생활하는데 19세기의 도덕성밖에는 없으니 나는 영원한절늠바리로다"라고 하며 시대와 호응하지 못하는 자신의 고루한 도덕성을 안타깝게 여기고 있다. 이것은 필연적이라 할 주체의 해체를 흔쾌히 받아들일 수 없다는 점을 나타내고 있는 것이다. 그리고 소설 속의 남자를 통해 마치 꿈속의 일처럼 현실에서 좌절된 '나'의 소망을 나타내고 있는 것도 그러하다. 현실의 '나'가 이룰 수 없는 일을 보여주기 위해서 부득이 분리된 주체를 제시하고 있다는 것이다. 이것 역시 주체의 해체를 어쩔 수 없이 인정해야 하면서도 통합 주체에의 잠복된 열망을 담고 있음을 나타낸다. 이런 점에서 이상의 다중 주체는 주체의 동일성을 철저히 부정하는 데리다의 범주에서 벗어난다. 그리하여 주체 자체의 동일성을 상정하는 라캉의 범주에 근접한다.

다음 장에서는 「실화」에서 이러한 해체된 주체가 자신의 욕망을 어떻게 표출되고 있으며 그것이 무엇을 나타내는가를 죽음과 사랑을 융합한 '정사' 욕망의 세 가지 양상을 통해 구체적으로 살펴보기로 한다.

　　　　　　　　　　　　　　　소설비평의 다원성

3. 다중 주체의 '정사' 욕망을 통한 예술 지향

「실화」는 정사를 본격적으로 다룬 작품이다. 1930년대 조선 문단에서 다른 작가들의 소설뿐만 아니라 이상의 다른 소설에서도 정사는 찾아보기 어려운 제재이다. 또 다른 유고작 「단발」(『조선문학』, 1939. 4)에 정사 욕망이 제시되고 있지만, 주요 인물인 '그'가 일종의 도박처럼 상대 소녀인 '선'에게 가볍게 '정사'를 제안하다가 철회하는 데 그친다. 그리고 수필 「혈서삼태」(『신여성』, 1934. 6), 「행복」(『여성』, 1936. 10), 「슬픈이야기」(『조광』, 1937. 6)에 나오는 정사는 단편적 내용들로 「실화」에 나오는 정사의 원천이 되면서 생략된 부분을 보충해준다. 이상이 동경 체험을 통해 일본 문단의 '정사'에 대한 관심을 적극적으로 수용한 듯하다.

일본 문단에서 아리시마 다케오는 사랑의 사상을 혈육화한 여성을 그린 대표작 「어떤 여자」를 발표한 뒤에 유부녀인 하타노 아키코와 1923년 6월 9일 아리시마의 별장에서 목을 매고 자살했다. 그리고 다야마 가타이는 게이샤 이다 요네와의 사랑에 대한 자전적 이야기를 다룬 1927년의 「백야」에서 연애의 귀착점을 남녀의 죽음으로 그렸다.[21]

「실화」에서 정사 욕망은 세 가지로 나타난다. 첫째는 현재 동경에서 C양이 '나'에게 들려주는 소설 속 여성의 죽음이고, 둘째는 경성에서 '나'와 '연'이 함께 죽기를 맹세했지만 배신당한 것이고, 셋째는 경성에서 '나'가 '유정'에게 함께 죽기를 제안하던 것이다.

먼저 C양이 '나'에게 들려주는 이야기 속의 정사는 파이프 담배를 즐기는 한 청년을 죽도록 사랑한 여자가 유서를 남기고 죽자 남자는 모든

---

21) 한국일본근대문학회 편, 『일본근현대문학과 연애』, 제이앤씨, 2008, 79~139쪽.

것을 잊어버리려고 국외로 떠났다는 것이다. 비록 사랑하는 남녀가 함께 죽지는 않았다. 하지만 여자가 스스로 자신의 목숨을 끊을 만큼 남자를 사랑하고 있다. 그런데 C양의 이야기를 통해 제시되는 이러한 정사는 '나'가 꿈결 같은 상태에서 듣고 있는 가상의 이야기일 뿐이다.

이에 이상은 자신처럼 병으로 죽어가는 김유정을 끌어들여 자신의 사랑에 절대적 가치를 부여하고자 한다. '유정'과의 세 번째의 정사가 그것이다. '나'가 '연'의 간음을 구체적으로 확인한 날 밤에 유정을 찾아가 함께 죽기를 제안할 때에 "유정과 이상 — 이 신성불가침의 찬란한 정사 —"라고 하며 자신들의 죽음을 신성시한다. 그러면서도 곧장 "이 너무나 엄청난 거짓을 어떻게 다 주체를 할 작정인지"라고 하면서 그러한 발언이 진담이 아님을 나타내고 있다.

그렇다면 왜 '신성불가침의 찬란한 정사'가 '너무나 엄청난 거짓'이 되는가. 이경훈은 '신성불가침의 찬란한 정사'란 선언을 통해 이상이 '결핵성뇌매독'이란 자신의 주된 질병을 폐결핵으로 생각되게 하는 동시에 예술적 죽음의 색채를 가미하려 했던 것이라고 판단한다.[22] 그렇지만 이상이 폐결핵으로 죽었느냐 결핵성뇌매독으로 죽었느냐는 그렇게 중요한 사항이 아니다. 이상 스스로 창녀와의 매음을 자신의 글에서 공개적으로 언급하고 있듯이 자신의 죽음이 성병과 관련된다는 점을 그렇게 숨겨야만할 이유는 없기 때문이다. 그리고 정경운은 "유정과의 동반자살에 '정사'라는 단어를 쓰고 있는 것은 앞에서 연이와의 동반자살이 단순히 연정에 의한 것이 아님을 역설적으로 드러낸다"[23]라고 했다. 그러나 이러한 주장

---

22) 이경훈, 「「종생기」, 철천의 수사학」, 『이상, 철천의 수사학』, 소명출판, 2000, 137~138쪽.
23) 정경운, 「「실화」에 나타난 半근대주의자의 욕망」, 『현대문학이론연구』18집, 현대문학이

은 이상 소설에서 주체의 욕망을 죽음에 한정하고 있는 것이다. 이런 판단은 동경행을 전후한 일련의 소설들에서 이상이 사랑의 문제를 얼마나 중시하고 있는가를 간과하고 있다.

여기에서 '나'와 '유정'과의 사랑은 삶의 비속성을 뛰어넘는 예술의 신성성에 대한 공동적 연대감을 나타낸다고 할 수 있다. 이상은 순결한 보헤미안적인 삶의 시간들에 대한 회귀적 열망을 드러내는 오페라 「라보엠」의 제비처럼 '예술가 공동체'에 대한 동경 속에서 예술의 세계로 계속 날아가려 하고 있었던 것이다.[24]

「실화」에서 '나'는 '연'의 배신 속에서 자살을 결심할 정도로 절망하여 동경으로 떠나고, 이상 역시 "온몸으로 현대에 부딪치며 거기에 더 가까이 가보고자"[25] 동경으로 떠났다. 강상희에 의하면, 동경은 이상에게 "유일하게 그의 내면과 대등할 수 있는 외적 현실의 가상적 기호이다."[26] 비록 그것이 가상의 기호에 머물 뿐 현실화되지는 못하였지만, 동경은 외적 현실을 압도하는 이상의 추상적 내면과 같은 비중을 지닐 정도로 의미심장한 공간이었다는 것이다. 그러나 근대 문명의 새로운 총아인 동경은 그에게 유토피아가 아니라 단지 가솔린 냄새를 함부로 풍기는 서양을 본뜬 모조품에 불과한 것이었다.[27] 이상 스스로도 "나는 참 동경이 이따위 비속 그것과 같은 시나모노인 줄은 그래도 몰랐오. 그래도 뭐이 있겠거니 했더니 과연 속빈 강정 그것이오"[28]라고 하며 동경에 대한 환멸감을

론학회, 2002, 334~335쪽.

24) 조영복, 「이상의 예술 체험과 1930년대 예술 공동체의 기원」, 『한국현대문학연구』 23집, 2007. 12, 214~215쪽.
25) 서준섭, 「모더니즘과 1930년대의 서울」, 『한국학보』 제12집, 일지사, 1986, 114쪽.
26) 강상희, 『한국 모더니즘 소설론』, 문예출판사, 1999, 90쪽.
27) 노영희, 「이상문학과 동경」, 『비교문학』, 한국비교문학회, 1991, 132쪽.
28) 이상, 「사신(7)」, 김주현 주해, 『정본 이상문학전집』 3, 소명출판, 2005, 250~251쪽.

직설적으로 토로하고 있다.

그렇다고 이상의 동경행이 그렇게 무의미했던 것은 아니다. 그는 실질적 체험을 통해 동경이 근대 문명의 종착지가 아니듯이 동경 문단도 허상에 불과하며 예술의 종착지가 아님을 깨닫게 되었기 때문이다. 그리고 경성에서 '연'의 배신도 그것이 사랑의 종말이 아니라 오히려 순수한 사랑을 부활시킬 계기가 될 수 있다는 점을 깨닫게 되었던 것이다. 그러니까 이상은 필연적으로 찾아올 죽음과 그것에 대한 대응인 사랑을 융합하여 예술에 대한 자신의 지향을 은폐와 노출의 결합 속에서 반복적으로 표출한다. 그렇게 함으로써 죽음에 대한 강박관념을 희석하고 오히려 사랑을 통한 구원의 길을 모색하고 있었던 것이다. 그리하여 「실화」에서 죽음과 사랑을 하나로 융합시킨 정사 욕망을 통해 예술에 대한 자신의 절대적 지향을 보여주고 있다.

「실화」에서 정사 욕망의 중심에 놓인 인물은 경성의 '연'이다. 남성인물들은 '나'의 자아 분열과 분리에 따른 다중 주체들이거나 '연'을 사이에 둔 사랑의 경쟁자들이었고, 여성은 모두 '연'과 동일시될 수 있는 인물들이었기 때문이다. 그러니까 '연'은 다중 주체의 욕망 대상이다. 그렇다면 '연'은 작가 이상의 삶과 어떤 관련을 맺고 있는가. '연'의 모델은 이화여전에 재학한 지식인 여성 '변동림'이라 할 수 있다. 김윤식은 "그는 어떤 작품에도 변동림에 관해 언급하지 않았으며 변동림을 모델로 한 글을 쓴 적이 없다. 그러나 단 하나의 예외가 있었다. 소설 「실화」가 그것이다"[29]라고 한다. 인물 전체로서가 아니라 결말 부분의 편지에 나타난 '연'만 변동림의 모델로 인정하고 있다. 변동림은 이상이 그녀의 오빠 변동욱으로

---

29) 김윤식, 앞의 책, 57쪽.

소설비평의 다원성

부터 정식으로 소개를 받은 양갓집 여성이었다. 김향안도 "이상의 꽁트식 소설에 나온 주인공은 변동림이 아니다"[30]라고 하며 방종한 여자 모델은 변동림 자신이 아니란 점을 강조하고 있다.

물론 「종생기」 「동해」 「단발」 「실화」의 여주인공들이 변동림만을 모델로 삼고 있다고 보기는 어렵다. 그녀들은 변동림을 중심에 두고 기생 금홍과 여급 권순옥이 융합되어 있다고 할 수 있기 때문이다. 「종생기」에서 "미만십사세에 정희를 그 가족이 강행으로 매춘시켰다"라고 하는 것이나, 「동해」에서 "단발 양장의 임이란 내 친근에는 없는데"라고 하듯이 금홍의 심상도 변동림의 심상에 추가되고 있음이 그러하다.

변동림이 실제로 방종한 여자였는가를 구체적으로 확인할 수는 없다. 하지만 이상이 변동림을 금홍이나 권순옥과 같은 유흥가의 여자와 동등한 자리에 놓고 있으며 방종한 여자로 그리고 있음은 분명하다. 이에 김성수는 "이상의 연애소설 속의 연애는 '부정한 소녀'와 벌이는 '언어유희로서의 연애'이다"[31]라고 한다. 하지만 이상 소설의 연애를 단순히 언어유희로 보기는 어렵다. 이상은 사랑을 죽음과 융합시킨 정사 욕망을 진지하게 추구함으로써 자신의 예술에 대한 지향을 뚜렷이 보여주고 있기 때문이다.

물론 이상은 수필 「이십세기식」에서 "내가 이 세기에 용납되지 않는 최후의 한꺼풀 막이 있다면 그것은 오직 '간음한 아내는 내어쫓으라'는 철칙에서 영원히 헤어나지 못하는 내 곰팡내 나는 도덕성이다"[32]라고 한다. 자신이 규범적인 여성의 정조 관념에서 벗어나지 못하고 있음을 스스로

---

30) 김향안, 「이제 이상의 진실을 알리고 싶다」, 『문학사상』, 1986. 5, 63쪽.
31) 김성수, 『이상, 욕망의 기호』, 월인, 2004, 248~249쪽.
32) 이상, 「십구세기식」, 김주현 주해, 앞의 책, 103쪽.

비판하고 있다. 심미주의자 오스카 와일드가 예술에서의 일탈성과 모순되는 일상생활에서의 규범성을 보여주듯이,[33] 이상도 겉으로 드러난 전위적인 면모와는 달리 의외로 규범적 윤리 의식을 중시하고 있다는 것이다. 그의 오랜 친구인 문종혁도 "箱이 민활하지 못하고 게을렀던 것은 사실이나 학생시절이나 직장시절의 그를 돌이켜 볼 때 상처럼 충실하고 정상적인 사람도 드물었다"[34]라고 했다.

이상은 동경행 무렵의 소설에서 방종한 지식인 여자들을 불신하고 있다. 그렇다고 그가 「날개」 「지주회시」 「봉별기」 등의 모델인 금홍을 신뢰하고 있다는 것은 아니다. 한상규는 이상의 문학에서 '매춘'이 "모든 대상의 물질화를 촉진하는 계량화의 파괴적 힘을 극화시켜 보여주는 매개 역할"[35]을 한다고 본다. 그러니까 이상에게 도시 일상의 근대성을 집약적으로 체현하는 존재와의 만남이 매춘이었다는 것이다. 이상은 "천하의 여성은 다소간 매춘부의 요소를 품었느니라고 나 혼자는 굳이 신념한다. 그대신 내가 매춘부에게 은화를 지불하면서는 한 번도 그네들을 매춘부라고 생각한 일이 없다"[36]라고 했다. 이를 보면 그는 일반 여성과 매춘부의 경계를 무너뜨리려 하고 있는 것이다.

「실화」에서는 비밀 없음에 대한 경구를 반복적으로 면밀하게 제시하고 있다. 서두인 1장 전체를 "사람이 비밀이 없다는것은 재산없는것처럼 가난하고 허전한 일이다."란 경구로 채우고 있으며, 5장의 중간 부분에 다

33) George Woodcock, *The paradox of Oscar Wilde*, The Macmillan Company: New York, 1950, pp.3~4.
34) 문종혁, 「몇 가지 이의—소설 「지주회시」의 인물 「오」가 증언하는 이상」, 『문학사상』 19, 문학사상사, 1974. 4, 351쪽.
35) 한상규, 「1930년대 모더니즘 문학의 미적 자율성 연구」, 서울대학교 박사학위 논문, 1998, 181쪽.
36) 이상, 「봉별기」, 김주현 주해, 『정본 이상문학전집』 2, 앞의 책, 353쪽.

시 한 번 반복 한 다음에 결말 부분인 9장의 끝에는 "사람이— 비밀하나도 없다는것이 참 재산없는것 보다도 더 가난하외다그려! 나를 좀 보시지요?"라고 한다. 5장은 9장으로 된 작품 전체의 정확히 중간 장이기에, 비밀에 대한 경구는 5장을 중심에 두고 정확히 대칭 구조를 이룬다. 물론 9장에서는 "나를 좀 보시지요?"란 문장이 추가됨으로써 비중이 다소 기울어지고 있기는 하다. 하지만 추가된 문장은 전체적인 맥락에서 충분히 짐작되는 내용이란 점에서 전반적인 균형을 잃게 할 정도는 아니다. 형식적인 면에서 경구의 배치에 매우 공을 들이고 있었던 것이다.

하지만 정사의 상대자인 '연'은 사랑의 상대적인 가치만을 인정하거나 가치의 무한한 교환가능성을 믿는 '야옹의 천재'이다. 물론 여기에서 '나'를 좌절시키는 '야옹의 천재'로는 사랑의 승자인 '연'만이 아니다. 동경에서 만난 '일고휘장'의 인물은 이상이 예술의 경쟁자로 삼았던 일본 문단의 천재 중의 한 사람이라 할 수 있다. '나'는 경성의 '연'에게도 패배했듯이 동경의 '일고생'에게도 패배를 자인한다. 표면적으로 보면 죽음도 개의치 않는 사랑을 성취하는 데 실패했듯이 일상적 현실을 배제한 절대적 예술을 지향함에 있어서도 실패했다는 것이다. 그러나 실질적인 의미는 그렇지 않다. 그들 승리자를 얕은 속임에 능한 '야옹의 천재'라 부르고 있음이 그러하다. '나'는 그들에게 현상적으로 패배하고 있지만 그것을 실질적인 패배로 보지는 않는다. 자신은 사랑과 예술에 대한 절대적 가치를 믿고 존중하는 '불우의 천재'이기에 왜곡되고 타락한 자본제적 사회를 비판하고 거부할 수 있는 진정성을 지닌다는 점을 역설적으로 나타내고 있는 것이다.

물론 '나'는 동경 시내의 한복판에서 새벽에 백국을 잃어버린다. 경성에서 '연'에 대한 사랑을 잃어버렸듯이 동경에서 C양이 준 사랑의 상징마저 잃어버렸다는 것이다. 그렇지만 흰 국화를 잃어버렸다고 '연'에 대한 사랑을 잃어버린 것은 아니다. 오히려 철저히 절망하고 철저히 부정함으로써 갱생의 새로운 계기를 찾을 수도 있는 것이다. 역설적으로 '연'은 '잃은 꽃(失花)'이면서 '얻은 꽃(得花)'이다.[37]

라캉이 지적하듯이, 욕망은 대상이 존재할 때가 아니라 대상이 부재할 때에 오히려 빛을 발한다. 대상에 대한 유아적 환상이 철저히 깨어졌을 때 욕망이 새롭게 솟아날 수 있다. 셰익스피어의 「햄릿」에서 햄릿은 아버지 유령을 목격한 이후에 자신이 사랑했던 오필리아를 강하게 거부하고 그녀의 죽음 이후에야 그녀를 다시 욕망하게 된다. 환상에서 주체의 해체보다 욕망의 대상이 중시되는 도착적인 불균형이 강조될 때에 "주체는 있는 힘을 다하여 대상을 거부하고 자신을 희생시킬 때가 되어서야 그것을 다시 찾으려 한다. 이런 의미에서 대상은 사실 남근과 동등한 존재가 된다"[38]라는 것이다.

4. 맺음말

「실화」에서 '나'는 자아의 분열과 분리에 따른 주체의 해체를 다양하게 보여주고 있었다. 젊은 이상과 늙은 이상, 그리고 형해가 된 이상이 '나'에게 종속적인 다중 주체로 나타나고 있는데, 이들은 자연적 시간의 흐름을 왜곡하여 인물의 시간적 변화를 무화시키고 있었다. 뿐만 아니라

---

37) 박종홍, 「1930년대 한국 모더니즘 소설의 역설 연구」, 『어문학』 70, 한국어문학회, 2000. 6, 204쪽.
38) 자크 라캉, 이미선 역, 「욕망, 그리고 「햄릿」에 나타난 욕망의 해석」, 권택영 역, 앞의 책, 149쪽.

경성의 '유정'과 동경에서 C양이 들려주는 소설 속의 남자도 '나'와 물리적으로 분리된 대등한 다중 주체로 존재하고 있었다. 이를 통해 주체와 타자의 경계를 무너트림으로써 주체의 타자 지배라는 근대적 이성중심주의 이항 대립의 한계에 대한 비판적 인식을 보여주고 있었다. 그리고 이러한 다중 주체는 식민지 왜곡된 자본주의 체제 속에서 주체의 해체로 고뇌하던 1930년대 후반 조선 지식인의 자화상을 여실하게 보여주고 있었다.

그리고 「실화」에서 이러한 해체된 주체는 목숨을 건 사랑인 정사를 통해 예술에 대한 지향성을 나타내고 있었다. 이러한 정사 욕망은 세 가지로 제시되는데, 첫째의 정사는 소설 속의 소설에 나오는 일이며, 둘째의 정사는 서울에서 '연'과 약속한 일이고, 셋째의 정사는 신념을 함께하는 두 남자가 질병으로 인해 운명적인 죽음을 맞이해야 하는 것이었다. 결국 두 번째 정사가 현실적 의미를 갖지만, 그것은 욕망의 대상인 '연'이 교환가치를 대변하는 야옹의 천재였다는 점에서 실패가 예정된 일이었다. 그렇지만 오히려 철저한 절망과 부재를 통해 오히려 희망과 존재를 되찾는 역설적 진실을 보여주고 있었다.

이를 통해 「실화」가 실질적인 동경 체험에 의거해 타자 및 죽음과 사랑에 대한 인식이 심화된 작가 이상의 절대적 예술에 대한 지향을 잘 보여주는 작품임을 구체적으로 확인할 수 있었다.

제4장

역사 층위의 비평

이인직 소설의 '문명개화론'

1. 문제 제기

근대 계몽기에는 조선을 구하는 방안이라 주장된 다양한 담론이 각축하고 있었다. 정통 유학자들의 '위정척사론', 개신 유학자들의 '동도서기론', 외국에 유학한 신지식인들의 '문명개화론', 동학교도들의 '보국안민론' 등의 담론이 그러하다. 그렇지만 위청척사론과 보국안민론은 아직 근대성을 충분히 확보하지 못했다고 할 수 있기에 동도서기론과 문명개화론이 문학 활동의 지배적인 담론으로 역할하고 있었다. 더욱이 반외세도 중시한 박은식, 신채호 등 동도서기론의 대표자들이 을사보호조약과 한일합병으로 국외에 망명하여 문학 활동을 지속하기 어려워짐에 따라 반봉건의 기치를 높이 든 문명개화론이 독점적 우위를 점하게 되었던 것이다.

이인직은 이러한 문명개화론의 신봉자이자 선구적 실천자라 할 수 있다. 이에 이인직이 문명개화론에 의거하여 1900년대에 조선의 현실을 어떻게 인식하고 있으며, 1910년의 한일합방 이후에는 어떠했는가를 개별 작품의 분석을 통해 구체적으로 살펴보고자 한다. 이인직에게 문명개화란 나라를 팔아먹거나 나라를 망하게 하는 길이라고 본 보국안민론이나 위정척사론에 동조하는 민중의 현실 인식을 바꾸는 일이다. 즉 무지몽매한 민중의 사유 방식을 바꾸어 문명개화를 당연하고도 시급한 당면 과제로 인식시키고자 하였던 것이다. 역사적으로 보아 '문명개화'란 용어는 1873년 이와쿠라 도모미를 대표로 하는 서양시찰단의 귀국 이래 일본에서 유행하였다가, 개국 후 우리나라에 전파된 뒤에 1883년 이후부터 일반화된다. 1882년 이전의 단계에서는 '문명화', '개국화'를 뜻하는 말로서 주로 '경시(更始)', '부강(富強)', '자강(自强)' 등이 사용되었다.[1]

여기에서 연구 대상으로 삼은 이인직의 소설은 『혈의루』와 그 후편인 『모란봉』 그리고 『귀의성』『은세계』의 네 편이다. 『혈의루』는 1906년 7월 22일부터 동년 10월 10일까지 50회에 걸쳐 『만세보』에 연재된 첫 장편이며, 『모란봉』은 『혈의루』의 하편에 해당되는 작품으로 1913년 2월 5일부터 동년 6월 3일까지 65회에 걸쳐 『매일신보』에 연재되다가 미완으로 끝난 작품이다. 『귀의성』은 상하편으로 되어 있으며, 1906년에서 1907년까지 『만세보』에 연재되고, 1908년에 중앙서관에서 단행본으로 초판본이 발간된 것이다. 그리고 『은세계』는 1908년 동문사에서 초판본이 발간된 것이다.

2. 봉건 권위의 실추에 따른 금력의 위세

이인직 소설은 봉건제도에 근거한 양반 관료계급이 무능하고 부패하

---

1) 김영작, 『한말내셔널리즘 연구』, 청계연구소, 1989, 112쪽.

소설비평의 다원성

여 지배자로서의 권위를 상실했음을 신랄하게 비판한다. 뿐만 아니라 인간을 움직이는 현실의 추동력은 금력에 있음을 강조하고 있다. 그리하여 『혈의루』에서는 평민층의 적극적 의식과 행위를 통해 통치계급의 타락과 무능을 직접적으로 고발하고 있으며, 『귀의성』에서는 간접적으로 양반층의 무능과 타락상을 폭로하고 있다. 또한 『은세계』의 전반부에서는 평민층과 양반층과의 극단적인 대결 속에서 양반 관료의 부패상을 고발한다.

> 평안도 빅셩은 염라디왕이 둘이라 ᄒ나는 황쳔에 잇고 ᄒ나는 평양 션화당에 안젓는 감소이라 황쳔에 잇는 염라디왕은 나만코 병드러서 세상이 귀치안케된 소름을 잡아가거니와 평양 션화당에 잇는 감소는 몸셩ᄒ고 지물잇는 소람은 낫낫치 ᄌ바가니 인간 염라디왕으로 집집에 터주까지 겸ᄒ 겸관이 되얏는디 고스를 잘지니면 탈이 업고 못지내면 왼집안에 동토가 나셔 다죽을 지경이라 제손으로 버러노흔 제직물을 마음노코 먹지 못ᄒ고 쳔싱 타고는 제목숨을 놈의게 미여노코 잇는 우리ᄂ라 빅셩들을 불상ᄒ다 ᄒ깃거던 더구나 남의 나라 소람이 와셔 싸홈을 ᄒ나니 질알을 ᄒ나니 그러ᄒ 셔슬에 우리는 픠가ᄒ고 소람 죽난 것이 드 우리나라 강ᄒ지 못ᄒ 탓이라.[2]

인용문에서는 일청전쟁의 혼란 속에서 김관일 가족 및 평양 시민이 겪게 된 고난과 불행이 양반 관료들의 무능과 타락에 기인한 것으로 비난하고 있다. 김관일의 장인 최 주사가 나라를 위하는 마음을 지니라고 막동에게 충고하자 하인은 오히려 주인에게 나라는 양반들이 다 망해놓았다고 반박한다. 이런 막동이의 태도에서 양반의 무능과 타락에 대한 평민 하층의 거부감이 잘 드러나고 있다.

---

2)   이인직, 『혈의루』, 광학서포, 1907, 12~13쪽.

『귀의성』에는 양반층의 무능과 위선이 처첩 갈등과 평민층의 복수 행위를 통해 폭로된다. 여기에서 명문 양반 김승지는 춘천 군수로 있을 때 길순을 첩으로 맞아들였으나, 벼슬이 갈려 서울로 돌아가야 되자 그녀를 버리고 간다. 또한 길순이 서울로 직접 찾아왔을 때에도 부인의 질투가 무서워 그녀를 바로 받아들이지 못하고 딴 집에 살게 한다. 이런 김승지의 면모에서 양반의 권위나 가부장의 권위를 찾아볼 수는 없다.

또한 양반 관료의 부패 양상은 『은세계』에 집중적이고 극적으로 제시되고 있다. 사리사욕에 급급한 지방 수령과 개명한 평민 부농 최병도와의 대결이 한 치의 양보도 없이 팽팽하게 이루어진다. 여기에서 지방 수령들은 백성들의 원성이나 고통은 상관 없고 수단과 방법을 가리지 않고 재물을 긁어모으기 때문에 '쇠를 먹는 불가살이'로 불린다.

> 이씨 진남문밧게 닉명셔가 흔달에 멧번식 걸려도 감사는 모르는쳬ᄒ고 져흘일만흔다 그ᄒᄂ 일은 무슨일인고 글거셔 붓치는 일이라 글씨ᄂ 무어슬 글그며 붓치기ᄂ 어듸로 밧치ᄂᄂ고 강원일도에 먹고사는 직물을 쎅서다가 셔울잇는 상뎐들의게 붓치는 일이라 상뎐이라 ᄒ면 강원감사가 남에집에 문셔잇는 죵이 아니라 무셔워ᄒ기를 상뎐갓치 알고 밋기를 상뎐갓치 밋고 셤기기를 상뎐갓치 셤기ᄂ듸 그상뎐의게 등을 듸고 만만흔 사룸을 죽여닉ᄂ 판이라. [3]

인용문에서처럼 지방 수령도 그렇게 모은 돈을 다시 서울의 권문세가에 갖다 바쳐야만 자신의 지위를 보전할 수 있다. 이러한 수령에 기생하는 관원들의 부패 역시 평민에 대한 약탈을 가중시키고 있을 뿐이다. 최

---

3) 이인직, 『은세계』, 동문사, 1908, 119쪽.

소설비평의 다원성

병도는 뇌물을 탐하는 강원 감사의 억지 죄목에 강하게 반박하며 악형에도 불구하고 끝내 항거한다. 그것도 바로 양반 계급의 이러한 허위성과 타락을 거부함에 있다.

최원식에 의하면, 농민층과 봉건 지배층과의 집단적 갈등을 다루는 『은세계』의 전반부는 당시에 유행하던 '최병두 타령'을 기반으로 작가가 개작한 것이고, 옥순과 옥남 남매의 미국 유학과 귀국을 다루는 후반부는 작가가 창의적으로 추가한 것이다.[4] 최병두 타령의 개작이냐 전적인 창작이냐 하는 점이 중요한 점은 아니다. 작품의 전반부가 양반 관료층에 대한 이인직의 강한 적대감을 보여준다는 점에서 그것도 결국 작가의 시각에 의해 선택된 것이기 때문이다.

『은세계』의 후반부에서 최병도의 유지를 받들어 자녀들을 미국으로 유학시키고 있던 개명한 선각자 김정수 역시 양반 관료들의 탐욕 때문에 파멸한다. 그는 아들을 통해 관리하던 친구 최병도의 재산이 양반 관료의 술수로 탕진되었다는 사실을 알게 되자 비관하여 술에 빠져 지내다 죽고 만다. 이전에 최병도는 양반 관리의 강압에 의해 재산과 목숨을 빼앗겼다면, 김정수의 아들은 군수나 관찰사들이 추겨주고 얼러주는 통에 그들에게 재물을 바치게 되었다는 것이다. 그러한 파산은 갑오개혁 이후의 조선의 구조적 모순을 나타낸다.

이해조는 『화의혈』에서 지방 수령으로 도임하는 양반 관료의 무능과 부패가 만연되어 있음을 나타내고 있다. 여기에서는 양반층의 부패상이 이 도사라는 인물을 통해 제시된다. 그러나 이해조에게는 그것이 그들 양반층을 비판하고 고발하기 위해서가 아니다. 오히려 타락한 양반의 면

---

4) 최원식,「『은세계』 연구」,『창작과비평』48, 1978, 278쪽.

모를 제시하여 그것을 반성의 거울로 삼아 진실된 양반의 면모를 회복하기 위해서 그렇게 한다. 이런 점에서 이해조의 소설은 이인직의 소설과는 큰 차이를 보여준다.

이인직 소설에서 봉건적 권위는 심각하게 실추되었고 금력의 위력은 인간관계의 본질적인 추동력을 이룬다. 『은세계』에서 양반관료들의 부패 역시 금전에 대한 그들의 욕망에서 비롯된 것이다. 『귀의성』에서도 평민 강 동지나 하녀 점순과 같은 인물들의 금전에 대한 욕망은 강렬하다.

> 강동지가, 성품은 강하고, 심은 장수이라, 하늘에서, 써러지는, 벼락도 무섭지 아니하고, 삼학산에서, 느려오는, 범도 무섭지 아니하는, 겁나는 것은, 양반과 돈이라 양반과 돈을 무셔워 하면, 피하야 다라나는 거시 아니라, 어린 아히 젓쏙지 싸르듯, 싸른다 싸르는 모냥은 혼가지는 싸르는 마음은 두가지라 양반은 보면, 듸포로 노아셔, 뭇질러 죽여, 씨를 업시고 시픈 마음이 잇스면서, 거죽으로 싸르고, 돈을 보면 어미 이비보다 본갑고, 게집자식보다 귀이하는 마음이 잇셔셔, 속으로 싸른다.[5]

인용문에서처럼 길순의 아버지 강 동지는 돈을 가장 중시한다. 양반은 당장 죽이고 싶도록 밉지만 겉으로 따르는 체하는 반면에 금전은 무엇보다도 중시하고 있다. 이러한 강 동지는 바로 금력을 최우선하는 실리추구적 시민계급의 면모를 뚜렷하게 드러낸다. 김 승지 부인을 도와 길순을 죽게 하는 점순 역시 금력을 최우선시하고 있다. 그녀는 돈만 쓰면 춘천집과 침모를 죽일 방법이 있다고 김 승지 부인을 충동질한다.

점순은 양반의 첩인 길순을 제거함에 있어 오랜 시일을 기회를 노리며

---

5) 이인직, 『귀의성』, 중앙서관, 1908, 16~17쪽.

치밀한 계획을 세운다. 그리하여 그녀는 침모가 길순을 죽이도록 하려는 음모가 실패하자 길순이 딴 남자와 사통하여 도망한 것으로 꾸민다. 뿐만 아니라 하수인 최가를 시켜 길순 모자를 잔인하게 살해하도록 하고 있다. 이러한 점순의 악랄한 행위는 어떠한 반성적 뉘우침도 찾아볼 수 없을 정도이며 금전에 대한 맹목적 욕망에 기인한 것이다. 물론 그녀에게 신분의 속량이 제시되고 있기도 한다. 하지만 그것은 부수적인 대가에 지나지 않는다. 점순은 춘천집을 죽이고 최가와 함께 부산으로 도망한 뒤에 김 승지 부인이 요구한 돈을 보내주지 않자 밤중에 주인의 집에 화약을 터뜨리고 싶다며 이전의 상전에게 심한 악담을 한다. 점순에게 실리가 아닌 선악의 윤리는 중요하지 않은 것이다.

이처럼 이인직의 소설에서 모든 인물들은 물욕에 따라 움직이고 있다. 이것은 당대 조선이 이미 자본주의적 욕망에 따라 움직이고 있음을 나타내고 있는 것이다. 이제 개인은 신분적 질서나 관념적 명분에 의해 사고하거나 행동하는 대신에 개인적 욕망을 달성하기 위해 타산적으로 인식하고 움직인다. 국권의 고양에 헌신적인 구완서, 최병도 같은 한 두 인물의 경우를 예외로 한다면, 인물들의 삶에 대한 태도는 지극히 공허하고 삭막하다. 그들은 삶의 위기에 처하면 적극적으로 상황을 극복하려고 하지 않는다. 김우창의 지적처럼 "내면화된 일정한 도덕적 원칙으로 행동하는 사람은 존재하지 아니한다. 이것이 이인직의 소설에 나오는 인물들의 자가당착성과 변덕스러움을 설명해 주는 것이라고 볼 수 있다"[6]는 것이다. 이런 점은 그들이 삶의 진정한 방향성을 찾지 못하였음을 나타낸다.

『혈의루』에서 옥련의 어머니 최정애는 전쟁의 와중에서 남편과 딸을 잃

---

6)　김우창, 「한국 현대소설의 형성」, 『궁핍한 시대의 시인』, 민음사, 1985, 89쪽.

어버렸을 때에 며칠 동안을 참고 기다리지 못하고 절망하여 자살하러 간다. 옥련 역시 정상 부인의 박대를 받자 쉽게 낙담하여 자살하고자 대판 항구로 나간다. 또한 『은세계』의 옥순과 옥남 남매도 생활비가 떨어지고 귀국한 후견인 김정수가 죽었다는 소식을 받자 자살을 결심한다. 『모란봉』에서도 아버지의 무지와 서모의 악독함 때문에 자살을 하려다 장승에 놀라 미쳐버린 장옥련 때문에 최정애가 옥련이 죽었다고 오해하여 자살하려고 한다. 그들은 우연적인 구원자가 등장하지 않았다면 바로 죽었을 것이다. 물론 그러한 자살은 주로 여자 주인공에 의해서 이루어지면서 구조자인 선의의 협조자에 의해서 거의가 미수에 그치고 있다. 그러하기에 자살은 파멸의 계기가 아니라 운명적인 전환의 의미를 갖기도 한다.[7]

그러니까 이인직은 당시의 조선을 공동체적 연대감이 깨어지고 개인적인 욕망 추구에 몰두하면서 삶의 허무에 방황하는 인물들이 살고 있는 장래가 암담한 사회로 인식하였던 것이다. 그리하여 문명개화론의 신봉자들이 외국 유학을 통해 신문물을 배우고 돌아와 민중들을 교육함으로써 그러한 사회를 변화시킬 수 있다고 여긴다.

3. 외국 유학을 통한 국민 계몽

이인직의 소설에서 주인공들은 솔선수범하여 외국 유학을 떠난다. 그런데 그들의 외국 유학 과정은 다른 신소설 작가의 작품과는 달리 상세하게 제시되고 있다. 그들은 김관일과 구완서처럼 민족 계몽에의 이상을 실현하기 위해 스스로 외국 유학에 나서거나, 최항래나 최병도처럼 다른

---

7) 이재선, 『한국현대소설사』, 홍성사, 1979, 128~133쪽.

소설비평의 다원성

사람에게 학자금을 대면서 외국 유학을 권장하고 있다. 특히 미국유학이 주류를 이루고 있는데, 『혈의루』의 김관일과 구완서의 미국 유학, 『은세계』에서 최옥순, 최옥남의 미국 유학이 그러하다. 이것은 이인직이 일본 유학보다 미국 유학이 문명개화론의 실천에 더욱 크게 기여할 수 있다는 점을 인지하고 있었다는 것이다. 이인직은 1900년 39세로 일본에 유학하여 동경정치학교를 다녔고, 도신문의 견습기자로 근무했다.[8] 이런 일본 체험 속에서 근대성의 본원을 일본보다 오히려 서구와 미국으로 인식하였다는 것이다.

여기에서 외국 유학을 하는 인물들은 자신의 개인적인 삶을 희생해서라도 조선 국민의 몽매한 생활을 혁신하고자 한다. 그들은 외국 유학에서 신교육을 받음으로써 새로운 지식을 익혀 그것을 국민 계몽에 유용하게 활용할 수 있다고 굳게 믿는다. 물론 외국 유학을 마친 후에 구체적인 성과는 거의 나타나지 않는다. 그러나 그들의 목표만은 분명했던 것이다.

『혈의루』에서 김관일은 일청전쟁의 와중에서 아내와 딸을 모두 잃어버린다. 하지만 그는 그들을 찾는 대신에 부산으로 가서 장인으로부터 학자금을 마련한 뒤에 곧장 미국 유학을 떠난다. 전광용의 지적처럼 "이는 당시 개화인으로서의 애국애족에 불타는 적극적인 실천인의 표징"[9]을 보여준다고 할 수 있다. 구완서의 미국 유학 역시 김관일의 경우와 마찬가지로 자신의 개인적인 행복을 희생한 것이다.

> 니가 우리느라에 잇슬 씌에 우리부모가 니느히 열두셔너살부터 장가
> 를 드리려 ᄒᆞᄂᆞᆫ 거슬 니가 마다ᄒᆞ엿다 우리나라사람들이 죠혼ᄒᆞᄂᆞᆫ거시

---

8) 전광용, 「이인직 연구」, 『서울대 논문집』 6집, 1957, 160~175쪽.
9) 위의 글, 93~194쪽.

올흔일이 아니라 느는 언제던지 공부ᄒᆞ야 학문지식이 넉넉ᄒᆞ후에 안히도 학문잇는 사람을 구ᄒᆞ야 장가들깃다 학문도 업고 지식도 업고 입에셔 젓닉가 모랑모랑 느는 거슬 장가드리면 짐승의 자웅갓치 아무것도 모르고 음양비합의 낙만 알거이라 그런고로 우리나라사람들이 짐승갓치 제몸이나 알고 제식기ᄂᆞ 알고 나라를 위ᄒᆞ기는 고사ᄒᆞ고 나라지물을 도둑질ᄒᆞ여 먹으려고 눈이 벌것케 뒤집펴서 도라든기는거시다 어려서 학문을 비우지 못ᄒᆞ 연고라.[10]

　인용문에서 구완서는 신학문을 배워서 나라에 기여하는 인물이 되기 위하여 본능적인 쾌락에 탐닉하도록 하는 인습적 결혼 방식인 조혼을 거부했다고 말한다. 조선인들이 모두 어려서부터 학문을 배우지 못한 때문에 개인적인 안일만을 구하고 탐욕에 빠져들었다는 것이다. 『은세계』에서 옥남의 인식 역시 구완서와 동일하다. 옥순이 미친 어머니에 대한 걱정과 근심으로 귀국을 종용하지만 옥남은 민족적 사명감에서 거절한다. 오히려 옥남은 옥순을 설득하고 있는데, 문명개화론의 이상이 실현될 때에 성리학의 삼강오륜도 실현될 수 있다고 주장한다.

　이처럼 이인직의 소설에서 주요인물들은 개인과 가정보다는 국민과 국가를 더욱 중시하여 외국 유학에 나서며, 문명개화의 실현에 헌신하고자 한다. 근대적 인식이란 선험적이거나 규범적으로 규정되는 인간관을 거부하고 개인의 자각과 자발성을 중시하는 것이다. 이런 자각과 자발성으로 인해 개인과 민족, 가정과 국가가 분리된 실체로서 인식된다. 그러나 이인직 소설에서 개인의 자각과 자발성이 충분하게 구현되고 있지 않다. 인물들이 삶을 자발적으로 선택하고 있기는 하다. 하지만 그러한 선택에서 자기 성찰이 뚜렷하지 않고 다분히 당위적인 신념에 의해 결정하

10)　이인직, 『혈의루』, 앞의 책, 72~73쪽.

고 있다. 이것은 이인직의 근대적 인식이 아직 충분히 성숙한 상태에 있지 못함을 말해주는 것이다. 그러나 이것을 이인직 개인의 한계로만 볼수는 없다. 당시 조선의 근대적 상황이 아직 초보적 차원임을 반영하는 것이라 할 수 있다. 즉 그의 개인적 안목의 협소함을 넘어서 문명개화론자들의 전반적인 미숙성을 나타내고 있다는 것이다.

그렇다면 그들이 지향하는 국권 의식은 어떠한 것인가. 『혈의루』에서 구완서는 우리나라를 일본과 만주에 합하여 독일처럼 연방국으로 만들어야 한다고 주장한다. 일본을 중심으로 한 대동아연방의 창설을 거론하고 있는 것이다. 『은세계』에서 옥남 역시 일본과 동맹국이 되어 러시아 세력을 막아야 일등 강국이 될 수 있다며 당시 일본의 대륙 침략 정책에 호응하고 있다.[11] 1901년에 결성된 낭인 단체의 '흑룡회'란 명칭은 일본의 국경을 흑룡강으로 삼아야 한다는 뜻을 나타낸다. 이 무렵 자유민권파는 백인종의 아시아 침략을 막기 위해서는 황인종인 한국과 일본이 대등하게 합방해야 된다는 대동합방론을 제창하기도 하였다.[12]

『은세계』의 후반부에서 옥남은 제정신이 돌아온 어머니와 함께 절에 올라가 불공을 드리러 갔다가 선유사의 정탐꾼으로 오해를 받아 잡혔을 때에 강원도 의병들을 설득하는 연설을 한다.

여러분 동포가 의리를 잘못잡고 싱각이 그릇드러서 요슌갓흔 황제폐하 칙령을 거스리고 흉긔를 가지고 산야로 츌몰ㅎ며 인민의 직산을 강탈ㅎ드가 슈틔대 일병 스오십명만 맛나면 슈십명 의병이 뎌당치못ㅎ고 패ㅎ야 드라나거ㄴ 그럿치 아니ㅎ면 스망 무슈ㅎ니 동포의 ㅎㄴ 일은

11) 현창하, 「국초 이인직의 개화사상과 문학」, 『조선학보』, 제21 · 22 합병특집호, 1961. 10, 391쪽.
12) 최원식, 앞의 글, 126~127쪽.

국민의 싱명만 업시고 국가 힝졍샹에 히만 씻치ᄂᆞᆫ 일이라 무어슬 취ᄒᆞ
여 이런 일을 ᄒᆞ시오 ᄯᅩ 동포의 마음에 국권을 일은 거슬 분ᄒᆞ게 여긴ᄃᆞ
ᄒᆞ니 진실로 분ᄒᆞᆫ 마음이 잇슬진딕 면져 국권 일흔 근본을 살펴보고 쟝
츠 국권이 회복될 일을 ᄒᆞᄂᆞᆫ 거시 오른 일이라 우리나라 슈십년닉 학졍
을 싱각ᄒᆞ면 이 빅셩의 싱명이 이믄치 남은거시 쯧붓기요 이ᄂᆞ라가 멸
망의 화를 면ᄒᆞᆫ거시 그런 드힝ᄒᆞ 일이 업소.[13]

인용문에서처럼 옥남은 국권의 상실의 원인이 봉건 관료들의 학정에
있으며 조선 백성의 생명이 보존되고 국가가 멸망하지 않은 것만도 큰
다행이라고 한다. 이런 옥남의 인식은 바로 작가인 이인직의 인식을 대
변하고 있는 것이다. 그러니까 이인직에게는 개화파 정부가 비록 일본의
군사력을 이용하였다고 하더라도 어디까지나 이상화된 개화 사회를 실
현하기 위한 것이었다는 점에서 정당한 것이다.

그러므로 일본의 힘을 빌려서 문명개화 사회를 구현하려는 마당에 또
다시 전개된 농민들의 투쟁은 부당한 행동이다. 민중의 역량을 철저히
무시하는 이런 문명개화론은 의병들에 대한 옥남의 입장과 완전히 일치
하는 것이다. 김영작의 지적처럼 "문명개화로 표방되는 개화사상의 계몽
이란 근대적 독립국가를 위로부터 창출해 가려고 하는 관료사상가의 이
데올로기"[14]였기 때문이다.

그러나 의병들은 개혁을 찬양하여 만세를 부르는 옥남을 선유사의 심
부름꾼으로 여겨 그들 남매를 잡아간다. 의병들에게 있어 개화파 정권을
찬양하는 인물들은 바로 일제의 주구나 도당이었다. 그러므로 정부에서
공문을 전달해도 지방 관민 모두가 의구심을 품고 감히 관명에 복종하지

13) 이인직, 『은세계』, 앞의 책, 138쪽.
14) 김영작, 앞의 책, 116쪽.

않으며, 이는 모두 왜당의 소행이며 본 정부의 뜻은 아니라고 여겼다. 이 것은 일본의 침략 행위가 내정 개혁을 방패로 삼고 있었기 때문이고, 실제로 개화파의 개혁 사업이 많은 군사적 경제적인 희생을 수반하고 있었기 때문이다. 그리하여 대다수 민중에게는 개혁을 추진하는 개화파 정부의 존립 자체가 타도의 대상이 되었던 것이다.

문명개화론의 신봉자들은 한편에서 근대적 개혁을 진행하면서도 다른 한편에서는 농민운동을 탄압하고 있었다. 뿐만 아니라 대외적으로 일본의 침략에 대한 대비책이 전무했다. 그 이유는 안이한 국제 인식과 민족 구성원 전체에 대한 불신과 민중의 역량을 배제한 위로부터의 개혁이 갖는 결함 때문이라 할 수 있다. 옥남은 헤이그 밀사 사건으로 인한 고종의 퇴위와 순종에의 선위를 경축해야 할 개혁의 발현으로 인식하고 있으며, 위정척사파의 주도 아래 국권을 회복하고자 하는 민중들의 의병 운동을 경망하고도 해로운 무의미한 행동으로 인식하고 있다. 이인직도 민족 구성원 전체의 능력을 불신하고 있었던 것이다.

보다 포괄적으로 본다면 반외세에 대한 뚜렷한 자각을 하지 못한 문명개화론의 내재적 결함이 이러한 잘못된 인식을 불러왔다고 보아야 할 것이다. 급진개화파는 청국에 대한 조선의 전근대적 예속에서 벗어나야 한다는 점은 인식하고 있었으나, 조선의 침략과 지배를 위해 청국에 대한 조선의 독립을 강조한 일제의 야욕은 간과하고 있었다. 그들이 궁극적으로 목표한 문명개화 사회는 서양의 자본주의 사회였다. 미개한 청국은 조선의 자주독립을 억압한다는 점에서뿐만 아니라 조선의 수구파를 옹호하고 개화를 방해한다는 점에서도 타도의 대상이었다. 이에 반해 일본은 혁신을 위해 따라야 할 선진 문명국이었다.

이인직이 김옥균을 비롯한 급진개화파를 얼마나 추종하고 있는가는

『은세계』의 최병도가 김옥균을 가장 존경하고 있는 데서 잘 드러난다. 그러나 이인직은 갑신정변의 실패 이후에 일본에의 의존이 얼마나 허망한 것인가를 절감한 초기 개화파 김옥균, 박영효 등의 자기 비판을 간과하였다고 할 수 있다.[15] 김옥균은 일본 자유당 당수인 고토 쇼지로와 담화하는 과정에서 조선의 개혁가들을 돕고 싶다는 그들의 말이 위선이고 거짓임을 깨닫게 된다.

유길준은 정부의 개혁보다도 대중의 계몽을 선행시키는데, 압제정치의 책임도 궁극적으로는 민중의 무식 때문이라고 본다. 이처럼 유길준은 문명화한 사회에 이르는 길을 다만 민중의 계몽을 통한 점진적 개량주의에서 찾고 있다. 이것은 그의 심각한 민중 불신에 기인한다. 그는 좋고 나쁨을 불문하고 현존한 법률은 모두 존중해야 한다는 입장에서 밑으로부터의 민중의 저항, 또는 민중의 주체적 혁명적 행동이야말로 국민적 통합과 민족적 독립에 가장 위험한 것으로 간주하였다. 이러한 유길준의 시각은 이인직에게도 그대로 이어지고 있다. 하지만 민중의 역량에 대한 부정적 태도는 국권에 대한 문명개화론자들의 편향적 시각에 기인한 것이다. 침략과 개혁의 야합은 반작용으로서 농민 투쟁의 성격 속에 '척왜'라는 반외세의 요소를 확대하고 강화시켰을 뿐만 아니라, 반외세를 위해서 개화를 적극적으로 배척하게 되었다.

4. 계몽 의식의 변질에 따른 전망의 중단

1910년에 일제가 한반도를 완전히 병합하게 되자 문명개화론은 그 존

---

15) G. D. 짜가이, 『한국부르조아 민족주의 이데올로기 형성』, 인간사, 1990, 142쪽.

재 의의를 잃어버린다. 문명개화의 선진국인 일본을 적극적으로 모방하고 의지함으로써 자강독립을 이룰 수 있다고 믿었던 개화지상주의자들도 일본에게 나라를 빼앗겼다는 엄연한 사실을 부정할 수 없었기 때문이다.

한일합병 이후에 발표된 『모란봉』에서는 미국에서 아버지를 만난 뒤에도 학업에 열중하던 옥련이 돌연 학교를 중도에 그만두고 귀국한다. 그리고 귀국 후에 여성 교육에 이바지한다는 그녀의 포부는 전혀 실천에 옮겨지지 않는다. 대신에 옥련을 짝사랑하는 '서일순'이라는 인물이 등장하여 그들의 연애 문제가 전면에 부각되고 있다. 이주형의 지적처럼 "『모란봉』은 『혈의루』에서 거론되었던 개화의 문제를 제거하고 삼각의 남녀 관계를 둘러싼 음모를 다룸으로써 현실적인 문제에 대한 논의를 원치 않는 일제당국자의 요구에 부응하는 한편 향락적인 방향으로 독자를 인도함으로써 현실의식을 둔화시키고 있"[16]다는 것이다.

> 내가 만일 남자가 되었더라면, 구완서와 서로 체면도 아니 차릴 것이요, 남의 이목도 아니 가릴 것이라. 하루 열 번을 보고 싶으면 열 번을 상종하고, 주야 같이 있고 싶으면 거처를 같이 할 터인데, 불행히 남녀가 유별하므로 지적이 천리같이 떠나 있고, 모처럼 만나보더라도 텁텁한 회포를 흉중에 쌓아두고 말 못하니, 그 아니 애닯지 아니한가! 세상 사람의 부부간 정리는 어떠할 것인지, 나같은 미가녀는 알 수 없는 일이나, 대체 부부간의 정의는 남녀간 치정으로 생긴 정이어니와, 나는 구완서에게 의리로 생긴 정리요, 교분으로 생긴 정이요, 품행을 서로 알고, 인격을 서로 알고, 심지가 서로 같은 것으로 부지중에 정이 깊었으니, 유별한 남녀간의 조촐한 정이라, 그렇게 정든 사람을 떼쳐

---

16) 이주형, 「『혈의루』와 『모란봉』의 시대적 성격검토」, 『이숭녕고희기념논총』, 1977, 576쪽.

놓고 혼자 가는 내 마음이야……[17]

　인용문에서 옥련은 구완서에 대한 애정이 의리와 교분에서 생긴 것이라고 하며 부부 사이의 애정보다 중시한다. 그리고 그녀가 남자가 아니기에 그와 자유롭게 교제할 수 없음을 한탄하고 있다. 그런데 이러한 옥련의 심정은 청춘 남녀의 연애 감정이라 보기 어렵다. 구완서의 경우도 옥련과 마찬가지이다. 『혈의루』에서 『모란봉』에 이르기까지 구완서의 옥련에 대한 연애 감정은 거의 찾아볼 수 없다. 구완서는 미국에서 옥련을 도와 5년 동안이나 학자금을 제공했으며 김관일이 요청하자 그녀와 선뜻 약혼을 한다. 그러면서도 그는 국민교육에 헌신하고자 하는 마음만 강조할 뿐 그녀에 대해 연애 감정을 보여주지 않는다.

　그리하여 김관일이 두 남녀의 결혼을 요청할 때에 구완서는 10년만 더 공부한 후에 고국에 돌아가서 결혼하겠다고 하며 그러한 제안을 거절한다. 그리고 그의 부모가 옥련과의 결혼을 반대한다면 어떻게 하겠느냐고 김관일이 묻자 부모에게 간청해보다가 듣지 않으면 자기 뜻대로 하겠다고 한다. 그러나 구완서의 이러한 자유연애론은 감정이 담겨 있지 않기에 관념의 공허한 표출일 뿐이다. 이에 전광용도 "16세의 한창 피어나는 옥련과 20세를 갓 지난 피끓는 구완서가 하등의 연모에 대한 충격을 느끼지 않고 태연히 사무적이다시피 혼담을 진행하는 것은 너무나 관념적이라 하겠다"[18]고 하며 그러한 관념성을 비판한다. 그런데 작가가 긍정시하는 이들 두 남녀 주인공과는 달리 부차적 인물인 서일순은 오히려 연애 감정을 생생하게 보여주고 있다.

---

17)　이인직, 『모란봉』, 을유문화사, 1969, 95~96쪽.
18)　전광용, 앞의 글, 197쪽.

잠만 들면 옥련이를 만나보고, 잠을 깨면 옥련이가 간 곳 없으니, 밤 낮 없이 잠만 들면 좋으련마는 생각이 간절할 때는 잠들기도 어려우니 잠 못자는 심병이라. 달밝고 서리찬 가을밤에 귀뚜라미소리 그윽한 데, 때때로 부는 바람, 떨어지는 나뭇잎을 끌어다가 적적한 나그네 창을 창을 툭툭 치는데 잠 못들어 번열증 나서 혼자 앉아 담배만 먹다가 혓바늘이 돋아서 담배도 못 먹고 마음을 붙이려고 「서상기」를 보다가 화증이 나서 책을 집어 던지고 모로 툭 쓰러지더니, 오분 동안이 못 되어 다시 벌떡 일어나서 체경을 앞에다 놓고 들여다 본다.[19]

인용문에는 옥련에 대한 연애 감정으로 안절부절못하는 서일순의 심 리가 잘 나타나고 있다. 구완서나 옥련이 연애를 관념적으로 대변하고 있다면, 서일순은 실질적으로 연애 감정을 보여주고 있다는 것이다. 그 러나 서일순 역시 서숙자와 최여정에 의존해서 재물을 통해 옥련에 대한 애정을 성취하고자 함으로써 한계를 드러낸다. 서일순이 자유연애를 실 현하고자 함에 있어서도 이처럼 금력이 주된 동인으로 작용하고 있다. 이것은 이인직이 인간의 금력에 대한 욕망을 얼마나 강조하고 있는가를 잘 말해주고 있는 것이다.

이해조의 신소설에서는 금력 추구에 대한 이러한 태도를 찾아보기 어 렵다. 이것은 이해조의 시각이 이인직의 경우와는 그 기반을 달리하고 있음을 말해준다. 한미한 중인 집안 출신의 이인직과 달리 이해조는 명 문 양반 집안 출신이었다.[20] 동일하게 문명개화론을 실현하고자 한다고 하더라도 이인직과 이해조의 금력 추구에 대한 시각은 출신 기반의 차이 에 의해 크게 달라지고 있다는 것이다.

---

19) 이인직, 『모란봉』, 앞의 책, 126쪽.
20) 이용남, 「이해조연구」, 서울대학교 석사학위 논문, 1982.

그렇게 날이 가고 달이 지날수록 김씨부부의 마음에는 서씨를 자비심 있는 부처님같이 알고 항상 서씨 은혜갚을 도리만 생각한다. 대체 돈이 무엇인지 서일순이가 돈으로 김씨부부의 마음을 사고 정신을 빼앗으나, 돈으로 살 수 없는 것은 옥련이의 마음이요, 돈으로 뺏을 수 없는 것은 옥련의 정신이라. 만일 옥련의 입으로 구완서의 혼인 파약하겠다는 말 한마디만 있을 지경이면, 그 어머니는 옥련의 등을 똑똑 두드리며, 에그 내 딸이야 하고 옥련이를 기특하게 여길만치 되었고, 김관일이는 말로 칭찬할 리는 없지마는, 에그 나 모르겠다, 제 마음이 그러한 것을 내가 어찌한단 말이냐, 하고 드러누울만치 된 터이라.[21]

인용문에서처럼 옥련의 어머니는 재물의 위력에 완전히 굴복하였으며, 아버지 김관일도 마찬가지이다. 그러나 옥련은 서일순과 결혼시키고자 하는 어머니의 강압적 요구를 단호히 거절한다. 청춘 남녀의 애정실현은 새로운 사회질서의 성립을 의미하는 것이다. 이것은 남녀의 애정이 삶에 있어 본질적인 가치임을 드러내는 근대적 개인주의의 표출이며, 부권의 무력화를 통한 전통적인 종적 윤리의 전환을 예고하는 것이기 때문이다. 이언 와트는 영국에 있어서 근대소설의 발흥을 여성의 자유주의와 결부시키고, 경제적인 개인주의의 성장에 따른 가족제도의 변화와 관련시키고 있다. 결혼에서 개인의 자유로운 선택은 부모와 자녀간의 종적인 연계를 단절시킨다고 보는 것이다.[22]

『모란봉』에서 어머니와 옥련의 갈등은 바로 연애결혼에 대한 세대 간의 차이를 그대로 보여주고 있는 것이다. "내 사윗감은 내 눈에 들고 내 마음에 드는 사람이 아니면 옥련이를 시집보내고 싶은 생각은 없소"라는 옥련 모의 인식이나, "자유결혼이란 것이 무엇인고. 그런 소리는 처음부

---

21) 이인직, 「모란봉」, 앞의 책, 167쪽.
22) Ian Watt, *The Rise of the Novel*, Penguin Books, 1966, pp.143~144.

　　　　　　　　　　　　　　　소설비평의 다원성

터 내 귀에 거슬리냐"라고 하는 구완서의 아버지 구즉산의 인식은 동일한 것이다.

그러므로 옥련의 가족에게 접근하여 옥련의 마음을 돌리는 데 실패한 서숙자가 구완서의 가족에게 접근하여 옥련과의 파혼을 도모하고자 할 때에 그녀의 목적은 쉽게 이루어질 수 있다. 옥련에 대한 서숙자의 험담이 자신의 인식에 부합하기에 아무런 거부감 없이 그대로 받아들이는 구즉산에 의해 구완서와 옥련은 파혼이 충분히 예견되기 때문이다. 그러나 『모란봉』은 이 지점에서 미완으로 끝나고 있다. 양반계급의 허위와 무능을 폭로한 뒤에 평민이 그들에게 개인적으로 원한을 해소함으로서 완결되는 『귀의성』이 예외라면, 『혈의루』가 미완이고, 『은세계』가 미완이며, 『혈의루』의 하편인 『모란봉』 역시 미완인 것이다.

그렇다면 이인직의 신소설이 대부분 이렇게 미완의 상태로 끝나는 이유는 무엇인가. 이것은 신문사 측의 사정 같은 외부적인 여건 때문이 아니라 작가의 내적인 사정에 기인한 것으로 보인다. 현실을 경험적이고 합리적으로 인식하여 그것을 정확하게 묘사하고자 하는 이인직에게 실제 현실에서 예견된 결말은 자신의 시각과 크게 어긋나고 있기 때문이다.

『은세계』에서 옥순과 옥남 남매의 이상 실현이 현실적 장애물로 패배할 것이 예견되듯이, 『혈의루』에서 문명개화에 헌신하고자 하는 구완서의 포부 역시 마찬가지의 결과가 예견된다. 또한 『모란봉』에서 서일순의 집요한 구혼을 거절하고 연애결혼을 고수하고자 하는 김옥련 역시 패배가 예견되고 있다. 합병 이전에 헌신적으로 문명개화와 국민교육을 주창하던 활동이 실질적인 성과 없이 국권의 상실로 귀결되듯이, 합병 이후에 내세운 개명한 남녀의 연애결혼 역시 가부장적 가족제도라는 관습의 굳은 벽에 부딪쳐 패배한다는 것이다. 이러한 패배는 문명개화론의 신봉자들이 민족 구성원 대다수의 보편적인 공감대를 획득하지 못한 채, 당시 조선의 현실 여건과는 현격한 격차가 있는 추상적인 이상을 일방적으로 실현하고자 하였기 때문일 것이다.

그렇다면 문명개화의 국민교육 및 연애결혼의 실현이라는 목표가 현실 속에서 해결책을 제대로 찾지 못한 것이라 할 수 있다. 최찬식의 『춘몽』과 『추월색』에서는 폭도들에 납치된 주인공이 계략을 써서 탈출하고 경찰이 그들을 토벌하고, 부모의 방해에도 주인공들이 의지적으로 결합을 성취하고 있다. 이처럼 작가가 작의적인 해결책을 제시하여 결말을 반전시킬 수도 있다. 하지만 이인직은 그렇게 하지 않는다. 그러한 결말은 현실과 동떨어진 작가의 관념적인 해결 방식에 불과하다는 점을 잘 알고 있었기 때문일 것이다.

그런데 이러한 이인직의 문명개화론은 근대 계몽기 중인 계급의 세계관인 '합리주의'의 소산이라 할 수 있다. 합리주의는 사회적 차원에서 개인적 자유와 정의를 가치 규범으로 주장하며, 사상적 차원에서 '기계론적 물리학'을 창조했다. 그것은 점차로 위계화된 사회 대신에 자유로운 교환 관계를 보장하는 고립되고 자유롭고 평등한 개인을 발전시켰다. 그러므로 개인주의의 원칙을 논리적 궁극으로 끌고 갈 때에, 윤리와 종교의 영역은 더 이상 인간 생활의 특수하고 상대적으로 독립적인 영역으로 존재하지 못한다.[23]

한산이씨양경공파세보에 의하면, 이인직의 집안은 무관 집안으로 그의 친형 운직, 육촌인 항직과 승직도 실무직 관료인 주사로 되어 있다.[24] 이인직 소설의 주요인물들의 출신 기반도 그러하다. 『혈의루』의 김관일

23) Lucien Goldmann, *The Hidden God*, Routledge and Kegan Paul Ltd, 1964, pp.16~39.
24) 김윤식, 『한국근대소설사연구』, 을유문화사, 1986, 43쪽.

은 전통적 양반이 아니라 평안도의 토착 지주에 가까운 듯하며, 그의 장인인 최항래 역시 평양의 아전 신분으로서 부산에 내려가 크게 장사를 하고 있듯이 초기 상업 자본가에 속한다.[25] 구완서의 집안 역시 김관일과 유사하다. 또한 『은세계』의 최병도도 시민계급의 근간을 이루는 평민 지주이다. 이처럼 이들 인물들은 거의 실무직 관료와 평민 상층으로 근대의 시민계급이라 할 수 있다.

당시 조선은 내적 계기와 외적 충격에 의한 급격한 사회변동 속에서, 양반계급은 자체의 무능과 타락으로 몰락해가며, 경제력을 갖춘 시민계급이 사회의 주도력을 잡아가고 있었다. 근대적 개혁을 도모한 문명개화론의 주동인물은 김옥균, 박영효 같은 명문 양반계급에 속하는 인물들이다. 그러나 그들은 오경석과 유대치 같은 중인계급의 영향 아래 움직였다. 그리고 그들의 이념은 입헌군주제를 통한 근대 자본주의 사회의 확립이었다. 이인직은 이러한 중인 계급의 합리주의에 의거한 문명개화론을 첨예하게 표출하고 있다는 것이다.

5. 결어

이인직의 신소설은 반외세보다 반봉건을 중시한 문명개화론을 통해, 전근대적인 신분적 권위를 거부하고 근대적 국민의 권리 신장을 중시하고 있었다. 그는 무엇보다 양반계급의 몰락을 통한 조선 사회의 변혁을 기대하였다. 그러나 이미 국권이 기울어 국가의 존망이 위태로운 시기에 민족의 결함만 극단적으로 강조함으로써 오히려 국권의 상실을 방조하

---

25) 최원식, 앞의 글, 127쪽.

거나 동조하는 일이 되고 있었다.

　더욱이 문명개화론의 신봉자들은 민중의 역량에 대한 심각한 불신 속에서 민족의 분열을 가속화시켜 민족 구성원의 통합적인 대응력을 현저히 약화시키고 말았다. 당대 현실에 대한 이러한 인식은 중인계급의 실무 관료를 출신 기반으로 삼은 이인직의 시각을 첨예하게 보여준다고 할 수 있었다.

　이인직 소설은 문명개화론의 선구적이고 본격적 형상화라는 의의를 지닌다. 하지만 한일합병을 전후한 시기에 있어 문명개화론에 의거한 이인직의 적극적인 친일 행위는 바로 양반 관료에 대한 극단적인 반감 속에서 그러한 봉건적 체제를 변혁할 수 있다면 그것의 주체가 누구이든 상관없다는 극단적 합리주의자의 약점을 잘 보여주고 있었다.

소설비평의 다원성

홍명희『임꺽정』의 '양가성'

1. 머리말

홍명희의『임꺽정』은 1928년부터 1940년까지 작가와 신문사 측의 사정으로 중단과 재개를 반복하면서 10여 년에 걸쳐『조선일보』와『조광』에 연재 발표된 일제강점기 최대의 장편 역사소설이다.『임꺽정』은 발표 당시에 의외라고 할 정도로 계급주의 계열의 문학자와 민족주의 계열의 문학자 모두에게 환영을 받았다. 이념 지향이 상이한 독자들이 동일한 작품을 함께 긍정하기 어렵다. 독자들은 자신의 이념 지향과 동일하거나 유사한 작품을 선호하고 그렇지 않은 작품을 배척하기 쉽기 때문이다. 그런데도『임꺽정』은 그러한 이념적 제약뿐만 아니라 성별이나 지식 유무의 차이를 넘어서서 널리 애독되었다.

그렇다면『임꺽정』이 이렇게 이념과 지적 수준이 다른 독자들의 폭 넓은 사랑을 지속적으로 받을 수 있었던 이유는 무엇인가. 이 작품이 일제강점기의 다른 역사소설과 달리 현대의 전사를 사실적으로 재현하고 있다는 점, 과거의 풍속을 충실히 재현하여 조선 정조를 여실하게 환기시키고 있는 점, 하층 민중과 상층 양반의 생활상을 아우르는 전체적인 생활상을 제시하고 있다는 점, 야담 같은 전통적 단형 서사 형식을 창의적으로 풍부하게 계승하고 있는 점, '조선어의 광구'라고 할 정도로 조선어를 풍부하게 발굴하여 생생하게 살려내고 있다는 점 등을 들 수 있을 것이다.

물론 『임꺽정』의 약점이 지적되기도 한다. 성격의 뚜렷함과 전체를 관류하는 일관된 정열을 보여주지 못하고 있다는 점, 신분 구조로 인한 사회적 질곡을 개인적 울분의 차원에서 받아들이고 있어 역사적 계기의 파악이 미약하다는 점, 묘사가 개별적 삽화 자체의 완성을 도모하고 있을 뿐이어서 작품 전체와의 유기성을 상실하고 있다는 점 등이 그러하다. 하지만 이런 지적은 규범적이고 단성적인 미의식에 의거한 성급한 판단일 수도 있다.

이에 여기에서는 『임꺽정』이 사육제의 '양가성(ambivalence)'을 뚜렷이 보여주고 있다는 점에 주목하고자 한다. 중세의 민중 축제인 사육제에서 모든 참여자는 이중적 주체를 체험한다. 하나의 담론은 상이한 절차들 속에서 동시적으로 존재하는 복수적이고 복합적인 '나'를 드러내며, 이들 복수적이고 복합적인 말하는 주체, 분할된 주체가 담론 속에서 대립한다. 하나의 담론 속에는 내가 있는 동시에 수많은 타인이 있기에 모든 담론 속에서 항상 타자의 담론을 발견할 수 있다. 인간의 이질성은 바로 담론의 이질성으로 나타난다. 그러므로 양가성은 대립적인 요소들의 포용적인 공존을 나타낸다. 인식과 소통, 대화와 독백, 발신자와 수신자, 단일성과 다양성, 보편성과 특수성, 사회성과 개인성, 응집성과 가분성 등의 결합이 그러하다.[1]

---

1) 페터 V. 지마, 「미하일 바흐친의 '청년 헤겔주의적' 미학」, 허창운 역, 『문예미학』, 을유문화사, 1993, 148~151쪽.

사육제의 민중은 축제의 배우인 동시에 관객이기에 놀이의 주체이며 동시에 대상이다. 축제가 계속되는 동안 그들은 모두 축제의 법에 의해서만, 말하자면 자유의 법에 의해서만 살아갈 뿐이다. 이처럼 중세의 축제는 관계와 대화, 혼합의 삶이고, 그 속에서 주체는 이중화되거나 익명화된다. 사육제의 민중 문화는 한 시대의 주도적인 이념이 만든 가치들을 자신의 고유한 언어와 형식으로 변형하고 파괴한다. 관료적 세계관이 일원적 언어주의에 입각한 독백적 언어를 고수한다면, 민중적 세계관은 그것을 해체하여 다원적 언어주의에 의거한 대화적 언어를 고수한다.[2]

사육제의 이러한 발상에는 숭고하고 신성한 것을 하락시키려는 의도가 있다. 웃음과 희극, 해학과 풍자에 원천을 두고 있는 그로테스크한 리얼리즘에 의한, 축제의 민중 문화는 하늘에 다가서고자 하는 상향성과 땅에 다가서고자 하는 하향성의 장벽을 깨트린다. 출생과 고통, 엄숙과 배설, 찬사와 욕설, 웃음과 울음 등 모든 대립적인 것들이 하나의 세계 속에서 양가적으로 존재하고 있다. 그러니까 천상적인 것과 지상적인 것, 아름다운 것과 추한 것, 숭고한 것과 저열한 것이라고 구분된 것에서 상향성을 하락시키고 하향성의 부정적 가치 속에서 새로운 힘의 원천을 찾는 태도가 양가성이다.[3]

이처럼 사육제의 양가성은 숭고하고 신성한 것의 하락과 비속하고 일상적인 것의 상승을 통해 극단의 대립을 해소하고 민중적인 새로운 생명력의 근원이 된다. 그리하여 귀족적 미의식과 변별되는 민중적 미의

---

2) 권오룡, 「소설의 대화주의와 그 문화사적 의미」, 『존재의 변명』, 문학과지성사, 1989, 308~309쪽.
3) 최현무, 「미하일 바흐찐과 후기 구조주의」, 츠베탕 토도로프, 최현무 역, 『바흐찐 : 문학 사회학과 대화이론』, 까치, 1987, 274쪽.

식의 바탕을 이룬다. 일탈적이고 다성적인 민중적 미의식에 의거할 때에 민중적 작품의 본질적이고 지배적인 특징이 잘 드러날 수 있을 것이다. 여기에서 『임꺽정』의 양가성에 관심을 두는 이유도 여기에 있다.

『임꺽정』의 양가성은 이미 단편적으로 지적된 바 있다. 이남호는 작품의 양가적 측면으로 봉건적 요소와 반봉건적 요소가 섞여 있으며, 민중의식과 사대부 의식이 동시에 나타나고 있다는 점을 든다. 그리하여 임꺽정이 당시의 사회적 모순에 대하여 반기를 든 사람이지만, 그 자신도 그러한 모순을 답습하여 영웅적 대범함과 소인적 조급함을 동시에 지닌 인물이란 것이다.[4] 하지만 이런 양가성의 지적은 작품의 특성을 몇 가지로 지적하면서 부분적으로 언급하는 데 한정되고 있다. 또한 박종홍은 민중적 영웅을 형상화하는 데 긴요한 특성이 핵심인물인 임꺽정의 양가성이란 점을 중시한다.[5] 그러나 이것 역시 작중인물 중에서 임꺽정의 양가성을 지적하는 데 한정되고 있으며, 다른 중요인물들의 양가성은 어떻게 나타나고 있는지, 그러한 인물의 양가성이 작가의 양가적 시각과 어떻게 관련되는가를 구체적으로 다루고 있지는 않다.

따라서 여기에서는 『임꺽정』의 중요인물에게서 사육제의 양가성이 어떻게 나타나고 있으며, 그 의의는 무엇인가를 구체적으로 살펴볼 것이다. 이때에 인물의 양가성을 '신분의 양가성'과 '성격의 양가성'으로 나누어 살펴보고자 한다. 아울러 이러한 양가성의 생성 기반인 작가 홍명희의 양가적 시각도 함께 살펴볼 것이다. 작품의 양가성은 작가의 양가성과 분리할 수 없는 긴밀한 관련을 맺고 있을 것이며, 이러한 상호관련성

---

4)   이남호, 「벽초의 『임거정』 연구」, 『문학의 위족』 2, 민음사, 1990, 400~409쪽.
5)   박종홍, 「『임꺽정』의 '초점 인물'과 시각 고찰」, 『문예미학』 제5호, 문예미학회, 1999. 6, 10~13쪽.

을 확인함으로써 양가성의 실체를 전체적으로 파악할 수 있을 것이기 때문이다. 이러한 작업은 양가성에 초점을 맞춤으로써 『임꺽정』의 가치를 민중적 미의식의 측면에서 판단하고자 한다는 점에서 의의를 갖는다.

2. 신분의 양가성

『임꺽정』의 '봉단편' '피장편' '양반편'에서는 '이장곤'과 '양주팔'을 통해 신분의 양가성을 보여주고 있다. 신분은 전근대 봉건사회에서 인간의 가치를 규정하는 제일의 준칙이다. 그러므로 불평등한 인간관계를 문제 삼고자 한다면 가장 먼저 해결해야 할 과제가 바로 부당한 신분 차별 문제라 할 수 있다. 작품의 초반부에서는 신분의 양가성을 통해 이러한 신분 차별의 부당성을 고발하면서 그것을 해체시킨다. 이장곤처럼 양반이면서 천민으로 살아가는 인물과 양주팔처럼 천민이면서 양반 이상의 인격과 능력을 지닌 인물을 통해 조선 사회의 중기에 가장 엄격했던 계급 사이의 경계를 허물어뜨리고 있다는 것이다.

작품의 서두부터 중심인물로 등장하는 이장곤은 양반이지만 귀양지에서 도망쳐 목숨을 부지하기 위해 일시적으로 천민이 된다. 그러니까 그는 양반이면서 천민으로 살아가고 천민으로 대접받는다. 홍문관 교리였던 이장곤은 연산군의 뜻을 거역하여 거제도로 유배된다. 그는 생명의 위협과 절망감으로 자살을 하려다가, 그곳에서 탈출하여 북방으로 향한다. 이때 민중들이 그의 탈출을 적극적으로 돕는다. 유모의 아들인 삭불이가 그를 구하고자 일부러 거제까지 찾아온다든지, 유배지의 집주인이 배를 마련하여 그의 탈출을 성심으로 돕는 일이 그러하다.

"이것이 소도적놈의 발일세. 양반치고 이따위 큰 발 가진 것을 본 일이 있나." "양반의 발 같지는 아니해도 그래도 누가 아나?" "아닐세, 이런 발을 가지고 과거를 하고 교리를 하여? 없는 일일세. 낯바대기도 시꺼멓고 우락부락하지 않은가. 소도적인지는 몰라도 이장곤이는 아닐세."[6]

인용문에서처럼 이장곤은 육체적인 측면에서도 양반이 아니라 민중의 체격을 갖고 있다. 그리하여 북방으로 도망하던 도중에 피로로 잠을 자던 그를 포교들이 발견했을 때에 그의 손과 발이 양반으로 보기에는 지나치게 크고 험하여 수배령이 내려진 그를 잡지 않고 그냥 지나갈 정도이다.

그런데 이장곤의 처지 변화는 그의 변성명이나 별명의 변화를 통해 잘 드러나고 있다. 함흥 고리 백정 양주삼의 집에 처음 머물게 되었을 때는 '김서방'으로 불린다. 함흥에 이르러 시냇가에서 우연히 만난 '봉단'에게 마음이 끌려 그녀의 집으로 따라갔을 때에 자신이 쫓겨난 한양의 대가댁 하인인 '김대건'이라고 변성명했기 때문이다. 그리고 그가 봉단과 결혼하여 양주삼의 사위가 된 뒤에는 '게으름뱅이 사위'란 별명으로 불리며 장인과 장모의 구박을 심하게 받는다. 모든 일이 서툴고 백정 일에 전혀 성의를 보이지 않았기 때문이다. 그러다가 중종반정으로 함흥 원님에게 자신의 신분을 밝히고 양반으로 대우받게 되면서는 '이급제 나리'로 불린다. 이미 삭탈관직을 당한 처지이기에 이전의 교리 칭호를 가질 수 없었던 것이다. 그리고 그가 양주삼의 집에서 나와 따로 살게 된 뒤에는 '사위 나리'로 불린다. 이제는 천민이 아니라 양반의 신분으로 바뀌었기 때문이다.

이장곤은 함흥 장터에서 우연히 부딪힌 농군에게 미안하다는 말을 하

---

6) 홍명희, 『임꺽정』 봉단편, 사계절, 1985, 44쪽.

려다가 무심코 반말을 한다. 그러자 농부로부터도 "이놈의 새끼! 백정놈이 반말은…… 버릇을 배워라!"라고 질책을 받으며 뺨까지 맞는다. 같은 민중에게서도 천민이란 점으로 해서 신분 차별의 제제를 받고 있는 것이다. 이렇게 된 것은 백정 사위 김 서방이 무의식중에 자신을 과거 홍문관 교리 이장곤으로 오인한 탓이다. 또한 장인 대신 동고리를 전해주러 갔다가 양반인 도 집강의 언질이 없음에도 불구하고 쌀을 달라고 요구했다가 "이놈, 무엄한 놈 같으니! 쌀을 달라?"라고 개처럼 꾸지람을 듣고 명석말이까지 당한다. 더욱이 장인까지 불려가 명석말이를 당하자 처가에서 쫓겨날 처지에 놓인다. 이런 봉변은 양반에게 말을 하지 않아야 할 때에 천민이 자신의 요구를 말로 표현했기 때문이다. 이처럼 이장곤은 백정 사위의 신분에 맞는 언어를 사용해야 함에도 불구하고 금기를 어겨 사회적 제제를 받는다. 여기에서 언어는 인물들의 개성을 표현하는 일 이상으로 신분 질서와 연관된 인물들 간의 관계를 극명하게 보여주는 역할을 하고 있다.[7]

이장곤은 이렇게 신분 차별의 부당성을 직접 몸으로 겪으면서 신분제도에 대한 인식이 크게 달라진다. 그리하여 중종반정으로 양반의 신분을 다시 회복하였을 때에도 천민 봉단을 정식 부인으로 삼고자 할 정도로 각성한 면모를 보여준다. 물론 이장곤이 신분제도의 모순을 깨닫고 있다고 하더라도 그것에 대한 실천적인 변화의 힘을 갖고 있지는 않다. 그는 일시적으로 천민이 되기는 했지만 결코 천민일 수 없는 양반이기 때문이다. 이장곤의 아내인 봉단은 조정으로부터 숙부인의 직첩을 받아 천민에서 양반으로 격상되어 신분의 해방을 이룬다. 그러나 이러한 신분 변화는

---

7) 김재영, 『『임꺽정』 연구 I — 이장곤 이야기의 변개를 중심으로』, 한국문학연구회 편, 『다시 읽는 역사문학』, 평민사, 1995, 49~51쪽.

그녀가 양반의 자질을 일정하게 지니고 있고, 양반의 덕목을 충실하게 실행하였기에 보상을 받은 것일 뿐이다. 그녀는 신분 상승 이후에도 양반의 법도를 충실히 익혀 기존 양반 질서와 규범에 충실히 동화하고 있다. 그러므로 그녀의 신분 해방은 보편적인 의의를 지니지 못한다. 그녀의 신분 상승은 천민들의 절실한 소망을 특수하게 성취하고 있기는 하지만 천민들의 고통과 원한을 해소하거나 그들의 소외와 좌절을 극복하는 데 실질적으로 기여할 수 없는 특이한 사례에 지나지 않는다. 위기에 처한 양반 이장곤을 성심껏 보살폈기에 양반계급의 특별한 은혜로 양반이 될 수 있었던 예외적 천민이었을 뿐이란 것이다.

그러므로 천민 양주팔의 양가성이 이장곤의 경우보다 더욱 중요하다. 양주팔은 천민이지만 뛰어난 학식과 예언 능력을 지녀 양반을 능가하는 인물이다. 그는 지인지감이 있어 양반 출신인 이장곤의 본색을 짐작하여 질녀인 봉단과의 혼인을 적극적으로 주선한다. 또한 이장곤이 장인을 봉변당하게 한 일로 처가에서 쫓겨날 처지에 놓이자 봉단을 도와 그러한 위기를 해결하도록 한다. 그리고 이인 '정희량'의 가르침을 통해 초월적 능력까지 갖는다. 그리하여 사림의 지도자 격인 '조광조'의 신뢰와 존경을 받을 정도로 뛰어난 면모를 보여준다. 그러니까 그는 천민이면서 천민이 아니다.

양주팔은 임꺽정에게 사회의 변혁을 위한 능력과 안목을 길러주고 있다. 그는 임꺽정에게 이야기로 병서를 가르칠 뿐만 아니라 임꺽정을 데리고 한라산에서 백두산에 이르는 전국의 명산을 순례하며 체험을 통해 그의 성장을 도모한다. 또한 '이봉학'과 '박유복'을 임꺽정과 만나게 함으로써 그들이 나중에 청석골 화적 집단에서 함께 결합할 기반을 마련해주고 있다. 그렇다고 그가 초월적 능력을 임꺽정에게 전수하여 신비적인 차원에서 그들의 이상과 소망이 성취되도록 하지는 않는다. 그것은 현실적 의의를 가질 수 없기 때문이다.

그런데 강영주는 "갓바치가 의형제편에 이르면 유야무야해지다가 끝내는 사망한 것으로 처리되고 마는데, 이는 앞서 상층과 하층의 연결을 위해 필요했던 그의 존재가 이제부터는 별반 소용이 없게 된 때문일 것이다"[8]라고 한다. 상·하층의 연결을 극소수의 예외적 인물의 삶을 통해 이루려고 한 결과 갓바치에게 너무 과중한 부담이 지워져 존재 의의를 잃고 있다고 본 것이다. 양주팔이 황당무계할 정도로 이상화되어 중요 인물로서는 거의 유일하게 현실감이 부족한 존재로 형상화되고 있다는 것이다.

이와 대조적으로 채진홍은 "'갓바치 이인만은 앞뒤를 다 꿰고' 있음은 작품 전체를 조망할 생불의 눈으로서는 당연한 일이다. 그가 그렇게 모든 일을 다 꿰고 있지 못한다면, 『임꺽정』과 같이 규모가 큰 작품의 구조 질서가 모호해질 것이다"[9]라고 한다. 양주팔의 그러한 능력은 독자로 하여금 구원의 의미가 무엇인가를 구체적으로 확인하면서 작품의 의미를 정당하고 폭넓은 방향으로 이해시키기 위한 작가의 의도 때문이란 것이다. 여기에서는 양주팔이 초월적 능력을 지닌 인물로 그려진 것을 긍정하고 있다.

하지만 양주팔의 신이한 능력과 뛰어난 안목에 대한 대척적인 두 판단은 모두 부분적인 측면을 확대 해석함으로써 양주팔의 위상과 역할을 제대로 파악하지 못한 듯하다. 비록 양주팔이 신이한 인물로 형상화되고 있지만, 그러한 점을 작가가 고전소설의 주인공들이 보여주는 신이한 행

---

8)　강영주, 「한국근대역사소설연구」, 서울대학교 박사학위 논문, 1986, 115쪽.
9)　채진홍, 『홍명희의 『임꺽정』 연구』, 새미, 1996, 94쪽.

적을 선호하거나 당시 독자들의 신비적 취향을 강하게 의식하기에 그런 것으로 보기는 어렵다. 그의 예언과 주술 능력은 민속적 믿음을 토대로 삼아 봉건적 규범과 체제에 대한 거부의 의미를 갖는다고 보아야 할 것이다. 천민인 그를 양반 이상의 존재로 만들기 위한 효과적 방안이란 것이다. 그렇다고 양주팔의 신비한 예지가 작품을 지배한다고 보기도 어렵다. 이러한 판단은 양주팔의 임무가 임꺽정을 비롯한 의형제들의 현실적 활동을 예비하는 선도자의 역할에 한정되고 있다는 점을 간과하고 있기 때문이다.

양주팔은 모든 신분의 사람들로부터 추앙을 받으면서 신분 차별의 굴레에서 벗어나고 있다. 하지만 진정한 인간 해방은 그러한 현실 초월을 통해 이루어질 수 없다. 사회 변혁은 현실에의 적극적인 참여를 필요로 한다. 그러하기에 양주팔은 칠장사에서 생불인 병해 대사로 은거하다가 임꺽정을 비롯한 의형제 일곱 명이 그곳에서 생사결의를 하기 직전에 세상을 떠난다. 정희량이 묘향산에 은거하다가 양주팔에게 초월적 능력을 전수한 뒤에 세상에서 사라지는 것과 동일하다. 양주팔도 정희량처럼 자신의 역할을 다했기에 세속에서 사라지는 것이다. 그가 사회의 변혁에 적극적인 활동을 한다면 오히려 어색하고 부당할 것이다. 그는 제자 임꺽정이 현실에서 사회 변혁 활동에 나설 역량과 기반을 충실히 마련해주고 있으며, 천민이지만 양반보다 뛰어난 능력과 안목을 지닌 인물이 있음을 보여주는 데 한정되고 있다.

그러니까 『임꺽정』에서 양주팔은 이장곤과 짝을 이루어 부당한 신분 차별의 부당성을 초월적 행위를 통해 고발하고 천민도 양반보다 우월한 존재일 수 있음을 신비적인 차원에서 잘 보여주는 인물이다. 그렇다면 신재성처럼 "이 두 인물의 행동이나 사고는 작품의 주제에 긴밀히 연관

소설비평의 다원성

되어 있다고 보긴 어렵다"[10]라고 판단할 수는 없을 것이다. 그들 두 사람은 신분의 양가성을 통해 양반과 상민이란 신분 차별의 이항대립이 무의미함을 나타내고 그러한 구분을 해체하는 데 우회적이면서도 실질적으로 기여하고 있는 핵심적 존재이기 때문이다.

3. 성격의 양가성

『임꺽정』에서 전편을 관류하는 핵심 인물은 임꺽정이지만, 그가 유일하게 중시되고 있는 것은 아니다. 봉단편, 피장편, 양반편에서 임꺽정의 위상은 이장곤과 양주팔에 비해 미미하며, 의형제편에서는 의형제를 맺는 인물들이 임꺽정과 대등한 위상을 지니고 있기 때문이다. 그의 의형제들은 가난한 농민, 소금장수, 관노비, 역졸 등의 낮은 신분에도 불구하고 모두 특별한 능력을 지니며 개성적 삶을 여실하게 보여준다.

임꺽정은 양주팔에게 병서를 배우고 한때 도적의 괴수였던 부평 주막의 노인에게 검술도 배웠지만 백정이란 신분 때문에 왜변에 군졸로도 참여하지 못한다. 이를 통해 그는 신분 차별의 부당성을 강하게 인식하면서도 도적이 되어야 한다는 사실을 꺼려하며 시종 망설인다. 그가 도적이 된다고 하여도 자신의 포부를 펼칠 수 없다는 점과 아들 백손 역시 도적의 길을 걸어야 한다는 점 때문이다. 그렇지만 청석골 도적들이 훔친 조정의 봉물들을 전달받은 일로 그의 가족들이 감옥에 갇히고, 이로 인해 병든 아버지와 병신 동생이 죽자 어쩔 수 없이 파옥하고 가족을 구하여 청석골로 들어가서 화적 집단의 두목이 된다.

---

10)　신재성, 「1920~30년대 한국역사소설연구」, 서울대학교 석사학위 논문, 1986, 82쪽.

그런데 임꺽정은 화적 집단의 두목이 되면서부터 부정적인 면모를 강하게 드러내는 것처럼 보인다. 그가 대장이 되자 서림의 권유에 따라 청석골의 도회청을 조정처럼 꾸며놓고 엄격한 위계질서와 절차를 요구하고 있듯이, 봉건 질서의 허위적 권위를 답습하고 있다는 것이다. 또한 서울로 가서는 기생방에서 노인정 한량패를 굴복시킨 이후 기생 소홍에게 빠져 있기도 한다. 그리고 빚에 몰린 과부의 딸 박씨, 납치해온 명문 양반의 딸 원씨, 열녀로 표창받은 과부 김씨를 모두 첩으로 삼아 살림을 차리고 그녀들이 감옥에 갇히자 부하들의 위험을 개의치 않고 그녀들을 구출하고자 한다. 이때에 감옥을 습격하는 일이 무모하다고 거절하는 부하를 그 자리에서 당장 때려 죽이기도 한다. 양반들의 무능과 타락을 징치하여 천민들의 한을 풀고자 도적의 두목이 되기로 결심했던 임꺽정이 양반들의 허위적이고 방탕한 면모를 그대로 이어받고 있는 듯하다는 것이다. 이러한 부정적인 측면을 그대로 받아들인다면 임꺽정은 하찮은 화적 두목으로 그려졌다고 볼 수 있다. 그러나 임꺽정이 단순하고 과격한 성격으로 인해 자신의 개인적이고 사회적인 문제를 진지하게 성찰하지 못해 그렇게 행동한다고 보기는 어렵다.

"넷말에 량상에 군작가 잇고 록림에 호걸이 잇다하니 그대네중에 군자도 잇슬것이요 호걸도 잇슬것인데 그대네가 어찌하야 대당 소리들만 듯고 의적 노릇들은 하지안는가. 의적이 되려면 의로운 자를 도웁기위하야 강한자를 압제하고 또 부자에게서 탈치하면 반드시 빈자를 구제하여야 할것인데 그대네의 소위는 빈부의 강약과 의 불의를 가리지안코 한결가티 박해하고 압제하고 탈취하되 인가에 불노키가 일수요 인명을 살해하는게 능사라하니 이것이 그대네의 수치가 아닐까."[11]

11) 홍명희, 『임꺽정』화적편 3, 을유문화사, 1948, 35~36쪽.

인용문에서 청석골에 잡혀 온 양반 신진사의 항변은 그들 화적 집단의 지향점이 어디에 있어야 하는가를 알려주고 있다. 화적들의 언어가 아니라 양반들의 언어를 통해 의적의 길을 제시하고 있는 것이다. 하지만 임꺽정을 비롯한 청석골 화적 집단이 조선 중기에 의적의 길을 걷고, 민중의 신뢰를 기반으로 삼아 조직적으로 사회변혁의 길을 추구한다는 것은 불가능에 가깝다. 그러한 의식이나 행동을 보여준다면 오히려 사실성이 약화될 것이다. 임형택의 지적처럼 "임꺽정이 뭔가 큰일을 하겠다는 의식은 가졌지만 강고하지 못했을 뿐만 아니라 근본적으로 군도집단을 이끌고서 혁명사업을 실천하는 데 역사적 한계가 있었다"[12]라는 점을 말해준다고 보아야 할 것이다.

임꺽정은 화적 집단의 두목이 되자 양반에 대한 증오뿐만 아니라 동경의 마음도 그대로 보여준다. 양반들의 허세적인 위엄과 권위를 부려보기도 하고, 상민 첩뿐만 아니라 양반 첩까지 거느리며 한양에서 한껏 향락에 빠지는 행위가 그러하다. 그러한 행위를 통해 왜곡된 마음의 굴레에서 해방될 수 있었다고 보아야 할 것이다. 그러므로 이러한 그의 방탕은 두 번째 파옥으로 끝이 난다. 청석골로 함께 가길 망설이는 양반 첩들과 결별하고 떠날 때에 양반적 삶에 대한 그의 미련은 사라졌다는 것이다. 동경은 해소되고 증오만 남았기에 조정에 저항하는 새로운 출발을 시작할 수 있게 된다. 그러므로 임꺽정의 성격에서 부정적 측면이 노출되는 것을 작가의식의 약화로 인해 현실에 대한 저항 의지나 실천적 참여 의지가 약화된 것으로 볼 수는 없다.

임꺽정은 신분의 양가성 대신에 성격의 양가성을 뚜렷이 보여주고 있

---

12) 「『임꺽정』 연재 60주년 기념좌담」, 임형택·강영주 편, 『벽초 홍명희와 『임꺽정』의 연구 자료』, 사계절, 1996, 62쪽.

다. 그는 영웅적 면모와 비속한 면모를 동시에 지닌 인물이다. 불쌍한 모녀를 구해주고자 애를 쓰는 인정 많은 인물이면서 사소한 잘못을 저지른 부하들과 마을 사람들을 예사롭게 죽이는 잔인한 인물이기도 하다.

> 남의 천대와 멸시를 우서버리지도 못하고 안심하고 받지도 못하야 성질만 부지중 괴상하여저서 서로 뒤쪽되는 성질이 만헛다. 사람의 머리 버이기를 무 밑동 도리듯하면서 거미줄에 걸린 나비를 차마 그대로 보지못하고 논바테선 곡식을 예사로 짓발브면서 수채에 나가는 밥풀한낫을 앗기고 반죽이 눅을때는 홍제원 인절미갓기도하고 조급증이 날때는 가랑닙에 불부튼 것 갓기도하엿다.[13]

인용문에서처럼 임꺽정은 냉혹하고 무도한 악한인 동시에 의리와 인정이 많은 영웅이기도 하다. 청석골에 잡혀 온 관상쟁이가 그의 관상을 보고 "저러케 극히 귀하구 극히 천한 상은 나는 처음 보우"라고 할 정도이다. 그런데 바로 그의 이러한 비속함과 잔인함이 고귀함과 의로움에 융합되어 그러한 이분법을 해체함으로써 민중적 영웅성의 바탕을 이룬다. 바흐친은 "위대한 인간은 지극히 민주적이다. 그는 결코 평범하지 않은 별종의 인간으로서 대중과 대립하는 인물이 아니다. 이와는 반대로 그는 모든 다른 사람과 동일한 보편적인 인간적 자질을 갖추고 있다. 그는 먹고 마시고 배설하고 방귀를 뀌는데 다만 이 모든 것을 큰 규모로 할 뿐이다"[14]라고 한다. 임꺽정 역시 보다 확대된 대부분 사람들의 미덕과 결함을 지닌 보편적 존재란 것이다. 그러니까 결함이 없는 단성성의 귀

---

13) 홍명희, 『임꺽정』 화적편 1, 앞의 책, 25쪽.
14) 미하일 바흐친, 전승희·서경희·박유미 역, 『장편소설과 민중언어』, 창작과비평사, 1988, 448쪽.

족적 영웅이 아니다. 즉 임꺽정은 미덕뿐만 아니라 결함도 지닌 양가적인 민중 영웅이라 할 수 있다.[15]

이처럼 『임꺽정』에서 임꺽정은 부정적인 면과 긍정적인 면을 함께 지니는 인물로 그러한 대립을 해체시키는 과정을 통해 민중적 활력을 충분하게 보여준다. 그러므로 임꺽정의 양가성은 역사적 제약의 굴레를 벗어버리고자 분투하는 민중 영웅의 면모를 단성적인 목적의식에 치우치지 않고 다성적으로 풍부하게 보여주는 데 기여하고 있는 것이다.

4. 홍명희의 양가적 시각

앞에서 살펴보았듯이 『임꺽정』의 주요 인물들은 양가성을 뚜렷이 보여주고 있다. 그렇다면 이러한 양가성의 생성 기반인 작가 홍명희는 어떠한 존재인가? 홍명희는 계급 지향에서 양반이면서 민중이었고, 이념 지향에서 공산주의자이면서 민족주의자였다. 이처럼 그의 계급 지향과 이념 지향은 애매하여 어떤 쪽을 지향하는지 가늠하기 어려운 경우가 많았다.

홍명희는 문학 수업 시기에도 예술을 위한 유미주의 작품과 인생을 위한 교화주의 작품을 동시에 선호하고 있었다. 동경 유학 시기에 다양한 경향의 문학작품을 읽으면서 특히 '침통하고 사색적'인 '인생의 맛'이 들어 있는 러시아 문학과 함께 악마주의적인 바이런의 작품에 심취한다. 바이런은 정치적 압제를 규탄하는 이상주의를 노래하는 한편으로 비사회적이고 비도덕적이며 냉소적인 인물을 내세워 기존의 도덕관과 가치관을 통렬히 비판한 악마주의 경향의 시인이다. 홍명희는 바이런의 작품

---

15) 박종홍, 앞의 글, 13쪽.

『카인』에서 유래한 가인(假人)이란 호를 짓기도 했다.

홍명희는 1888년 양력 7월 3일 충북 괴산군 괴산면 인산리에서 홍범식과 은진 송씨의 장남으로 태어났다. 홍명희의 가문은 풍산 홍씨 추만공파로서, 당파상 노론에 속하는 명문 사대부가였다. 풍산 홍씨는 19세기 전반에 당상관 이상의 고위직 관리를 가장 많이 배출한 10대 성관(姓貫)의 하나였다. 그러나 직계 조상들은 고조 홍정주까지 몇 대에 걸쳐 문과 급제자를 내지 못하다가 증조 홍우길이 문과에 급제하여 다시 벼슬길에 나선다. 효문공 홍우길은 증광 문과에 장원급제한 뒤에 대사성, 경상도와 평안도 관찰사, 대사헌, 이조판서 등 철종과 고종 양대에 걸쳐 여러 요직을 두루 거친다. 조부 홍승목은 별시 문과에 급제한 이후에 대사간, 대사성, 형조와 병조의 참판을 지냈다. 그리고 부친 홍범식은 성균시에 급제한 후 내부주사, 혜민원 참서관, 태인 군수를 거쳐 1909년 금산 군수가 되었다.[16]

그러니까 홍명희는 명문 사대부 집안 출신이면서 당대의 어떤 작가보다도 천민에 대한 이해가 깊었고 천민의 처지와 입장에서 봉건적 신분차별 제도의 부당성을 고발하고 있다는 것이다. 그는 명문 양반 출신이면서도 천민의 고통과 원한을 누구보다 뚜렷하게 직시할 수 있었고, 천민이라 하기에는 양반의 뿌리를 잘라버릴 수 없었던 모순적 인물이었다는 것이다.

그러하기에 『임꺽정』에서는 양반계급도 일방적으로 배제되거나 매도되지 않는다. 여기에는 민중들의 반봉건 의식이 노골적이면서 구체적으로 드러나고 있는 한편으로 양반의 의식과 문화에 대한 애정도 이와 못지않

---

16) 강영주, 앞의 책, 19~22쪽.

게 강하게 드러나고 있다. '양반편'에서 훈구파 양반들의 처세를 부정적으로 묘사하고 있지만 조광조를 비롯한 사림파 양반들에 대해서는 긍정적으로 묘사하고 있다. 또한 갓바치 양주팔의 스승은 양반 이인 정희량이듯이 서경덕과 이지함 같은 양반 이인들에 대해서도 존경의 태도를 보인다. 그러니까 그는 양반답지 않은 양반들을 비판하고 있는 것이다.[17]

그렇다고 홍명희가 『임꺽정』에서 양반계급을 사회 변혁의 주체로 여기고 있는 것은 아니며, 중인계급을 중시하고 있는 것도 아니다. 이원조는 "실상 이 작품에는 작자가 왕왕 나온다. 그것은 다른 사람이 아니고 서림이다. 임꺽정 한 사람으로서 처리하지 못하고 발전시키지 못할 문제를 해결하는 책사적 존재인 서림이는 곧 작자이다"[18]라고 서림을 작가와 동일시한다. 하지만 서림을 작가의 분신으로 보기는 어렵다. 서림은 임꺽정의 신망이 컸음에도 불구하고 결국 그를 배신하여 관군의 청석골 토벌에 앞장서고 있듯이 신뢰할 수 없는 인물로 제시되고 있기 때문이다. 이러한 중인에 대한 불신감은 아전 출신 서림은 물론이고 서얼 출신의 김륜과 황천왕동의 장인인 백 이방에 대한 비판적인 태도에서도 잘 나타나고 있다. 그러니까 양반과 중인이 아닌 상민이 봉건 체제 변혁의 원동력임을 나타내고 있다는 것이다. 홍명희는 양반계급 출신이면서도 천민인 임꺽정을 중심에 놓고, 그들을 따르는 다양한 처지의 상민들을 중시하고 있는 것이다.

> 림꺽정이란 넷날 봉건사회에서 가장 학대밧든 백정계급의 한 인물이 아니엇슴니까 그가 가슴에 차 넘치는 계급적 ○○의 불길을 품고 그때 사회에 대하야 ○○를 든 것만 하여도 얼마나 장한 쾌거엇슴니까. 더구나 그는 싸우는 방법을 잘 알엇습니다. 그것은 자긔 혼자가 진두

---

17) 이남호, 앞의 책, 402~403쪽.
18) 이원조, 「『임꺽정』에 대한 소고찰」, 『조광』 제4권 8호, 1938. 8, 263쪽.

에 나선 것이 아니고 저와 가튼 처디에 있는 백정의 단합을 몬저 꾀하
엿든 것입니다.[19]

인용문에서는 임꺽정이 봉건사회에서 가장 학대받던 계급 출신으로
그들 집단의 단합을 먼저 도모한 다음에 자신이 나서서 싸운 인물이었다
고 말한다. 임꺽정은 함흥 고리 백정인 '임돌'과 양주 소백정인 '피선'의
딸 사이에서 태어난 인물이다. 그러하기에 그가 백정 집단을 대표한다고
할 수도 있다. 하지만 백정 집단의 단합을 통해 그들에 의한 그들만의 원
한을 해결하고 있지는 않다. 역사적으로도 그러했듯이 다양한 상민들의
협조 아래 조정에 반역하고 있기 때문이다. "임꺽정의 반란이 3년간에 걸
쳐서 광범한 지역에서 행해졌다는 것은 농민과의 연결 없이는 불가능한
것이었다. 임꺽정의 반란은 갈대밭 지대라는 생산상의 조건을 배경으로
하여 수공업자, 소상인, 농민이 공동 행동을 취하고 있는 점에 큰 특징이
있었다."[20] 이처럼 임꺽정의 반란은 영락한 농민, 소금장수, 역졸, 서얼,
아전 등 중인 이하의 상민들의 집단적인 연대감을 기반으로 민중의 울분
을 표출하였던 민중 반란이었던 것이다.

그렇다고 『임꺽정』에서 천민계급이 양반계급을 맹목적으로 비난하거
나 타도의 대상으로 삼고 있지는 않다. 양주팔은 양반들도 천민을 비롯
한 상민들의 동정과 조력을 받아야 하는 대등한 인간에 불과함을 임꺽정
에게 수차 깨우쳐주고 있다. 상민들의 신분해방 의지가 편협한 계급 분
리와 대결의 미망에서 벗어나야함을 강조하고 있다는 것이다. 이것은 홍
명희가 양가적 시각으로 양반과 상민이란 이항 대립의 무의미함을 강조

---

19) 홍명희, 「조선일보의 임꺽정전에 대하야」, 『삼천리』 제1호, 1929. 6, 27쪽
20) 矢澤康祐, 「임꺽정의 반란과 그 사회적 배경」, 『전통시대의 민중운동』, 풀빛, 1981, 143쪽.

하고 있다는 점을 말해준다. 그러한 고정관념에서 벗어날 때에 봉건 사회의 신분 해방이 일제의 강압적 지배에 대한 조선 민족의 전체적인 해방 의지로 연결될 수 있다고 여기고 있다는 것이다.

홍명희의 이념 지향은 매우 애매하였다. 그는 괴산에서 만세운동을 주도한 혐의로 옥중 생활을 하다가 1920년 4월에 출옥한 뒤로 교육계와 언론계에 몸을 담으면서 조선 지식인의 구체적인 운동 방향으로 사회주의에 적극적인 관심을 갖게 된다. 그리하여 당시 급진적인 지식인들의 사상 단체인 '신사상 연구회'와 그 후신인 '화요회'에 참여하여 활동하였다.[21] 그렇지만 조선노동연맹회, 무산자동맹회 같은 운동 단체나 지하 전위조직에 동시에 참여하고 있었던 다른 회원들과 달리 홍명희는 사회주의 사상을 이론적으로 탐구하는 데 주력한 소수 회원에 속했다.[22]

홍명희는 이처럼 사회운동에의 참여가 소극적이었다. 그러하기에 '유약한 성격으로 과단성이 부족하다'는 세평을 얻는다. 그의 장남인 홍기문도 "이와 같이 공으로나 사로나 그 당시 아버지는 의지의 인물로 표현되지 못하였다. 남들도 오직 그 점을 들어서 아버지를 헐뜯었거니와 나도 그 점을 들어서 아버지를 공격하였던 것이다"[23]라고 한다. 하지만 그가 이렇게 애매하게 보이는 양가적 인물이었기에 오히려 1927년 2월에는 좌우 합작 노선에 의거하여 결성된 민족단일당인 '신간회'의 결성과 운영을 실질적으로 주도할 수 있었다고 할 것이다.

이에 홍명희와 함께 신간회 회원이었던 이인은 "벽초는 원래 민족주의

21) 강영주, 『벽초 홍명희 연구』, 창작과비평사, 1999, 178~182쪽.
22) 장석흥, 「사회주의 수용과 신사상연구회의 성립」, 『한국독립운동사연구』 제5집, 한국독립운동사연구소, 1991, 68~78쪽.
23) 홍기문, 「아들로서 본 아버지」, 『조광』 1936. 5, 187쪽.

자였다. 해방이 되자 그가 저쪽으로 가게 된 것은 우리의 실책이었다. 북으로 갈 위인이 아니었다"²⁴⁾고 했다. 그리고 박학보도 "홍씨가 유물사관의 세계와 자본론의 학설도 잘 알고 있다. 허나 홍씨가 공산주의자냐 하면 결코 공산주의자는 아닌 것이다"²⁵⁾라고 했다. 민족주의 속의 좌익이란 것이다. 이처럼 많은 지인들이 홍명희는 진보적 이념의 소유자이지만 사회주의에 공명하는 민족주의자였다고 한다.²⁶⁾

하지만 홍명희가 공산주의자였다는 주장도 있다. 일제의 관헌 자료에 1928년 2월 조선공산당을 재건하기 위한 제3차 대회에서 홍명희와 긴밀한 관계였던 한위건의 사업 보고에 "홍명희를 수반으로 권태석·송내호 양인을 보조자로 하여 신간회 내에 프랙션을 설치하고 신간회에 대하여 주의를 선전하며"²⁷⁾라고 했다. 홍명희가 신간회 내의 조선공산당 프락치로 활동했다는 것이다. 또한 제3차 조선공산당 책임 비서를 지낸 김철수는 여운형과 홍명희가 유능하고 좋은 사람이지만 비밀을 지켜 함께 일할 수 없는 사람들이라 생각하여 제명했다고 하며,²⁸⁾ 김준연도 해방 직후에 홍명희를 '조선 공산당의 비밀당원'이었다고 증언한다.²⁹⁾ 그러나 이런 주장은 홍명희가 신간회에서 활동한 내용과도 배치되며, 제4차 조선공산당 사건 관련 혐의로 검거되었다가 불기소로 석방된 기록과도 상치한다.³⁰⁾

24) 이인, 「나의 교우 반세기」, 『신동아』 1974. 7, 283~284쪽.
25) 박학보, 『홍명희론―인물월단』, 『신세대』 1-1, 1946. 3. 15, 86~87쪽.
26) 水野直樹, 「신간회운동에 관한 약간의 문제」, 『신간회연구』, 동녘, 1983, 79쪽.
27) 姜德相·梶村秀樹 編, 『現代史資料』 29, 東京: みすず書房, 1972, 95面. 강영주, 앞의 책, 230쪽에서 재인용.
28) 이균영, 「김철수연구」, 『역사비평』 겨울호, 1988, 154쪽.
29) 스칼라피노·이정식, 한홍구 역, 『한국공산주의운동사』 제1권, 돌베개, 1986, 153쪽.
30) 강영주, 앞의 책, 231~232쪽.

과거에도 그러했듯이 현재도 홍명희가 공산주의자였는지 아닌지를 판단하기란 거의 불가능에 가깝다. 사실 그가 공산주의자였는가의 여부는 중요한 문제가 아닐 것이다. 어떻든 오늘날까지도 그의 이념 지향이 어떠했는지 선명하게 밝혀지지 않고 있으며, 민족주의자들에게는 민족주의자로 여겨지고 공산주의자들에게는 공산주의자로 여겨졌다는 것이다. 그러니까 이러한 불투명성은 그가 공산주의자이면서 민족주의자인 양가적 인물이란 점에 기인한다고 할 수 있다.

홍명희는 몇 년 동안 해외 각지에서 유랑하다 돌아온 1920년대 초에는 마르크스주의를 적극적으로 수용한 진취적이고 개방적인 인물이었다. 그러면서도 양반 문화의 전통과 역량을 결코 배타시하지 않았다. 그리하여 민중을 역사의 주체로 인식하는 전위적 의식 속에서 양반의 교양도 동시에 존중하는 양가적 시각을 보여주고 있는 것이다. 이런 점은 아마도 경술국치에 양반 관료로 순국한 아버지 홍범식의 영향이 컸을 것이다. 그는 자식들에게 때때로 "우리 할아버지를 뒤이어 우리들은 남달리 자존심이 있어야 하고 인내력이 있어야 한다"[31]고 일러주고 있다. 이처럼 홍명희는 양반의 뿌리를 견지하면서 민중의 신사상을 적극적으로 받아들였다. 그러하기에 사회변혁의 목적의식에 함몰하지도 않고 정태적인 국수주의에 안주하지도 않으면서 『임꺽정』에서 민중문학의 새로운 지평을 열고 있는 것이다.

---

31) 홍기문, 앞의 글, 184쪽.

5. 맺음말

『임꺽정』은 양반이면서 천민이었던 이장곤과 천민이면서 양반 이상의 존재였던 양주팔에 의거한 신분의 양가성을 통해 양반과 상민이란 이항 대립을 해체하고 있었다. 또한 주인공 임꺽정의 경우에는 성격의 양가성을 통해 억압받는 민중들의 잠재적 능력과 건강성을 여실하게 보여주고 있었다. 그리하여 봉건적 신분 차별이 얼마나 비인간적인 체제의 산물이며, 왜 그러한 체제가 필연적으로 변혁되어야 하는가를 자연스럽게 나타내고 있었다.

또한 그러한 양가성의 생성 기반인 작가 홍명희도 양가적 시각을 뚜렷하게 보여주고 있었다. 그는 민중 의식의 지향자이면서 동시에 양반 의식의 소유자였고, 공산주의자이면서 민족주의자였다. 그의 이러한 양가적 시각은 역사의 주체를 민중으로 인식한 진취적이고 개방적 의식의 소유자이면서도 명문 양반이란 출신 기반을 부정하지 않았다. 여기에는 경술국치에 순국한 아버지가 정신적 지주로 자리 잡고 있기 때문이라고 할 수 있었다.

앞에서 살펴보았듯이 『임꺽정』은 작가의 양가적 시각을 기반으로 작중 인물의 양가성을 통해 신분 차별의 부당성을 해체하고 사회변혁의 정당성을 예고해주고 있었다. 이런 점에서 『임꺽정』은 민중적 미의식에 의거하여 조선 문학의 새로운 지평을 열어준 작품이라 할 수 있었다.

역사소설의 발생 동인별 세 양상

1. 머리말

한국 역사소설은 1920년대에 산발적으로 발표되기 시작하여 일제의 대륙 침략이 본격화된 시기인 1930년대에 전성기를 이루었다. 백철도 1930년대 중반의 고전론과 복고사상에 대한 관심을 중시하면서 "이때에 역사소설이 유행한 데도 그 암흑한 현실과 정면할 수 없기 때문에 취해진 문학적 태도의 표시였다고 볼 수 있다"[1]라고 했다. 이처럼 역사소설은 민족의 과거에 대한 재성찰의 기운이 팽배한 시기와 현실의 당면 과제를 직접적으로 다룰 수 없는 통제되고 위축된 시기에 특히 활발하게 창작되었다.

역사란 두 가지 의미를 지닌다. 하나는 인간의 과거라는 것이고, 다른 하나는 과거에 대한 인간의 인식이란 것이다. 그런데 과거는 이미 지나가버린 것이기에 다시 되돌릴 수 없다. 그러므로 다시 대할 수 있는 것은

---

1) 백철, 『조선신문학사조사』 현대편, 백양당, 1949, 328쪽.

과거 자체가 아니라 그것의 흔적인 유물과 문헌이며, 그것에 대한 인간의 인식일 뿐이다.[2] 그리고 역사소설은 이러한 역사를 소설화한 것이다.

그렇다면 역사소설에서 역사적 과거란 대략 어느 정도의 간격인가. 그러한 과거는 "작가가 사는 시대에서 적어도 40년에서 60년 이상을 경과한 시기"[3]를 가리킨다. 이런 정도면 2세대에서 3세대의 기간으로 어떤 사건을 보다 냉정하게 성찰할 수 있는 시간적 거리라 할 수 있다. 그러나 단순히 이 정도의 시간적 거리를 둔 소설이라고 모두 역사소설이라 할 수는 없다. 정치 · 경제 · 문화 등의 총체적이고 중대한 역사적 변화를 야기한 시점일 때 명실상부하게 현재와는 현저히 구별되는 과거가 될 수 있기 때문이다.

역사소설은 역사의 시공간에 야기되었거나 야기될 수밖에 없는 현실적이고 불가피한 계기를 형상화한다.[4] 역사소설에서 역사에 대한 정당한 인식은 중요하다. 그렇다고 역사가 소설에 종속되어 제 역할을 잃어버린다든지, 소설이 역사에 종속되어 제 자리를 지키지 못한다면 역사와 소설 모두를 손상시킬 것이다. 그러므로 역사소설에서는 역사와 소설이 각각의 특성을 지켜 대립적 긴장을 유지하면서 전체로서의 조화를 이루어야 한다. 역사소설은 문제가 되는 시기의 외형적 복원에 충실하기보다는 표면에 제대로 드러나지 않는 심층적 진실을 드러내어야 하며, 기존 자료를 단순히 다시 조합하는 것이 아니라 그것을 심미적으로 형상화해야 하는 것이다. 그러므로 역사소설가는 대상의 내면에 깊이 파고 들어

---

2)   양병우, 『역사의 방법』, 민음사, 1988, 11쪽.
3)   Avrom Fleishman, *The English Historical Novel*, The Johns Hopkins Press, 1971, p.3.
4)   로버트 V. 다니엘스, 김쾌상 역, 『어떻게 그리고 왜 역사를 연구해야 하나』, 평단문화사, 1984, 14쪽.

가서, 대상과 같이 호흡하고 느낌으로써 대상에 대한 참된 이해를 획득할 수 있어야 한다.

일제강점기 역사소설에 대한 연구를 살펴보면, 초기에는 역사소설의 대표 작가를 개인별로 나열하여 살펴보고 있다. 송백헌은 이광수, 김동인, 박종화, 현진건의 역사소설을 다루고 있고,[5] 강영주는 이광수, 김동인, 현진건, 박종화, 홍명희의 역사소설을 다루고 있다.[6] 그리고 이런 나열적 방식에서 벗어나 역사소설을 몇 가지 유형으로 분류하여 살펴보는 작업도 나타났다. 그러한 작업은 신재성, 김윤식, 박종홍 등에 의해 이루어지고 있다.

먼저 신재성은 '이념적 가치 지향'과 '풍속의 재구'로 일제강점기 역사소설의 가치 지향을 양분한다. 이념적 가치 지향에서 이광수의 『단종애사』, 김동인의 『운현궁의 봄』, 김기진의 『심야의 태양』을 다루고, 풍속의 재구에서 홍명희의 『임꺽정』을 다루었다.[7] 하지만 여기에서는 이러한 이원적 분류로 인해 일제강점기의 대표적 역사소설가인 박종화, 현진건, 윤백남의 작품을 다루지 못하고 있다.

그리고 김윤식은 일제강점기 역사소설을 '이념형 역사소설', '의식형 역사소설', '중간형 역사소설', '야담형 역사소설'의 네 가지 유형으로 분류하고 있다.[8] 민족주의 이념을 표현하고자 한 현진건, 박종화, 이광수의 작품을 이념형 역사소설에 넣고, 서민 및 천민 계급이 권력자를 향해 품고 있는 저항 의식을 표현한 홍명희의 작품을 의식형 역사소설에 넣고

---

5) 송백헌, 「한국근대역사소설연구」, 단국대학교 박사학위 논문, 1982.
6) 강영주, 「한국근대역사소설연구」, 서울대학교 박사학위 논문, 1986.
7) 신재성, 「1920~30년대 한국역사소설연구」, 서울대학교 석사학위 논문, 1986, 40~91쪽.
8) 김윤식, 「우리 역사소설의 네 가지 유형」, 『소설문학』 제11권 6호, 1985. 6, 147~167쪽.

있다. 그리고 이념형도 의식형도 아닌 개성의 역사화로 김동인의 작품을 중간형 역사소설에 넣고, 역사를 진기하거나 허황한 이야기로 보아 흥미 위주로 다루는 야담형 역사소설로 윤백남의 작품을 넣고 있다. 하지만 야담형 역사소설은 다른 유형과 분류 기준이 다르며, 각 유형 간의 양적 균형도 맞지 않는다.

또한 박종홍은 일제강점기의 역사소설을 '역사 인식의 보수적 성향'과 '역사 인식의 진보적 성향'으로 양분했다.[9] 역사 인식의 보수적 성향에 이광수, 박종화, 김동인의 작품을 넣고, 역사 인식의 진보적 성향에 윤백남, 현진건, 홍명희의 작품을 넣는다. 그런데 김동인의 작품은 이광수, 박종화의 작품과는 작가의 현실 인식에서 다른 면이 많고, 윤백남의 작품도 현진건, 홍명희의 작품과 그러하다. 윤백남의 작품은 역사에 대한 자의적 해석과 정치 이념에 대한 무관심이란 점에서 오히려 김동인의 작품과 일치하는 면이 많다. 그렇다면 이들 작가의 작품을 다른 유형으로 독립시켜야 할 것이다.

이에 여기에서는 먼저 일제강점기 역사소설의 발생 동인에 연관하여 그것을 세 양상으로 나누고, 각 양상의 특징을 구체적으로 살펴보고자 한다. 작가들이 여러 발생 동인 중에서 어떤 것을 특히 중시하는가에 따라 역사소설의 특성도 달라지기 때문이다. 송백헌은 역사소설의 발생 요인을 다섯 가지로 들고 있다. 시대적 상황으로 본 요인, 민족사에 대한 자각의식적 요인, 반카프적 요인, 독자의 복고 취향적 요인, 작가의 생계 수단적 요인이 그러하다.[10] 그러나 시대적 상황으로 본 요인은 너무 포괄적이라 다른 요인들이 그것에 포함될 수 있다. 그리고 복고 취향적 요인

---

9) 박종홍, 「일제강점기 한국역사소설연구」, 경북대학교 박사학위 논문, 1990, 88~142쪽.
10) 송백헌, 『한국근대역사소설연구』, 삼지원, 1985, 29~36쪽.

은 민족의 역사에 대한 독자의 관심을 나타낸 것이라 할 수 있기에 단순히 봉건적 과거를 선호하는 태도와는 구별되어야 한다. 그리고 역사소설 발생 요인으로 반카프적 요인을 거론함은 부분적인 타당성을 가질 뿐이다. 카프 측에서는 국민문학 측의 역사소설을 신랄하게 비판했다. 하지만 그들의 역사소설 비판은 민족주의 문학이 봉건적 과거를 옹호하는 것을 경계한 것이라고 보아야 할 것이다.

이에 역사소설의 발생 동인으로 연의적 동인, 상업적 동인, 민중 자각적 동인의 세 가지 양상을 들고자 한다. 연의적 동인이란 민족사에 대한 관심 속에서 민족의 역사를 흥미롭고 평이하게 소설화한 연의에 대한 관심을 가리키는 것이다. 그리고 상업적 동인이란 신문의 상업화에 따라 역사소설의 연재가 경쟁적으로 중시된 것을 나타낸다. 또한 민중 자각적 동인이란 3·1운동 이후에 민중도 자신들이 역사의 주체가 될 수 있음을 깨달았고, 그러한 민중이 역사 전개의 중심에 놓이기 시작했음을 역사소설이 나타낸다는 것이다.

그리하여 여기에서는 이러한 세 가지 발생 동인 중에서 어떤 점을 지배적인 특징으로 보여주는가에 의거하여 당시의 역사소설을 세 가지 양상으로 나누어 살펴보고자 한다. 그러니까 연의적 특성을 중시한 '연의적 동인의 역사소설', 상업적 특성을 중시한 '상업적 동인의 역사소설', 민중적 특성을 중시한 '민중 자각적 동인의 역사소설'로 구분하여 살펴본다는 것이다. 또한 각 양상 내에서도 작가별로 어떤 차이점을 보여주는가도 함께 살펴볼 것이다. 이처럼 일제강점기의 역사소설을 전체적으로 조망하는 작업은 필요하다. 이러한 작업 없이 개별 작가의 작품을 독립적으로 다룬다면 나무만 보다가 숲을 제대로 보지 못할 수 있기 때문이다.

그러므로 다음 절에서는 이광수, 박종화, 김동인, 윤백남, 현진건, 홍명희의 역사소설을 대상으로 이러한 세 가지 양상의 역사소설을 살펴볼 것이다. 물론 이들 작가의 역사소설은 어떤 한 양상만을 드러내는 것이 아니라 다른 양상도 어느 정도 드러낼 것이다. 하지만 여기에서는 그것들의 핵심적인 특성이 무엇인가에 주목하여 그런 점을 집중적으로 검토하기로 한다.

여기에서 일제강점기의 역사소설을 전부 다루지는 못했지만 이러한 세 양상은 당시의 역사소설 전반을 포괄할 수 있을 것이다. 그러하기에 다루지 않은 역사소설도 발생 동인의 어떤 양상에 치중하고 있는가를 살펴봄으로써 추가로 이러한 체계의 어느 한 영역에 위치시킬 수 있을 것이다. 이에 이러한 작업은 일제강점기 역사소설 전체 속에서 발생 동인에 따라 변별성을 보이는 개별 작가와 개별 작품의 위상을 명료하게 파악하여 문학사적 가치를 부여하는 데 기여할 것이다.

2. 연의적 동인의 역사소설

일제강점기에 역사소설 창작은 '연의(演義)'에 대한 독자들의 요구에 호응한 바 크다. 연의의 옛 명칭은 강사(講史)였다. 이것은 보통 "『통감』과 한·당 등 역대 사서에 있는 흥폐전쟁의 사건을 강설한 것을 뜻하는데, 이 강설 중간에 작가의 상상력이 가미된 것이다."[11] 열국 때부터 동·서한, 위·제, 오대, 당, 남·북송에 이르기까지 연의가 존재했다. 우리에게 가장 친숙한 소설인 『삼국지연의』 역시 연의를 표방하고 있다.

물론 한문에 대한 소양이 높은 독자는 역사서를 직접 읽을 수 있지만

---

11) 노신, 정래동·정범진 역, 『중국소설사』, 금문사, 1964, 140~141쪽.

당시의 대다수 독자는 그렇지 못하다. 그러하기에 작가들은 기존의 역사서를 다소간 윤색하여 흥미로운 교훈적 읽을거리를 만들고자 했다. 즉 역사소설가는 역사를 연의화하여 알기 쉽게 서술함으로써 독자에게 민족의 역사를 널리 보급하고자 한 목적의식이 강했다는 것이다.[12] 이러한 역사소설의 연의적 특성은 이광수와 박종화의 작품에 잘 나타나고 있다.

이광수의 역사소설은 왕실과 조정의 역사적 유명인물을 주인공으로 삼아 그들의 역할을 중시하고 있다. 이때에 관찬 기록에 근거한 조정의 정치사를 주류로 삼아서 사건을 전개한다. 이런 점은 역사가 역사적 유명인물을 주체로 하여 전개되며, 역사의 전체적 모습은 현존하는 역사서에 그대로 충실히 기록되어 있다는 작가의 인식에 따른 것이다. 당시에 주요섭은 『단종애사』의 출판을 소개하는 글에서 "이 작품은 역사로도 가치가 잇다고 본다. 물론 기 역사의 해석을 작자가 바로 햇는가 못 햇는가는 별문제로 할 수밖에 없다"[13]라고 하며 이광수의 역사소설이 역사에 충실함을 강조한다.

그런데 이광수의 역사소설에서 이들 역사적 유명인물들은 작품의 중심에 위치하면서 애국적인 열정을 나타내고 있지만 부패하고 무력한 왕실과 조정을 개혁하려는 진지하고 지속적인 노력을 보여주지 못한다. 그들은 공허한 극복 의지만 내세우다가 오히려 허무적 태도를 보이며 순간적인 향락에 빠지고 있기 때문이다. 이런 점은 인물의 선악에 지나치게 의존하여 역사적 사건을 전개함으로써 그들이 국가의 앞날에 대한 일관된 지향점을 제대로 제시할 수 없었기 때문일 것이다.

「마의태자」(『동아일보』, 1926. 5. 10~1927. 1. 9)에서 전반부의 주인공

---

12) 백낙청, 「역사소설과 역사의식」, 『창작과 비평』 봄호, 1967, 10쪽.
13) 주요섭, 「통속화의 비애—『단종애사』(상하양권)」, 『동광』 제17호, 1931. 1, 87쪽.

인 '궁예'는 신라 경문왕의 아들이다. 하지만 왕비의 모해로 궁궐에서 쫓겨나며 애꾸가 되자 도승을 만나 경세의 방법을 배운 뒤에 신라 왕실에 원한을 갚기 위해 반군에 가담하였다가 백성들과 군사들의 신망을 얻고 새로운 국가를 세워 왕위에 오른다. 그는 이러한 등극 과정에서 적극적인 실천력과 도덕성을 보여주는 듯하다. 하지만 왕위에 오르자 이전의 의욕이나 품격을 잃고 미신에 현혹되며 주색에 탐닉함으로써 파멸하고 있다.

그리고 후반부의 주인공인 '마의태자'도 궁예와 마찬가지이다. 마의태자는 구국의 열정을 지닌 의지적 인물로 등장하지만 시간이 지날수록 무기력한 인물로 변모하여 궁예처럼 술과 음률과 미희에 빠지고 있다. 또한 그의 신라에 대한 애국심이 대다수의 신하들과는 분리된 공허한 외침에 그치고, 신라가 고려에 투항하자 어머니와 아내를 데리고 금강산에 숨어버린다. 뿐만 아니라 그는 신라의 원수인 고려왕 '왕건'을 금강산의 외딴곳에서 만났을 때에도 원수를 갚는 일이 허망하다며 면전에서 칼을 던지며 허무적 태도로 복수를 포기하고 만다.

그런데 작품의 전체적 비중에서 마의태자의 비극적 운명보다는 오히려 궁예의 영웅적 성취가 부각되고 있으며, 태봉의 왕이 된 이후에 나타나는 궁예의 타락도 합리화시키고 있다. 정혜영에 의하면 "「마의태자」에서는 궁예의 잔혹함이 궁예 개인의 성격적 결함에서 비롯되는 것이라기보다는 '충의' 혹은 '절의'를 견지해가는 과정에서 생긴 불가피한 부분으로서 설명되고 있"[14]다는 것이다. 그리고 이광수의 역사소설에서 이렇게 인물의 윤리를 중시하는 점은 이후에 발표되는 「단종애사」에서도 그대로

---

14) 정혜영, 「역사의 대중화, 문학의 대중화 — 이광수 『마의태자』를 중심으로」, 『현대소설연구』 제50호, 한국현대소설학회, 2012. 8, 499~500쪽.

이어지고 있다.

「단종애사」(『동아일보』, 1928. 11. 30～1929. 12. 11)의 '수양대군'도 허무적 태도를 보여준다는 점에서는 '마의태자'와 별로 차이가 없다. 권력 장악을 위해 수단과 방법을 가리지 않고서 어린 조카를 몰아세워 왕위를 물려받은 '세조'가 '단종'을 불쌍히 여기며 자신의 탐욕을 '풀의 이슬' 같다며 허망해하고 있기 때문이다. 또한 『세조대왕』(박문서관, 1940)에서는 세조가 자신의 지난날 과오에 대한 회한으로 고통받고 번민하며 불교에 귀의하여 참회하기도 한다. 이런 일들은 이광수가 계유정난 같은 중대한 역사적 사건을 이념 노선의 대결이 아니라 선과 악의 윤리적 대결로 바라보고 있다는 점을 잘 말해주고 있는 것이다.

그리하여 박종화는 "당시 일본 사람한테 강제로 나라를 뺏긴, 조선사람 삼천만의 마음은 마치 사백여년 전에 동족은 동족이면서 강포한 수양대군한테 강제로 신민 노릇을 당하고 있는 그때 그 심경이었다"[15]라고 했다. 그러니까 당시 독자들에게 단종의 폐위가 일제에 의한 망국으로 인식되고 수양대군파와 사육신의 대결이 친일파와 반일파의 갈등으로 대중 독자에게 이해되었다는 것이다.

그런데 「이순신」(『동아일보』, 1931. 6. 26～1932. 4. 3)에서 '이순신'은 일관되게 의지적인 인물로 제시되어 다른 작품의 주인공들과는 구별되는 것처럼 보인다. 그러나 그는 지나치게 완벽한 충의의 화신으로 그려지고, 그를 제외한 조정의 모든 신하들은 당파 싸움만 일삼는 극히 무능하고 비열한 인물들로 그려짐으로써 그러한 인물 설정이 현실성을 잃고 있다. 심지어 구원병으로 온 명나라 병사들은 전쟁보다 향락에 몰두하여

---

15) 박종화, 「단종애사해설」, 『이광수전집』 제5권, 삼중당, 1963, 549쪽.

부녀자를 희롱하고 겁탈하는 저열한 인물들로 제시되는 반면에 침략자인 왜장 '소서행장'과 '종지의'는 매우 도량이 넓고 겸손한 인물들로 제시된다. 또한 외적과의 전쟁 중에도 조선의 조정이 당쟁을 일삼는다는 점을 부각시킴으로써 민족 내부의 허약성을 강조하여 침략의 부당성이 훼손되고 있다.

이광수의 역사소설에서 역사적 유명인물의 허무적 태도는 작가의 현실에 대한 태도를 그대로 보여준다고 할 수 있다. 당시에 그는 일제의 암묵적인 허락 속에서 민족주의 운동 단체인 수양동우회 활동을 평생의 사업으로 전개하고 있었다.[16] 스스로도 "내가 소설을 쓰는 데 첫재가는 목표가 '이것이 조선인에게 읽혀지어 이익을 주라' 하는 것임은 물론이다. 나는 내 소설이 조선인 이외의 다른 사람에게 읽혀지기를 바라지 아니한다"[17]고 하여 그의 작품이 민족주의에 근거하고 있음을 강조하였다. 하지만 윤리의 유무에 의해 역사적 행위의 정당성을 판단하고 있기에 그 결과가 작가의 의도와는 어긋나기 쉽다. 이에 점차 허무감이 고조됨으로써 민족의식을 고취하고자 한다는 자신의 지향점이 방향을 잃어버린다. 이런 점에서 이광수의 역사소설은 지나치게 역사를 윤리화함으로써 오히려 의도와는 달리 허무 의식에 빠지고 말았다고 할 수 있다.

그리고 박종화의 『다정불심』 『금삼의 피』 『전야』 『여명』 등도 이광수의 역사소설처럼 역사적 유명인물을 주인공으로 삼고 있으며, 조정의 정치사에 의거해 사건을 전개하고 있다. 박종화는 이광수보다 관찬 사료에 더욱 의존하여 사초를 빈번하게 인용하거나 원문을 그대로 옮기고 번역하기도 한다. '실록에 의하면'이라든가 '일성록에 의하면'이라는 말을 덧

---

16) 김윤식, 『이광수와 그의 시대』 3, 한길사, 1986, 845쪽.
17) 이광수, 「여의 작가적 태도」, 『동광』 제20호, 1931. 4, 82쪽.

붙이면서 인물과 사건이 사료에 충실함을 나타내고 있음이 그러하다. 근세에 올수록 고증에 충실해야 식자의 비웃음을 받게 되지 않는다고 한다. 물론 박종화도 "역사소설가는 어디까지든지 예술의 부문에 한 선도 넘어서는 안될 자유분방하게 공상을 얽을 수 있는 예술인이어야 한다"[18] 라고 하여, 역사소설에 있어서의 작가의 상상력을 전적으로 부정하지는 않는다.

박종화의 역사소설에서 주인공의 삶은 대개 일대기 형식을 취한다. 『다정불심』은 원나라 서울 대도에 볼모로 잡혀 있던 '공민왕'과 '노국공주'의 결혼에서부터 그의 죽음까지 제시되고, 『금삼의 피』는 성종의 장자 '연산'의 탄생에서부터 중종반정으로 인한 그의 실각까지 제시되며, 『전야』와 『여명』은 흥선 대원군 '이하응'의 탄생에서부터 그가 권력을 잡아 강력한 쇄국정책을 펴며 영미의 침입을 격퇴하는 시기까지 제시되고 있다. 인물의 심리적 근원을 찾아 어른이 되었을 때에 그것이 어떻게 외적으로 분출되는가를 보여주고자 이처럼 일대기 형식을 중시한다고 할 수 있다.

「다정불심」(『매일신보』, 1940. 11. 16~1941. 7. 23)은 왕실과 조정의 정치사를 주로 다루고 있으면서도 노국공주가 죽고 난 뒤에 공민왕이 겪게 되는 인간적 파탄에 작품의 초점이 놓인다. 그리하여 공민왕이 유능한 정치가이기보다는 사랑에 최상의 가치를 두는 감상적인 예술가란 점이 부각되고 있다. 그리고 국정을 주도하며 개혁정치를 펼쳤던 신돈의 개혁이 실패한 원인을 공민왕의 시기심과 소심함에 있는 것으로 그린다. 그리하여 주로 사료에 의존하였다는 박종화의 역사소설이 오히려

---

18) 박종화, 「역사소설과 고증」, 『문장』 2권 9호, 1940. 10, 136~139쪽.

개인의 성격적 결함과 파탄을 중시한다. 이런 점은 역사적 유명인물을 통해 당시의 정치사를 재현하면서 부수적인 요소가 본질적인 요소를 압도하여 오히려 역사의 실상을 왜곡하였다고 할 수 있다.

「금삼의 피」(『매일신보』, 1936. 3. 20~12. 29)도 주인공 '연산군'을 조정의 군왕다운 인물로 그리지 못하고, 그의 성격적 결함과 그로 인한 파탄을 주로 보여준다. 그리하여 왕비와 후궁 사이의 총애 다툼이나 군왕의 내적 고뇌가 사건의 주류를 이룬다. 연산이 어린 시절에 친어머니를 잃은 채 성장했다는 애정의 기갈증과 사약을 받은 죄인의 아들이라는 심한 열등감 때문에 폭군이 되었다는 것이다. 강영주가 비판하듯이 "이 작품에서 역사는 성격파탄자인 주인공의 심리적 추이에 따라 자의적으로 전개되는 하나의 카오스로 그려져 있"[19]다는 것이다. 이러한 성격의 심층적 분석은 현대 심리소설에서는 유용할 수 있을 터이지만, 역사소설에 있어서는 오히려 역사적 진실성을 호도하기 쉽다.

「전야」(『조광』, 1940. 7~1942. 10)와 「여명」(『매일신보』, 1944)에서 주인공인 '이하응'은 앞에서와 같은 성격 결정론 대신에 운명 결정론에 지배되는 인물이다. 그는 전국을 돌아 제왕이 날 명당자리를 찾아다니고, 그런 곳을 찾자 권력의 힘을 빌려서 절의 탑이 서 있던 자리에 억지로 아버지의 묘를 이장하여 자신의 소망을 이루고자 한다. 그가 대권을 잡게 된 것이 풍수사상에 의한 명당을 찾았기 때문으로 그려지고 있다는 것이다. 이런 운명 결정론도 결국 한말 부패한 세도정치의 극복을 통한 신권의 약화와 흥선대원군의 집권에 따른 왕권 강화라는 역사적 대사건을 한 역사적 유명인물의 성격적 특성의 산물로 본다는 점에서 앞의 작품들과

---

19) 강영주, 앞의 글, 90쪽.

다를 바가 없다. 이런 점에서 박종화의 역사소설은 전반적으로 역사를 심리화한다고 할 수 있다.

이광수와 박종화의 역사소설은 당시 민족 구성원들이 절실하게 요구하고 있었던 역사소설의 연의적 발생 동인에 부응한 작품들이었다. 민족의 역사를 직접 접할 수 없었던 대다수 독자들은 연의의 방식으로 역사를 쉽고 흥미롭게 윤색한 역사소설에 환호를 보내고 있었고, 역사서에 의한 사건 전개와 역사적 유명인물을 다룬 연의적 동인의 역사소설은 이런 점을 일정하게 충족시켜줄 수 있었던 것이다. 그러나 이광수가 '역사의 윤리화'를 통해 허무 의식에 빠져들고 있다면, 박종화는 '역사의 심리화'를 통해 역사의 진실성을 훼손하고 있다.

3. 상업적 동인의 역사소설

역사소설 창작은 신문의 상업화와 긴밀하게 관련되어 있다. 1930년대에 이르면 거의 모든 신문이 흥미를 중시하는 역사소설을 싣는다. 1920년대에 민족의 등불로 역할하던 신문은 1930년대에 들어서면 현실 비판과 민중의 지도라는 종전의 자세를 약화시키고 상업성을 현저히 드러낸다는 것이다. 당시 신문의 이러한 변질은 신문사가 경영의 합리화를 추구했다는 점에서 찾을 수 있다. 물론 총독부가 신문의 검열 및 처벌을 강화했다는 점도 무시할 수는 없다.

1930년대의 신문은 독자 확보를 위해 면을 증가하고 다수의 장편소설을 연재했다. 따라서 한 신문에 두 편 내지 세 편의 장편소설이 함께 연재되는 경우가 많았으며, 역사소설은 빼놓을 수 없는 작품으로 신문 독자 확보의 주된 수단으로 활용되었다. 그러므로 신문사에서는 작가에게 공공연히 대중 독자의 기호에 맞는 소설을 강요하기도 했다. 그리하여 역사소설은 특히 상업화의 요구 속에서 통속성을 강하게 나타내었던 것이다.[20]

김동인과 윤백남은 이러한 신문의 상업화 속에서 야담의 오락성에 특히 많은 관심을 보이고 있었다. 그리하여 그들 두 작가는 상업적 목적으로 야담 위주의 잡지를 서로 이어가며 발간하기도 했다. 윤백남이 1934년에 발행한 『월간야담』을 인수하여 김동인은 1935년 11월에 『야담』 잡지를 발간하면서 사담, 수필, 잡문 등에 매달리기도 한다. 그렇지만 김동인은 1937년 3월 『야담』 주간실에서 넘어져 혼수상태에 빠지며, 건강이 계속 나빠져 19호 이후의 『야담』 경영권을 경일이란 청년에게 넘겨준다.[21]

김동인의 『운현궁의 봄』 『대수양』에서도 역사적 유명인물이 주도적인 역할을 하고 있다. 그렇지만 연의형 역사소설과는 달리 여기에서 역사적 유명인물은 작가에 의해 새롭게 해석되고 있다. 그리하여 김동인은 힘에 의한 강력한 권력을 정당화하고 역사적 유명인물에 자신의 개성을 강하게 투영함으로써 그들을 영웅화한다.

물론 「젊은 그들」(『동아일보』, 1930. 9. 1~1931. 11. 10)에서는 허구적 무명인물이 중심적인 활약을 하고 허구적인 사건이 주류적으로 전개된다. 김동인은 『젊은 그들』이 역사소설은 아니라고 한다. 그러나 역사적 유명인물인 흥선대원군 '이하응'이 아니라 허구적인 무명인물인 '안재영'과 '이인화'가 작품의 중심에 놓인다고 역사소설이 아닌 것은 아니다. 이 작품이 사무라이들의 의리와 투쟁을 그린 일본에 특유한 통속적 역사

---

20) 이주형, 「1930년대 한국장편소설연구」, 서울대학교 박사학위 논문, 1984, 19쪽.
21) 홍효민, 「금동 김동인론」, 「현대문학」 58호, 1959. 10, 76쪽.

소설 또는 역사를 배경으로 한 대중적 시대물의 영향을 강하게 보여주고 있기는 하다.[22] 하지만 역사소설이라고 하여 역사적 인물과 사건에 충실해야 하는 것은 아니다. 역사소설은 역사적 사실에 입각한 역사가 아니라, 그러한 역사적 사실에 의거하면서도 작가의 상상력이 더욱 중시되어야 하는 소설이기 때문이다. 김동인은 『젊은 그들』에 대한 이런 불만 때문인지 역사적 유명인물을 중심에 놓는 후속 작품들을 준비한다.

그리하여 김동인은 「운현궁의 봄」(『조선일보』, 1933. 4. 26~1934. 2. 6)에서 살아 있는 대원군으로 섭정이 되어 대권을 장악한 역사적 유명인물 '이하응'을 주인공으로 제시한다. 이하응은 대권을 잡는 과정에서 주도면밀한 계획을 세우고 최고의 능력을 발휘하여 자신의 목표를 달성한다. 그러니까 철종의 사후에 극적으로 권력을 획득하여 곤궁했던 시절에 받았던 멸시와 비난을 무색하게 만든다. 여기에서 이하응은 막강한 힘을 행사한 절대적 권력자이자 당대 최고의 예술가로 김동인에게 가장 이상적인 영웅상이라 할 수 있다.

또한 「대수양」(『조광』, 1941. 3~12)에서 '수양대군'은 강대해진 신권을 제압하고 무력해진 왕권을 소생시킨 인물이다. 그는 오직 국가를 위하고 왕실을 강화하고자 권력의 전면에 나섰지만, 사욕에 찬 인물들이 그를 비난하며 자신의 심복들마저 그의 뜻을 오해했다는 것이다. 여기에서 단종의 폐위와 세조의 왕권 계승이라는 역사적 상황은 수양대군의 강렬한 개성과 비범한 능력에 압도되고 있다. 그리하여 수양대군과 대립했던 '김종서'는 용렬한 인물로 매우 부정적으로 제시된다. 김종서가 수양대군에 대한 단종의 신임이 두터워지자 자신의 권세를 지키고자 반역의 마음

---

22) 김윤식, 앞의 글, 162쪽.

을 품고 안평대군과 황보인을 자신의 편으로 끌어들이고 있다는 것이다. 이렇게 김종서를 부정적으로 제시하는 것은 수양대군을 극히 긍정적으로 제시한 것만큼이나 작가 자신의 개성을 투영해 역사적 유명인물을 제시하고 있는 것이다.

김동인은 초기 단편소설에서부터 현실의 황폐성과 비극성을 극복할 영웅을 갈망해왔다. 그러하기에 타인의 구속을 받지 않고 자신의 욕망을 마음껏 실현한 제왕이나 예술가에 대한 영웅 숭배 의식을 강하게 보여준다.[23] 그리고 계급주의뿐만 아니라 민족주의 같은 정치적 이념에 무관심하고 문학에서 이념을 아예 배제하고자 한다. 이러한 영웅주의와 정치적 이념에 대한 김동인의 무관심은 성장 기반에 기인한다고 할 수 있다. 김동인은 평양 대지주인 김대윤의 둘째 아들로 태어나 집안의 귀공자로 자랐다. 뿐만 아니라 작가의 길도 동경 유학 중에 그의 유아독존적 고고성을 지켜줄 수 있다는 점에서 선택하고 있음이 그러하다.

그렇지만 김동인은 1920년대 후반에 대규모 간척사업의 실패와 아내 김혜인의 가출, 그리고 경제적 파산으로 상갓집 개로 불리던 이하응처럼 열악한 처지에서 재기를 꿈꾸고 있었다. 그러니까 『젊은 그들』을 비롯한 역사소설은 김동인이 1930년대 초에 김경애와 재혼을 하고 서울로 이사하여 생계를 위해 쓰게 된 신문연재소설이라 할 수 있다. 곤궁한 처지에서 당시 동아일보의 편집국장이었던 이광수의 권유에 따라 수절하는 과부가 타락하는 부끄러운 심정으로 신문소설을 쓰게 되었다고 한다. 그리하여 김동인은 "이 「젊은 그들」에 있어서 가장 노력한 것은 이야기를 통

---

23) 박종홍, 「『운현궁의 봄』, 영웅주의의 극적 서술」, 문학사와 비평학회, 『문학사와 비평』 8집, 새미, 2001, 114쪽.

속적 의미로 흥미롭게 끌어나아가는 점이었다"[24]라고 하여 작품의 흥미 추구에 중점을 두었음을 강조하고 있다.

그러므로 『운현궁의 봄』에서 파락호였던 이하응의 흥선대원군으로의 화려한 등장과 『대수양』에서 단종을 둘러싼 신하들을 일거에 제거한 수양대군의 과감한 등극은 바로 초라한 밑바닥의 삶에서 정상으로 비상하고자 한 김동인의 잠재적 욕망 성취를 나타내고 있는 것이다. 그리고 이러한 영웅을 긍정하면서 '역사의 개성화'란 김동인 특유의 역사소설을 대중 독자에게 보여주고 있다.

윤백남의 『대도전』 『흑두건』 『해조곡』에는 중인층 이하의 허구적인 인물이 주인공으로 활동하고, 시정의 일상사가 주로 전개되며, 전근대적인 이념과 제도를 적극적으로 비판하고 있다. 이런 점은 윤백남이 관찬 사료에 얽매이지 않고 야담 같은 민간 전승 자료에 의거해서 역사를 소설화하고 있음을 나타낸다. 윤백남은 "야담은 일야에 수백수천의 사람에게 직접 감흥과 지식과 흥분을 줄 수 잇는 것이"[25]라고 하며 누구보다 야담의 영향력을 중시하고 있다.

「대도전」(『동아일보』, 1930. 1. 16~1931. 7. 13)에서 주인공 '무룡'은 고려의 친원파 귀족 출신이지만 도적 집단에서 양육되어 도적으로 활동한다. 그리고 무룡의 부모를 살해한 산적 두목 '맹학'의 딸인 '난영'은 아버지보다 애인을 따르면서 효도보다 사랑을 더욱 중시하고 있다. 그리하여 그녀는 남편 무룡의 생사를 알지 못할 때에는 수적들의 여두목이 되어 그들을 이끌며 관선을 습격하여 큰 성공을 거두기도 한다. 구사일생으로 살아난 무룡은 공민왕에게도 부모의 복수를 하고자 하여 개경에 들어가

---

24) 김동인, 「처녀 장편을 쓰던 시절―「젊은그들」의 회고」, 『조광』, 1939. 12, 231쪽.
25) 윤백남, 「야담과 계몽」, 『계명』 23, 경성 : 계명구락부, 1932, 13쪽.

서 의적 활동을 벌인다. 그리고 타락한 군왕으로 인해 백성들이 곤경에 처해 있다는 확신이 들자 공민왕을 살해하여 개인적 원한과 백성들의 원한을 동시에 해결한다. 이처럼 이들에게 봉건적 윤리와 권위는 전혀 의미를 갖지 않는다.

그리고 「해조곡」(『동아일보』, 1931. 11. 18.~1932. 5. 20)에서 주인공 '해룡'은 시정의 장사꾼이다. 하지만 그도 서학교인으로 처형을 당한 형으로 인해 서학교인이 되고, 범죄자로 쫓기다가 역시 조정의 박해를 피해 도망 온 서학 교인들을 이끌며 해적의 두령으로 활동한다. 여기에서 해적들은 부패하고 탐욕스런 관리나 이들에 영합한 부자들을 약탈하고 있다. 또한 약탈의 목적도 그들의 호의호식이 아니라 체제 변혁을 위한 준비금을 마련하는 데 있다. 이런 점에서 그들은 이른바 '의적(social ban-ditry)'이라 할 수 있다.[26]

여기에서 '하경순' 역시 해룡과 마찬가지로 일상적 인물에서 자각적 인물로 변모한다. 그녀는 신유년의 서학 탄압 시기에 청국으로 도망치던 도중에 어린 조카의 생명을 구하고자 자신을 체포한 포교에게 봉욕을 당하기도 한다. 하지만 좌절하지 않고 자신의 앞길을 개척해가며 해적들에게 납치되었을 때에 그들이 서학교인들의 집단이란 사실을 알자 자신도 해적단에 가입하여 능동적으로 활동한다. 그리고 관선의 함정에 빠진 해룡이 바다에 뛰어들어 생사를 모르자 그녀 자신이 해적 집단을 이끌며 본거지를 습격한 관군들을 물리치기도 한다. 이에 해룡은 자신을 구해준 가옥의 헌신적인 사랑을 단호히 거절하고 뜻을 같이하는 하경순과 결혼하고자 한다. 그들은 믿음의 자유를 획득한다는 공통의 목표를 함께 성취하고

---

26) 홉스봄, 황의방 역, 『의적의 사회사』, 한길사, 1982, 22쪽.

자 하는 동지적 관계를 중시하고 있다는 것이다.

여기에서 『대도전』의 주인공이 무룡이고 『해조곡』의 주인공은 해룡이다. 그런데 무룡은 산적 집단을 이끄는 인물이고, 해룡은 해적 집단을 이끄는 인물이다. 그렇지만 그들이 고전소설의 주인공처럼 신비적이고 초월적인 도술의 힘으로 현실의 장애를 극복하고 문제를 해결하는 것은 아니다. 그들은 상황의 변화에 따라 체험 속에서 의식이 성장하며 자연스레 소속 집단의 지도자가 된다. 그런데 그들의 이름에는 공통적으로 '용(龍)' 자가 들어 있다. 이것은 고전소설의 주인공이 수신 신앙의 투영으로 인해 '용자'나 '용녀'로 나타나는 것과 같다.[27] 그들은 조선의 민간신앙인 용 숭배 사상에 기반을 둔 평민적 영웅으로 제시되고 있는 것이다.

그리고 「흑두건」(『동아일보』, 1934. 6. 10~1935. 2. 16)의 주인공 '박치의'는 양반 서자이다. 당시에 서얼들은 신분으로는 양반이 아니지만 생활 환경과 지식 수준은 양반에게 속하는 인물들이라 할 수 있다. 그들은 이러한 이중적 존재성으로 인해 하층과 상층에 함께 연관되는 인물들이다. 여기에서 서얼들은 신분제도의 모순을 깊이 인식하여 체제에 반역하고자 흑두건 집단을 조직하여 도적 활동을 벌인다. 그런데 박치의와 같은 경계에 위치하는 이런 중도적 인물이 역사소설에서는 중요하다. 역사소설에서는 거창한 역사적 사건보다는 일상적인 사건을 통해 드러나는 다수 민중들의 생각과 느낌이 나타나야 하고, 그것에 의해 역사적 현실의 본질이 총체적으로 복원될 수 있어야 한다. 하지만 그들은 이러한 중도적 인물의 역할을 제대로 실행하지 못한다. 그들에게는 민중적 기반이 전혀 없고 집단 내부의 결속력도 약하기 때문이다. 이에 자체 내의 배신

---

27) 서대석, 『군담소설의 구조와 배경』, 이화여자대학교 출판부, 1985, 52쪽.

과 관군들의 토벌에 의해 허망하게 무너지고 만다.

그러니까 윤백남 역사소설의 인물들은 조정의 부패와 신분질서의 모순에 저항하는 조직적이고 집단적인 활약을 충실하게 보여주지 못한다. 무룡은 군왕을 살해한 뒤에 그냥 멀리 떠나버리며, 해룡은 친구의 배신으로 종교적 이념의 자유를 획득하는 거사를 본격적으로 전개하지 못하고, 박치의는 흑두건 집단이 붕괴된 뒤에 개인적으로 인조반정을 측면에서 지원하는데 머물고 있기 때문이다. 즉 그들의 저항 행위가 민족 전체의 불행을 극복한다는 집단 차원의 조직적이고 지속적인 저항으로까지 확대되지 않는다는 것이다.

또한 윤백남의 역사소설은 형식적인 측면에서도 결점을 보여준다. 그러니까 "팽팽한 긴장감이 결여되어 독자들에게 절실한 충격을 주지 못하며 작품이 느슨하고 안이하게 쓰여진 듯한 인상을 준다"[28]라는 것이다. 윤백남은 "필자는 대중소설은 대중소설의 가는 길이 있고 순문예소설은 순문예소설의 것는 길이 있을뿐이오 그것을 비교하야 우열을 생각하게 되는 우매를 일소하자는 것이다"[29] 라고 한다. 예술소설과 달리 대중소설이 그것대로의 독자적 가치를 갖는다는 점을 강조하고 있는 것이다.

그러니까 윤백남의 역사소설은 역사적 무명인물을 주인공으로 삼아 비인간적 봉건제도의 불합리를 비판하고 있음에도 불구하고 그러한 저항이 철저하게 실행되지 못하고, 평이하고 느슨한 사건 전개로 긴장감을 잃고 있다. 이처럼 내용과 형식의 양 측면에서 결점을 보여주고 있다는 것이다. 이런 점에서 야담에 의거하여 역사를 통속화함으로써 봉건적 억압 양상을 소박하게 고발하는 데 머물고 말았다.

---

28) 박종홍, 「윤백남의 역사소설고」, 『국어교육연구』 제17집, 1985, 125쪽.
29) 윤백남, 「대중소설의 사견」, 『삼천리』, 1936. 2, 583쪽.

김동인의 역사소설은 역사를 재해석하면서 영웅을 중시하는 자신의 개성을 역사소설에 강하게 투영하여 예술성을 어느 정도 확보하고 있다. 그렇지만 윤백남의 역사소설은 모순된 신분 질서와 봉건제도에 대한 거부가 대중들의 일시적인 반항에 그치고 사건 전개의 긴밀도가 크게 떨어지고 있었다. 그러니까 두 작가가 모두 민족주의나 계급주의 같은 당대의 주도적 정치 이념에 대한 무관심 속에서 독자들의 흥미를 끄는 데 관심을 집중하여 역사소설의 상품화에 앞장섰다는 공통점을 보인다. 하지만 김동인이 '역사를 개성화'하여 상업화의 굴레에서 어느 정도 벗어나고 있다면, 윤백남은 '역사를 야담화'하여 봉건적 억압을 소박하게 고발하는 데 머물고 있다는 것이다.

4. 민중 자각적 동인의 역사소설

역사소설은 민중의 역사에 대한 주체적 각성과 밀접하게 관련되어 있다. 역사란 일부 특권층에 의해 주도되는 것이며, 민중은 부수적으로 존재할 뿐이라는 과거의 허위의식에서 민중들도 차츰 깨어난다. 그리하여 거대한 변동 속에서 그들 각자가 역사의 흐름에 의해서 직접적으로 영향을 받고 있으며, 그들의 결단과 행동이 바로 역사의 흐름에 구체적인 작용을 미칠 수 있다는 주체적 각성을 하게 된다.

한국 근대 역사소설에 있어 이러한 민중의 주체적 각성은 전 민족적인 항일운동인 3 · 1운동의 구체적 영향에 의거한 것이다. 한국사에 있어 3 · 1운동의 주동적 인물들은 근대적인 신교육을 받은 지식인과 시민의식을 지닌 다수 대중들이다. 그들은 봉건왕조를 다시 찾자는 복고주의적인 목표가 아니라 민족 구성원 전체가 주권자로서 참여하며 민족의 삶을 회복하고자 하는 데 목표를 두고 있었다.

그리하여 이러한 각성이 바로 우리 민족사에 대한 절실한 관심 속에서 민중 자각적 역사소설을 요구하게 되었던 것이다. 이러한 점은 프랑스 대혁명 및 나폴레옹 제국의 흥망이 서구에서 역사소설의 출현 동인으로 작용했던 것과 유사하다. 루카치는 "이런 시대에 개개인은 자기의 존재가 역사에 의해 조건지어져 있음을 알게 되고 역사가 자기의 일상적 삶에 중대한 영향을 미친다는 것을 이해하는 구체적 가능성이 존재하고 있었던 것이다"[30]라고 한다.

현진건의 역사소설인 『무영탑』과 『흑치상지』는 관찬 사료에 의한 조정의 정치사보다는 시정의 일상사를 주로 다룬다. 그리고 하층에 속하는 무명의 인물이나 평민적 영웅이 주도적으로 활약하면서 기존의 체제와 이념을 적극적으로 거부하는 태도를 드러낸다. 이런 점에서 이것들은 민중 자각적 동인의 역사소설에 속한다고 할 수 있다. 물론 현진건이 당시의 한국 민족이 모두 민중에 속한다고 보면서 민족적 차원의 민중을 중시한다면, 홍명희는 계급 갈등의 한 축인 계급적 차원의 민중을 중시한다. 이런 점에서 두 작가에게 민중이 동일한 개념이었던 것은 아니다.

「무영탑」(『동아일보』, 1938. 7. 20~1939. 2. 7)에서 부여 출신의 천민 석공 '아사달'은 서라벌의 귀족 처녀 '주만'을 사랑한다. 그런데 그들의 사랑이 단순히 남녀의 감정적 일체감을 보여주고 있는 것은 아니다. 신동욱의 지적처럼 "주만과 아사달의 만남은 상·하 두 계층의 만남이고 사회 발전의 계기를 암시하는 만남"[31]이란 것이다. 여기에서 아사달과 경신과의 삼각관계에서 정점에 놓인 주만은 평민층과 귀족층을 매개하여 신분

---

30) Georg Lukács, *The Historical Novel*, Penguin Books, 1969, pp.15~18.
31) 신동욱, 「현진건론」, 『현대문학』 제185호, 1970, 317쪽.

적 차별을 극복하고 민족의 화합에 기여한다. 이에 양진오는 "각각 아사달과 경신이라는 인물에 상응해 나타나는 신흥과 국선도는 민족을 상상하는 근거로 이 작품에서 활용되고 있다"[32]라고 했다.

『무영탑』에서 대부분의 사건은 허구적인 일상사이다. 시중 금지와 이손 유종의 대립이 조정에서 이루어지기는 한다. 그러나 이것도 가상적으로 설정된 상황일 뿐이다. 여기에서 정치적 권력의 정점인 군왕은 늙고 무능하며, 정신적 이념의 지주인 불교도 부패하였다. 이에 통일신라는 새로운 자기 혁신을 필요로 한다. 이러한 신라를 재생할 수 있는 적극적이고 실천적인 인물이 국선도파를 대표하는 경신이다. 그는 당나라 황제가 '안녹산'에게 쫓기어 달아나는 중국의 상황을 이용하여 고구려의 옛 땅을 회복하고자 한다. 그는 민족 내부의 신분적 갈등과 조정의 당나라에 대한 의존성을 적극적으로 비판함으로써 외세에 대한 조선 민족의 단합된 현실 극복 의지를 촉구하고 있다. 그리고 귀족층 내에서도 주만에 대한 당나라 한림학사 출신 금성의 비열한 태도와 화랑 경신의 영웅적인 태도를 대조시켜 사대적인 당학파에 대한 자주적인 국선도파의 우월성을 드러낸다.

현진건은 『무영탑』에서 아사달과 주만의 사랑을 중심에 놓고 경신과 금성의 정치적 대립을 주변에 놓음으로써 주체적 민족의식을 제시하고 있다. 그렇지만 당면 과제의 구체적 해결 방안이 현실적으로 모색되고 있지는 않다. 작품의 결말에서 영지 못에서 자살한 '아사녀'를 찾아간 아사달은 아사녀와 주만의 모습이 결합된 원불의 모습을 완성함으로써 큰 예술적 성취를 보여준다. 하지만 그 역시 못에 뛰어들어 자살함으로써

---

32) 양진오, 「현진건의 『무영탑』 연구」, 『현대소설연구』 제19호, 한국현대소설학회, 2003. 9, 187쪽.

현실적으로 문제를 해결하고 있기보다는 낭만적인 초월을 통해 해결책을 찾고 있다.

미완의 「흑치상지」(『동아일보』, 1939. 10. 25~1940. 1. 16)에는 민족 주체의식이 외세와의 직접적인 투쟁으로 나타나고 있다. 여기에는 당나라에 의해 황폐화된 백제를 부흥하고자 하는 백제인의 집단적이고 실질적인 저항 행위를 통해 이민족의 침략 행위에 한민족이 거족적으로 저항해야 함을 암시한다. 현재의 식민지 조선이 제국주의 침략의 굴레에서 어떻게 벗어나야 하며, 그러기 위해서는 어떻게 해야 하는가를 진지하게 추구하고 있다는 것이다. 주인공 '흑치상지'는 오만한 귀족적 영웅이라기보다는 집단의 역량을 매개하는 민중적 영웅이라 할 수 있다. 최원식의 지적처럼, "고통받는 민중의 집단적 기원에 부응하여 민중 속에서 나타난 메시아적 영웅"[33]이란 것이다. 흑치상지가 다소 신비적으로 미화되고 있기는 하다. 하지만 그러한 형상을 통해 그는 외세의 횡포에 대한 민족의 울분을 해소하는 데 일정하게 기여하고 있다.

1930년대 후반에서부터 1940년대 초까지는 일제가 전시 체제로 돌입하여 민족정신을 말살하는 데 더욱 박차를 가하던 절박한 시기였다. 1940년 8월 10일에는 『동아일보』와 『조선일보』를 강제 폐간시키고, 1941년 4월에는 『문장』 『인문평론』 등을 폐간시켰으며, 일반 민중들에게도 '창씨개명'을 강요하고 조선어 사용을 금지하였다. 더욱 가혹해진 상황 속에서 현진건의 역사소설은 민족의 정기를 현재에 되살려 민중 각성의 주체적 저항 의식을 고양하고 있는 것이다.

본래적인 의미에서의 역사소설은 현재의 앞선 단계로 문제시되는 시기

---

[33] 최원식, 「현진건연구」, 서울대학교 석사학위 논문, 1974, 138쪽.

의 역사적 진실성을 재현해야 한다. 하지만 현실적인 탄압 때문에 당대 현실의 재현이 실질적으로 불가능할 때 역사소설은 역사의 현재화에 관심을 갖게 된다. 이러한 작업은 당면 문제에 대해서 작가가 의도적으로 독자에게 역사적 거리를 부여함으로써 독자는 보다 냉철하고 객관적으로 상황 판단을 할 수 있게 된다. 이때 작가는 현재의 상황과 유사한 과거의 상황을 택해 그것을 소설화한다. 그러니까 현진건에게 역사소설이란 과거라는 소재와 무대를 가진 소설일 뿐이다. 주제를 미리 작정하고 소설을 쓰고자 하나 "현대에 취재하기로 거북한 점이 있다든지 또는 현대로는 그 주제를 살려낼 진실성을 다칠 염려가 있다든지 하는 경우에 그 주제에 적당한 사실을 찾아 대어 얽어 놓은 경우"[34]가 역사소설인 것이다. 그에게는 저항적 민족해방 의식을 제시하는 일이 중요했고, 일제 '검열'을 피하기 위해서는 역사소설이 필요했다는 것이다.

그리고 홍명희의 『임꺽정』은 오랜 기간 동안에 걸쳐 방대한 분량으로 발표된 대하 역사소설이다. 여기에는 주인공 '임꺽정'을 비롯한 하층 화적 집단의 인물들이 주도적으로 활동하고 있다. 그리하여 조정에 대한 화적들의 지속적이고 조직적인 저항을 통해 모순된 체제에 대한 적극적인 저항 의식을 보여준다. 물론 『임꺽정』에는 양반층의 역사적 유명인물도 다수 등장한다. 사림파에 속하는 조광조와 김식 등은 긍정적으로 제시되고, 이들이 적대하는 남곤과 심정 등의 훈구파와, 문정왕후를 비롯한 윤원형 일파와 보우는 부정적으로 제시된다. 그러나 그들 상층 인물들은 독자적인 개성을 보여주지 않는다. 오히려 백정, 영락한 농민, 소금장수, 대장장이, 서얼, 아전 등이 생동감을 보여주고 있다. 그들은 단순

---

34) 현진건, 「역사소설문제」, 『문장』 11호, 1939.12, 128~129쪽.

히 임꺽정에 종속되는 인물들이라기보다는 각자의 독자성을 충분히 지닌다.[35]

또한 평민층과 양반층을 연계해주는 인물로 양반 이장곤과 천민 양주팔이 나온다. 이장곤은 연산군의 비위를 상하게 해서 거제도로 귀양을 가다가 탈주하여 백정인 양주삼의 딸 봉단과 결혼하여 몸을 숨긴다. 하지만 그는 중종반정으로 세상이 바뀌자 상경하여 조정에 다시 나섬으로써 천민의 사위와 조정의 대신을 넘나든다. 양주팔은 천민이나 학식이 높고 지인지감이 있어 도망자 이장곤을 알아보며, 묘향산 암자에서 이인 정희량의 제자가 되어 그의 모든 비술을 전수받아 신이한 능력을 발휘한다. 그리하여 그는 명문 양반들에게도 존경을 받으며 그들과 교유한다.

그리고 임꺽정은 영웅적 면모와 비속한 면모를 동시에 보여주는 복합적인 인물이다. 그는 아우들의 잘못을 자신이 감당하고자 하고 불쌍한 모녀를 구해주고자 애를 쓰는 인정 많은 인물이면서, 사소한 잘못을 저지른 부하들과 마을 사람들을 예사롭게 죽이는 잔인한 인물이기도 하다. '화적편'에서 임꺽정은 모순된 신분 질서에 동화되고 영합하는 면모를 보여주기도 한다. 갓바치를 스승으로 모시고 병서를 배우던 초반부의 임꺽정은 당시의 모순된 신분 질서에 저항하여 현실을 변혁하고자 하는 혁명적인 성향의 인물로 제시되지만, 후반부에서 그의 저항 의식이 현저히 약화되고 있다는 것이다. 하지만 이런 점은 작가가 인물에 대하여 시종 비판적 거리를 유지함으로써, 임꺽정이 큰일을 하겠다는 의식은 가졌지만 당시에 도적 집단을 이끌고서 혁명을 실천하는 데에는 역부족이었음을 그대로 보여준 것이라고 할 수 있다. 16세기 조선의 역사적 상황에서

---

[35] 박종홍, 「『임꺽정』의 '초점 인물'과 '시각' 고찰」, 『문예미학』 5, 문예미학회, 1999, 7쪽.

임꺽정이 계급적 저항 의식을 일관되게 보여줄 수는 없었을 것이기 때문이다.

홍명희도 『임꺽정』을 쓸 초기에는 임꺽정을 구심점으로 백정 집단의 계급적 저항을 재현하고자 한 의도를 가졌던 듯하다. 홍명희를 공산주의자로 보는 사람도 있다. 그렇지만 그를 단순히 공산주의자라 보기는 어렵다. 그는 1923년부터 좌익 사상 단체인 신사상연구회에 참여하는 등 마르크스주의에 관심을 가졌고 이해도 깊었다. 하지만 그가 시종 저항적 민족주의자와 친밀한 관계를 유지하고 있듯이, 공산주의자라는 증언과 그렇지 않다는 증언이 공존하고 있기 때문이다.[36]

『임꺽정』은 백정 출신의 임꺽정을 주인공으로 삼아 풍부하고 치밀한 묘사로 화적 집단의 생활상을 보여줄 뿐만 아니라 평민층과 양반층에 함께 연결되는 매개 인물을 통해 사대부들의 생활상도 사실적으로 보여주고 있다. 또한 주인공 임꺽정에 대해서도 이상적 영웅으로 과장하거나 왜곡하고 있지 않다. 이에 "뚜렷한 성격도 없고 그 성격과 환경과의 '비빗드'한 갈등도 없으며, 따라서 작품을 관류하는 일관한 정열도 없다"[37]라고 비판을 받기도 한다. 이처럼 임화가 세태소설로 규정할 정도로 『임꺽정』은 사건의 유기적 결합보다 당대의 풍속 묘사에 집중하고 있다. 홍명희도 "임꺽정만은 사건이나 인물이나 묘사로나 정조로나 모다 남에게서는 옷한벌 빌어 입지안코 순조선거로 만들려고 하엿습니다"[38]라고 하며, 중국 문학이나 구미 문학의 영향에서 벗어난 조선적인 작품을 만들려고 했다는 점을 강조한다.

---

36) 강영주, 『벽초 홍명희 연구』, 창작과비평사, 1999, 231~232쪽.
37) 임화, 「세태소설론」, 『문학의 논리』, 학예사, 1940, 356쪽.
38) 홍명희, 「『임꺽정전』을 쓰면서」, 『삼천리』 42호, 1933. 9, 665쪽.

앞에서 살펴보았듯이 현진건과 홍명희의 역사소설은 동일하게 조선의 현실에서 가장 중추적인 집단이 민중이라는 점을 인식하고 억압적 체제와 이념에 대한 민중의 저항을 보여준 민중 자각적 동인의 역사소설이라 할 수 있었다. 두 작가의 역사소설이 공통적으로 민중에 대한 신뢰속에서 그들의 실천적 활동을 역사의 중심에 두고 있었던 것이다. 그러면서도 현진건의 역사소설이 낭만적 초월 속에서 '역사의 현재화'를 통해 당대의 과제에 대한 해결책을 모색하고자 한다면, 홍명희의 역사소설은 '역사의 풍속화'를 통해 현재의 전사로서 과거를 여실하게 보여주고자 한다.

5. 맺음말

여기에서는 역사소설의 발생 동인과 관련하여 일제강점기의 한국 역사소설을 연의적 동인, 상업적 동인, 민중 자각적 동인의 세 가지 양상으로 분류하여 이광수, 박종화, 김동인, 윤백남, 현진건, 홍명희의 역사소설을 통해 각 양상을 구체적으로 살펴보았다. 이때에 각 양상 내에서 개별 작가 간의 차이점도 아울러 살펴보았다.

먼저 연의적 발생 동인의 역사소설로 이광수와 박종화의 역사소설을 검토하였다. 이들 작품은 공통적으로 왕실과 조정의 역사적 유명인물을 주인공으로 삼아 관찬 사료에 의거해 주류적인 사건을 전개하고 있고, 이를 통해 역사를 모르는 대중 독자에게 민족의식을 환기시키고자 하였다. 이런 점에서 그것들은 역사의 연의화에 대한 독자의 요구에 충실하게 부응한 역사소설이라 할 수 있었다. 그러면서도 이광수가 역사의 윤리화를 통해 허무 의식에 빠져들고 있다면, 박종화는 역사의 심리화를 통해 역사의 진실성을 훼손하고 있었다.

그리고 상업적 발생 동인의 역사소설로 김동인과 윤백남의 역사소설을 검토하였다. 이들 작품은 왕실과 조정의 역사적 유명인물보다 허구적 무명인물이 주도적 역할을 함으로써 관찬의 역사를 비판적으로 재해석하거나 야담에 의거하여 허구적 사건을 전개하고 있었다. 그리고 그것들은 당대의 민족적 과제에 대응하는 정치 이념인 계급주의와 민족주의에 모두 무관심하였다. 이런 점에서 신문의 상업화에 따른 역사소설의 상품화에 적극적으로 부응한 작품이라 할 수 있었다. 그렇지만 김동인의 역사소설이 역사를 개성화하여 상업화의 한계를 어느 정도 벗어나고 있다면, 윤백남의 역사소설은 역사를 야담화하여 봉건적 체제의 부당성을 소박하게 고발하는 데 머물고 있었다.

마지막으로 민중 자각적 발생 동인의 역사소설로 현진건과 홍명희의 역사소설을 검토하였다. 이들 작품은 민중이나 민중적인 영웅을 주인공으로 삼아 관찬 사료의 구속에서 벗어난 허구적 사건이나 시정의 생활상을 주로 보여주고 있고, 모순된 현실을 적극적으로 극복하려 하고 있기 때문이었다. 이에 이것들은 역사에 대한 민중의 자각을 중시하여 역사의 주체로 민중을 부각시킨 역사소설이라 할 수 있었다. 그러면서도 현진건의 역사소설이 낭만적 초월 속에서 역사를 현재화하고 있다면, 홍명희의 역사소설은 현재의 전사를 구체적으로 묘사하여 역사를 풍속화하고 있었다.

제5장

신화 층위의
비평

『원형의 전설』의 죽음과 재생

1. 머리말

1962년 『사상계』에 연재 발표된 장용학의 장편소설 『원형의 전설』은 신화를 중시한 작품이다. 신화적 주인공이라 할 '이장'의 자기 근본 탐색과 희생 제의의 완수, 근친상간에 의거한 낙원 지향 의식 속에서 동굴 체험에 따른 죽음과 재생을 통해 신화적 특성을 풍부하게 보여주고 있기 때문이다. 융은 문학작품에서 집단무의식에 근거한 신화적 원형의 기능을 중시하는데, "우월한 문학에 나타나는 비개인적이면서도 보편적인 원천을 집단 심리에서 찾았으며 그것을 신화의 축으로 설명"[1]한다는 것이다.

19세기 말에 이르면 서구에서도 성상의 파괴와 탈신화의 움직임 대신에 신화가 부활되고 있다. 뒤랑은 그러한 변화의 동기를 세 가지로 든다. 첫 번째 동기는 사물 혹은 대상의 실증성, 합리적 추론, 기계, 역사적 사건들에 대한 믿음이 포화 상태에 이르렀다는 것이다. 즉 사람들을 고취

---

1) 빈센트 B. 라이치, 「신화비평」, 김성곤 외 역, 『현대미국문학비평』, 한신문화사, 1993, 154쪽.

시켰던 커다란 주제들이 일종의 빈혈 상태에 빠지게 되면 그들은 다른 '세계관'을 선택하게 된다는 것이다. 두 번째 동기는 전통적인 인식론이 풍화되어 '고전적 이성'이 완전히 전복되는 인식론적 전복의 세기가 도래했다는 것이다. 기존 인식의 전복을 경험하면서 엄격한 변증법, 가치론적인 배제, 인식론적인 파문이 사라진다. 그때부터 과학적 과정과 시적 담론 사이의 경계선이 지워진다는 것이다. 세 번째 동기는 인류학의 비약적 발전 속에서 문명인과 야만인을 포괄한 모든 인간들이 언제나 동일하게 현명한 생각을 해왔다는 사실을 발견하게 된 것이다. 인류학자들의 연구를 통해 '흰 색의, 성숙하고, 문명화된' 인간들 앞에 갑자기 상궤에서 벗어난 현상들이 그 문을 활짝 열어젖히게 된다. 그럼으로써 계몽의 세기에는 감히 인용할 수조차 없었던 꿈, 환상적 이야기, 최면적 황홀 상태, 신들림의 현상을 바라보게 되었다는 것이다.[2]

엘리아데는 1978년에 자신의 소설 『금지된 숲』에서 작가의 분신이라 할 남자 주인공 스테판을 통해 "오늘 우리 모두의 주인은 전쟁이다. 전쟁은 이 시대의 역사 전부를 몰수했고, 이 시대를 살아가는 것이 우리의 운명이다. …(중략)… 우리에게 가능한 유일한 해결책은 사유하는 것이다. 다시 말해 역사적 시간으로부터 탈출하여 다른 시간을 찾아내는 것이다"[3]라고 했다. 그러니까 엘리아데가 볼 때에 전쟁의 충격과 공포 속에서 역사에 대한 신뢰를 잃어버린 사람들은 신화에 대한 믿음을 통해 범속한 인간적, 사회적 사건들의 총체로 구성된 역사적 시간으로부터 벗어나서 영원에 속하는 우주적 시간을 회복해야 한다는 것이다.

---

2) 질베르 뒤랑, 유평근 역, 『신화비평과 신화분석』, 살림, 1998, 26~43쪽.
3) 이반 스트렌스키, 이용주 역, 『20세기 신화이론—카시러·말리노프스키·엘리아데·레비스트로스』, 이학사, 2008, 141~144쪽.

그렇다면 『원형의 전설』에서 신화가 부활되고 있는 이유는 무엇인가. 그것은 한국전쟁의 충격에 기인한다고 할 수 있다. 전후의 한국 작가들은 냉혹한 전쟁의 비극 속에서 역사의 합법칙성과 진보에 대한 신뢰를 잃어버렸다. 그리하여 고은은 "50년대— 무엇보다도 그것은 두 가지 근원으로 만들어졌다. 처절하고 무모한 듯한 죽음과 삶이 그것이다. 죽음은 동작동 묘지, 삶은 손창섭과 장용학의 세계가 대변한다"[4]라고 했다. 이처럼 장용학은 당시의 일상적 삶에 끼친 전쟁의 충격을 자신의 작품에서 특히 예리하게 보여준 작가라 할 수 있다. 그러하기에 그는 신뢰를 잃어버린 역사를 대신할 신화가 무엇보다 필요했던 것이다.

그런데도 『원형의 전설』의 신화적 특성을 검토한 연구는 매우 적다. 김은전은 이 작품이 '근친상간'과 동굴 모티프를 통해 모태 회귀 즉 낙원 회귀란 인간의 보편적이고 영원한 소망을 나타낸다고 보았다.[5] 하지만 작품의 구체적 분석 없이 직관적 인식을 통해 그런 점을 간략하게 언급하고 있을 뿐이며, 『원형의 전설』이 뒤마의 『몬테크리스토 백작』 및 토마스 만의 『선택받은 남자』와 얼마나 유사한가를 해명하는 데 중점을 두고 있다. 그리고 유기룡도 『원형의 전설』에서 이장과 안지야의 동굴에서의 근친상간은 바로 낙원에의 향수, 즉 낙원 회귀라는 인류의 보편적인 욕구를 상징한다고 본다.[6] 하지만 이것 역시 작품을 구체적으로 분석하여 그러한 판단을 내리고 있지 않다. 또한 이숙경은 장용학의 장 · 단편소설에

4) 고은, 『1950년대』, 청하, 1989, 19쪽.
5) 김은전, 「'원형'의 탐구와 소설미학의 혁명—장용학의 『원형의 전설』」, 구인환 외, 『한국 현대장편소설연구』, 삼지원, 1989, 290~313쪽.
6) 유기룡, 「『원형의 전설』, 「갈매기」 「광장」—원형적 모티프인 재생의 미학」, 『한국현대소 설작품연구』, 형설출판사, 1989, 120~147쪽.

나타나는 신화의 원형적 심상을 개괄적으로 분석하고 있다.[7] 그러나 이 것은 너무 많은 작품을 등가적으로 함께 다루고 있으며 소재에 대한 직 관적인 파악을 간략하게 언급하는 데 머물고 있다.

이에 이러한 기존 연구의 미비점을 보완하고자 여기에서는 『원형의 전 설』을 체계적으로 분석함으로써 신화적 성격을 구체적으로 파악하려고 한다. 먼저 주인공 '이장'이 어떤 점에서 신화적 영웅의 모습을 지니며, 그가 자기 존재의 근본을 탐색하면서 희생 제의를 어떻게 수행하고 있는 가를 살펴볼 것이다. 이어서 작품의 핵심 사건인 세 번의 근친상간이 제 시되는 양상과 의미뿐만 아니라, 이와 관련해서 이장의 동굴 체험이 어 떻게 죽음과 재생으로 나타나는가를 살펴보고자 한다.

『원형의 전설』에서 이러한 점들은 서로 밀접하게 연결되거나 통합되어 있어 따로 분리해서 다루기 어렵다. 하지만 분석 작업을 더욱 명료하게 진행하기 위해 여기에서는 이렇게 세 경우로 나누어 살펴볼 것이다. 작 품의 구체적 분석을 통해 신화적 특성을 체계적으로 파악하고자 할 뿐만 아니라 그러한 특성들 사이의 유기적 관련성에 주목하면서 그 가치를 밝 히고자 한다. 이런 점이 이 글의 의의라 할 수 있다.

2. 이장의 남북한 편력과 희생 제의

『원형의 전설』에서 주인공 이장은 신화적 영웅의 모습을 보여주고 있 다. 먼저 그는 출생과 종생이 특이하다. 벼락으로 인해 어머니 '오기미'가 죽는 순간에 태어나고 그 자신도 벼락으로 인해 동굴이 무너질 때에 죽

---

7) 이숙경, 「장용학 소설에 나타난 신화적 원형 고」, 서울대학교 석사학위 논문, 1981.

는다. 그러니까 신화에서 신성한 상징으로 여기는 벼락을 맞고 태어나서 벼락을 맞고 죽는 순환적인 출생과 종생을 통해 이장은 신화적 주인공으로서의 면모를 잘 보여준다.

엘리아데에 의하면, "어느 신화에서나 천둥은 천공신의 무기가 되며, 벼락이 떨어진 장소는 성스러운 곳이 되고(그리스의 enelysion, 로마의 fulguritum은 바로 그 장소를 가리킨다), 벼락을 맞은 인간은 성스러운 존재가 된다."[8] 이집트 암몬 신의 원형인 민 신은 '그 어머니의 황소'나 '대황소'와 같은 이름이 붙여졌는데 대여신의 남편으로 인간에게 비와 생명을 주는 기능을 했고 벼락은 그의 속성의 하나였다.[9] 이처럼 벼락은 신화에서 신성한 상징이다. 그러므로 벼락과 더불어 순환하는 이장의 생애는 그가 신화적인 비범한 인물임을 나타내준다.

물론 벼락을 부정적으로 보기도 한다. 이스라엘의 하나님이 죄인을 벌할 때에 벼락을 내린다고 여기는 경우이다. "천둥소리는 야훼의 목소리이며 벼락은 야훼의 '불' 또는 '화살'이라고"[10] 한다. 하지만 『원형의 전설』의 오기미가 벼락을 맞고 죽어야 할 만한 죄인은 아니다. 질투와 육욕에 눈먼 오빠에게 겁탈당할 때에 그녀가 가족의 체면 때문에 그러한 일을 다른 사람들에게 크게 알리지 못하고, 나중에 임신하여 머슴인 '맹팔'을 범인으로 몰 때에도 그것을 묵인함으로써 오빠의 죄를 숨기는데 간접적으로 동조하기는 했다. 하지만 그녀는 평양의 집을 떠나 시골 방골로 내려가 수녀처럼 생활할 뿐만 아니라 아이를 낳은 뒤에는 수도원에 들어가려고 하듯이 종교적인 경건함 속에서 충분히 자신을 반성하고 있다.

---

8) M. 엘리아데, 이은봉 역, 『종교형태론』, 한길사, 1996, 115쪽.
9) 위의 책, 162쪽.
10) M. 엘리아데, 위의 책, 165쪽.

그러므로 그녀가 하나님으로부터 천벌을 받을 만한 죄인은 아니다. 그렇다면 그녀를 죽게 한 벼락은 죄인을 벌하기 위한 것이라기보다는 성스러운 존재의 탄생을 알리기 위한 표지로 보아야 할 것이다. 그리고 이장의 비윤리적 금기 파괴 행위는 시종 작가를 대신하는 권위적 서술자의 긍정적인 시선 속에서 실행되고 있다. 이런 점에서 벼락을 맞고 죽는 그의 종말이 죄를 받는 것으로 볼 수는 없다.

다음으로 신화적 영웅이 일반적으로 그러하듯이 이장은 태어나자마자 부모로부터 버려진 아이다. 그는 남매 사이인 '오택부'와 오기미의 근친 상간으로 태어났다. 그러하기에 아버지 오택부는 그러한 사실을 부정하고자 이장을 죽이려고 한다. 그리고 어머니 오기미는 아들을 출산할 때에 죽어 세상에 존재하지 않는다.

> '버려진' 아이는 물, 바람 대지와 같은 우주의 기본 요소의 의지에 맡겨져 항상 운명 앞에 던져진 일종의 도전이었다. 대지와 물에 맡겨진 아이는 이후부터는 고아로서의 사회적 신분을 그리고 죽음의 위험마저 짊어져야 하지만 동시에 인간의 조건 이외의 다른 조건을 획득할 기회를 가지기도 한다. 자연의 보호를 받는 이 버려진 아이는 대부분의 경우 영웅, 왕, 성자가 된다.[11]

인용문에서처럼 버려진 아이는 인간의 조건을 넘어서는 신화적 영웅의 조건을 획득할 가능성을 갖는다. 물론 이장은 신화 속의 영웅들처럼 자연의 보호을 받아 생명을 유지하지 않으며, 양부모에게 맡겨져 출생 시기부터 고향을 떠나 타향인 서울에서 길러졌다. 그렇지만 양부모 역시

---

11) M. 엘리아데, 위의 책, 335~336쪽.

자신들에게 위험이 닥치자 이장을 쉽게 버린다. 일제에 적극 협력하는 경방단 지부장을 지내다가 해방 이후에는 빨갱이를 잡는 민보단 분단장을 지낸 양아버지 '이도무'는 자신의 과거 행적을 보상하고자 서울이 북한군에 점령되었을 때에 이장에게 의용군으로 참전할 것을 강요하고 그를 자식으로 인정하지 않음이 그러하다.

이장은 한국전쟁으로 자신의 친부모가 따로 있다는 사실을 알게 된 뒤에 남한과 북한을 오가며 자기 존재의 근본을 확인하려 한다. 그는 서울에서 의용군으로 전쟁에 참여하지만 우연한 계기로 국군으로 행세하며 북진하게 되고, 중공군의 개입으로 후퇴하면서 북한에서는 국군 낙오병으로 떠돈다. 그리고 부상을 당해 동굴에서 혼자 남아 죽기 직전에 털보 영감에게 구출되고 딸 윤희와 하룻밤을 보낸다. 하지만 다음날 그녀의 자살을 통해 부녀 사이의 근친상간을 알게 된다. 또한 방골로 찾아가서 자신을 낳을 때에 어머니가 벼락 맞은 나무에 찔려 죽었다는 사실을 알게 되고 포로수용소에 수감되었다가 의용군 출신임이 밝혀져 풀려난다. 그리고 이장은 윤희와 어머니의 비극적 삶으로 인한 충격 속에서 여자를 멀리하며 북한에서 철저한 공산주의자가 되려 한다. 하지만 간첩 교육을 받고 남파되며 대학교수라는 위장 신분으로 남한에서 살다가 북한을 배신하게 된다.

이러한 이장의 남북한 편력에서 자본주의와 공산주의라는 정치 이데올로기는 철저히 희화화되고 있다. 이런 점은 이장이 우연적인 상황에 따라 그러한 두 이데올로기나 남북한 정치 체제 중의 하나를 쉽게 선택하고 포기하는 데서 잘 나타난다. 그러니까 강대국의 정치 이데올로기가 남북한 사이의 부당한 전쟁을 일으키고 그러한 잘못된 전쟁으로 인한 불안과 공포 속에서 암담한 상황에 놓인 민족 구성원들이 자연스레 역사를 불신하게 되었다는 것이다.

그리하여 『원형의 전설』에서는 신화의 부활을 통해 역사의 불신에 대한 해결책을 찾는다. 병든 사회를 치유하고 새로운 질서를 수립하기 위해서는 희생 제의가 필요함을 보여주고 있다는 것이다. 신화적 관점에서 볼 때에 종족의 불행을 야기하는 쇠잔한 왕을 자식이 죽임으로써 자연과 인간의 신선한 생명력을 회복하고 새로운 사회조직이 만들어져야 한다. 프로이트는 『토템과 터부』에서 "자식들에 의한 부친의 원형적 살해가 사회조직의 기초가 되었으리라는 가설"[12]을 제시한 바 있다.

많은 원시인들에게 통치자인 왕은 자연과 인간을 포괄한 생의 순환과 동일시되는 신적 존재이거나 신에 가까운 존재로 믿어졌다. 그리하여 그들은 정력이 왕성하고 건강한 통치자가 자연과 인간의 풍요를 보증하는 반면에 병들거나 상한 왕은 영토와 백성들에게 쇠잔과 질병을 가져오는 것으로 알았다. 그러니까 인간신은 권력이 시들기 시작하는 징후를 보이자마자 곧 죽어야 하고, 그래서 그의 혼령이 아주 쇠퇴해버리기 전에 정력적인 후계자에게 혼령을 옮겨야 한다.[13] 나일의 실루크족의 왕은 쇠약의 최초 징조가 나타나자 적당한 의식으로 살해되었을 뿐만 아니라, 건강하고 강력했을 경우에도 어느 때 적의 습격을 받을지 모르는 채 목숨을 걸고 싸워야 했다. 일반적으로 왕의 자식들은 현재의 왕과 격투할 수 있는 특권을 가졌으며, 만일 왕을 살해하는 데 성공하면 그 왕위에 대신 오를 수 있었다.[14]

---

12) 셀던 노먼 그레브스타인, 석경징 역, 「신화형성 비평 서설」, 이선영 편, 『문학비평의 방법과 실제』 중판, 동천사, 1987, 366쪽.

13) 윌프레드 L. 궤린 외, 「신화·원형비평」, 정재완·김성곤 역, 『문학의 이해와 비평』, 청록출판사, 1978, 126~127쪽.

14) J. G. 프레이즈, 김상일 역, 『황금의 가지』 상, 을유문화사, 1983, 342쪽.

『원형의 전설』에서 이장도 부친 살해라는 금기 파괴 행위에 적극적으로 나섬으로써 자신의 과업을 완수하고자 한다. 그가 이복 누이인 안지야와 근친상간을 벌인 뒤에 사업가이자 국회의원으로 P읍의 최고 권력자인 아버지 오택부를 죽게 하는 일이 그러하다. 그곳의 지서 주임은 부하 순경에게 잡혀 온 이장이 간첩으로 의심됨에도 불구하고 몰래 인계할 정도로 오택부에게 맹목적인 충성을 다하고 있다. 지서 주임에게는 오택부가 국가의 법보다 우위에 있는 그곳의 왕과 같은 존재였기 때문이다. 그렇지만 오택부는 도덕적으로 건강한 존재가 아니라 자신의 죄악으로 타락하여 병든 왕을 상징하는 인물이라 할 수 있다. 이에 종족의 죄를 씻고 새로운 사회조직을 수립하기 위하여 아들 이장은 아버지 오택부를 죽여야 한다.

그리하여 이장은 그리스 신화의 오이디푸스와 같은 운명을 보여준다. 라이오스 왕이 오이디푸스에게 그렇게 했듯이 이장도 태어나자 아버지 오택부가 그를 죽이고자 했으며, 양부모에게 양육되어 성인으로 성장하여 아버지를 죽게 한다. 『원형의 전설』에서는 어머니와의 성적 결합과 그녀의 자살이 나타나지 않는다. 그렇지만 털보 영감의 딸 윤희를 통해 그런 일을 대신하고 있다. 윤희가 아버지의 아이를 임신했기에 죽으려고 했다면 굳이 이장과의 하룻밤을 보내고 난 다음날 아침에 목을 매고 자살할 필요가 없다. 그녀가 자살을 결심하고 있었다면 아버지의 강요에도 불구하고 이장과의 성적 결합을 거부할 수 있었을 것이며 꼭 그때에 죽을 필요도 없었을 것이기 때문이다. 그러니까 오이디푸스의 어머니 이오카스테가 아들과의 근친상간이 밝혀지자 들보에 목을 매고 자살했던 일을 윤희의 자살을 통해 보여주기 위해 사건이 그렇게 전개되고 있다는 것이다.

그리하여 결말 부분에서 이장은 오택부를 죽게 하고 자신도 죽음으로써 자신의 과업을 완수하게 된다. 이처럼 죄악의 당사자뿐만 아니라 그에 대한 심판자 역시 죽을 때에 제의에서 희생양의 역할은 더욱 큰 의의를 지닐 것이다. 그러니까 신화적 주인공으로서 이장은 희생 제의에서 심판자와 희생자의 역할을 함께 수행함으로써 부당한 전쟁을 일으킨 민족의 죄를 씻어내고 이성과 이분법에 대한 맹신으로 병든 근대 문명을 치유해야 할 자신의 역할을 더욱 충실히 수행하고 있다는 것이다.

그런데 이장은 이러한 자기 근본 탐색과 희생 제의의 완수 과정에서 부녀 사이인 털보 영감과 윤희의 근친상간에 연루되고, 부모인 오택부와 오기미의 근친상간을 알게 되고, 자신과 이복동생인 안지야와의 근친상간을 실행하게 된다. 다음 장에서는 작품의 핵심 사건이라 할 이러한 근친상간이 어떻게 실행되고 있으며 그 의미가 무엇인가를 구체적으로 살펴보기로 한다.

3. 근친상간에 의거한 낙원 지향 의식

『원형의 전설』은 세 번의 근친상간을 보여준다. 첫 번째로 일어난 근친상간은 이장의 부모로 남매 사이인 '오택부'와 '오기미'의 근친상간이고, 두 번째로 일어난 근친상간은 부녀 사이인 '털보영감'과 '윤희'의 근친상간이다. 그리고 세 번째로 일어난 근친상간은 남매 사이인 '이장'과 '안지야'의 근친상간이다. 그러니까 둘은 남매 사이의 근친상간으로 부모와 이장 자신에게 일어난 일이고, 다른 하나는 부녀 사이의 근친상간이면서 이장이 연루된 일이다. 이처럼 세 번의 근친상간은 모두 이장에게 밀접히 관련되고 있다.

여기에서 남매 사이에 이루어진 처음과 마지막의 근친상간은 기왕의 연구에서 충분히 주목을 받았다. 하지만 중간에 위치하는 부녀 사이의 근친상간은 이제까지 다소 간과되거나 무시되어왔다. 그러나 이것은 시간 순서상 중간에 위치하는 사건인데도 작품에서 제일 먼저 제시되어 부각되고 있을 뿐만 아니라, 그러한 사건에 대한 이장의 충격은 이어지는 다른 사건들에 지속적인 영향을 미치고 있다. 그러므로 두 번째 근친상 간도 다른 두 근친상간 못지않게 중시되어야 할 것이다.

두 번째 근친상간에서 이장은 윤희를 처음 만났을 때에 "언제나 황톳 빛 치마저고리를 되는대로 걸쳤는데도, 그 육체에 흐르고 있는 관능에는 향수 같은 것까지 느끼고 있"[15]고 한다. 이장이 윤희의 관능적 아름다움 속에서 '향수'라 일컬어지는 근원적인 그리움을 느끼며 어머니를 의식한다는 것이다. 또한 그는 윤희가 죽은 뒤에도 삶의 중요한 고비마다 그녀에 대한 기억을 빈번하게 떠올리며 그녀와 어머니를 연결시키고 있다.

> ㉠ 어머니라는 그 여자가 불쌍하고 미운 눈물이었습니다. 왜 끝내 자기를 지키지 못했단 말인가, 하는 한탄과 경멸의 눈물이기도 했읍니다. 그것은 또한 윤희에 대한 그리움과 책망이기도 했을 것입니다.(『원형의 전설』, 70쪽)

> ㉡ 어머니가 그 윤희와 거의 같은 불륜을 당한 여자였다는 것을 알게 되었을 때, 그 털보의 정수리를 그 때 개머리판으로 깨 버리지 못했던 것을 얼마나 한으로 하였던 것인지 모릅니다.(『원형의 전설』, 163~164쪽)

---

15) 장용학, 「원형의 전설」,『현대한국문학전집』 4, 신구문화사, 1965, 49쪽. 앞으로 이 책에서의 작품 인용은 작품명과 쪽수만 밝히기로 한다.

㉠은 이장이 방골에서 어머니 오기미의 무덤을 찾아본 뒤에 어머니를 생각하면서 윤희에 대한 기억과 감정을 떠올리는 것이다. 그리고 ㉡은 오기미가 오빠인 오택부로부터 겁탈을 당해 자신을 낳게 되었다는 사실을 알게 된 이장이 어머니와 윤희를 동일시하면서 털보 영감에 대한 분노를 표출하고 있는 것이다. 그런데 이러한 윤희는 다시 이장의 이복 누이인 안지야와 동일시된다.

> ㉢ 오만하게 굽어보는 그 눈매와 시선이 부딪혔을 때 이장은 피가 파리해지는 것을 느꼈습니다. 그 눈동자 속에 윤희의 음영을 느낀 것입니다. 그러고 보니 얼굴의 윤곽도 어딘지 비슷한 데가 있다고 했습니다.(『원형의 전설』, 77쪽)

> ㉣ 간질병 때문에 혼기를 놓치고, 그런 아버지와 함께 산 속에서 살지 않으면 안되었다가 그렇게 죽은 윤희가 서러운 생각입니다. 마담 바타플라이를 그렇게 만나게 해 놓고는 뒤안으로 사라졌던 윤희의 추억이었습니다.(『원형의 전설』, 163쪽)

인용문 ㉢과 ㉣에서 이장은 마담 바타플라이라 불리는 안지야를 만났을 때에 윤희를 느끼며 그녀들을 동일한 존재로 인지하고 있다. 윤희가 어머니 오기미와 동일시되고 있는데, 이렇게 안지야가 윤희와 다시 동일시된다면 안지야 역시 오기미와 동일시되고 있는 것이다. 그렇다면 남매 사이인 이장과 안지야의 근친상간은 모자 사이인 이장과 오기미의 근친상간을 대신하는 일이 될 수 있다.

윤희와 안지야는 공통점이 많다. 그녀들은 둘 다 첩의 소생으로 정상적인 딸로 인정받지 못하며 아버지들의 욕망을 채우는 데 이용되고 있다. 윤희는 직접적으로 털보 영감의 성욕 대상이 되고 있으며, 안지야는 그녀의 성적 매력이 오택부의 권력욕을 채우는 데에 이용되고 있다. 그렇지만 그녀들은 결국 아버지에게 반기를 드는데, 윤희는 자살하고 안지야는 근친상간을 실행함으로써 가부장의 부당한 횡포에 저항하고 있음이 그러하다.

김현은 "전설의 내레이터에 의하면 그가 진정으로 사랑했던 것은, 마치 현화백이 기미를 사랑했듯이 공자인 듯하다"[16]라고 한다. 하지만 이장이 사랑한 여자를 공자로 보기는 어렵다. 이런 판단은 작품에서 윤희와 안지야의 역할이 핵심적이고 지속적인 것에 비해서 공자의 역할은 부차적이고 일시적인 것이란 점을 간과하고 있다. 이장은 "공자가 뭔가? 행복해서 명랑한 것뿐이다. 말하자면 가장 속된 암노루다. 거기에 비하면 우리 마담 바타플라이는 성스러운 뱀이다!"[17]라고 하면서, 규범적 인물인 공자 대신에 일탈적 인물인 안지야를 선택한다. 그러니까 공자는 윤희와 안지야의 중요성을 부각시켜줄 보조적 인물일 뿐이란 것이다. 작품의 후반부에서 엉뚱하게 공자가 이장의 이복동생과 약혼하는 것도 이런 점을 잘 말해주고 있다.

그런데 『원형의 전설』에서의 이러한 근친상간을 한국전쟁의 부당성을 비유와 예시로 알려주기 위한 '알레고리(allegory)'로 파악하기도 한다. 그러나 근친상간의 알레고리를 통해 자유와 평등에 의거한 두 정치 이데올로기 대립의 허위성과 잘못을 고발하고자 한다는 서두의 언술은 작품에서 실질적인 성과를 보여주지 못하고 있다. 그러하기에 『원형의 전설』의 알레고리적 성격을 중시하던 서영채도 작품의 후반부에서 서술자가 주인공과 밀착되어 알레고리에 필요한 비판적 거리를 잃고 있으며, 4차원

---

16) 김현, 「에피메니드의 역설—장용학론」, 『현대한국문학전집』 4, 신구문화사, 1965, 409쪽.
17) 「원형의 전설」, 137쪽.

의 세계 같은 비논리적 세계가 대안으로 제시되고 있기에 알레고리의 논리적 선명성이 지속되지 못한다고 비판한다.[18]

그리고 방민호는 "전후소설에서 알레고리의 방법이 뚜렷하게 대두하게 되는 또 하나의 배경에는 전후작가들의 실존주의 수용이었던 것으로 판단된다"[19]라고 하며 전후에 알레고리가 크게 주목받은 것이 실존주의의 영향 때문이라고 본다. 장용학도 사르트르의 「구토」를 읽고 사물을 보는 새로운 눈을 배우게 되었다며 실존주의 문학이 자신의 기질적 취향에 부합함을 강조하고 있기는 하다.[20]

하지만 조현일이 지적하듯이, 장용학의 소설은 사르트르의 실존주의 수용 이전에 니체의 영향을 강하게 보여주고 있으며, 사르트르의 수용 역시 니체의 사상에 입각하여 이루어지고 있다.[21] 니체는 "신의 죽음을 예언했고 너무 써먹어서 낡아버린 신의 종말과 그와는 다른 고대의 신들인 디오니소스(Dionysos)와 헤르메스(Hermes)가 소생하여 빛을 보게 될 것을 예언"[22]한 바 있다. 이때의 낡은 신이란 그리스도교의 유일신을 가리키는 것으로 세속화된 현대의 그리스도교를 비판하고 있는 것이다. 네하마스에 의하면, 니체의 그리스도교에 대한 비판은 그리스도교 자체에 대한 반감이라기보다는 그것이 나아갔던 특정한 선택의 방향에 있었다. "그는 그리스도교가 언제나 독단주의적이었다는 것, 그리스도교가 선택

---

18) 서영채, 「알레고리의 내적 형식과 그 의미─장용학의 『원형의 전설』론」, 『민족문학사연구』 제3호, 1993, 181~184쪽.

19) 방민호, 「전후소설에 나타난 알레고리 연구 ─ 장용학·김성한의 소설을 중심으로」, 서울대학교 석사학위 논문, 1993, 27쪽.

20) 장용학, 「실존과 요한시집」, 『한국전후문제작품집』, 신구문화사, 1960, 400쪽.

21) 조현일, 「손창섭·장용학 소설의 허무주의적 미의식에 대한 연구」, 서울대학교 박사학위 논문, 2002, 16~17쪽.

22) 질베르 뒤랑, 앞의 책, 38쪽.

한 방향이 수많은 가능한 방향의 하나에 불과할 뿐이라는 사실을 스스로 은폐했다는 것을 그대로 묵인할 수 없었다"[23]라는 것이다. 그리하여 그는 영겁회귀를 통해 우리의 생이 동일하게 반복되기에 우리에게 주어진 현세의 생을 긍정해야 한다고 여긴다. 또한 신화가 없으면 인간은 집도 신도 없는 미친 듯한 존재로 추상적인 것이 되며 신화를 상실한 모든 문화는 그 외에도 본질적이면서도 건강한 창조력을 상실하였다고 하면서 근대 문명의 병폐가 신화의 부활을 요구한다고 보았다.[24]

그러니까 『원형의 전설』에서는 실존주의와 관련된 알레고리보다 니체의 영겁회귀 및 초인 사상과 관련된 신화에서의 부활이 더욱 중요한 의미를 갖는다는 것이다. 남매 사이의 근친상간으로 벼락을 맞고 태어난 이장이 자신도 남매 사이의 근친상간을 실행한 뒤에 벼락을 맞고 죽듯이 작품의 시작과 결말이 반복적 순환을 보여주고 있을 뿐만 아니라, 세 번의 근친상간에 의거하여 낙원을 지향하는 인간의 보편적이고 영속적인 소망을 나타내고 있기 때문이다.

그런데 이러한 근친상간에서 이장은 딸을 겁탈한 털보 영감보다 누이를 겁탈한 오택부의 죄가 더욱 나쁘다고 생각한다. 여기에는 '오이디푸스 콤플렉스'라 불리는 유아의 애정 삼각 갈등 관계가 작동되고 있다. 이장이 무의식 속에서 아버지 오택부를 어머니 오기미에 대한 사랑의 경쟁자로 여기며 모자 사이의 근친상간을 욕망하고 있기 때문이란 것이다. 김은전은 "『원형의 전설』의 주인공 이장이 오택부를 증오한 것은, 그가 갓난아기인 자기를 죽이려 했기 때문이 아니며, 희대의 미녀인 자기 모

---

23) 알렉산드 네하마스, 김종갑 역, 『니체 — 문학으로서의 삶』, 책세상, 1994, 79쪽.
24) 빈센트 B. 라이치, 앞의 책, 148쪽.

친을 강제로 범했다는 사실 때문"[25]이라고 본다. 신경득도 "장용학의 소설에서 아버지는 원래부터 없거나, 있다고 하여도 부정적인 존재이고, '근친상간(incestum)'의 주체이다. 장용학에게 살아 있는 신은 어머니일 뿐이다"[26]라고 한다.

그러니까 기존 연구에서도 이미 반복해서 지적하고 있듯이 『원형의 전설』에서는 모태로 다시 돌아가고자 하는 인간의 집단 무의식에 의거한 심층적 욕망으로 인해 모자 사이의 근친상간을 중시하면서 그것을 핵심 사건으로 표현하고 있다는 것이다. 그리고 모태는 모든 인간의 원초적 근원으로서 낙원을 상징하는 것이기에 이러한 모태 회귀의 욕망은 곧 낙원 회귀의 욕망을 나타낸다고 할 수 있다. 즉 여기에서는 근대 문명의 금기를 파괴하는 근친상간을 통해 낙원을 지향하는 인간의 보편적인 소망을 나타내고 있는 것이다.

그렇다면 장용학이 생각하는 낙원은 어떤 곳인가. 『원형의 전설』에서는 우리가 직접 마주하며 살고 있는 3차원의 세계 대신에 4차원의 세계를 대안으로 제시하고 있다. 4차원의 세계는 과거에 존재했거나 미래에 존재할 곳도 아니고, 감각으로 지각할 수는 없으나 다른 차원에서 3차원의 세계와 함께 공존하는 곳이다. 그러므로 이러한 낙원은 단순히 신화에서처럼 과거에 존재했던 곳이나 탈근대의 미래에 존재하는 곳이 아니다. 순환하는 원환의 시간 속에서는 미래와 과거가 동일 지점에 존재하듯이, 여기에서는 다원적 시각으로 이분법의 경계를 허물어 버림으로써 오히려 현재와 현세의 삶을 긍정하는 새로운 세계가 낙원으로 모색되고 있다.

---

25) 김은전, 앞의 글, 291쪽.
26) 신경득, 『한국전후소설연구』, 일지사, 1983, 169쪽.

최혜실은 "작가는 주인공의 입을 빌어 문명 자체를 부정한다. 억압 이전의 상황으로 돌아가자고"[27]라고 하며, 이장의 근친상간은 문명으로 인한 억압 이전의 사회로 돌아가고자 하는 작가의 욕망을 나타낸다고 본다. 이와 달리 류희식은 이장의 근친상간을 오이디푸스화가 없는 과거로의 회귀로 읽고 있는 최혜실의 판단은 일정한 한계가 있다고 여긴다. "이 부분은 단순한 과거로의 회귀가 아니라 현재의 초극이라는 지극히 다가올 미래를 향한 것으로 읽어야 한다"[28]라는 것이다. 하지만 과거나 미래 어느 한쪽에만 위치시키는 이러한 판단들은 순환하는 원환에 의거하여 동일 지점이 과거이면서 미래이기도 하다고 보는 작품의 양가적 시간관을 간과하고 있다고 할 수 있다.

그런데 『원형의 전설』에서는 이러한 세 번의 근친상간과 긴밀하게 관련된 이장의 세 번에 걸친 동굴 체험뿐만 아니라, 그러한 동굴의 재생력에 의거한 죽음과 재생의 신화적 원형이 다양하게 제시되고 있다. 이에 다음 장에서는 그러한 동굴 체험의 양상과 그에 따른 죽음과 재생의 의미를 구체적으로 살펴보고자 한다.

4. 동굴 체험을 통한 죽음과 재생

『원형의 전설』에서는 동굴이 반복해서 비중 높게 제시되고 있을 뿐만 아니라 주인공의 죽음과 재생을 위한 핵심적인 공간으로 역할하고 있다. 신화적 관점에서 동굴은 인간에게 삶의 근원으로 돌아가기 위한 태초의

---

27) 최혜실, 「분단문학으로서의 『원형의 전설』」, 『국어국문학』116호, 1996, 456쪽.
28) 류희식, 「장용학 소설 『원형의 전설』에 나타난 탈근대성」, 『한민족어문학』 제49집, 한민족어문학회, 2006.12, 373쪽.

미분화적 공간을 나타낸다. 그러하기에 그곳은 생명을 잉태하고 키우는 모태를 대신하는 원형적 심상이 되기도 한다.

이장은 세 번의 동굴 체험을 한다. 첫 번째는 그가 국군 낙오병들과 함께 남하하던 도중에 부상을 당해 혼자 동굴에 숨어 지내던 일이다. 그리고 두 번째는 외삼촌 오택부가 아버지임을 알게 되고 그것을 확인하고자 P읍으로 내려갔다가 감옥과 같은 동굴 속에 1년 남짓 동안 감금되었던 일이다. 또한 세 번째는 이복 누이인 안지야를 데리고 그 동굴로 다시 찾아가 스스로 간힌 일이다. 첫 번째 동굴은 북한의 산속에 있는 천연 동굴이고 두 번째와 세 번째 동굴은 같은 곳으로 남한의 P읍에 있으며 철창으로 밖과 격리된 인공 동굴이다. 그리고 첫 번째와 세 번째 동굴 체험은 이장이 스스로 선택한 일이라면, 두 번째 동굴 체험은 오택부에 의해 강제적으로 겪게 된 일이다. 그리하여 첫 번째 동굴 체험은 이장으로 하여금 털보 영감과 윤희의 근친상간에 연루되게 하며, 두 번째 동굴 체험은 이장에게 오택부와 오기미의 근친상간을 확인할 수 있게 한다. 또한 세 번째 동굴 체험에서는 이장이 안지야와 남매 사이의 근친상간을 직접 행하게 된다.

이러한 동굴 체험에서 이장의 죽음과 재생이 이루어지고 있다. 첫 번째와 두 번째 동굴 체험에서는 이장이 실제로 죽지 않고 죽음과 같은 시련을 통과하면서 동일한 존재로 재생하는 것이다. 동일한 존재이긴 하지만 그가 이전과 같은 인물인 것은 아니다. 그는 자기의 근본을 확인함으로써 자각한 인물로 새롭게 살아갈 수 있게 되었기 때문이다. 그리고 세 번째 동굴 체험에서는 그가 실제적인 죽음을 통해 복숭아나무라는 다른 생명체로 재생한다. 신비적인 차원에서의 죽음과 재생이 이루어지고 있는 것이다.

유기룡은 융의 다섯 가지 재생 원형을 참조하여 한국 현대소설에서 죽음과 재생을 나타내는 작품을 네 가지로 유형화 한 바 있다.[29] 첫째로는 윤회 전생으로서의 재생이고, 둘째로는 다른 생명체로의 재생이며, 셋째로는 예술작품으로 승화된 재생이고, 넷째로는 타자의 죽음을 목격한 주체의 심리적 재생이 그것이다. 그렇지만 이 경우에 첫째와 둘째의 재생유형이 뚜렷하게 변별되지 않으며, 이것들 외에 동일한 존재로의 재생유형을 따로 추가해야 할 것이다.

첫 번째 동굴 체험에서 이장은 배고픔과 추위에 떨고 심한 졸음 속에서 의식을 잃지만 털보 영감에게 발견되어 목숨을 구하게 된다. 그리고 그는 윤희의 간호를 받으며 그 집에서 머물다가 부녀간의 근친상간을 알게된다. 이장이 털보 영감에 의해 동굴에서 구출되어 북한군의 수색을 피해 잠시 동안 숨겨졌던 그 집 마룻방 밑도 동굴로 보아 분리하여 다루기도 한다.[30] 하지만 털보 영감의 집 마룻방 밑은 동굴의 연장선상에 있는 공간이라 할 수 있으며, 따로 다룰 만큼 독자성을 보여주지 않는다. 또한이곳을 동굴로 보아야 할지도 의문시된다. 이숙경은 "그가 '동굴'에서 정신을 잃은 것은 모태의 삶을 반복하는 퇴행이며 다시 태어난 그는 윤희의 죽음을 통해 비로소 '오랑지묘'를 확인한다"[31]라고 한다. 동굴 체험이 이장에게 어머니의 무덤을 직접 찾아갈 수 있도록 인식의 전환을 일으켰다는 것이다.

그리고 두 번째 동굴 체험에서 이장은 인간에게 진정한 자유란 무엇인가를 성찰하게 된다. 동굴에는 동물적인 자유가 없고 바깥에는 인간적

29) 유기룡, 앞의 글, 120~125쪽.
30) 서종택, 「『원형의 전설』의 동굴모티프」, 『문학과 비평』 가을호, 1987, 269~270쪽.
31) 이숙경, 앞의 글, 33쪽.

자유가 없다. 그런데 어떤 자유가 없는 쪽을 택해야 하는가 할 때에 인간이라면 인간적 자유가 없는 것을 문제 삼아야 함에도 불구하고 실상은 동물적 자유가 없음을 문제 삼는다는 것이다. 이때에 '인간적'이란 이름 아래에 구속당한 '인간'의 해방을 거론하고 있다. 여기에서 인간적이란 인간과 대립되는 개념으로 사용되면서 근대 문명의 영향으로 인간에게 인위적으로 부과된 제약과 금기를 나타낸다. 이러한 성찰을 통해 이장은 그동안 자신을 규제하던 금기의 허위성을 절실하게 인식하게 되고 아버지 오택부를 처벌하는 실질적 행동에 능동적으로 나서게 된다.

세 번째 동굴 체험에서 이장은 안지야를 자신이 갇혀 있던 곳으로 데려간다. 이때에 "실은 지난 밤 꿈에 계시가 있어. 헤로드왕이 잡아죽이려 하니 장차 거룩한 신종을 잉태할 약혼녀를 데리구 오택부의 별장으로 달아나라기에 부랴부랴 이렇게 떠나온 거요"[32]라고 한다. 그들의 결합으로 거룩한 존재를 낳을 수 있다고 하면서 자신들의 근친상간을 신성한 사명으로 정당화하고 있는 것이다. 그리고 벼락을 맞은 나무로 인해 동굴이 무너져 그들이 죽을 때에 이장은 자신들의 재생을 안지야에게 알리고 있다. "옥이 깨어지는 것이다! '올 것'이 오고 '온 것'이 부서진 것이다! 지야, 이제 우리는 죽는 것이 아니다! 꽃이 지는 것이다! 꽃이 지면……."[33] 꽃이 지면 새로운 열매를 맺듯이 그들의 죽음도 새로운 삶으로 이어질 수 있다는 것이다.

물론 그들이 동굴에서 죽는다는 점을 들어 그들의 재생을 인정하지 않는 경우도 있다. 서종택은 "이장의 유토피아는 무너졌으며 그는 거기서

---

32) 「원형의 전설」, 193쪽.
33) 「원형의 전설」, 210쪽.

소설비평의 다원성

죽는다. 동굴은 결국 이장의 구원의 세계이자 패배의 공간이었다"[34]라고 하여 동굴을 패배의 공간으로 여긴다. 그러나 그곳을 패배의 공간이라 보기는 어렵다. 결말에서 이장의 예언처럼 동굴이 꺼진 자리에서 복숭아나무가 한 그루 솟아남으로써 그들의 재생이 이루어지고 있기 때문이다. 그들은 복숭아나무란 완전히 새로운 존재로 재생하고 있을 뿐만 아니라, 핵전쟁으로 불모지가 된 원시 세계의 곳곳에 그 열매의 씨앗이 뿌려짐으로써 그들의 분신이 새로운 생명의 근원이 되고 있다.

그런데 이때에 동굴뿐만 아니라 나무의 재생력도 주목해야 한다. 벼락을 맞고 쓰러진 느티나무 가지에 찔려 어머니가 죽을 때에 출생한 이장은 벼락을 맞은 커다란 나무가 동굴을 무너뜨림으로써 자신도 죽게 된다. 그리고 새로운 원시사회에서 복숭아나무로 재생하고 있다. 그렇다면 이렇게 이장의 출생과 종생 및 재생에서 나무가 함께 언급되고 있는 것을 우연의 일치로 볼 수는 없다. 신화적 관점에서 동굴이 재생의 기반이라면 나무는 재생의 표지라 할 수 있기 때문이다.

나무는 그 자체로서만 숭배된 것이 아니고 나무를 통해 계시된 것, 나무가 내포하고 의미하는 것 때문에 숭배되었다. 나무는 주기적 재생으로 생명의 질서 속에서 성스런 힘을 표명하고 있다. 오래된 문헌인 인도의 『우파니샤드』에서는 우주를 거목의 형태로 표상한다. 즉 세계는 거꾸로 선 나무인데, 그 뿌리는 하늘로 뻗어 있고, 가지는 대지 전체로 뻗어 있다. 그러므로 '나무를 뿌리째 자른다'는 것은 인간을 우주로부터 철수시켜 감각의 사물과 행위의 열매로부터 자신을 끊어버린다는 것을 의미한다. 이것은 바로 나무가 '불사의 생명'과 재생의 원천이며, 동시에 인간이

---

34) 서종택, 앞의 글, 273쪽.

돌아가야 할 원천으로 표현되고 있음을 나타내고 있는 것이다.[35]

앞에서 살펴보았듯이 『원형의 전설』에서는 동굴과 나무의 재생력에 의거한 죽음과 재생을 통해 문명의 억압에서 해방된 새로운 존재를 보여주고 있다. 이러한 신화적 재생력은 한국전쟁의 충격 속에서 역사에 대한 신뢰를 잃어버리고 불안과 공포 속에서 방황하던 당시 독자들의 원초적 결핍을 심층에서 채워주는 역할을 함으로써 그들이 스스로 상처를 치유하고 삶의 방향성을 새롭게 잡아가고자 할 때에 도움을 준다.

5. 맺음말

여기에서는 『원형의 전설』에 나타나는 죽음과 재생을 알아보았다. 먼저 신화적 주인공인 이장의 자기 근본 탐색과 희생 제의의 완수였다. 이를 통해 그는 강대국의 이데올로기 대립에 부당하게 휘둘려 전쟁을 치른 민족의 죄악을 깨끗이 씻어내고, 새로운 사회질서를 수립하고자 하였다. 다음으로 이러한 과정에서 나타나는 낙원 지향 의식이었다. 여기에서는 세 근친상간의 변형과 조합에 의거하여 신화 속의 낙원을 기반에 두면서도 그것을 넘어서는 새로운 세계를 모색하고 있었다. 마지막으로 이와 긴밀하게 관련되는 세 번의 동굴 체험에 나타나는 주인공의 죽음과 재생이었다. 이때에는 동굴뿐만 아니라 나무의 재생력에 의거한 신비적 구원이 이루어지고 있었다.

『원형의 전설』에서 이장은 벼락을 맞고 출생하여 벼락을 맞고 종생한 인물로 신화적 주인공이라 할 수 있었다. 그는 북한에서 태어나 아버지

---

35) M. 엘리아데, 앞의 책, 357~371쪽.

에게 죽임을 당할 위기에서 구출되어 버려진 아이로 서울에서 양부모에 의해 성인으로 성장하였다. 그리고 전쟁 중에 그러한 사실을 알게 되자 자기의 근본을 탐색하며 남북한을 편력하는데 이때에 정치적 이데올로기는 철저히 희화화되고 있었다. 또한 P읍의 최고 권력자인 국회의원 오택부가 자신의 외삼촌이자 아버지임을 알게 되자 타락으로 병든 왕이라 할 그를 죽게 하고 자신도 죽음으로써 민족의 죄를 깨끗이 씻고 새로운 질서를 확립하고자 하는 자신의 과업을 충실하게 완수하고 있었다.

그리고 이장의 탐색 과정과 과업 완수 사이에 세 번의 근친상간이 제시되고 있는데, 처음과 마지막의 근친상간은 남매 사이의 근친상간이고 중간은 부녀 사이의 근친상간이었다. 이때에 남매 사이의 근친상간과 모자 사이의 근친상간이 동일시되고 있었다. 또한 그러한 근친상간이 근대 문명의 병폐를 치유할 금기 파괴의 능동적인 실천으로 그려지면서 다원적 시각 속에서 이분법의 경계를 허물어버린 새로운 세계가 낙원으로 지향되고 있었다.

뿐만 아니라 이러한 근친상간에 긴밀하게 관련되는 세 번의 동굴 체험을 통해 주인공의 죽음과 재생을 잘 보여주고 있었다. 첫 번째는 이장이 부상 속에서 혼자 동굴 속에 남아 있다가 동사 직전에 털보 영감에게 구출되어 동일한 존재로 재생한 것으로 이때에 부녀 사이의 근친상간에 연루되고 윤희의 자살을 목격하였다. 두 번째는 P읍에서 오택부에 의해 동굴에 감금되었다가 탈출함으로써 동일한 존재로 재생한 것이었다. 그리고 세 번째는 안지야를 데리고 탈출했던 동굴로 돌아와 자신들을 가둔 뒤에 오택부 앞에서 근친상간을 실행함으로써 그를 죽게 하고 자신들도 죽은 뒤에 새로운 존재로 재생한 것이었다. 이러한 죽음과 재생에서는 동굴뿐만 아니라 나무의 재생력도 중시되고 있었다.

이처럼 『원형의 전설』은 한국전쟁의 충격 속에서 역사에 대한 신뢰를 잃어버린 독자들에게 신화의 부활을 통해 현실의 불안과 공포를 이겨낼 유효한 방안을 제시해주고 있었다. 여기에서 역사가 배제되거나 부정된다고 하여 이것을 전후의 황폐한 현실을 도외시하거나 눈을 감고 있는 작품으로 폄하할 수는 없다. 역사를 불신하게 된 당시의 독자들에게 근대 문명의 병폐를 치유할 신화의 생성력을 풍부하게 제공해주고 있었기 때문이다.

소설비평의 다원성

『광장』의 낙원 회귀

1. 머리말

『광장』은 1960년 11월 『새벽』에 발표될 당시부터 독자들에게 크게 주목받았다. 무엇보다 지식인 주인공이 남북한의 체제와 이데올로기를 신랄하게 비판하고 있을 뿐만 아니라 포로 송환 과정에서 중립국을 선택함으로써 반공 이데올로기의 굴레에서 벗어나고 있기 때문이다. 최인훈은 『광장』을 1961년 정향사에서 단행본으로 출판할 때 '작자의 말'에서 "구정권하에서라면 이런 소재가 아무리 구미에 당기더라도 감히 다루지 못하리라는 걸 생각하면 저 빛나는 사월이 가져온 새 공화국에 사는 작가의 보람을 느낍니다"[1]라고 하며, 그러한 작품을 발표할 수 있었던 역사적 기반의 변화를 강조한 바 있다.

그리하여 염무웅은 "이 작품이 발표 당시에 불러일으킨 반응과 화제의 신선도는 4·19세대의 자유로운 감성을 반영한다. 독재정권과 공포

---

1)　최인훈, 『광장』, 정향사, 1961, 2쪽.

정치의 접합점을 이루는 그 특별한 시대의 특징적인 산물로서도 이 작품은 역사적 의의를 지닌다"[2]라고 하며 작품의 역사적 의의를 주목했다. 그리고 임헌영도 "한국 전쟁을 막연히 민중적 수난을 가져다준 재앙으로만 보던 종래의 입장을 훌쩍 뛰어넘어, 이념적 분단 인식에로 방향을 전환시킨 중요한 작품"[3]으로 높이 평가한다. 『광장』이 1950년대 전후문학의 이념적 편향성을 넘어서는 균형적 인식을 보여줌으로써 분단문학의 새로운 출발을 알려준 작품이란 것이다.

이처럼 1960년 잡지에 중편으로 게재되었다가 1961년에 장편으로 개작되어 단행본으로 출판된 『광장』의 역사적 의의는 크다. 하지만 『광장』의 가치를 이렇게 역사적 차원에만 한정할 수는 없다. 역사적 상황의 변화에 따라 현실적 제약을 뛰어넘고자 하는 방향으로 본질적인 측면에서 『광장』의 개작이 이루어지고 있기 때문이다. 1976년에 문학과지성사에서 전집의 첫째 권으로 출판된 『광장』은 신화적 맥락의 '낙원 회귀'가 강화되는 방향으로 개작되고 있다. 그러므로 처음 발표될 때와는 역사적 상황이 크게 달라지고 개작을 통해 작품의 본질적 성격마저 달라진 『광장』을 읽을 때에도 그것의 역사적 의의에만 묶여 있을 필요는 없을 것이다.

『광장』은 최근까지 매년 몇만 권씩 꾸준히 팔리고 있는 대표적인 스테디셀러의 하나이다. 하지만 분단 체제에 대한 비판적 인식이라는 발표 당시의 특성이 오늘날의 독자들에게도 지속적인 호소력을 발휘한다고 보기는 어렵다. 오히려 작품의 매력은 그러한 당대적 가치를 넘어선다는 점에 있을 것이다. 즉 "고전이 될 만한 작품은 영속적으로 읽는 이에게

---

2) 염무웅, 「상황과 자아 — 최인훈론」, 『현대한국문학전집』 16, 신구문화사, 1967, 409쪽.
3) 임헌영, 「문학 작품에 반영된 한국 전쟁에 대한 인식의 변모」, 『분단 시대의 문학』, 태학사, 1992, 195쪽.

공감을 안겨다 주는데 외관상 손색이 없는 다른 작품은 왜 그런 공감을 주지 못"⁴⁾하는가 하는 점을 고려해야 한다는 것이다. 문학작품에 대한 독자의 심층적인 공감은 집단 무의식에 근거한 신화적 원천의 영향으로 볼 수 있기 때문이다.

『광장』의 역사적 의의를 중시하는 연구는 많다. 하지만 신화적 특성에 주목한 연구를 찾아보기는 어렵다. 유기룡은 신화비평 방법을 원용하여 한국 현대소설 작품에 나타난 원형적 재생의 모티프를 개괄적으로 살펴보면서 『광장』에 대해서도 간략하게 언급하고 있다.⁵⁾ 이것은 신화적 차원에서 『광장』의 가치를 파악하고자 한 선구적인 작업이지만 본격적인 검토는 아니다. 그리고 김욱동도 신화비평 방법을 원용하여 『광장』의 신화적 성격을 검토한다.⁶⁾ 여기에서는 신화적 영웅의 아버지 찾기와 지하국 진입 모티프를 중시하고 있다. 그런데 『광장』의 신화적 성격은 그런 점보다 죽음과 재생을 통한 낙원 회귀가 더욱 중요하다. 그것이 작품의 지배적인 비중을 차지하고 있기 때문이다.

이에 여기에서는 전집판 『광장』을 주된 검토 대상으로 삼아 낙원 회귀에 초점을 맞추어 어떤 인물을 통해 그런 점이 나타나고 있으며 그것의 의미는 무엇인가를 구체적으로 살펴보고자 한다. 또한 최인훈이 그렇게 신화적 맥락의 낙원 회귀 지향을 강화하고 있는 이유는 무엇인가 하는 점도 이어서 살펴볼 것이다.

---

4) 윌프레드 L. 궤린 외, 정재완 · 김성곤 역, 「신화 · 원형비평」, 『문학의 이해와 비평』, 청록출판사, 1978, 120쪽.
5) 유기룡, 「『원형의 전설』 「갈매기」 「광장」— 원형적 모티프인 재생의 미학」, 『한국현대소설작품연구』, 1989년, 120~147쪽.
6) 김욱동, 「제6장 신화비평방법」, 『『광장』을 읽는 일곱 가지 방법』, 문학과지성사, 1996, 265~300쪽.

2. 접신적 존재의 낙원 회귀

『광장』의 주인공 이명준은 비범한 접신적 존재이다. 여기에서 접신적 존재란 신내림을 통해 자신의 앞날을 미리 바라볼 수 있는 예지적 능력을 지닌 인물을 가리킨다. 최인훈에 있어 예술이란 신화나 종교와 깊이 연관되어 있다. 그에게 예술 현상이란 예술품과 인간 의식이 연결되어 있는 상태로 "무당이 주문을 외운다든가, 무무를 춘다든가, 경문을 외운다든가, 미상의 빵을 먹는다든가 하는 '행위'이며, 그 행위 순간에 성립하는 접신인격(接神人格)"[7]을 보여주는 일이다. 그러므로 『광장』에서 신내림을 통한 이명준의 예지적 능력은 반복적으로 언급되고 있다.

① 늘 묵직하게 되새겨지는 일 한 가지가 있긴 있다. 신이 내렸던 것이라고 생각해온다. 대학에 갓 들어간 해 여름, 교외로 몇몇이 어울려 소풍을 나간 적이 있다. 한여름 찌는 날씨. 구름 한점 보이지 않고 바람도 자고 누운. 뿔뿔이 흩어져서 여기저기 나무 그늘로 찾아들다가 어느 낮은 비탈에 올라섰을 때다. 아찔한 느낌에 불시에 온몸이 휩싸이면서 그 자리에 우뚝 서 버린다. 먼저 머리에 온 것은 그전에, 언제가 이 자리에서 똑 같은 때 이런 몸짓대로, 지금 겪고 있는 느낌에 사로 잡혀서, 멍하니 서 있던 적이 있다는 헛느낌이었다. 그러나 분명히 그건 헛느낌인 것이 그 자리는 그 때가 처음이다. 그러자 온 누리가 덜그럭 소리를 내면서 움직임을 멈춘다.[8]

② 윤애의 덤덤한 낯빛은, 관념철학자의 달걀 이 명준에게, 화려한 원피스로 차리고, 손이 닿을 거기에 다소곳이 선 '물 자체'였다.

---

7) 최인훈, 「예술이란 무엇인가」, 『길에 관한 명상』, 문학과지성사, 2010, 219쪽.
8) 최인훈, 『광장/구운몽』, 문학과지성사, 1976, 33쪽. 앞으로 이 책에서의 인용은 작품명과 쪽수만 적는다.

부드러운 살결이 벽처럼 둘러싼 이 물건을 차지해 보자는 북받침이, 불쑥 일어난다. 그러자, 언젠가 여름날 벌판에서 겪은 신선놀음의 가락이 전깃발처럼 흘러온다.[9]

③ 옛날, 어느 벌판에서 겪은 신내림이, 문득 떠오른다. 그러자, 언젠가 전에, 이렇게 이 배를 타고 가다가, 그 벌판을 지금처럼 떠올린 일이, 그리고 딸을 부르던 일이, 이렇게 마음이 놓이던 일이 떠올랐다. 거울 속에 비친 남자는 활짝 웃고 있다.[10]

인용문 ①은 이명준이 대학 신입생이었을 때에 여름 벌판에서 우연히 겪은 일이다. 그는 이때의 일을 신이 내렸던 것으로 본다. 그날 처음으로 그곳에서 겪고 있는 일을 이미 그곳에서 겪어본 일로 느꼈기 때문이다. 하지만 그도 그것을 사실로 인정하기 어려워 '헛느낌'이라 부르며 반신반의하고 있다. 그리고 인용문 ②에서는 그가 윤애의 육체를 욕망하면서 예전에 겪은 신내림을 다시 떠올리고 있다. 그렇지만 ①에서와는 달리 이때는 신내림을 불신하지 않는다. 그리하여 그러한 접신의 과정을 '신선놀음의 가락'이라 부른다.

또한 결말 부분인 인용문 ③에서는 예전에 벌판에서 겪은 신내림을 떠올릴 뿐만 아니라, 지금 자신이 딸을 부르며 바다에 뛰어들고자 하는 일도 이전에 이미 겪은 적이 있는 일이라고 한다. 그러한 그의 운명은 이미 정해져 있었다는 것이다. 그리하여 그는 그런 일을 자신의 행동 방향을 미리 알려주는 징후로 여기며 활짝 웃고 그것을 기꺼이 받아들이고 있다. 이처럼 시간의 흐름 속에서 신내림 현상은 이명준에게 점차 긍정적

---

9) 『광장』, 82쪽.
10) 『광장』, 200쪽.

으로 인정되고 있다. 그러니까 신내림에 대한 이런 반복적 서술을 통해 접신적 존재로서의 이명준의 비범성이 부각되고 있다는 것이다.

그런데 신화에서 비범한 인물은 대개 버려진 아이다. 엘리아데에 의하면, 버려진 아이는 물, 바람, 대지와 같은 우주의 기본 요소의 의지에 맡겨져 항상 운명 앞에 던져진 일종의 도전이었다. 그리고 자연의 보호를 받는 이 버려진 아이는 대부분의 경우 영웅, 왕, 성자가 된다.[11] 넓은 의미로 보자면 이명준도 버려진 아이다. 그의 아버지는 지하조직 활동에 참여하고 해방 후에는 혼자 월북하여 가장으로서의 역할을 전혀 하지 못했고, 그 뒤에는 어머니마저 죽어 고아 신세가 되었기 때문이다. 물론 엄밀한 의미에서 그를 신화적 영웅과 같은 버려진 아이로 보기는 어렵다. 그의 아버지도 월북하기 전에는 간혹 집을 드나들고 있었고, 어머니도 그가 성인이 될 때까지 살아 있었으며, 그녀가 죽은 뒤에는 아버지의 옛 친구가 그의 의식주를 제공해주고 있었기 때문이다.

그런데 김욱동은 "『광장』에서 구성의 뼈대를 이루는 추구나 추적의 원형은 특히 '아버지의 탐색'이라는 신화적 모티프와 아주 밀접하게 연관되어 있다"[12]라고 하며 이명준의 아버지 찾기를 중시한다. 하지만 『광장』에서 이명준이 아버지를 탐색 대상으로 삼는다고 보기는 어렵다. 그에게 아버지는 어린 시절에도 몇 달씩 집을 비웠다가 불쑥 나타나는 낯선 존재였고, 대학생 때에도 죽은 어머니와 달리 전혀 생각나지 않는 지워진 존재였기 때문이다. 물론 이명준은 대남 방송에 실명으로 출연한 아버지로 인해 S서에 잡혀가서 취조를 받음으로써 그를 뚜렷이 떠올리게 된다. 그렇지만 그런 일을 겪은 뒤에도 아버지를 찾고자 하는 의식적인

---

11) M. 엘리아데, 이은봉 역, 『종교형태론』, 한길사, 1996, 335~336쪽.
12) 김욱동, 앞의 책, 283쪽.

노력을 보이지 않는다. 그의 아버지 찾기는 지극히 우연적으로 이루어진다. 그는 경찰서에서 풀려난 뒤에 인천으로 윤애를 찾아가서 함께 지내는데 우연히 들른 술집에서 그를 사상 청년으로 오해한 주인의 제안으로 월북선을 타게 됨으로써 아버지를 찾아가고 있다. 그리고 월북하여 아버지를 만난 뒤에도 이명준의 태도는 전혀 달라지지 않는다. 새장가를 들어 자식을 낳고 평범한 소시민적 가장으로 생활하고 있는 아버지에 실망하여 그가 하숙집에서 따로 생활하며 아버지와의 관계를 끊고 있음이 그러하다.

물론 이명준도 신화적 영웅처럼 탐색에 나서고 있다. 그가 역사적 현장에서 남북한의 체제와 이데올로기 및 중립국 체제와 이데올로기를 탐색하고 있음이 그러하다. 그는 남북한에서 모두 실망하고 좌절한다. 그리하여 포로 송환 과정에서 남북한 측의 집요한 설득에도 불구하고 중립국을 선택하고 있다. 하지만 미지의 나라 인도에서 새로운 사람이 되어 새로운 생활을 할 수 있으리란 그의 기대는 착각이었다. 이명준은 중립국으로 항해하던 중에 인도인 선장과 친하다는 이유로 자신에게 홍콩 상륙 교섭을 강요하는 서른 명 동지들의 얼굴에서 아버지의 대남 방송으로 인해 남한에서 S서 경찰서에 끌려갔을 때에 그에게 폭행을 가하며 자백을 강요하던 형사들의 냉소적 눈길과 북한에서 조선인 콜호즈에 대한 비관적 기사 때문에 그에게 자아비판을 강요하던 동료 편집부원들의 적대적 눈길을 발견하고 있기 때문이다. 이에 그는 중립국이 구원의 길이 될 수 있을 것이란 기대도 버리게 된다.

그런데 정호웅은 『광장』은 이데올로기를 비판한 것이 아니라 맑시즘, 자유민주주의 등 이런저런 아름다운 이름의 이데올로기를 내걸었지만 속으로는 썩고 굳어 인간다운 삶이 가능하지 않는 남북한 사회 현실을 비판한 작품이다"[13]라고 하며, 『광장』에서 이데올로기 비판에 해당하는 실질적인 내용을 거의 찾아볼 수 없다고 본다. 그렇다면 이렇게 『광장』에서 이데올로기 비판이 전혀 이루어지고 있지 않거나 혹은 모호하게 이루어지고 있는 이유는 무엇인가. 그 이유는 작품이 신화적 맥락의 신비적 구원을 추구한다는 점에 있을 것이다.

돌아서서 마스트를 올려다본다. 그들은 보이지 않는다. 바다를 본다. 큰 새와 꼬마 새는 바다를 향하여 미끄러지듯 내려오고 있다. 바다. 그녀들이 마음껏 날아다니는 광장을 명준은 처음 알아본다. 부채꼴 사북까지 뒷걸음친 그는 지금 핑그르 뒤로 돌아선다. 제정신이 든 눈에 비친 푸른 광장이 거기 있다.

자기가 무엇에 홀려 있음을 깨닫는다. 그 넉넉한 뱃길에 여태껏 알아보지 못하고, 숨바꼭질하고, 피하려 하고 총으로 쏘려고까지 한 일을 생각하면, 무엇에 씌웠던 게 틀림없다. 큰일날 뻔했다. 큰 새 작은 새는 좋아서 미칠 듯이, 물 속에 가라앉을 듯, 탁 스치고 지나가는가 하면, 되돌아오면서, 그렇다고 한다. 무덤을 이기고 온, 못 잊을 고운 각시들이, 손짓해 부른다. 내 딸아. 비로소 마음이 놓인다.[14]

인용문에서 이명준은 중립국으로 가는 타고르호의 항해에서 시종 자기를 지켜보며 따라오던 두 마리 갈매기가 은혜와 딸이고, 자신이 그들과 함께 찾아가야 할 새로운 공간이 바다라는 점을 깨닫는다. 또한 이런 일은 신내림을 통해 그가 이전에 미리 겪었던 일이기도 하다. 이에 이명준은 바다를 '푸른 광장'이라 부르며 활짝 웃으며 그곳에 뛰어든다.

그런데 바다는 인간에게 모태처럼 편안하고 아늑한 곳으로 생명의 근

---

13) 정호웅, 「문학교실에서의 『광장』 읽기」, 『문학사 연구와 문학 교육』, 푸른사상, 2012, 305쪽.
14) 『광장』, 199~200쪽.

소설비평의 다원성

원적 고향이며 낙원을 상징하는 곳이다. 바다는 모든 생의 어머니이고, 죽음과 재생을 통한 무궁과 영원을 상징한다.[15] 타락한 세계로 간주되고 있는 리바이어던이 자신의 내부에 모든 생명의 모습을 가두어두고 있는 것처럼, 바다로 간주되고 있는 것은 생명을 주는 비를 가두어두고 있는 것이다. 리바이어던은 보통 바다의 괴물로, 은유적으로 말할 때는 그것은 곧 바로 바다이다. 만일 리바이어던이 죽음을 나타내는 것이라면, 그리고 주인공이 죽음의 체내로 들어가지 않으면 안 된다면 주인공은 죽어야 한다. 그리고 이것으로 그의 편력의 끝을 맞이해야 한다면 그 편력의 최종적인 단계는 재생이다.[16]

그러니까 『광장』에서 이명준은 바다에 뛰어들어 죽음과 재생을 통해 구원의 길을 찾고 있는 것이다. 하지만 이것은 역사적 현장에서 합리적 구원의 길을 찾은 것이 아니라 신화적 공간인 낙원으로 회귀함으로써 신비적 구원의 길을 찾은 것이다. 이명준의 최종적인 선택은 이미 정해져 있었다. 그는 은혜와 딸이 재생한 두 갈매기가 자신을 재생의 공간인 바다로 이끌고 있음을 이전에 신내림을 통해 이미 본 적이 있었기 때문이다. 그러니까 이러한 선택에는 재생한 두 갈매기가 결정적인 역할을 하고 있다.

3. 재생한 두 갈매기의 낙원 인도

『광장』은 중립국으로 가는 타고르호의 항해에서 시작하여 항해 도중에 끝나고 있다. 이때에 두 마리의 갈매기가 이명준을 계속 따라 다니며 그

---

15) 윌프레드 L. 궤린 외, 앞의 책, 122쪽.
16) 노드롭 프라이, 임철규 역, 『비평의 해부』, 한길사, 1986, 267~268쪽.

의 의식과 행위에 결정적인 영향을 미친다. 육지의 인간이 아니라 오히려 바다의 갈매기가 작품의 중심에 놓여 있다고 할 수 있을 정도이다.

> ① 바다는, 크레파스보다 진한 푸르고 육중한 비늘을 무겁게 뒤채면서, 숨을 쉰다.
> 중립국으로 가는 석방 포로를 실은 인도 배 타고르호는, 흰 페인트로 말쑥하게 칠한 삼천톤의 몸을 떨면서, 물건처럼 빼곡이 들어찬 동지나 바다의 훈김을 헤치며 미끄러져 간다.
> 석방 포로 이명준은, 오른편에 곧장 갑판으로 통한 사닥다리를 타고 내려가, 배 뒤쪽 난간에 가서, 거기 기대어 선다. 담배를 물고 라이터를 켜댔으나 바람에 이내 꺼지고 하여, 몇 번이나 그르친 끝에, 그 자리에 쭈구리고 앉아서 오른 팔로 얼굴을 가리고 간신히 당긴다. 그 때다. 또 그 눈이다. 배가 떠나고부터 가끔 나타나는 허깨비다. 누군가 엿보고 있다가는, 명준이 휙 돌아보면, 쑥, 숨어버린다.[17]

> ② 이튿날.
> 타고르호는, 흰 페인트로 말쑥하게 칠한 삼천톤의 몸을 떨면서, 한 사람의 손님을 잃어버린 채 물체처럼 빼곡이 들어찬 남지나 바다의 훈김을 헤치며 미끄러져 간다.
> 흰 바다새들의 그림자는 보이지 않는다. 마스트에도, 그 언저리 바다에도.
> 아마, 마카오에서, 다른 데로 가버린 모양이다.[18]

인용문 ①은 『광장』의 첫 부분이고 ②는 끝 부분이다. ①에서 타고르호는 동지나 바다를 지나다가 ②에서 남지나 바다를 지나고 있다. 이를 통

---

17) 『광장』, 17쪽.
18) 『광장』, 201쪽.

해 배의 항해 방향과 시간의 변화를 알 수 있다. 또한 시작 부분에서 허깨비처럼 이명준을 숨어서 엿보는 두 눈으로 표상되던 두 갈매기가 끝부분에서는 사라지고 없다. 시종 그를 쫓아와서 지켜보던 두 갈매기가 그가 바다에 뛰어들고 난 뒤에는 그와 함께 사라졌다는 것이다. 그리고 이명준을 쫓아오고 지켜보던 두 갈매기는 은혜와 딸이 재생한 존재이다. 은혜가 이명준에게 "딸을 낳을 거예요. 어머니가 나는 딸이 첫애기래요"라고 했다. 그러니까 그녀가 전쟁 중에 포격을 맞고 죽은 뒤에 무덤 속에서 몸을 풀어 딸을 낳았고 그녀와 딸이 두 마리의 크고 작은 갈매기로 재생했다는 것이다. 이제 이명준에게 정말 중요한 존재는 은혜와 딸이다.

1973년에 민음사에서 단행본으로 출간한 『광장』에서도 그 두 갈매기는 윤애와 은혜의 분신이었다. 그런데 1976년의 전집판에서부터 두 갈매기가 은혜와 딸이 됨으로써 은혜의 비중이 크게 높아지고 있다. 권봉영에 의하면, 갈매기의 이러한 변화는 최인훈의 세계관의 변화를 나타낸다. 이전의 판본에서는 이명준이 자신의 시대에 대한 절망과 허무를 보여준다면 전집판에서는 새로운 우주의 탄생을 상징하는 태아를 등장시킴으로써 시대에 대한 긍정과 초극의 의지를 보여준다는 것이다.[19] 이에 신동욱은 "이명준의 머리에 깊이 삭여진 사랑과 행복의 의미는 은혜와 은혜가 잉태한 아기였음이 확인된다. 그것은 통합된 조국을 상징하기도 한다"[20]라고 했다. 하지만 이명준이 갈매기로 재생한 은혜와 딸을 만나는 일이 남한과 북한의 통합을 나타낸다는 판단을 그대로 인정하기는 어

---

19) 권봉영, 김현·김병익 편, 「개작된 작품의 주제 변동 문제 : 최인훈의 『광장』의 경우」, 『최인훈』, 은애, 1979, 162~181쪽.
20) 신동욱, 「분단시대 문학관의 분화 사례 연구」, 『삶의 투시로서의 문학』, 문학과지성사, 1988, 397쪽.

렵다. 이명준이 남한을 대표하는 인물이 아니듯이 은혜도 북한을 대표하는 인물이 아니기 때문이다. 오히려 이명준은 남한의 체제와 이데올로기를 신랄하게 비판하면서 월북한 인물이고, 은혜는 북한의 체제와 이데올로기에 전혀 관심이 없는 무용가일 뿐이다. 그러하기에 그들이 남북한의 이념을 나타낼 만한 대표성을 가질 수는 없다.

그런데 김현은 "전집판에서의 이 명준의 죽음은 정말로 사랑이라는 것이 무엇인가를 투철하게 깨달은 자의 자기가 사랑한 여자와의 합일"[21] 이라고 하며 개작을 통해 이전의『광장』과 달리 사랑이 중시된다고 본다. 하지만 전집판에 와서야 비로소 사랑이 중시된다고 보기는 어렵다. 이전의 민음사판에서도 이명준의 윤애와 은혜에 대한 사랑은 충분히 중시되고 있었기 때문이다. 그러므로 한기는 "요컨대『광장』의 전편을 통해서 이명준의 사랑 행각이란 언제나 이념의 부재 또는 상실이 확인된 마당에서야 펼쳐"[22]진다고 했다.『광장』에서는 이념 추구에 실패했을 때에 언제나 구원의 길로 사랑을 찾고 있는 것이다.

그렇지만『광장』에서 사랑이 실질적으로 구원의 길이 되고 있는 것은 아니다. 이명준의 이데올로기 탐색이 실패로 끝났듯이 사랑의 추구도 결국 실패로 끝나고 있기 때문이다. 그는 남한의 윤애뿐만 아니라 북한의 은혜와도 헤어지고 있다. 한국전쟁 중에 그녀들을 다시 만났을 때에 윤애는 친구인 변태식과 결혼하여 남의 아내가 되어 있었고, 은혜와는 다시 사랑을 이어가지만 결국 그녀도 포격을 맞아 죽어버렸다. 그러므로 그녀들과의 사랑은 완전히 깨어졌다. 그리고 중립국에서 인도인 선장이 소개하겠다는 미인 조카와의 사랑은 실현 가능성이 더욱 없는 것이다.

---

21) 김현,「사랑의 재확인─『광장』개작에 대하여」,『광장/구운몽』, 앞의 책, 351쪽.
22) 한기,「『광장』의 원형성, 대화적 역사성, 그리고 현재성」,『작가세계』, 앞의 책, 90쪽.

그러므로 윤애나 은혜의 역할이 무엇인가를 다시 생각해보게 된다. 그러니까 그녀들은 현실에서 좌절한 이명준을 위로하고 보살펴주는 모성적 존재로 역할하고 있었다는 것이다. 이명준은 윤애에게 불만이 많았다. 그 이유는 육체적 결합에 대한 그의 간절한 요구를 때때로 단호히 거절하고 있듯이, 그녀가 자의식이 강한 변덕스러운 모성이었기 때문이다. 그렇지만 윤애와 달리 은혜는 이명준의 그러한 요구를 무조건 받아주고 있듯이 맹목적으로 헌신적인 모성이다. "그녀는 명준의 머리카락을 애무했다. 가슴과 머리카락을 더듬어오는 손길에서 그는 어머니를 보았다"[23]라고 한다. 이처럼 이명준은 은혜를 어머니로 여기며 편안하게 안기고 있다. 최현희는 "두 주체 사이의 동등한 대화를 전제하지 않고 무조건적으로 주어지는 사랑의 믿음은 주체의 역사에서 어머니와 아이 사이의 이자적 관계와 관련된다"[24]라고 한다. 그렇다면 이명준은 은혜에게서 맹목적인 어머니의 사랑을 발견하고 그녀를 신뢰하고 의지한다고 할 수 있다.

더욱이 은혜는 딸을 낳고 갈매기로 재생하면서부터는 질적으로 새로운 존재로 격상되고 있다. 김욱동은 "은혜는 바로 풍요와 다산을 상징하는 지모신으로 부각되고 있다"[25]라고 한다. 무덤 속에서 몸을 풀고 딸을 낳은 은혜는 죽음과 재생의 제의를 통해 대지의 여신으로서의 면모를 보여주고 있다는 것이다. 프라이는 "제의와 신화에 있어서, 재생을 가져오는 대지는 보통 여성의 모습을 하고 있다"[26]고 했다. 그리하여 지모신과 같은 존재인 은혜가 딸을 이끌고 이명준을 쫓아가서 마침내 바다에 끌어

23) 최인훈, 『광장/구운몽』, 앞의 책, 138쪽.
24) 최현희, 「최인훈 소설에 나타난 '사랑'의 의미 연구」, 서울대학교 석사학위 논문, 2003, 51쪽.
25) 김욱동, 앞의 책, 294쪽.
26) 노드롭 프라이, 앞의 책, 256쪽.

들임으로써 그를 낙원으로 회귀하도록 한다.

이명준은 은혜의 몸을 바다로 보기도 했다. "그녀의 벗은 몸은 늘 숨이 막혔다. 그 기름진 두께 밑에 이 짭사한 물의 바다가 있고, 거기서, 그들의 딸이라고 불리울 물고기 한 마리가 뿌리를 내렸다"[27]라고 한다. 그러니까 바다의 상징인 은혜가 바다에서 이명준을 바다로 끌어들이고 있는 것이다. 이에 유기룡도 "은혜의 뱃속이며 모태인 바다로 들어가서 다시 새로운 차원으로 재생하여 구원을 얻겠다는 극복과 비약의 의지"[28]를 보여준다고 한다. 이명준의 그러한 선택이 재생을 위한 극복과 비약의 의지를 나타낸다는 것이다.

이처럼 전집판 『광장』에서 은혜는 지모신과 같은 존재로 격상되고 있으며, 두 갈매기로 재생한 그녀와 딸이 이명준을 바닷속으로 끌어들여 낙원으로 회귀하게 한다. 그렇다면 최인훈이 개작을 통해 이렇게 신화적 맥락의 낙원 회귀 지향을 강화하고 있는 이유는 무엇인가. 다음 장에서 그러한 점을 살펴보기로 한다.

4. 낙원 회귀 지향의 이유

『광장』에서 이명준의 죽음은 죽음이 아니다. 은혜와 딸이 재생한 존재인 두 갈매기의 인도를 받아 자신에게 미리 예정되어 있던 운명을 기꺼이 받아들여 바닷속 낙원으로 돌아간 것이기 때문이다. 이명준이 작은 갈매기가 바로 자신과 은혜 사이에서 태어난 딸임을 알아차리고 그녀를 부르는 것은 처음 겪는 일이다. 그런데도 그는 바다에 뛰어들기 전에 "언

---

27) 최인훈, 『광장/구운몽』, 앞의 책, 195쪽.
28) 유기룡, 앞의 글, 134쪽.

소설비평의 다원성

젠가 전에, 이렇게 이 배를 타고 가다가, 그 벌판을 지금처럼 떠올린 일이, 그리고 딸을 부르던 일이, 이렇게 마음이 놓이던 일이 떠올랐다"[29]라고 한다. 이에 김욱동은 "한 마디로 정신이 나가지 않은 상태가 아니고서는 이명준이 도저히 이렇게 생각할 수 없는 노릇이다"[30]라고 비판하며, 이명준이 바다에 뛰어든 일을 미쳤다고 할 만한 비정상적인 심리 상태에 이른 것으로 본다. 하지만 이명준이 단순히 미친 상태에서 자살한 것으로 보기는 어렵다. 그는 신내림을 통해 앞일을 미리 볼 수 있는 접신적 존재로 자신에게 예정된 길을 간 것이기 때문이다.

그리고 조보라미는 "결국 명준이 뛰어든 '푸른 광장'은 그에게 광장과 밀실이 결합된 이상적 공간으로 나타난 것이며, 작품 내 서술 역시 그렇게 제시된 것이다. 명준은 환상 속에서 광장 추구의 의지를 실현했고, 그 속에서 욕망을 충족했다"[31]라고 한다. 하지만 이명준이 바다에 뛰어든 일을 환상 속에서 자신의 욕망을 실현한 것으로만 보기는 어렵다. 이러한 그의 행위는 낙원 회귀란 신화의 신비적 구원을 추구하고 있는 것이기 때문이다. 신화에서는 신비적 차원의 능력을 발휘하는 일이 진실로 받아들여진다. 뒤랑은 "신화는 지각과 합리에 종속되는, 값어치 없는 환상이 아니다. 신화는 최선으로도 최악으로도 얼마든지 조작해 사용할 수 있는 하나의 실재체(res réelle)이다"[32]라고 했다. 또한 엘리아데도 "신화는 모든 신들이나 신화적 존재가 '태초의 때'에 행한 것을 말하고 있는 동시에 경험주의나 합리주의로도 이해되지 않는 실재의 차원을 드러내 주고 있는

---

29) 최인훈, 『광장/구운몽』, 앞의 책, 200쪽.
30) 김욱동, 「제4장 심리주의 비평 방법」, 앞의 책, 215쪽.
31) 조보라미, 「최인훈 소설의 환상성 연구」, 서울대학교 석사학위 논문, 1999, 26쪽.
32) 질베르 뒤랑, 유평근 역, 『신화비평과 신화분석』, 살림, 1998, 64쪽.

것"[33]이라 여긴다.

『광장』에서 이명준은 두 갈매기로 재생한 은혜와 딸의 인도로 낙원으로 회귀하고 있다. 그러니까 그는 역사의 현장에서 이데올로기에 의한 합리적 구원 대신에 낙원 회귀에 의한 신화적 맥락의 신비적 구원을 선택하고 있는 것이다. 전집판 『광장』이 출판된 뒤의 한 대담에서 김현이 "죽었는지 신선이 돼서 어디로 갔는지 알 수 없게" 이명준의 죽음이 애매하게 표현되고 있다고 했다. 이에 대해 최인훈은 "그 생이 물론 실제적인 의미에서의 생이 아니라 환상 속에서의 생의 완성일망정 생의 부정으로는 되어 있지 않다"[34]라고 답변한다. 작가도 이명준의 죽음을 생의 부정이 아니라 생의 완성으로 본다는 것이다.

그러니까 최인훈은 "인간은 어느 시대의 어떤 환경에서든 자기 삶의 끝까지 가려고 들면 대뜸 자신이 신화의 주인공임을 발견하게 된다. 그럴 때 보통 자기라고 여겨오던 존재는 실은 그림자에 지나지 않고 진실한 자기는 어떤 신화적 존재라는 것을 깨닫게 된다"[35]라고 하며 인간을 신화의 주인공과 동일시하기도 한다. 인간의 삶은 궁극에서 역사보다 오히려 신화와 긴밀하게 연관되어 있다고 보는 것이다.

엘리아데에 의하면, 모든 신화는 그 성질 여하에 관계가 없이 태초에 생긴 사건을 설명하고 있다. 따라서 그것은 후대에 그 사건을 반복하기 위한 모든 행동이나 상황에 대한 모범적인 선례가 된다. 근대인의 입장에서 신화는 역사를 폐기하는 것이다. 이미 한번 과거에 생긴 사건은 미래에 그와 똑같은 사건이 생기지 않는다는 역사의 불가역성을 부정하기

---

33) M. 엘리아데, 앞의 책, 528쪽.
34) 최인훈, 「변동하는 시대의 예술가의 탐구」, 『길에 관한 명상』, 문학과지성사, 2010, 79쪽.
35) 최인훈, 「연극이라는 의식」, 위의 책, 121쪽.

때문이다. 하지만 신화는 그것을 보존하는 인간 집단과 그들의 우주를 구성하는 모범적 역사이기도 하다. 그것은 역사와 달리 반복되는 가운데 의미와 가치를 보이는 선례의 역사란 것이다.[36]

그렇다면 『광장』의 개작을 통해 최인훈이 이렇게 죽음과 재생에 따른 낙원 회귀를 강화하고 있는 이유는 무엇인가. 그것은 크게 세 가지를 들수 있다. 첫째는 국내적 원인으로 역사에 대한 불신 속에서 신화를 긍정하는 방향으로 작가 의식이 변하고 있었다는 것이다. 그리고 둘째는 국외적 원인으로 최인훈의 몇 년간에 걸친 미국 생활 체험에 따른 문화적 충격의 영향 속에서 신화를 중시하게 되었다는 것이다. 다음으로 셋째는 보다 근원적인 원인으로 최인훈이 분단의 고착 속에서 고향을 다시 찾을 가능성을 잃어버린 월남 작가이기에 보편적인 영원한 고향을 갈망하고 있었다는 점이다.

첫째로 국내의 역사적 상황이 변화하면서 최인훈은 점차 '부활의 논리'를 긍정하게 된다. 그가 1973년 『중앙일보』에 『태풍』을 연재할 무렵부터는 지상에서의 창조적 생활의 원리로 부활의 논리를 생각하게 되었다고 말한다. "『광장』에서 내가 내놓지 못했던 이 지상에서의 창조적 생활의 원리가 되지 않을까 싶은 것이 『태풍』에서의 '부활의 논리'이다"[37]라고 했다. 그러니까 1960년에 『광장』을 처음 발표할 때에는 그에게 그런 점이 모호하게 잠복되고 있었다면, 『회색인』 『서유기』 『소설가 구보씨의 일일』 『태풍』으로 이어지는 후속 작품들을 발표할 시기에는 지상에서는 불가능한 천상의 초월적이고 신비적인 구원의 논리를 점진적으로 인정하게 되었다는 것이다.

---

36) M. 엘리아데, 앞의 책, 543~544쪽.
37) 최인훈, 「원시인이 되기 위한 문명한 의식」, 앞의 책, 29쪽.

최인훈에 있어 이런 인식의 전환은 역사적 현실의 암울함에 기인한다고 할 수 있다. 4·19의 학생 의거로 이승만 정권이 퇴진했을 때에 한껏 고조되었던 정치적 자유에 대한 기대는 5·16으로 인한 군사정권의 출현과 유신체제로 이어지면서 바닥을 바라보게 되었다. 그리고 1965년 6월에 한일협정이 비준됨을 바라볼 때에 최인훈은 "문학의 형식을 파괴하면서라도 온몸으로 부딪쳐야 할 위기의식"[38]을 느꼈다고 한다. 또한 1972년 7월에는 남북공동성명이 발표되어 분단 상황의 해결에 진전이 이루어지지만, 오히려 10월에는 유신이 선포되고 1973년 4월에는 남북대화가 완전히 단절된다. 이러한 시대 상황은 이성과 합리에 기반을 둔 역사에 대한 불신을 가중시켰고, 이에 비례하여 오히려 감성과 신비를 중시하는 신화를 찾게 되었다는 것이다. 그러니까 역사에 대한 불신 속에서 신화를 긍정하게 되면서 그러한 방향으로 『광장』의 개작도 이루어졌다고 할 수 있다.

둘째로 최인훈은 미국에서 생활하면서 문화적 충격 속에서 더욱 보편적이고 영속적인 세계를 추구하게 된다. 그는 1973년 9월에 미국 아이오와대학의 '세계 작가 프로그램(IWP)'의 초청으로 도미하여 이후 3년 간 미국에 체류하였다가 돌아온 뒤에 개작 『광장』을 발표하였다.[39]

당시 미국과의 접촉은 한국전쟁 중에 고등학생으로 월남하여 남한과 접촉했을 때만큼 충격이 컸다고 한다. "내가 20세 전후에서 대학을 다니기 위해 유학을 했다면 그 문화적 충격을 보다 순진하고 더 감각적으로까지 흡수하면서 전형적인 코스를 밟을 수 있었을 것"[40]이라 하고 있다.

---

38) 최인훈, 「원시인이 되기 위한 문명한 의식」, 앞의 책, 25쪽.
39) 김종회, 「관념과 문학, 그 곤고한 지적 편력」, 『작가세계』, 앞의 책, 37쪽.
40) 최인훈, 「변동하는 시대의 예술가의 탐구」, 앞의 책, 61~62쪽.

40세가 넘어 미국에 갔기에 몸으로 그 충격을 흡수하여 서서히 되새김질할 수 없었다는 점을 아쉽게 생각한다.

그런데 미국 작가들이 쓴 주요 작품들은 독특함을 지니고 있으며, 이 독특성은 적극적이든 소극적이든 '미국의 꿈'이란 고유한 신화의 영향에 귀착된다. "이 신화군의 중심양상은 '낙원(Eden)'에 대한 가능성의 신화인데, 이 신화는 시공을 떠나서(내세나, 이승의 시간 외에)가 아니라 아메리카 대륙이라는 현란한 '신세계'에서 두 번째의 '낙원'을 이룩하는 희망을 반영하고 있다."[41] 그러니까 도덕적 갱생과 찬연한 기대에의 주제가 '미국의 아담'이란 낙원 회귀의 신화와 밀접하게 관련되고 있는 것이다. 그러니까 최인훈은 직접 접한 미국 문화의 충격 속에서 역사적이거나 지리적 제약에서 벗어나게 하고 영원성과 보편성을 고양시킬 수 있도록 낙원 회귀 지향을 강화하는 방향으로 본질적인 측면에서 『광장』을 개작하게 되었다는 것이다.

셋째로 앞에서 살펴본 두 가지 원인의 근원적 기반이라 할 심층적 원인으로 월남 작가인 최인훈의 실향 의식을 들 수 있다. 그러니까 현실적으로 불가능한 고향 회귀의 갈망을 해소할 수 있는 방안으로 신화의 낙원 회귀를 지향하고 있다는 것이다. 최인훈은 1950년의 한국전쟁 이후에 월남하여 남한에서 등단한 작가로 이범선, 장용학, 이호철 등과 같은 '전후 신세대 월남 작가'의 한 사람이다. 그러니까 황순원, 최태응, 김이석 등 전쟁 이전에 등단하여 문인으로 월남한 '전전 세대 월남 작가'와는 그 성향이 다르다. 류동규에 의하면, 전전 세대 월남 작가들은 이미 작가로 활동하고 있다는 점뿐만 아니라 한 가족의 가장이라는 확고한 사회

---

41) 윌프레드 L. 궤린 외, 앞의 책, 144쪽.

적 위치를 차지하고 있으나, 소년기에 고향을 떠난 전후 신세대 월남 작가들은 중심 지주를 잃어버린 채 심한 자아의 분열을 경험하면서 분열의 극복 방안을 모색하게 된다. 전후 신세대 월남 작가들 중에서도 특히 최인훈의 소설은 자아 분열의 기원으로 거슬러 올라감으로써 그것을 극복하고자 하는 탐색의 서사가 되고 있다는 것이다.[42]

「오발탄」의 주인공 '송철호'와 그 가족들이 회상 속에서 잃어버린 과거의 고향을 낙원으로 이상화하고 냉혹한 현실의 좌절 속에서 강박적으로 고향 회귀 의지를 표출하고 있듯이 이범선의 낙원 회귀 의식은 수동적이고 심리적인 차원에 머물고 있다. 그러나 『원형의 전설』의 주인공 '이장'은 동굴 속에서의 죽음과 재생을 통한 낙원 회귀를 노골적으로 뚜렷하게 보여주고 있다.[43] 하지만 『광장』의 이명준은 비록 그것이 예정된 일이었다고 하더라도 역사적 현장을 탐색하는 과정에서 자기 성찰에 따른 결단을 통해 암시적으로 낙원 회귀를 지향한다. 이런 점에서 최인훈과 장용학의 낙원 회귀 지향은 상당히 유사하면서도 그것의 실현 방식과 표현 강도에 있어 뚜렷한 차이를 보여주고 있다.

또한 최인훈에게는 해군 함정 LST를 타고 출렁거리는 바다를 통해 월남했다는 체험이 큰 정신적 외상으로 자리 잡고 있었다. 이에 그는 "삶이라고 하는 것이 출렁거린다고 하는 이미지"를 갖게 된다. 그러니까 이창동이 최인훈과의 대담에서 지적하고 있듯이, 그때 LST 함정에서 바다를 통해 받아야 했던 대지를 잃어버린 상황에 대한 충격적인 인식이 『광장』에서 이명준이 마지막으로 선택한 바다와 잠재적으로 연결되고 있는 것

---

42) 류동규, 『전후 월남작가와 자아 정체성 서사』, 역락, 2009, 15~16쪽.
43) 박종홍, 「『원형의 전설』의 신화성 고찰」, 『국어교육연구』 제53집, 국어교육학회, 2013. 8, 433쪽.

이다. [44)]

하지만 『광장』의 이명준이 여러 관문을 거치면서 자기를 성찰하고 최종적으로 바다를 구원의 공간으로 받아들이고 있듯이, 최인훈도 이제는 실향을 야기한 출렁거리는 통로란 바다의 충격적 심상을 지워버리고 오히려 그곳을 희망의 공간으로 받아들이고 있는 것이다.

5. 맺음말

앞에서 살펴보았듯이 『광장』에서 이명준은 신내림을 통해 자신의 앞날을 미리 바라볼 수 있는 접신적 존재로 푸른 광장인 바다에 뛰어들어 낙원으로 돌아가고 있었다. 그는 남북한 및 타고르호의 세 공간이 나타내는 정치체제와 그것의 이데올로기를 탐색하고 있지만 그러한 탐색은 실패할 수밖에 없었다. 그가 신비적 구원을 추구하여 낙원으로 회귀하고자 바다에 뛰어드는 일은 신내림 속에서 그에게 예정된 일이었기 때문이었다.

그런데 이러한 이명준의 낙원 회귀에는 죽음에서 재생한 두 갈매기가 결정적인 역할을 하고 있었다. 이전에는 두 마리의 갈매기가 윤애와 은혜의 분신이었는데 전집판 『광장』에서는 은혜와 딸로 바뀌고 있었다. 이때에 지모신과 같은 존재로 격상한 은혜가 딸과 함께 낙원을 상징하는 재생의 공간인 바다로 이명준을 인도하고 있었다.

그리고 『광장』의 개작을 통해 최인훈이 낙원 회귀 지향을 강화하고 있는 이유를 크게 세 가지로 파악해보았다. 첫째는 국내의 역사적 상황의

---

44) 이창동, 「최인훈의 최근 생각들」, 『작가세계』, 1990년 봄, 50쪽.

변화 속에서 최인훈이 점차 역사보다 신화를 신뢰하게 된 것이었고, 둘째는 국외 생활을 통해 경험한 미국 문화의 충격 속에서 '미국의 아담'이란 낙원 회귀 신화의 영향을 받은 때문이었다. 셋째는 최인훈이 북한에 고향을 둔 '전후 신세대 월남 작가'의 한 사람으로 신화적 맥락의 낙원 회귀를 통해 현실적으로 불가능한 고향 회귀의 갈망을 해소하고자 한 점이었다.

「오발탄」의 귀향 욕망

1. 문제 제기

이범선은 전후세대의 작가로서 다소 이질적인 존재라 할 수 있다. 김윤식은 "전후세대는, 하늘에서 떨어진 신종자 씨앗과도 흡사했는데, 그만큼 전통단절을 출발점에서 확인한 셈이 된다"[1]라고 하며, 전후세대 작가들의 전통단절을 강조한다. 서경석도 "이 전후세대 작가들은 6·25라는 파괴적 현실을 50년대적인 언어(?)로 다시 축조하려 한 '폐허'의 세대이다."[2]라고 한다. 전후세대 작가들을 파괴적 현실 속의 '폐허' 세대로 보았다. 그런데 이범선은 전후세대 작가들의 전통 단절로 인한 이러한 낯섦에서 벗어나고 있다. 그의 소설들은 개인의 고립적인 현실을 50년대의 언어로 제시하는 대신에 공동체의 화합적인 현실을 3, 40년대의 언어로

---

1) 김윤식, 「6·25전쟁문학 — 세대론의 시각」, 문학사와 비평연구회, 『1950년대 문학연구』, 예하, 1991, 25쪽.
2) 서경석, 「전후문단의 재편과정과 그 의의」, 『한국 전후문학의 형성과 전개』, 태학사, 1993, 20쪽.

제시하고 있기 때문이다.

흔히 이범선의 소설은 상반되는 두 계열이 공존한다고 본다. 김상홍은 이범선의 소설에서 개체적 주체인 개인의 애정 문제를 다룬 것과 복수적 주체인 조직 사회 속에서 겪게 되는 소시민의 생활상을 다룬 것으로 양분하여 이범선 소설의 주제를 분석하고 있다.[3] 그리고 이용남은 이범선의 소설을 센티멘털리즘을 가미한 서정적인 경향과 사회에 대한 불신에서 유래한 대사회적인 경향으로 나누어 살펴본다.[4] 천승준은 이범선의 소설을 감상적 리리시즘의 서정적인 계열과 소박한 휴머니티의 세태적인 계열, 그리고 사회에 대한 정직한 고발의 항변적인 계열의 세 가지로 나누어 살펴보고 있다.[5] 하지만 세태적인 것과 항변적인 것은 둘 사이의 경계가 모호하여 사회 고발적인 계열로 함께 묶을 수 있기에 이것도 앞의 작업과 다를 바가 거의 없다. 또한 이범선도 한 대담에서 "따스한 마음으로 인간을 관찰한 서정적인 것과 비판을 앞세운 대사회적인 것"[6] 두 계열로 자신의 작품을 나누고 있다. 그리하여 이범선의 소설이 두 계열로 나누어진다는 점을 부정하기 어려울 듯하다.

그렇지만 이범선의 소설에서 인정이 넘치는 이상향의 모색과 비정한 사회에 대한 고발이란 두 경향이 동일한 위계를 갖는다고 보기는 어렵다. 이것은 이범선의 작품이 화해와 불화, 순응과 항변, 순수와 참여를 동시에 나타낸다고 보는 것이다. 본래 이범선이 양가적 시각을 보여주는 작가였다면 이런 것이 가능할 수도 있다. 그러나 이범선의 소설이 양가

---

3) 김상홍, 「이범선 소설 연구 — 단편소설을 중심으로」, 연세대학교 석사학위 논문, 1985. 12.

4) 이용남, 「서정과 고발의 미학」, 『한국의 전후문학』, 한국현대문학연구회, 1991. 4, 65~84쪽.

5) 천승준, 「서민의 미학 — 이범선론」, 『현대한국문학전집』 6, 신구문화사, 1965, 438~445쪽.

6) 이범선, 「오발탄 그리고 피해자」, 『문학사상』, 1974. 2, 214쪽.

성을 보여주고 있지는 않다. 그렇다면 이러한 두 경향을 핵심적인 것과 종속적인 것으로 위계화하여 애매성을 해소해야 할 것이다. 류동규는 이범선의 소설에서 두 계열이 하나의 공통된 기반에 의거하면서도 어떤 측면을 부각시키는가에 따라 현상적으로 다른 경향을 보여주고 있다고 하며 이러한 두 계열의 상호 내적 연관성을 주목한다.[7] 하지만 이것도 그러한 내적 연관성을 본격적으로 검토하고 있지는 않다.

그러므로 이러한 두 계열의 위계를 분명히 함으로써 이범선 소설의 특성을 일관성 있게 파악하고자 한다. 그러니까 이범선의 소설에서 핵심적인 경향이 인정이 넘치는 서정 세계인 고향에의 귀향 욕망이고, 종속적인 경향이 실향으로 마주하게 된 현실 세계의 비정함을 폭로하는 일이란 것이다. 즉 잃어버린 고향을 대신할 이상적 공간으로 인정이 넘치는 서정 세계를 일관되게 지향하면서도 그러한 추구의 당위성을 확보하고자 현실의 비정함도 폭로하고 있다는 점을 중시한다.

이에 여기에서는 일반적으로 사회 고발 계열의 대표작으로 일컬어지고 있는 이범선의 「오발탄」(『현대문학』, 1959. 10)을 중심 대상으로 삼는다. 그리하여 이 작품이 실향 세계의 비정함을 폭로하면서도, 이제는 다시 찾을 수 없는 고향을 낙원으로 여기며 그곳에 대한 귀향 욕망을 핵심적 의미로 보여주고 있다는 점을 살펴볼 것이다. 또한 이범선의 다른 작품에서는 어떤 곳이 이러한 잃어버린 고향을 대신하여 낙원으로 제시되고 있는가도 살펴보고자 한다.

여기에서 귀향 욕망이란 예전의 고향으로 다시 돌아가고자 하는 욕망을 가리킨다. 욕망(desire)은 충동(urge)이나 욕구(need)와 달리 언어를 통

---

7)　류동규, 『전후 월남작가와 자아 정체성 서사』, 역락, 2009, 53~72쪽.

해 추상적 방식으로 인간의 요구를 이해하고 실현하고자 하는 것이다. 동물적 차원에서 인간이 필요로 하는 것을 충동이라고 한다면, 인간이 지각에 의거하여 사태를 이해하고 대응하려는 것을 욕구라고 하고, 경험적 자료를 언어라는 상징체계에 바탕을 두고 추상적 방식으로 이해하고 실현하는 것을 욕망이라고 한다.[8]

2. 실향 세계의 비정함 폭로

먼저 「오발탄」에서는 실향 세계의 비정함이 폭로되고 있다. 주인공 '송철호'와 그의 가족들은 북한 체제의 변화로 인해 부득이 고향을 떠나 월남하여 서울의 해방촌에 자리를 잡고서 매우 힘들게 살아간다. 그들은 실향으로 인해 많은 것을 상실하고 있는데, 그러한 상실의 양상은 크게 다음의 세 가지로 나타난다. 첫째는 기초 생활 여건의 상실이고, 둘째는 가족적 유대감의 상실이고, 셋째는 역사에 대한 신뢰의 상실이다.

첫째로 송철호의 가족들은 기초 생활 여건을 확보하지 못하고 있다. 그들은 고향을 잃어버림으로써 생활의 기반도 잃어버린 것이다. 송철호는 계리사 사무실의 서기로 일하고 있는데 그의 월급으로는 가족들의 기본적인 생계를 유지하기도 어렵다. 그들의 빈궁은 그의 구멍 난 양말이 잘 말해준다. 송철호는 질긴 나일론 양말 한 컬레 사 신을 수 있는 형편이 못되어 발가락 두 개가 다 튀어나오는 면양말로 힘들게 버티고 있다. 또한 매일 점심도 못 먹고 이십오 환 전차 삯을 아끼느라 종로에서 십 리나 되는 길을 걸어서 집으로 돌아온다.

---

8) 최봉영, 『주체와 욕망』, 사계절, 2000, 53~55쪽.

그리고 어린 딸은 노랗게 뜬 얼굴로 아버지의 헌 샤쓰 허리통을 잘라서 위에 끈을 꿰어 만든 치마를 입고 어디서 주워온 고무줄을 끼운 짝짝이 양말을 신고 있다. 그녀는 어느 날 삼촌이 빨간 운동화를 사다 주자 너무 좋아하며 시종 그것에 눈길을 떼지 못하고 혹시 잃어버릴까 걱정하여 잠 잘 때에도 그것을 안고 잔다. 아내는 아름답고 생기가 넘치던 피아노 연주자였다는 것도 완전히 잊어버린 채 가난의 무게에 짓눌려 멍하니 혼을 빼앗긴 몽유병자처럼 하루하루를 살아가고 있다.

둘째로 송철호의 가족들은 절대적 빈곤 속에서 가족 간의 유대감도 상실하고 있다. 먼저 큰아들 송철호는 월남 직후부터 어머니와 소통이 불가능한 상태가 된다. 어머니는 그렇게 기뻐했던 일제의 강점에서 해방이 되었는데도 불구하고 재산을 빼앗긴 채 고향을 떠나야만 하고 이렇게 척박한 타향에서 힘들게 살아야 한다는 사실을 도저히 인정할 수가 없다. 그러니까 그녀는 그들이 자유를 찾아 부득이 남쪽으로 내려와야 했고, 이제는 삼팔선을 넘어 북쪽의 고향으로 다시 돌아갈 수 없다고 하는 그의 말을 도저히 믿을 수가 없는 것이다. 아들이 아무런 이유 없이 어머니에게 심술을 부리는 것으로만 여겨지기 때문이다. 결국 어머니는 6 · 25 까지 겪으면서 고향으로 돌아갈 수 없다는 좌절감과 아들에 대한 원망 속에서 미쳐버린다.

또한 송철호는 남동생 '송영호'와도 사이가 크게 틀어진다. 동생은 제대한 지 이 년이나 지나도록 직업을 구하지 못하고 상이군인 친구들과 빈둥거리며 지내면서도 가족들의 의식주를 제대로 해결하지 못하는 고지식한 형을 못마땅하게 여긴다. 송영호는 그들 가족의 가난이 윤리에 묶여 있기 때문이라고 여겨 양심의 굴레를 벗어버리고자 하여 강도 행위를 하게 된다. 하지만 결국 자신의 일탈을 끝까지 실천하지 못하는데 마지막에 가서는 범행의 목격자를 죽이지 못하고 풀어줌으로써 곧장 경찰에게 잡히고 있다. 그렇다고 송영호가 궁극적으로 가족들을 배척하거나 외면하고 있는 것은 아니다. 그는 경찰서로 찾아온 형에게 미안하다고 사과하고 있을 뿐만 아니라, 어린 조카에게 화신백화점을 구경시켜주겠다고 했던 약속을 지키지 못함을 안타깝게 여기듯이 가족들을 많이 걱정하고 있기 때문이다.

그리고 송철호는 여동생 '송명숙'과도 사이가 매우 나쁘다. 그가 단속으로 잡혀 있는 그녀의 신원을 보증하고 경찰서에서 나올 때에 아무런 말도 하지 않으며, 경찰서 밖에서는 서로 모르는 사람들처럼 헤어진다. 그렇지만 그는 그녀의 나일론 양말 뒤꿈치에 난 계란만 한 구멍을 보며 깨끗하다고 여길 뿐만 아니라, 난산 때문에 급히 병원으로 실려간 아내를 찾아갈 때에는 그녀가 건네주는 만 환 다발을 선선히 받아가고 있다. 그러니까 그녀는 주위의 손가락질을 받는 타락한 양공주가 아니라 단지 애처로운 그의 여동생일 뿐이다.

셋째로 송철호의 가족들은 역사에 대한 신뢰도 상실하고 있다. 역사를 신뢰하지 않기에 그들은 규범과 법률도 거부하게 된다. 실향 세계에서는 공동체 의식이 사라지고 생존을 위한 개인의 각축만 존재한다는 것이다. 송명숙은 가족들의 거부감에도 불구하고 양공주 일을 계속하고 있으며, 송영호는 암담한 상황에서 벗어나고자 권총 강도까지 하고 있다. 그리하여 조건상은 "일시적인 유희나 허황된 사치 심리에서가 아니라 생존을 위해 양공주 노릇을 하고 권총 강도가 된 이들 남매는 시대의 모순에 통렬히 맞선 문제적 인물이다"[9]라고 하며, 이들을 통해 당대 사회의 절망

---

9)   조건상, 「이범선의 「오발탄」과 전후문학적 성격」, 『반교어문연구』 제13집, 반교어문학회, 2001, 369쪽.

적 실체가 고발되고 비극이 극대화되고 있다고 본다. 하지만 그들 남매를 비정한 사회를 고발하고 저항하는 문제적 인물로 보기는 어렵다. 송명숙이 왜 양공주가 되어야 했으며 그러한 선택이 어떠한 사회적 의미를 갖는가 하는 점이 전혀 나타나고 있지 않으며, 송영호도 양심의 제약에서 벗어나야 한다고 강변하고 있을 뿐 금기 파괴의 실천으로 강도가 되고 있다는 점을 설득력 있게 보여주지 못하기 때문이다.

그런데도 천이두는 "이 작품의 핵심적 의미는 단순히 사회의 비참하고 불행한 면을 고발하는 데 그치는 것이 아니다. 오히려 그처럼 비참하고 불행한 상황 속에서 인간의 양심은 어떻게 있어야 할 것인가?"[10]에 있다고 하며, 작품의 핵심적 의미가 양심의 준수 여부에 있다고 본다. 하지만 이것은 인물의 말을 여과 없이 그대로 받아들인 소박한 판단이라 할 수 있다. 송영호가 실패한 궁극적 원인이 양심을 버리지 못함에 있다고 보기 어렵기 때문이다. 전쟁에 참여했다가 부상을 입고 제대한 군인들이 직업을 얻지 못해 무위도식하거나 다른 사람들을 협박해 생활비를 마련해야 하는 사태에 대한 책임을 그들에게 지울 수는 없다.

이범선은 "부모가 자식을 버리고, 자식이 부모를 버리고, 친구간의 의리라는 것은 생각할 필요조차 없는—극단에 처했을 때의 인간의 추악한 면을 적나라하게 보아버리고 말았다"[11]라고 하며 전쟁이 가져다준 비정한 세계의 실상을 안타까운 마음으로 회고하고 있다. 이런 극한 상황을 직접 체험함으로써 그는 인간이 이성적 존재이고 역사가 올바른 방향으로 나아간다는 점을 도저히 신뢰할 수 없게 되었던 것이다.

---

10) 천이두, 「오발탄의 행방—오발탄」, 『현대한국문학전집』6, 459쪽.
11) 이범선, 「'오발탄' 그리고 '피해자'」, 『문학사상』, 1972. 2, 218쪽.

철호는 또 한번 귓가에 어머니의 목소리를 들었다고 생각하며 푹 모로 쓰러지고 말았다. 차가 네거리에 다다랐다. 앞에 교통 신호등에 빨간 불이 커졌다. 차가 섰다. 또 한번 조수애가 뒤를 돌아 보며 물었다. "어디로 가시죠?" 그러나 머리를 푹 앞으로 수그린 철호는 아무 대답도 없었다.

따르르 벨이 울렸다. 긴 자동차의 행렬이 움직이기 시작했다. 철호가 탄 차도 목적지를 모르는 대로 행렬에 끼어서 움직이는 수밖에 없었다. 철호의 입에서 흘러내린 선지피가 흥건히 그의 와이샤스 가슴을 적시고 있는 것은 아무도 모르는 채 교통 신호등의 파랑불 밑으로 차는 네거리를 지나갔다.[12]

작품의 마지막 부분인 인용문에서는 인간을 소외시키는 근대 세계의 본질을 그대로 보여주고 있다. 자동차 안에서 송철호가 의식을 잃어가고 있지만 그것에 관심을 두거나 알아차리는 사람은 없다. 그는 어디로 가야 하는지 무엇을 위해 가야 하는지도 모른 채 신호등의 지시에 따라 멈추었다가는 다시 가야 하는 의타적이고 고립된 존재일 뿐이다. 그렇다면 명확한 지향 없이 계속 목적지를 바꾸고 있는 송철호의 이런 '오발탄' 같은 행보는 역사의 행로를 신뢰할 수 없기에 다른 길을 찾아야 하지만 그곳이 어디인가를 밝혀줄 빛을 찾을 수 없어 계속 제자리를 맴돌고 있음을 나타낸다고 보아야 할 것이다.

이처럼 여기에서는 송철호의 가족들이 고향을 상실함으로써 각박한 현실에서 많은 것을 상실하고 있음을 여실하게 보여주고 있다. 하지만 작품의 핵심적 의미가 이러한 실향 세계의 비정함을 폭로하는 데 있는 것은 아니다. 이런 암울한 상황에서도 그들은 여전히 고향을 '욕망의 대

---

12) 이범선, 「오발탄」, 『현대한국문학전집』 6, 381쪽.

상'으로 삼고 있으며, 귀향 욕망을 실현하고자 하기 때문이다. 욕망의 대상은 주체가 상징적으로 박탈당한 것을 대신하기에 어떤 욕구도 충족시키지 못하며 그 자체로 상대적인 것이다. 또한 욕망의 대상은 '욕구의 대상'과는 달리 본질적으로 주체로부터 감추어져 있는 자리를 차지하는 것이다. [13]

이에 다음 장에서는 「오발탄」에서 인물들이 욕망의 대상인 고향에 대한 귀향 욕망을 어떤 방식으로 실현하고 있으며, 이범선의 다른 작품에서는 다시 찾아갈 수 없는 그러한 고향을 어떤 곳으로 제시하고 있는가를 구체적으로 살펴보고자 한다.

3. 상징적 죽음을 통한 귀향 욕망의 실현

「오발탄」에서 귀향 욕망은 미친 어머니의 강박적인 절규에서 잘 나타난다. 그녀의 '가자! 가자!'라는 외침은 칠 년 동안 마치 딸꾹질처럼 일정한 사이를 두고 반복적으로 지속되고 있다. 그녀는 심지어 잠이 들어서도 그러한 외침을 멈추지 않는다. 이런 점은 어떤 일이 있어도 고향에 돌아가야 한다는 그녀의 절박한 마음을 나타낸다.

여기에서 어머니는 살아 있지만 실질적으로는 죽은 존재와 같다. 그녀는 매일 수세미처럼 엉킨 흰 머리카락을 보이며 아랫목에 누더기 같은 솜이불을 덮고 자는 듯 누워 있다. 이것을 보면서 송철호는 중학교 시절 박물관에서 본 미라를 떠올린다. 송철호도 외형적으로는 어머니의 그러한 반복적 외침을 못마땅해하는 듯하지만, 실제로는 그렇지 않다. 그도

---

13) 자크 라캉, 이미선 역, 「욕망, 그리고 「햄릿」에 나타난 욕망의 해석」, 권택영 편, 『욕망이론』, 문예출판사, 1994, 156쪽.

그녀 못지않게 상실한 고향에 대한 강한 애착을 보이고 있기 때문이다. 그러니까 과거의 고향이 본능적 충동이라고도 할 어머니의 강박적인 외침을 통해 되살아나면서 송철호의 귀향 욕망도 불러일으키고 있다는 것이다.

> 철호는 밤 하늘을 한번 쳐다보았다. 지금까지 바라보던 밤 거리보다 더 화려하게 별들이 뿌려져 있었다. 철호는 그 많은 별들 가운데 북두칠성을 찾아 보았다. 머리를 뒤로 젖혀 하늘을 쳐다보는 채 빙그르 그 자리에서 돌았다. 거꾸로 달린 물주걱 같은 북두칠성은 쉽사리 찾아낼 수 있었다. 그 북두칠성 앞에 딴 별보다 좀 크고 빛나는 별, 그건 북극성이었다. 철호는 지금 자기가 서 있는 지점과 북극성을 연결하는 직선을 밤 하늘에 길게 그어 보았다. 그 선을 눈이 닿는 데까지 연장시켰다. 철호는 그렇게 정북을 향하여 한참이나 서 있었다. 고향 마을이 눈 앞에 떠올랐다. 마을의 좁은 길까지, 아니 그 길에 박혀 있던 돌 하나까지도 선히 볼 수 있었다.[14]

인용문에서 송철호는 밤하늘의 별자리들로 방향을 정해가며 북쪽 고향 마을에 대한 기억을 선명히 떠올린다. 그러나 이제 기억 속의 고향은 다시 돌아갈 수 없는 곳이고, 설령 다시 돌아간다고 하더라도 이미 그때의 고향은 아니다. 그러므로 그가 현실에서 고향을 다시 찾을 방법은 없다. 송철호의 어머니도 마찬가지이다. 그러하기에 그녀는 미라와 같은 죽은 자가 되어서도 '가자!'라고 반복적으로 외침으로써 고향을 찾아가고 있는 것이다. 즉 어머니는 이러한 상징적 죽음을 통해 귀향 욕망을 실현하고 있다. 송철호 역시 고향을 다시 찾고자 한다면 어머니처럼 상징적

---

14) 이범선, 「오발탄」, 앞의 책, 360쪽.

소설비평의 다원성

죽음에 의거할 수밖에 없을 것이다.

전우형은 소설을 영화 〈오발탄〉과 대비하면서 "영화 〈오발탄〉에서 유현목의 선택은 소설의 초점인물인 철호보다 영호의 서사를 강화함으로써 서사 자체의 변형을 통해 당대 현실에 대한 사실적인 재현의 넓이와 깊이를 확보했다"라고 한다. 이처럼 1961년에 개봉된 유현목 감독의 영화 〈오발탄〉에서는 송철호보다 송영호를 부각시킴으로써 현실의 비정함을 더욱 효과적으로 폭로하고 있었다. 하지만 어머니를 미라로 본다든지 과거의 고향을 그리워하는 송철호의 내면을 무시하거나 생략함으로써 그들의 귀향 욕망을 현저히 약화시키고 있다.[15]

그렇다면 송철호는 어떻게 그의 귀향 욕망을 실현하는가. 그는 동생이 강도 행위를 하다가 체포되어 X경찰서에 있다는 소식을 들은 뒤에 아내도 출산 중에 S병원에서 죽었다는 소식도 듣는다. 이런 극단 상황에서 그는 치과의사의 만류에도 불구하고 고집스럽게 어금니를 두 개나 한꺼번에 뽑고 입에서 시뻘건 선지피를 뱉으며 택시를 탄다. 하지만 어느 곳에 갈지 방향을 정할 수 없기에 해방촌의 집으로 가자고 하다가 다시 방향을 바꾸어 병원으로 가자고 하고, 그러다가는 또다시 방향을 바꾸어 경찰서로 가자고 하며, 경찰서에 도착했을 때에도 내리지 않고 다른 곳으로 떠난다. 그러다가 귓가에 '가자!'란 어머니의 소리가 들린다고 생각하며 의식을 잃고 쓰러진다. 이때에 그도 어머니와 일체가 되는 상징적 죽음을 보여주고 있는 것이다. 그러니까 어머니가 미라 같은 죽음의 상태에서 '가자!'란 반복적 외침을 통해 재생력을 얻어 귀향 욕망을 표출하고 낙원인 고향으로 돌아가고 있듯이, 송철호도 그러한 상징적 죽음을 통해

---

15) 전우형, 「「오발탄」의 매체 전환구조와 영화예술적 속성 구현 양상」, 『한국현대문학연구』 제28집, 한국현대문학연구회, 2009. 8, 421쪽.

재생의 과정으로 나아가면서 낙원인 고향에 대한 귀향 욕망을 실현하고 있다는 것이다. 방향을 상실한 오발탄이 이제 고향이란 목표를 찾음으로써 제대로 날아갈 수 있게 된다.

그런데 하정일은 "어머니의 '가자!'란 외침을 지겨워하던 철호가 똑같이 '가자!'고 중얼거리는 것은 철호 역시 어머니와 같은 심리 상태에 이르렀음을 말해준다. 현실에 순응하며 살아온 철호까지 '이대로는 더 이상 안 된다'는 생각을 갖게 되었다는 것은 50년대의 한국사회가 봉합 불가능한 위기에 이르렀음을 뜻하는 한편 이 작품이 '결별의 모티프'에 지배되고 있음을 단적으로 말해준다"[16]라고 하며, 오발탄 같은 송철호의 행동이 '결별의 모티프'를 나타내는 것으로 본다. 하지만 그의 행동이 과거와의 결별을 통해 새로운 출발을 나타내는 것으로 보기는 어렵다. 어머니와 송철호의 '가자!'라는 외침은 과거의 보금자리인 북쪽의 고향으로 돌아가자는 말이기 때문이다. 즉 그들이 현실에서 고향을 다시 찾는 일이 불가능하다고 하더라도 결코 귀향 욕망을 포기할 수 없기에 상징적인 죽음과 재생을 통해 고향으로 돌아가는 욕망을 실현하고 있다는 것이다. 그렇다면 작품의 핵심은 오히려 결별의 모티프를 부정하는데 있다고 보아야 한다.

이범선도 "고향이란 참 좋은 곳이다. 언제든지 마음놓고 돌아갈 수 있는 곳. 그런데 북한에 고향을 둔 나는 갈 수가 없다. 50년이 되건 500년이 되건 고향이 그리운 심정에는 변함이 없다"[17]라고 하며 세월이 흘러도 고향에 대한 그리움이 변하지 않을 것임을 강조한 바 있다. 이처럼 다시

---

16) 하정일, 「전후소설의 성격과 이범선 문학」, 『한국문학연구』 제21집, 동국대학교 한국문학연구소, 1999. 3, 16쪽.
17) 이범선, 「작가노트」, 『문예중앙』, 1979. 12, 47쪽.

찾을 수 없는 고향을 영원히 잊을 수 없어 탈향이 불가능할 경우에는 고향을 대신할 다른 곳을 찾아야 한다. 이에 이범선의 소설에서는 '학마을' 처럼 공동체의 인정이 넘치는 곳이 과거의 고향을 대신하고 있다. 이범선은 호가 '학촌(鶴村)'이듯이 학마을에 대한 애착을 강하게 보여준다. 그의 아버지 이계하는 신안주의 대지주였으며, 어머니 유심건도 안주 갑부의 딸이었다.[18]

「학마을 사람들」(『현대문학』, 1957. 1)에서 학마을은 마을 중앙에 서 있는 한 그루 늙은 소나무와 거기에 보금자리를 만든 한 쌍의 학에 대한 주술적 믿음이 마을 사람들의 길흉을 좌우하는 신화의 세계라 할 수 있다. 그러하기에 대재앙이라 할 동족상잔의 비참한 전쟁도 학마을 사람들의 삶과는 무관하다. 전쟁이 끝났을 때에 마을 사람들은 기적처럼 희생자 하나 없이 피난길에서 마을로 무사히 돌아오고 있음이 그러하다. 물론 마을의 두 어른이 병으로 죽고 학나무도 불에 타버렸지만, 그것은 끝이 아니라 새로운 시작을 향한 일시적 시련일 뿐이다. 덕이와 봉네가 노인들의 장례를 지낸 뒤에 어린 소나무를 앞세우고 산에서 내려오듯이 마을은 학과 더불어 다시 과거의 평화를 되찾을 것이기 때문이다.

또한 「갈매기」(『현대문학』, 1958. 12)의 '섬마을'도 바깥 사회와 달리 전쟁 중에도 공동체의 인정이 살아 있는 곳으로 기적이 일어나는 신화의 세계라 할 수 있다. 여기에는 오갈 곳 없는 세 명의 거지 노인들이 신선이라 불리며 마을 사람들의 온정 속에서 힘들지 않게 살아가고 있다. 또한 교사로 부임한 피난민 '훈'의 가족도 실향의 비애를 느끼지 못할 만큼 그들과 인정을 나누며 평온하게 살아간다. 그러므로 실수로 바다에 빠진

---

18) 김상홍, 앞의 논문, 9쪽.

장님 남편을 구하려다 아내도 함께 죽은 갈매기다방 주인 부부도 끝이 아니라 새로운 출발을 하고 있는 것이다. 그들은 바다의 재생력을 통해 두 마리의 갈매기로 재생하여 영원한 고향으로 날아가고 있는 것이기 때문이다.[19]

황순원도 평남의 지주 출신으로 북한의 토지 개혁으로 재산을 몰수당하고 월남하였다. 이런 점에서 이범선은 황순원과 유사성이 많다. 하지만 이범선이 공동체의 인정이 여전히 남아 있는 곳으로 과거의 고향을 기억하고 있다면, 황순원은 북한 체제의 변화로 그때의 고향은 파괴되었다고 여긴다. 그리하여 그들의 고향에 대한 태도는 현저하게 달라진다. 황순원의 『카인의 후예』(중앙문화사, 1954)에서 지주 집 도련님이었던 '박훈'은 북한의 토지개혁 시기에 서로가 살의를 보일 정도로 마름이었던 '도섭 영감'과 극단적으로 대립하고 있다. 그리하여 박훈이 월남하는 길에 자신이 도섭 영감을 죽이겠다고 하듯이 탈향에의 결심을 명백하게 나타내고 있다.

하지만 이범선의 「수심가」(『현대문학』, 1957. 11)에서 지주 집 도련님 '민'은 처음에는 머슴이었던 '천식'이 자신을 외면한다고 오해하여 대립 관계로 여긴다. 하지만 나중에 천식이 술에 취한 민을 옛날처럼 업어주면서 그의 월남을 도와주겠다고 하듯이 화해 관계로 돌아선다. 그러니까 민을 돌봐주는 인물이 여전히 고향에 존재하고 있듯이 그의 월남은 일시적인 이향일 뿐 실질적인 탈향은 아니다.

이에 장영우는 "이범선의 몇 작품은 현실 공간에서 발생하는 정치 · 사회 · 역사적 쟁점을 직접적으로 다루지 않고 설화 또는 신화의 세계로 끌

---

19) 유기룡, 「『원형의 전설」 「갈매기」 「광장」 — 원형적 모티프인 재생의 미학」, 『한국현대소설작품연구』, 형설출판사, 1989, 120~147쪽.

어들여 인간본연의 순수성이 어떻게 훼손되고 마멸되는가에 더 큰 관심을 기울이는 독특한 현실 투시법을 보여준다"[20]라고 한다. 여기에서는 이 범선의 소설이 훼손되고 마멸된 현실을 우회적으로 다루기 위해 신화의 세계를 끌어들인다고 보고 있다. 하지만 오히려 고향을 대신할 이상적 공간인 신화의 세계가 꼭 필요하다는 점을 나타내기 위해 그런 현실적 공간도 부차적으로 제시하고 있다고 보아야 할 것이다.

물론 「환원」(『사상계』, 1959. 10)의 '원시림'은 앞의 학마을이나 섬마을과는 달리 원색적이고 일탈적인 공간이다. 여기에서는 무구한 야성이 도덕적인 굴레에 묶인 문명에 의해 함몰되는 것을 보여주고 있다. 원시림을 벗어나 문명 세계로 탈주하려는 김 소위가 야성의 개를 살해하듯이 노인은 자식이자 손주이고 조카이기도 한 아기를 죽이고 자신도 자살함이 그러하다. 이를 통해 근친상간에 따른 금기 파괴는 결국 문명의 개입으로 파괴될 수밖에 없음을 나타내고 있다.

장용학의 『원형의 전설』(『사상계』, 1962)에서는 남매간의 근친상간과 부녀간의 근친상간이 강제적으로 이루어진 것이란 점에서 죄악으로 부정하고 있다면, 이범선의 「환원」에서는 남매간의 근친상간이 자신들의 의지와는 무관한 우연의 산물이며 부녀간의 근친상간은 딸의 장래를 위한 아버지의 배려 때문에 이루어진 것으로 은근히 옹호하고 있다. 이런 점에서 「환원」이 금기 파괴의 일탈을 훨씬 강하게 보여준다. 그러니까 여기에서 일탈적 개인의 보금자리였던 원시림은 파괴되고 있지만, 이를 통해 인정이 넘치면서도 윤리성을 유지하는 공동체로서의 학마을과 섬마을의 긍정적 면모를 더욱 강화시켜주고 있다고 할 것이다.

---

20) 장영우, 앞의 논문, 160쪽.

그리하여 류동규는 이범선의 소설이 '모성적 세계에 대한 상상적 동일화'[21]를 지향한다고 본다. 그러니까 이범선은 주체가 관성의 한계에서 벗어나고 무력한 고착 상태에서 해방되기 위해 극복해야 할 거울 단계의 '상상계'에 머물고 있다는 것이다. 라캉은 거울 단계가 갖는 기능을 심상이 갖는 특별한 기능 중의 하나로 간주한다. 그리하여 "그것은 유기체와 유기체를 둘러싸고 있는 현실 간의, 다시 말해 정신세계와 주위세계 사이에 어떤 관계를 수립하려는 것이다"[22]라고 여긴다. 그러므로 이범선이 이러한 거울 단계에 머물고 있다는 점을 부정적으로 평가할 것만은 아니다. 다른 한편으로 볼 때에 거울 단계는 권력의 구조화를 겪게 되는 문화와 언어가 개입하기 이전의 단계로 주체의 진정한 해방과 새로운 탄생을 위해 역행적으로 돌아가야 할 단계라고 할 수 있기 때문이다.[23]

엘리아데는 1978년에 『금지된 숲』에서 전쟁이라는 역사의 공포에 대항하여 맞설 수 있는 가능성은 오직 사유를 통해 역사적 시간으로부터 탈출하여 다른 시간을 찾아내는 것이라고 하며 신화의 중요성을 강조한다. 신화를 믿는 사람들은 역사적 시간, 즉 범속한 인간적, 사회적 사건들의 총체로 구성된 시간으로부터 벗어나서 영원함에 속하는 시간을 회복할 수 있다는 것이다.[24] 이처럼 전쟁의 심각한 후유증에 의해 역사가 신뢰를 잃었을 때에 신화는 폐허와 같은 암담한 현실을 극복할 수 있는 유효한 방안이 되기도 한다.

---

21) 류동규, 앞의 책, 22~26쪽.
22) 자크 라캉, 「주체기능 형성모형으로서의 거울단계」, 앞의 책, 43쪽.
23) 정문영, 「라캉: 정신분석학과 개인 주체의 위상 축소」, 윤효녕 · 윤평중 · 윤혜준 · 정문영, 『주체 개념의 비판』, 서울대학교 출판부, 1999, 71쪽.
24) 이반 스트레스키, 이용주 역, 『20세기 신화이론—카시러·말리노프스키·엘리아데·레비스트로스』, 이학사, 2008, 141~144쪽.

소설비평의 다원성

이범선도 "나는 역사라든가 현실에 대하여 정면으로 대결하거나 정면으로 수용할 만한 용기도 없었고, 또 그런 것에 대해 별로 관심을 기울인 적도 없어요"[25]라고 했다. 그러니까 그는 역사와 현실에 대한 관심이 없었을 뿐만 아니라 그것들에 정면에서 맞설 의지도 없었다는 것이다. 이처럼 역사에 대한 관심도 없고 그것에 적극적으로 대응하려고 하지도 않을 때에, 오히려 이에 반비례하여 신화가 더욱 큰 힘을 발휘할 수 있을 것이다. 이에 이범선도 상징적 죽음을 통해 고향을 찾아가거나 잃어버린 고향을 대신할 신화의 세계를 낙원으로 지향한다고 할 것이다.

4. 맺음말

앞에서 살펴보았듯이 이범선의 「오발탄」에서는 송철호의 가족들이 고향을 잃어버림으로써 현실에서도 많은 것을 잃어버리고 있었다. 그들은 기초적 생활 여건을 상실하고, 가족 간의 유대감을 상실하며, 역사에 대한 신뢰를 상실하고 있기 때문이었다. 그리하여 실향 세계의 비정함을 적나라하게 폭로하고 있다. 하지만 작품의 핵심적 의미는 이를 통해 사회를 고발하는 데 있는 것이 아니라, 그들의 귀향 욕망의 실현에 있었다.

여기에서 송철호의 어머니는 미쳐서 미라와 같은 모습으로 '가자!'라는 말을 반복하고 있는데 이것은 상징적 죽음을 통해 그녀가 고향을 다시 찾아감을 나타낸 것이었다. 송철호도 아내가 출산 중에 죽고 아우도 권총 강도 행위로 체포된 극한 상황에서 어금니를 두 개나 한꺼번에 뽑고 과다하게 피를 흘린 뒤에 갈 곳을 찾지 못하다가 자동차 안에서 의식을

---

25) 이범선, 「나의 인생 나의 문학」, 『월간문학』, 1978. 12, 12쪽.

잃고 쓰러지면서 어머니처럼 귀향 욕망을 떠올리고 있었다. 이처럼 그도 상징적 죽음을 통해 고향을 다시 찾아가고 있었다.

「오발탄」에서 송철호와 가족들이 그러하듯이 그들은 낙원으로 기억되는 과거의 고향으로 돌아갈 수도 없고, 설사 돌아간다고 하더라도 그때의 고향은 이미 존재할 수 없었다. 이에 이범선은 학마을과 섬마을 같은 공동체의 인정이 넘치는 신화의 세계를 고향을 대신하는 공간으로 보여주면서 귀향 욕망의 대리적으로 성취하기도 했다. 그러니까 이범선의 소설에서는 공동체의 인정이 넘치는 고향을 다시 찾는 일이 무엇보다 중요한 것이었다. 그러므로 고향을 상실한 비정한 세계에 대한 고발이 종속적인 의미를 갖는다면 낙원인 고향에 대한 귀향 욕망의 실현은 핵심적 의미를 갖는다고 할 수 있었다.

제6장

여성 층위의
비평

신여성 작가의 '신정조론'

1. 머리말

'신여성'이란 말은 1910년대부터 조금씩 쓰이기 시작하였고, 1920년
대에 들어오면 대중적으로 친숙한 단어가 된다. 신여성의 조건은 근대적
교육의 수혜 여부에 의해 일차적으로 결정되었다. 하지만 투철한 사회의
식의 소유 여부를 가지고 참된 신여성의 조건을 삼는 이들도 있었다. 그
리고 1920년대 중·후반에서 1930년대로 넘어가면서 점점 교육의 여부
와 상관없이 단발과 양장으로 대표되는 서구적 외양을 가지고 있는 여성
들도 신여성 혹은 '모던 걸'이라고 불리었다.[1]

그런데 여자 유학생 집단은 수적으로는 매우 적었지만 많은 기대와 주
목을 받으며 사회적 영향력의 측면에서 무시할 수 없는 세력이었다. 특
히 그들 중의 대부분을 차지하고 있던 일본 유학생의 경우 1915년 동경
여자친목회라는 이름의 대표 단체적 모임을 발족한 이후 1917년에『여자

---

1) 전은정, 「일제하 '신여성' 담론에 관한 분석」, 서강대학교 석사학위 논문, 1999, 22쪽.

계』라는 잡지를 만들고 활발한 활동을 벌였다. 그들은 귀국해서 일본에서 배워 온 근대적 학문과 사상을 널리 보급하는 데 주력하였을 뿐만 아니라, 실제 생활에서 자신들이 배웠던 신사상을 과감하게 실험하여 일반인들의 관심을 집중시키기도 했다.

특히 일본 유학생 출신 신여성 작가들은 자신들의 정체성을 핵심적으로 보여주고자 인습적 정조 관념을 거부하고 '신정조론'을 주창하였다. 김원주는 "만일 애인에 대한 사랑이 식어진다 하면 동시에 정조 관념도 업서질 것입니다"[2]라고 했다. 이러한 기존 정조 관념의 거부는 신여성들이 성적으로 방탕하다는 세상의 비난에 대한 적극적인 자기 정당화의 과정이고, 자신들이 추종하는 자유연애에 대한 신념을 나타내는 것이었다. 당시 선각자로 자처하던 신여성 작가들은 가부장제적 억압이 바로 여성의 정조 관념에 집약되어 있다고 여겨 그것에 저항하고자 했기 때문이다.

이에 여기에서는 제1세대 신여성 작가 중에서 김명순, 나혜석의 소설을 대상으로 삼아 그들이 '신정조론'을 어떻게 나타내고 있으며, 그 의미는 어떠한가를 살펴보고자 한다. 이때에 두 여성 작가를 모델로 삼아 소설을 썼던 김동인과 염상섭의 그녀들에 대한 인식이 어떠했는가를 보조적으로 참고할 것이다. 이런 작업을 통해 이들 신여성 작가의 신여성에 대한 인식이 남성 작가의 인식과 얼마나 다른가를 더욱 명료하게 파악할 수 있을 것이다.

신여성 작가의 여성 의식을 검토하고 있는 최근의 연구로는, 김동인과 염상섭의 초기 단편에 나타난 신여성의 욕망을 대비적으로 살펴본 것,[3]

---

2) 김원주, 「우리의 이상」, 『부녀지광』, 1924. 8, 10쪽.
3) 김양선, 「'신여성' 드러내기의 두 가지 방식」, 안숙원 외, 『한국여성문학비평론』, 개문사,

제1세대 여성 작가의 소설에서 신여성의 '성욕'과 '모성'을 근대성과 연관시킨 것,[4] 김동인의 「김연실전」과 나혜석의 「현숙」에서 사랑의 역전 양상을 다룬 것이 있다.[5] 그러나 여기에서처럼 신여성 작가의 소설에 나타난 새로운 정조론을 집중적으로 검토한 연구는 찾아볼 수 없다.

2. 김명순의 이상적 연애 추구

초창기 신여성 작가들은 연애의 실천에 큰 의미를 부여하였다. 연애란 원래 사랑의 정신적 측면을 강화하고 있는 것이다. 하지만 그들에게는 성의 자기 결정권을 확보해야 한다는 점에서 육체적인 측면이 오히려 강화되고 있었다. 그러니까 연애를 통해 인습적 정조 관념을 거부하고 성의 자기 결정권을 나타내고자 하였기에 신여성들은 육체의 순결보다 영혼의 순결을 중시하였다는 것이다.

이에 당시의 신여성들은 성의 자기 결정권을 중시함으로써 남녀의 육체적 결합에서 결혼 여부를 개의치 않았다. 노자영은 엘렌 케이의 자유주의 연애 사상을 소개하면서, "어떠한 결혼이든지 거기 연애가 있으면 그것은 도덕이다. 가령 어떠한 법률상의 수속을 경한 결혼이라도 거기 연애가 없으면 그것은 부도덕이다"[6]라고 할 정도였다. 일본에서도 1911년에 창간된 『청탑』을 중심으로 근대 여성의 '성의 자기 결정' 문제를 활발하게 거론한 바 있다. 그리하여 1913년 초두 이래 '새로운 여성' 논쟁

1995.

4) 최혜실, 「신여성의 고백과 근대성」, 『여성문학연구』 2호, 한국여성문학학회, 1999. 12.
5) 안숙원, 「신여성과 에로스의 역전극 — 나혜석의 「현숙」과 김동인의 「김연실전」을 대상으로」, 『여성문학연구』 3호, 한국여성문학학회, 2000. 6.
6) 노자영, 「여성운동의 제일인자 엘렌 케이」, 『개벽』, 1921. 5, 52쪽.

으로 들어가 「청탑사 개칙」 제1조의 '여류문학의 발달을 꾀한다'를 '여자의 각성을 촉구한다'로 변경하는 등 커다란 전환을 경험하면서 좋든 싫든 '성의 자기 결정'을 문자 그대로 전신체적인 섹슈얼리티의 문제로서 묻게된다.[7]

김명순은 선각자인 신여성 작가로서 연애를 최우선시하는 신정조론을 내세우고 있다. 「처녀의 가는 길」(『신여자』, 1920. 3)에서 신여성 주인공 '춘애'는 자신이 원하는 연애를 적극적으로 실천하고자 부모가 임의로 정한 혼인을 거부한다.

> 일생의 운명을 정하는 혼인에 돈만 많으면 제일인가? 그야 가난한 집 처녀가 부잣집 며느리로 돈에 팔려 가서 애써서 일하는 부모의 걱정을 덜어주는 것도 효도겠지! 그렇지만 뜻아닌 곳에 시집을 가서 일생의 파란을 일으켜 연로하신 부모님께 끝없는 근심을 시키는 것이 효도일까요 전 번에 내게 온 춘애의 편지에
> "언니, 나는 생각할수록 우리가 읽고 불쌍하다고 하던 '사랑의 무덤'의 설자와 같은 운명의 길을 밟아 가는 것 같아요. 언니가 사모하는 믿어운 청년을 밖에 두고 뜻아닌 곳에 출가하여 불쌍히 살다가 죽어버린 설자를 불쌍하다고 생각하시면 제 2의 설자인 저에게도 동정하여 주실 줄 압니다" 이런 말이 있어요. 그걸 보면 춘애의 결심을 알 수 있지 않아?[8]

인용문에서는 '춘애'의 절박한 처지와 입장이 친구 '마리아'의 발언을 통해 전달되고 있다. 마리아는 춘애의 적극적인 동조자로 사랑 없이 결

---

7) 요네다 사요코, 김경원 역, 「『청탑』으로 본 '성의 자기결정' — '성적인 권리의 역사적 의의에 부쳐」, 『여성문학연구』 제2호, 329~336쪽.
8) 김명순, 「처녀의 가는 길」, 김상배 편, 『김탄실』, 솔뫼, 1981, 136~137쪽.

혼한 뒤에 일생의 파란을 일으키는 것이 오히려 부모에게 불효가 될 수 있다며 춘애에게 부당한 결혼을 거부하라고 한다. 이에 춘애는 결혼 전날 저녁에 가출하여 자신이 사랑하는 남자인 '기수'를 찾아가고 있다. 그녀의 이런 선택은 "조건지어진 감금으로부터의 탈출과 진정한 자아를 추구하는 심리적 여행"[9]을 나타낸다고 할 수 있다. 이처럼 김명순은 결혼 직전의 처녀가 가출하여 애인을 찾아감을 정당화함으로써 인습적 정조 관념을 거부하며 신정조론을 긍정하고 있는 것이다.

또한 「나는 사랑한다」(『동아일보』, 1926. 8. 7~9. 3)의 신여성 주인공 '박영옥'도 인습적 정조 관념을 강하게 거부하고 있다. 박영옥은 집요하게 청혼한 '서병호'와 결혼한 뒤에도 옛날 애인인 '최종일'을 잊지 못하다가 우연히 다시 만나자 재결합을 위해 이혼을 결심한다. 「처녀의 가는 길」의 마리아가 춘애에게 그러했던 것처럼, 여기에서도 박영옥의 친구 순희가 그녀의 입장을 전적으로 이해하며 도와준다. 이때에 순희는 "애정 없는 부부생활은 매음이 아니냐"[10]라며 남편과 헤어지라고 권유할 정도로 신정조론을 신봉하고 있다. 그러니까 신여성 주인공과 그녀의 친구들은 서로의 입장을 전적으로 이해하고 동일한 해결 방법을 선택하도록 한다. 이런 점에서 그들은 별개의 인물들이라기보다는 동일한 존재의 분신들이라 할 수 있다.

그리고 「나는 사랑한다」에서 최종일도 다른 남자와 결혼했던 박영옥이 왕녀보다 깨끗한 여자라며 그녀의 사랑을 기꺼이 받아들이고 있다. 그도 육체의 순결이 아니라 정신의 순결을 중시하고 있다는 것이다. 그러나

---

9) 김복순, 「'지배와 해방'의 문학─김명순론」, 한국여성 소설연구회, 『페미니즘과 소설비평』, 한길사, 1995, 60쪽.
10) 김명순, 「나는 사랑한다」, 김상배 편, 앞의 책, 257쪽.

당시에 신여성의 신정조론을 이렇게 전폭적으로 지지하고 협력하는 이러한 이상적 애인은 실제 생활에서 존재하기 어려운 남성이라 할 수 있다. 김명순의 다른 작품인 「돌아다볼 때」(『조선일보』, 1924. 3. 31~4. 19)의 '송효순'과 '류소연', 「모르는 사람같이」(『문예공론』, 1929. 5)의 '순실'과 '창일' 역시 아내나 남편이 있어도 자신들의 사랑을 과감하게 실천하는 인물들이다. 이러한 남녀들은 당시의 현실에서 존재하기 어렵다. 그러므로 그들의 연애는 일방적인 소망을 표출한 '이상적 연애'라 할 수 있다.

김명순은 「이상적 연애」(『조선문단』, 1925. 7)에서 "모든 남자와 여자가 같은 이상을 품고 결합하려는 친화한 상태 또 미급한 동경을 이상적 연애"라고 부른다. 그러면서 비연애적인 추태를 다섯 가지로 제시한다.

    1. 그의 다른 사람과의 연애 고백을 무시하고 그 상대자를 욕되게 하며 연애한다고 음행을 꿈꾸는 것.
    2. 술 취하여 그 집 문을 두드리며 그 상대자를 욕되게 하는 것, 난잡하게 사실 없는 일을 글로 써내는 것.
    3. 너무 공상한 결과 연애라고 없는 육적 관계를 사칭하여 상대자를 거짓 더럽히는 것.
    4. 역시 공상의 결과로 타인 앞에서 그 동경하는 대상을 만나서 그를 누르려는 반말로 남의 거짓 감정을 사는 것.
    5. 어느 대상에게 연애를 고백하다가 거절을 당하고 1시간이 지나지 못해서 욕하는 것.

그러니까 이러한 추태들을 통해 김명순이 생각했던 이상적 연애의 모습을 거꾸로 짐작할 수 있을 것이다. 여기에는 연애에서 음행을 경계하며 진지한 마음을 가질 것을 촉구한다. 또한 사실 아닌 일을 글로 쓰는 것과 육적 관계를 사칭하여 상대방을 더럽히는 것을 비난하고 있다. 당시 신문이나 잡지에 나오는 그녀에 소문이 악의적 허위임을 나타내고자 한 것이다.

그렇지만 다른 남성 작가들의 김명순에 대한 인식은 매우 부정적이었다. 김동인의 「김연실전」(『문장』 2집, 1939. 3)이 대표적인 경우라 할 수 있다. 여기에서 김명순을 모델로 삼은 '김연실'은 무지로 인해 정조 관념이 박약한 신여성으로 제시되고 있다. 그녀는 일본 유학을 떠나고자 친구의 오빠에게 일본어를 배우다가 정조를 상실하지만 그런 일에 대한 자각적인 반응을 거의 보이지 않는다. 그리고 동경에서 신여성 선배들의 영향을 받으면서 자유연애의 열렬한 주창자로 활동할 때에는 능동적으로 개방적 성의식을 실행에 옮기고 있다. 김연실은 "문학은 연애요 연애는 성교"라는 자신의 신념을 즉각 실행에 옮기고자 평안도 출신의 농대생 '이창수'를 능동적으로 유혹한다. 이때에 그녀는 그가 고향에 부인을 둔 유부남이란 점을 전혀 개의치 않는다. 김동인은 선각자 신여성 작가들이 무지하기 때문에 그러한 신정조론을 주창하고 있다는 것이다.

그런데 안숙원은 "김연실이 사이비 선각자인 것은 그녀의 어리석음에 기인하지만, 그녀의 공격적 에로스는 남성들이 여성에게 구사한 파괴충동의 디스코스를 남성에게 되돌려준 성 역할 전환의 섹슈얼리티로 볼 수 있다[11]라고 한다. 작품 내의 논리에만 의거한다면 이런 지적은 타당할 수도 있다. 그러나 김연실의 모델이었던 김명순이 무지한 사이비 선각자이거나 성 역할 전환을 추구했던 것으로 보아서는 안 될 것이다. 실제로 김명순이 그러했을 수도 있고 그러하지 않을 수도 있지만, 김연실이 그렇

---

11) 안숙원, 앞의 글, 78쪽.

게 그려지고 있는 것은 그녀의 모델인 김명순에 대한 김동인의 인식이 그러했기 때문일 뿐이다. 특히 김동인은 인물을 전적으로 지배하고자 하는 '인형조종술'을 창작 방법으로 삼은 작가이다.[12] 그러니까 작품의 신여성 주인공 역시 작가가 자유자재로 조종할 수 있도록 실제와는 상당히 달라질 수 있다는 것이다.

김동인은 「영혼 — 여자운동을 봄」(『창조』 9호, 1921. 5)에서 "아무리 여자의 미력에 끌려서 그들을 본다 하여도, 그들에게 창조력이 있달 수는 없다. 따라서 영혼도 있다 할 수는 없다. 남자의 가장 무식한 자도 적으나마 창조력이라는 것이 있으되, 여자에게서는 이것을 볼 수가 없다."[13] 라고 했다. 그가 볼 때에 여자란 창조력도 없고 따라서 영혼도 없는 존재이다. 그럼에도 불구하고 당시의 신여성들이 사회운동을 한다고 무분별하게 나서고 있다는 것이다. 그렇다면 정인문의 지적처럼 "한국 근대문학사가 시작되면서 한국의 근대여성 즉 신여성에 대한 밀도 있는 이해와 애정을 보인 최초의 작가는 김동인일 것이다"[14]라고 볼 수는 없다. 이런 판단은 김동인의 남녀차별 의식을 간과하고 있기 때문이다.

김동인에게 자아의 근대적 각성은 남성 지식인에게만 해당되고, 여성과는 무관한 일이었다. 여성은 독립된 주체로 존재하는 것이 아니라 남성에게 종속된 타자로만 존재한다고 여긴 것이다. 이런 이중 척도 속에서 남성과 대등하게 경쟁하고자 한 신여성들을 용납할 수 없었고, 특히 가부장적 권위를 중시하는 남성들에 대한 도전장으로 보이는 그들의 신정조론을 용납할 수 없었던 것이다. 그러니까 김동인은 전근대적 남존여

---

12) 김윤식, 『김동인연구』, 민음사, 1987, 62쪽.
13) 김동인, 「영혼—여자운동을 봄」, 『김동인전집』 6, 삼중당, 1976, 407쪽.
14) 정인문, 『한일근대 비교문학연구』, 수서원, 1996, 157쪽.

　　　　　　　　　　　　　　　　　　소설비평의 다원성

비 의식 속에서 신여성들의 정조 관념에 대한 거부를 희화화하면서 방종한 여자로 제시하였다는 것이다.

김명순이 정조 상실에 그렇게 무지하거나 무심했던 것은 아닌 듯하다. 「탄실이와 주영이」(『조선일보』, 1924. 6. 14~7. 15)에서 자전적 주인공인 '탄실'은 정조 상실의 비난 속에서 약혼자 '태영세'와의 관계가 깨어졌을 때에 큰 충격을 받고 있다. 이런 사건으로 "탄실은 얼마나 눈물 많은 처녀가 되었는지 일시는 정신 이상까지 생겼었다"[15]라고 할 정도이다. 그런데 "태영세란 인물은 1925년 당시 탄실을 겁탈하여 자살을 기도하게 한 김모 중위와 동일하다"[16]라고 한다. 그렇다면 김명순이 정조 상실에 무심하고, 맹목적 무지 속에서 인습적 정조 관념을 거부하였던 것으로 보기는 어렵다.

오히려 김명순은 정조 상실에 대한 세상의 비판을 극복하고자 현실의 결핍을 보상할 이상적 연애를 더욱 강렬하게 추구하였다고 보아야할 것이다. 그러나 앞에서 살펴보았듯이 그녀는 현실에 실제로 존재하기 어려운 여성과 남성을 통해 여성 주체의 근대적 자각을 실천하도록 함으로써 그것이 현실적 토대에서 벗어난 관념적 성취에 머물고 만다.

3. 나혜석의 회계적 연애 지향

나혜석은 시간의 변화 속에서 자신의 처지가 달라짐에 따라 신정조론을 직접적으로 나타낸다. 초기 작품인 「경희」(『여자계』 2호, 1918. 3)에서 신여성 주인공 '경희'는 정조 관념이 박약한 여자가 아니다. 그녀는 규

---

15) 김명순, 「탄실이와 주영이」, 김상배 편, 앞의 책, 200쪽.
16) 최혜실, 앞의 글, 122쪽.

범과 통념의 범위 안에서 신여성에 대한 부정적 인식을 변화시키려 하고 있기 때문이다. 그리하여 신여성이 과격한 규범 파괴자가 아니고 모범적인 우월한 인물임을 강조함으로써 여성 주체에 대한 타자의 편향된 시각을 교정하고자 한다.

그렇지만 경희가 아니라 그녀의 어머니가 이러한 계몽에 적극적으로 나서고 있다. 이호숙의 지적처럼 "경희를 대변하는 어머니의 설정과 같은 이차적인 우회방식의 채택으로 여권주의 전략은 예술적으로 성취" [17] 되었다는 것이다. 그렇지만 당시에 신여성이 구여성에게 그러한 설득력을 가지기는 어려울 것이다. 그러하기에 나혜석이 일방적으로 신여성의 가치를 고양하는 단일한 목소리를 낸다고 할 수 있다. 그러므로 주변 구여성들의 편견에 맞서는 신여성의 힘든 싸움을 그렸다면, 오히려 다양한 목소리를 통해 신여성의 근대적 자각에 대한 사회적 인정 획득이 얼마나 힘든 일인가를 제대로 보여줄 수 있었을 것이다.

경희도 여자다. 더구나 조선 사회에서 살아온 여자다. 조선 가정의 인습에 파묻힌 여자다. 여자란 온량온순해야만 쓴다는 사회의 면목이고 여자의 생명은 삼종지도라는 가정의 교육이다. 일어서려면 압박하려는 주위요, 움직이면 사방에서 들어오는 욕이다. 다정하게, 손 붙잡고 충고주는 동무의 말은 열 사람 한 입같이 "편하게 전과 같이 살다가 죽읍시다" 함이다. 경희의 눈으로는 비단옷도 보고 경희의 입으로는 약식 전골도 먹었다. 아아 경희는 어느 길을 택하여야 당연한가? 어떻게 살아야만 좋은가? 마치 길가에 탄평으로 몸을 늘여 기어가던 뱀의 꽁지를 지팡이 끝으로 조금 건드리면 늘어졌던 몸이 바짝 오그라지며 눈방울이 대룩대룩하고 뾰족한 혀를 독기 있게 자주 내미는 모양같이

---

17) 이호숙, 「위악적 자기 방어기제로서의 에로티즘」, 한국여성 소설연구회, 『페미니즘과 소설비평 근대편』, 한길사, 1995, 95쪽.

> 이러한 생각을 할 때마다 경희의 몸에 매달린 두 팔이며 늘어진 두 다리가 바짝 가슴 속으로 뱃속으로 오그라들어 온다.[18]

그러므로 인용문에서 주목해야 할 점은 아버지 '이철원'의 완고한 태도에 따른 경희의 심각한 고민일 것이다. 그녀에게 쉽게 설득되는 구여성들과 달리 아버지는 그녀의 일본 유학을 중단시키고 문벌 있는 김 판사 집안과 강제로 혼약을 맺고자 한다. 이러한 가부장의 압력에 대한 능동적인 대응이 매우 힘들다는 점이 "경희의 몸에 매달린 두 팔이며 늘어진 두 다리가 바짝 가슴속으로 뱃속으로 오그라들어 온다"라는 그녀의 내적 독백에 잘 나타나고 있다.

그럼에도 경희는 여자이기 이전에 사람이라 여기며 결국 아버지를 거역하고 자신의 길을 가기로 결심한다. 이처럼 인간다운 삶의 길에 관심을 집중하고 있을 뿐 아직 인습적 정조 관념에 대한 거부적 태도를 보이지는 않는다. 이것은 1910년대 후반에 있어서는 인습적 결혼에 대한 저항만도 신여성의 벅찬 과제였기 때문일 것이다. 나혜석은 1910년대의 「이상적 부인」(『학지광』 3호, 1914. 12), 「잡감」(『학지광』 11호, 1917. 3), 「잡감(K언니에게 여함)」(『학지광』, 1917. 7) 등의 산문에서 여자도 학식을 가져 사람다운 사람이 되어 남자처럼 사회사업에 적극적으로 참여하길 촉구하고 있다.

그러나 나혜석도 1930년대에 오면 기존 정조 관념을 공개적으로 거부하고 나선다. 그녀는 「우애 결혼·시험 결혼」(『삼천리』, 1930. 5)에서 "시험이니까 그 결과에 대하여 어느 편이나 절대적의 의무를 지지 않지요.

---

18) 나혜석, 「경희」, 이상경 편, 『나혜석전집』, 태학사, 2000, 98~99쪽.

쉽게 말하면 이혼한다 셈치더라도 위자료니 정조 유린이니 하는 문제가 붙지 않는 것이 시험 결혼의 특색"이라고 한다. 그리고 「신생활에 들면서」(『삼천리』, 1935. 2)에서는 "정조는 도덕도 법률도 아무것도 아니요, 오직 취미다. 밥 먹고 싶을 때 밥 먹고, 떡 먹고 싶을 때 떡 먹는 거와 같이 임의용지로 할 것이요, 결코 마음의 구속을 받을 것이 아니다"라고 했다. 또한 「독신여성의 정조론」(『삼천리』, 1935. 10)에서는 "정조 관념을 지키기 위하여 신경쇠약에 들어 히스테리가 되는 것보다 돈을 주고 성욕을 풀고 명랑한 기분으로 살아가는 것이 아마 현대인의 사교상으로도 필요할걸요"라고 한다. 오늘날에도 쉽게 받아들이기 어려운 전위적인 정조론을 제시하고 있는 것이다.

이에 이호숙은 "타산적이고 위선적인 사회 속에서 자신을 방어하고 보호할 수 있는 기제로서 선택한 것이 그녀의 파격적인 에로티즘론인 것이다"[19]라고 본다. 그러나 나혜석이 위악적으로 자기를 방어하고자 신정조론을 내세웠다고 볼 수는 없을 것이다. 그녀는 1930년 김우영과의 이혼 이전에도 정조의 상실을 부도덕한 일로 여기지 않았기 때문이다. 「이혼 고백장 — 청구씨에게」(『삼천리』, 1934. 8~9)에서 "나는 결코 내 남편을 속이고 다른 남자, 즉 C를 사랑하려는 것은 아니었나이다. 오히려 남편에게 정이 두터워지리라고 믿었사외다"라고 하며 정조와 사랑을 분리하고 있다. 그러니까 이전에는 그녀가 자신의 전위적인 입장을 내면화하여 겉으로 드러내지 않았을 뿐이란 것이다.

「현숙」(『삼천리』, 1936. 12)의 주인공 '현숙'은 화가의 모델이자 카페의 여급으로 일하는 신여성으로 계약결혼을 시도하고 있다. 그녀는 다방 경

---

19) 이호숙, 앞의 글, 113쪽.

영 자금을 마련함에 있어 지원해주는 액수만큼 그 남자에게 서비스한다며 남자들의 신청을 받는다. 또한 자신과 동거했던 기자로 하여금 그녀에게 순정을 바치는 젊은 청년 L이 보낸 러브레터에 대한 답장을 대신 쓰도록 한다. 이런 행동은 그녀가 남녀관계에서 순정을 부정하고 금전등록기 같은 계산을 중시한다는 것이다.

> 두 사람은 포옹하였다. 벌써 전부터 계기가 예약한 것 같이.
> "네? 언제 내가 말한 회계의 입구가 이렇게 속히 우리 두 사람을 행복하게 해 줄 줄은 상상도 못했어요. 우리 둘의 감정은 벌써 충분히 준비되었던 것인데! 그러니까 우리는 지금이야말로 어떻게 감정 과다라도 관계치 않아요. L씨, 나는 인제 L씨라고 부르지 않겠어요. 그 대신 브라보를 불러드리지요. 브라보 브라보!"
> 그런데 L의 인후에는 무슨 큰 뭉텅이가 걸려 있었다. 지금까지 알 수 없는 환희였다. 그는 지금 그것을 삼켜버릴 수밖에 없다.
> "그리고 당신은 오후 3시에 여기 와주세요! 언제든지 열쇠는 주인집에 맡겨둘터이니. 우리가 이렇게 된 것을 당분간 선생에게는 이야기 아니하는 것이 좋아요. 우리 둘은 반 년간 비밀 관계를 가져요. 반 년 후 신계약에 대해서는 다시 생각할 필요가 있어요.[20]

인용문에서처럼 현숙은 순정한 청년 화가 L과 새로운 계약 관계에 들어간다. 그런데 그는 순수하면서 가난한 인물이기에 그녀와 금전등록기 같은 회계적 연애가 이루어지기 어려운 상대이다. 그녀는 "연애의 입구는 회계부터 시작되는 것이 좋아. 참 나는 지금까지 감정으로 들어가 모든 것을 실패해 왔어"라고 말하면서도 순정한 청년과 계약하는 모순된 면모를 보이고 있는 것이다. 그러므로 현숙의 이번 계약결혼 역시 성공

---

20) 나혜석, 「현숙」, 이상경 편, 앞의 책, 165쪽.

하기 어렵다고 할 수 있다. 이전에 그녀와 계약을 맺었던 K화백은 그녀의 주변에 자신 외에도 4, 5인의 남자가 있다며 계약을 파기하고, 반년 전에 동거했던 기자는 그녀가 L가 맺어져야 한다면서 떠나버리고 있기 때문이다.

이에 안숙원은 "결혼의 계약이란 매우 파격적이기도 하려니와 그것을 뒷받침하는 물적 토대가 필요한데 소설 「현숙」이 전통 결혼관을 부정하고 새로운 결혼 모델로 계약결혼을 시도한 것은 여성의 경제적 자립이 거의 불가능했던 당대 현실을 간과한 까닭에 실현되기 어려운 과제일 수밖에 없었다"[21]라고 한다. 이처럼 당시 조선에 계약결혼의 토대가 아직 취약함에도 불구하고 현숙처럼 현실적 여건을 무시하고 지나치게 앞서 나갈 때에 실현 가능성을 기대하기 어렵다.

여성에 대한 가부장제의 억압은 구조적인 상황이다. 그러하기에 그러한 구조가 바뀌지 않는다면 일시적 개인적으로 여성이 남성을 지배한다고 해서 해결될 수 있는 문제가 아니다. 또한 남성의 여성에 대한 지배가 부당하다면 여성의 남성에 대한 지배 역시 부당하다. 그러므로 진지한 상호 존중에 기반을 둔 대등한 남녀관계가 요구되는 것이다. 그런데도 나혜석은 여성이 남성을 지배함으로써 여성 해방이 가능하다고 여긴다. 그러나 가부장제의 억압이 구조적으로 존재하기에 생활에서 여성이 지속적으로 남성을 지배할 수는 없을 것이다. 그럼에도 계약을 통해 그러한 지배 관계의 역전을 막을 수 있다고 여겼던 것이 그녀의 오산이었다고 할 수 있다.

나혜석은 자신의 결혼과 이혼에서 시종 계약을 중시하고 있었다. 「이

---

21) 안숙원, 앞의 글, 66쪽.

혼 고백장」에서 그녀가 밝히고 있는 것처럼, 1920년에 김우영과 결혼할 때에는 "일생을 두고 지금과 같이 나를 사랑해주시오. 그림 그리는 것을 방해하지 마시오. 시어머니와 전실 딸과는 별거케 하여주시오"란 세 가지 조건을 내걸었다. 또한 1930년 이혼할 때에도 "부 ○○○과 처 ○○○은 만 2개년 동안 재가 또는 재취를 않기로 하되 피차의 행동을 보아 복구할 수가 있기로 서약함"이란 서약서를 쓰고 이혼에 합의했다. 또한 불륜 관계에서도 「여류화가 나혜석 씨 최린 씨 상대 제소」(『동아일보』, 1934. 9. 20)란 기사에 의하면, 최린이 자신의 장래를 일체 인수하기로 굳게 약속하였기에 그에게 자신의 정조를 허락했다고 한다. 이처럼 나혜석은 결혼, 이혼뿐만 아니라 불륜에 있어서도 계약을 중시하고 있었다. 그러니까 나혜석 역시 철저히 회계적 연애를 지향하고 있었던 것이다.

염상섭은 첫 작품집 『견우화』의 표지를 그려줄 정도로 친밀한 사이였던 나혜석을 모델로 삼아 「해바라기(신혼기로 개제)」를 썼다. 그런데 "그전에 쓴 「신혼기」(1923)는 여류화가요 문우이기도 한 L여사의 승낙을 받고, 모델로 한 작품이었다. 후일 L여사는 그것 때문에 히스테리에 걸릴 뻔하였다고 넌지시 나를 나무래는 말도 들었거니와"[22]라고 회고한다. 나혜석은 결혼을 약속한 시인 최승구가 1916년에 폐병으로 죽은 뒤 1920년 4월에 서양화가의 남편 되기를 원하고 그녀를 적극적으로 후원하겠다는 경도제대 법학과를 졸업한 변호사 김우영과 결혼했다.[23]

「해바라기」에서 동경음악학교를 졸업한 음악가인 '최영희'는 공학사이자 총독부 건설과에 근무하는 '이순택'과 결혼한다. 그녀가 여왕처럼 그를 지배할 수 있으며, 그의 경제적 능력과 사회적 지체가 그녀의 예술 활

---

22) 염상섭, 「횡보문단회상기」, 『염상섭전집 12』, 민음사, 1987, 230쪽.
23) 이상경, 「나혜석—인간으로 살고 싶었던 여성」, 이상경 편, 앞의 책, 20~21쪽.

동을 후원할 수 있다고 여겼기 때문이다. 이러한 그녀의 결혼관은 타인의 시선과 외부의 명성에만 집착하는 그녀의 허영심을 잘 보여주고 있다. 또한 그녀가 다른 사람들로부터 첩이란 말이 듣기 싫어서 이전에 공개 석상에서 비판하던 결혼식을 거행하는 일이나, 신식 결혼을 못마땅하게 여기는 시부모의 거부로 폐백을 드리지 못하자 거절당했다는 점을 창피하게 여기는 일도 허영심의 소산이라 할 수 있다.

그렇다면 김재용이 "앞서의 부박한 신여성이 그러했던 것처럼 일본과 서구에 대한 맹목적 추종과 이를 통한 허영심의 충족과는 거리가 먼 자기성찰을 지니고 있다"[24]라고 하며 최영희를 긍정적으로 판단한 것을 그대로 인정하기는 어렵다. 최영희 역시 가식적 위세를 중시하는 허영으로 인해 결혼 상대자를 타산적으로 선택하고 있을 뿐만 아니라, 예식을 거행함에 있어서 규범과 모호하게 타협하고 있기 때문이다. 김윤식의 지적처럼 "영혼과 아무 상관없는 사랑, 서로의 영혼에 조금도 스며들지 못하는 한갓 이해타산에 얽매인 사랑이란 과연 그것이 사랑축에 드는 것일까를 작가는 겁도 없이 내세우고 있"[25]다고 보아야 한다는 것이다.

그러니까 나혜석은 신여성 주인공을 통해 합리적 타산을 중시하는 회계적 연애를 통해 고루한 정조 관념에 저항하고 신정조론에 의거하여 여성의 주체적 각성을 보여주고 있다. 그러면서도 우월한 여성이 남성을 지배한다는 일방적 방안을 모색함으로써 현실적 토대에 밀착된 대응력을 보여주지는 못한다.

24) 김재용, 앞의 글, 246쪽.
25) 김윤식, 『염상섭연구』, 서울대학교 출판부, 1987, 273쪽.

소설비평의 다원성

4. 맺음말

김명순은 「처녀의 가는 길」과 「나는 사랑한다」에서 신여성 주인공인 춘애와 영옥을 통해 동지적 친구와 애인의 협력 속에서 인습적 정조 관념에 대한 적극적인 저항을 보여주고 있다면, 나혜석은 「경희」와 「현숙」에서 신여성 경희와 현숙을 통해 인간다운 삶을 지향하면서 가부장제의 억압에 대해 저항하거나, 회계적 연애란 전위적인 신정조론을 실천하고 있었다.

김명순 소설의 신여성 주인공이 인습적 정조 관념을 거부하는 이상적 연애를 추구하면서 실재로 존재하기 어려운 남성의 협력에 의한 의존적 성취를 보여주고 있다면, 나혜석 소설의 신여성 주인공은 실질적 이익을 중시하는 회계적 연애를 추구하면서 우월한 여성이 남성을 지배하는 일방적인 성취를 모색하고 있었다. 이처럼 그들은 현실적 토대에서 벗어남으로써 주체적 여성의 근대적 자각을 여실하게 보여주고 있지는 못하였다.

그런데 이들 여성 작가를 모델로 삼은 소설에서 김동인이 신여성의 박약한 정조 관념을 무지의 소산으로 직설적으로 비판하고 있었다면, 염상섭은 그것을 허영심에 기인한 것으로 우회적으로 비판하고 있었다. 이들 남성 작가들은 자신들과 동인지 활동을 함께 하기도 했던 신여성 작가들을 모델로 삼아 그들의 성 도덕을 비판하면서 그들에게 은근히 전통적 정조 관념을 요구하고 있었다. 그러니까 당시 지식인 남성들은 신여성들과 공적인 영역에서 함께 활동하기도 하고, 사적인 영역에서 그들을 연애의 상대로 삼지만 그들을 자신들과 동등한 동반자로 여기지는 않았던 것이다.

여성 소설의 '이중성'

1. 머리말

한국의 근대 여성 작가들은 1910년대 후반부터 등장하기 시작하여 1930년대에는 문단 활동을 활발하게 전개한다. 그들은 가정과 사회의 모순된 요구에도 불구하고 자아를 실현하기 위한 나름대로의 해결 방안을 치열하게 모색하였다. 이러한 여성 작가들의 소설을 제대로 파악하기 위해서는 이중성의 문제에 특히 관심을 가질 필요가 있다. 물론 이 시기 남성 작가의 소설도 이중성을 보여준다. 그러나 남성 소설에서의 이중성이 부분적이고 선택적인 것이라면, 여성 소설에서의 이중성은 전면적이고 필수적인 것이다. 여성 소설은 식민지 근대의 정치적 제약 속에서 예외 없이 성차에 따른 문화적 제약도 크게 받고 있었기 때문이다. 그러므로 여성 소설에서 이중성의 문제를 간과하거나 무시한다면 작품의 핵심적이고 본질적인 가치를 제대로 파악하기 어렵다.

이에 길버트와 구바는 여성 문학을 규명하는 작업에 대해서 "거듭 쓴

양피지 사본(palimsest)을 해독하는 일"[1]이라고 했다. 여성 작가들의 작품에서 표면상의 구상들은 보다 깊은 그리고 보다 접근 불가능한 의미 수준들을 숨기거나 희미하게 만들고 있다는 것이다. 그리하여 여성 담론의 이중적 목소리는 더 이상 통일성과 독자성의 결여로서가 아니라 텍스트의 특징으로 인식되어야 한다고 본다. 그러할 때에 남성적 가치 척도 앞에서 침묵하게 만들었던 중심에서의 균열은 또 다른 가치 평가의 출발점이 될 수 있다는 것이다.[2]

1930년대 한국의 여성 소설에 대한 기왕의 문학사적 검토로 먼저 백철의 『조선신문학사조사 현대편』의 '여류문학의 수준'을 들 수 있다. 여기에서는 여류 문학이란 항목을 특설하면서 그 이유를 두 가지로 들고 있다. 하나는 지금까지 항상 여류 문학을 특수한 문학으로서 취급해온 문단 상식을 한 사실로서 본다는 것이고, 다른 하나는 더 한층 봉건적인 가정 조건과 환경 속에서 문학 활동을 하는 데 여러 가지로 제약을 받고 있는 특수 작가군으로 그것을 따로 살펴보는 것이 유의미한 일이란 것이다. 1930년대 후반에 와서야 여류 문학이 하나의 작가 집단으로 일정 수준에 도달했다고 하면서 소설가로 박화성, 최정희, 강경애, 백신애, 장덕조, 이선희를 거론하고 있다.[3]

그런데 백철에 의한 이러한 문학사 서술은 여성 작가들의 특성을 인정하기보다는 그들이 여성이기에 특별 대우하여 문학사에서 자리를 마련해준다는 점을 나타내는 것이다. 이에 이재선은 『한국현대소설사』에서

---

1) 엘레인 쇼월터, 박혜경 역, 「황무지에 있는 페미니스트 비평」, 『페미니즘과 문학』, 문예출판사, 1993, 54쪽.
2) 레나 린트호프, 이란표 역, 『페미니즘 문학 이론』, 인간사랑, 1998, 92~102쪽.
3) 백철, 『조선신문학사조사 현대편』, 백양당, 1949, 335~340쪽.

'여류작가와 여성문학의 세계'란 항목으로 1930년대의 여성 소설을 다룬다. 먼저 백철의 선행 업적이 남성 작가의 경우와 비교해서 당대의 여성 작가에 의해 이루어진 작품의 여성적 특성을 분석하고 있지 않다는 점을 비판한다. 그리하여 남성 문학과 구별되는 여성문학의 특성을 일반론으로 제시한 뒤에 박화성, 강경애, 백신애, 이선희, 최정희, 장덕조의 작품을 다루고 있다.[4] 하지만 여기에서도 여성 작가들의 특수성이 구체적으로 분석되고 있지는 않다.

이러한 선행 연구를 기반으로 삼아 1980년대 초반부터 개별 여성 작가에 대한 석사학위 논문이 활발하게 나오면서 상당한 연구 성과를 보여주고 있다. 그리고 1980년대 후반에 이르면 여성 소설에 대한 박사학위 논문도 나온다. 정영자는 1920년대의 여성문학으로 김명순, 김일엽, 나혜석을 다루면서 그동안 현대문학사에서 무시되거나 배제되었던 여류 문인들의 문학적 평가를 정립하고자 한다. 이어서 1930년대의 여성문학으로 시인과 소설가를 함께 다루고 있는데, 소설가로 박화성, 백신애, 강경애, 최정희, 김말봉을 다룬다.[5] 하지만 이들 여성 작가에 대한 개괄적인 검토를 넘어서는 심층적이고 종합적인 분석이 부족하다. 또한 서정자는 박화성, 강경애, 최정희, 백신애, 이선희, 지하련을 대상으로 삼아 빈부 문제와 여성 문제를 중심으로 작품의 현실 인식을 살펴보고 있다.[6] 여기에서는 자유주의 여성론과 사회주의 여성론을 이들 여성 작가들의 작품 검토에 원용함으로써 진전된 분석 작업을 보여준다.

그리고 1990년대 후반에 이루어진 윤옥희의 작업에서도 박화성, 강경

---

4) 이재선, 「한국현대소설사」, 홍성사, 1979, 428~444쪽.
5) 정영자, 「한국 여성문학 연구」, 동아대학교 박사학위 논문, 1987. 12.
6) 서정자, 「일제강점기 한국 여류소설연구」, 숙명여자대학교 박사학위 논문, 1987. 12.

　　　　　　　　　　　　　소설비평의 다원성

애, 최정희, 백신애, 이선희를 대상으로 삼아 민족 현실의 해결과 여성의 위치 인식이라는 두 가지 문제를 개괄적으로 다루고 있다.[7] 하지만 여성 소설의 특수성을 구체적으로 해명하는데까지 나아가고 있지는 않다. 그런데 김미현은 1917년에 등단한 김명순부터 1940년에 등단한 지하련에 이르는 13명의 여성 작가들이 발표한 백여 편의 작품을 대상으로 삼아 페미니스트 시학의 측면에서 그 특성을 체계적으로 검토하고 있다. 그리하여 기존의 페미니즘 문학에서 이론적으로만 언급되었던 육체 · 언어 · 현실을 분석의 층위로 설정하여 여성들의 삶이 어떠한 형식을 통해 문학적으로 형상화되었는가를 밝혀준다.[8] 여성 소설의 특수성에 대해서는 이러한 방향으로 세부적인 과제에 대한 깊이 있는 검토가 요망된다고 할 것이다.

이에 여기에서는 여성 소설에서 '이중성'이란 미시적 과제를 집중적으로 검토하고자 한다. 여성 소설에 대한 기왕의 연구에서 부분적으로 이중성을 지적하고 있기는 하다. 그렇지만 이중성을 집중적으로 검토한 본격적인 연구는 찾아보기 어렵다. 이중성은 의식적이든 무의식적이든 타자의 억압적 시선으로 인해 주체의 균열 속에서 가치가 전도되거나 모순되게 표출되는 양상을 모두 포괄하는 넓은 뜻으로 사용될 것이다.

'제2기 여성 작가'라 불리는 최정희와 이선희, 그리고 백신애의 소설을 다루고자 한다. 이상경은 1930년대 신여성 작가의 계보를 살펴보면서 나혜석, 김명순, 김일엽 같은 제1기 여성 작가의 청산적 의미로 1937년 조선일보 출판부에서 발간한 『현대조선여류문학선집전경』에 작품을 실은 강경애, 김말봉, 이선희, 박화성, 백신애, 장덕조, 최정희의 7명을 제2기

---

7) 윤옥희, 「1930년대 여성 작가소설연구」, 성균관대학교 박사학위 논문, 1997.
8) 김미현, 『한국여성 소설과 페미니즘』, 신구문화사, 1996.

여성 작가로 본다. 그리고 1930년대 말에 등단했지만 해방 후에 본격적으로 작품 활동을 벌인 임순득, 지하련, 임옥인을 제3기 신진 여성 작가로 분리하고 있다.[9]

그런데 제2기 여성 작가 중에서 박화성과 강경애는 여성 소설에서 '여성 해방'보다 '계급 해방'을 우선시함으로써 사랑 대신에 이념의 문제를 정면에 내세우고 있다. 또한 김말봉은 장편 통속소설을 주로 쓰고 있으며, 장덕조도 소설의 서사적 긴밀도가 약하고 통속성이 강하다. 지향 가치가 다른 작품들의 이중성은 분리하여 분석할 때에 오히려 좋은 성과를 얻을 수 있을 것이다. 그리하여 기혼 신여성을 주인공으로 삼고서 애정 문제를 정면에서 다루고 있는 최정희의 「인맥」(『문장』 제2권 4호, 1940. 4), 이선희의 「연지」(『조선일보』, 1938. 7. 24~8. 11), 백신애의 「혼명에서」(『조광』, 1939. 5)을 대상 작품으로 삼고자 한다.

여기에서 신여성 주인공들은 기혼녀이면서도 애정 문제로 가출하거나 가출하려 하고 있다. 그러하기에 결혼으로 인한 규범적 질서의 통제가 그녀들에게 어떻게 이루어지는가와 그녀들이 그러한 억압과 규제에 어떻게 대응하고 있는가를 다양하고 풍부하게 보여줄 수 있을 것이다. 또한 이를 통해 이중성의 표현 양상과 의미도 잘 드러날 것이다. 세 여성 작가의 이 세 작품을 주된 대상으로 선정한 이유는 여기에 있다.

또한 여기에서는 애정을 크게 이성애와 모성애로 나누어 살펴볼 것이다. 이성애는 남편에 대한 애정과 애인에 대한 애정으로 세분하고, 모성애는 자식들에 대한 그녀들의 모성애와 그녀들에 대한 어머니의 모성애로 세분하여 살펴볼 것이다. 여성 작가에 따라 대상 작품에서 어떤 애정

---

9) 이상경, 「1930년대의 신여성과 여성 작가의 계보 연구」, 한국여성문학학회 편, 『한국 여성문학 연구의 현황과 전망』, 소명출판, 2008, 351~352쪽.

이 선택되고 배제되는가를 구체적으로 파악해보고자 한다는 것이다. 여성 소설에서 애정에 대한 이러한 선택과 배제의 구체적 양상은 여성 주체의 존재 기반이 어떠하며 그들이 삶의 방향성을 어떻게 확보하고 있는가를 뚜렷하게 보여주는 핵심적이고 본질적인 특징이라 할 수 있다. 그러므로 이런 작업은 여성 소설에서 이중성의 표현 양상과 그 의미를 구체적으로 파악하는 데 유효할 뿐만 아니라, 세 여성 작가들의 변별성을 뚜렷이 파악하는 데도 일정하게 기여할 것이다.

2. 「인맥」의 반어적 가정 복귀

최정희의 「인맥」에서 기혼녀인 신여성 주인공 '선영'은 애인에 대한 사랑으로 인해 가출하고 있다. 그녀는 남편에 대한 사랑을 전혀 보여주지 않는다. 그러니까 선영은 남편이 있음에도 불구하고 애인에 대한 사랑만 중시하고 있으며, 그러한 그녀의 마음을 자신이 전혀 통제하지 못한다.

> 나는 자발적으로 가리운 장애물을 떼려고 할밖에……. 힘을 다해서 가리운 손을 떼지않았습니까 그와 꼭 같은 시각이었습니다. 내눈을 가리워준 혜봉이뒤에 한사오보가량 떠러져 서있는 남성이 흐린 시야에 들어왔습니다. 나는 이내 그가 사흘전에 서울서 결혼례식을, 지내고 혜봉의친정으로 신혼여행겸 댕기려온 혜봉의신랑인것을 알았습니다. 이쪽을 향해 혜봉의작난을 보고있은양으로, 언덕길을 오르기에 약간 상기된 얼굴에 미소를 띠우고 있는데 동굴같이 검고 깊숙한 눈이 어느 이얘기속에 나오는 귀공자였습니다. 아니 내가 금방 읽은 비이너쓰의 애인인 아도니쓰였습니다.
>
> 그이가 가진 교양, 그이가 가진 정열까지도 히랍적인것같이 생각되

었습니다. 그이의 글(詩)을 읽으며 내가 상상하든 그이와 똑같았습니다.[10)

인용문에서처럼 선영은 부산에 있는 자신의 집으로 찾아온 여학교 친구인 '혜봉'의 남편 '허윤'을 보자마자 사랑에 빠진다. 이전에 선영이 허윤의 시를 읽으면서 상상했던 이상적 심상이 실제 그의 모습과 일치하였기 때문이라고 한다. 이때에 그녀는 그들의 만남을 그리스 신화 속의 존재인 비너스와 아도니스의 관계에 비유하고 있다. 유부녀와 유부남의 일탈적 관계를 신화적 존재의 신성한 사랑으로 미화하고 있는 것이다.

결국 선영은 허윤에 대한 이러한 맹목적 사랑을 억제하지 못하고 요양을 위해 서울의 친정으로 올라와 있을 때에 그를 찾아가서 직설적으로 사랑을 고백하기에 이른다. 그렇지만 그가 그녀의 사랑을 단호히 거부하자 그녀는 그동안 자신을 쫓아다니며 연애편지를 보내고 있던 '김동호'가 사는 여관으로 찾아가서 충동적으로 동거를 시작한다. 그러나 얼마 후에 바로 남편이 있는 부산의 가정으로 다시 돌아가서 아내의 역할을 충실히 한다. 그런데 선영의 이런 행동은 자신의 일탈에 대한 스스로의 반성 때문이 아니다. 허윤이 선영을 찾아와 그도 그녀를 사랑하고 있다는 고백을 했기 때문이다.

이에 선영은 "똑같은 얼굴과 똑같은 시선을 가지고 있었습니다. 호흡이 같고 가슴의 고동이 됨을 알았습니다. 우리는 완전히 한몸이 된듯했습니다"[11)라고 한다. 자신만 짝사랑을 한 것이 아니라 두 사람이 동시에 사랑에 빠졌음을 알게 되었다는 것이다. 그런데 어떻게 처음 본 남녀가

---

10) 최정희, 「인맥—『별의 전설』」, 『문장』 제2권 4호, 문장사, 1940. 4, 3쪽.
11) 위의 책, 39쪽.

즉시 사랑에 빠질 수 있는가. 융의 개성화 이론에 의하면, 남성의 자아 속에 있는 여성 심상인 아니마(anima)와 여성의 자아 속에 있는 남성 심상인 아니무스(animus)가 일치하는 남녀가 만날 때에 처음 보더라도 바로 사랑에 빠질 수 있다고 한다. "남자는 그 자신의 무의식적인 여성적인 성격과 가장 잘 일치되는 즉 — 간단히 말하면 망설이지 않고 그의 영혼의 투영(객관화)을 받아들일 수 있는 — 어떤 여자를 얻고 싶어하는 유혹을 받는다"[12]라고 함이 그러하다.

> 이런것 뿐아니라, 어쨌든 아이를 낳든날부터 나는, 이때까지 알지 못하든 온갖것을 발견하고 느끼고했습니다. 그래서 때때로, 신이 내게 한가지의 시련을 더해준것이 아닌가, 다시말하면 내가 아직도 그이에게 도달할 자격이 못됨으로 내게 충실한 안해에서 참된 어머니, 즉 완전한 여성(人間)에로 이르게하려는 운명의 암시를 보여준것이아닌가, 생각했습니다……정말 그런것도 같았습니다. 내가 읽은 책들이 가르치듯이 모성애가 세상의 무엇보다 가장 강하고 고귀하고 또 그것처럼 참된것이 없는것을 알면서도, 그강한것, 그고귀한것, 그참된것때문에 내가 가진 다른 감정을 버릴수는없었습니다. 내게는 모성애가 강하고 고귀하고 참되거나 마찬가지로, 그이를 생각하는 내감정도 세상의무엇보다 가장 강하고 고귀하고 참되다 생각했습니다. 이 감정이 심할때면 아이에게서 그이의 영상을 발견하는 일까지 있게되었습니다.[13]

인용문에서 선영은 아이를 통해 모성의 고귀함을 인식하게 되었다고 말한다. 그녀가 그때까지 알지 못하던 온갖 것을 아이가 발견하고 느끼게 해주었다는 것이다. 심지어 그것이 그녀로 하여금 완전한 여성이 되

---

12) 율란디 야코비, 이태동 역, 『칼 융의 심리학』, 성문각, 1978, 190쪽.
13) 최정희, 「인맥」, 앞의 책, 46쪽.

게 할 운명의 암시를 보여준다고도 한다. 그녀의 이런 고백은 그녀가 모성애를 중시하는 것으로 보일 수 있다. 이혼을 결심하고 가출했던 그녀가 곧장 가정으로 복귀하여 아내의 역할을 충실히 할 뿐만 아니라 몇 년 뒤에 낳은 아들을 정성껏 돌보며 어머니의 역할도 충실히 하려 한다는 것이다. 그러나 그녀가 이렇게 가정에 충실함은 반어적 양상일 뿐이다. 실질적으로 그녀의 행동은 애인에 대한 사랑을 나타내고 있기 때문이다.

선영은 남편과의 사이에서 태어난 아이에 대한 사랑이 고귀하고 참된 것만큼 애인에 대한 사랑도 고귀하고 참되다고 여기고 있다. 심지어 아이에게서 애인의 영상을 보기도 한다. 그러니까 그녀는 남편의 아이를 사랑한다고 애인을 사랑하지 않는 것은 아니며, 오히려 애인을 사랑하기에 아내와 어머니의 역할에 최선을 다하고 있다는 것이다. 이에 이호숙은 "신화 형태로까지 고착되었다는 가부장제적인 러브 스토리 플롯의 완전한 전복, 이것이 「인맥」의 실제 모습"[14]이라고 하며 선영의 행동이 갖는 규범 저항적 성격을 주목한다.

「인맥」에서 선영의 애인에 대한 이성애는 상식에서 훨씬 벗어난다. 사랑을 최우선하는 그녀의 이러한 사고방식은 인습적 정조 관념을 부정했던 '제1기 여성 작가'들의 '신정조론'과 일치한다고도 할 것이다. 엘렌 케이의 자유주의 연애론을 신봉하는 신여성들은 "어떠한 결혼이든지 거기 연애가 있으면 그것은 도덕일다. 가령 어떤 법률상의 수속을 정한 결혼이라도 거기 연애가 없으면 그것은 부도덕일다"[15]라고 하며, 결혼한 사이라도 사랑이 없는 부부관계는 비윤리적인 것으로 여겼다. 그리하여 김명순

---

14) 이호숙, 「결백한 도전과 수용 ─ 최정희론」, 한국여성소설연구회, 『페미니즘과 소설비평』 근대편, 한길사, 1995, 342쪽.
15) 노자영, 「여성운동의 제일인자 엘렌케이」, 『개벽』, 1921. 2, 52쪽.

소설비평의 다원성

과 나혜석 같은 신여성 작가들은 인습적 결혼을 거부하고 연애를 최우선시하는 여성 주인공들을 긍정적으로 제시하고 있다.[16]

하지만 초창기의 제1기 여성 작가들은 애정에 대한 이런 파격적 인식과 실천으로 인해 사회와 문단의 지탄을 받으며 철저히 배척당했다. 그러므로 제2기 여성 작가들은 파격적 일탈에도 불구하고 이중성을 적극적으로 활용하여 이러한 도덕적 비난에서 비껴가려 하고 있는 것이다. 그러니까 그녀들은 규범에 저항하는 일탈을 작품에 제시하고 있음에도 불구하고 자신의 본심을 숨기거나 흐리게 하는 이중성을 통해 비윤리적이란 비난을 피해갈 수 있었고, 이런 점이 문단에서도 그녀들을 작가로 인정하게 만들었다는 것이다.

최정희의 「지맥」(『문장』, 1939. 9)과 「천맥」(『삼천리』, 1940. 1~4)의 신여성 주인공 '은영'과 '연'은 유부남과 동거했던 적이 있다. 작가의 분신이라 할 신여성 주인공들은 유부남을 결혼 상대자로 선택했거나 애인으로 선택함으로써 규범의 제약을 무시하고 있다는 것이다. 작가 역시 그러했다. 최정희는 함북 성진 출생으로 1930년에 프로문학 계열의 영화감독인 김유영과 결혼식 없이 함께 살면서 아들 익조를 낳지만 심한 불화 속에서 헤어질 뿐만 아니라, 1939년 무렵에는 시인 김동환과 부부로 지내면서 지원과 채원 두 딸을 낳는다.[17]

「지맥」에서 은영은 옛 애인인 상훈의 결혼 요청에도 불구하고 헌신적인 어머니 역할을 다하기 위해 요양원에서 환자들을 돌보는 고달픈 길을 선택하지만, 불안과 공포, 자신에 대한 환멸을 느끼며 애인에게 매달리

---

16) 박종홍, 「근대소설에 나타난 신여성의 '정조 관념'」, 『한국문학논총』 34집, 한국문학회, 2003. 8, 461~462쪽.
17) 서정자, 『한국근대여성 소설연구』, 국학자료원, 1999, 168쪽.

어 우는 꿈을 꾸고 있다. 그러한 선택이 여성 억압적 이데올로기의 산물임을 우회적 방식으로 나타내고 있는 것이다. 그리고 「천맥」의 연이는 남편이 사망한 이후로 그녀에게 정조를 지킬 것을 요구하는 아들에게 잘못했다고 용서를 빌면서 보육원에서 아이들을 돌보며 혼자 살기로 결심한다. 하지만 원장인 성우 선생에 대한 사랑 때문에 고민하듯이 그녀의 모성애도 이성애 앞에서 크게 흔들리고 있다. 이에 박정애는 "「삼맥」은 그 표면적 주제에도 불구하고 주인공들의 심리와 행태를 통해 '헌신적인 어머니'와 '정숙한 아내'라는 정체성이 허구이자 억압기제라는 것을 밝히"[18]고 있다고 여긴다. 「인맥」뿐만 아니라 「지맥」과 「천맥」의 주인공들도 타자의 시선으로 인해 그것을 억압하고 있을 뿐 모성애보다 이성애를 실질적으로 중시하고 있다는 것이다.

그러니까 「인맥」에서 맹목적 사랑으로 가출하기도 했던 선영이 곧장 가정에 복귀하여 정숙한 아내와 자상한 어머니로 살아가고 있듯이, 얼핏 보면 모성애가 이성애를 이겨냄으로써 그녀가 규범에 순응하는 것으로 보인다. 하지만 그것은 반어적 양상으로 애인에 대한 그녀의 일탈적 사랑을 은폐하거나 모호하게 하고 있는 것일 뿐이다. 이중성을 통해 그러한 오해를 의도적으로 불러일으키고 있다는 것이다.

3. 「연지」의 희화적 해결 보류

이선희의 「연지」에서 기혼녀인 신여성 주인공 '금녀'는 애인 '명재'와 야반도주를 하고 있다. 하지만 금녀가 이렇게 애인에 대한 이성애를 중시

---

18) 박정애, 「최정희 소설에 나타난 여성적 글쓰기의 특성 연구」, 서울대학교 석사학위 논문, 1998, 21쪽.

한다고 해서 남편을 사랑하지 않는 것은 아니다. 오히려 금녀는 남편에 대한 사랑이 있기에 가정에서 이탈한다고 할 수 있다. 그러니까 금녀는 전처 소생의 의붓아들에 대한 미움 때문에 남편에게 불만을 갖는다.

> '나는 허릴업시 더부사리다.'
> 금녀는 제 귀에까지 들릴 만큼 이러케 중얼댓다. 그것은 남의 남편이엿던 사람을 이제 자기가 차지햇다는 것은 암만해도 불완전햇다. 비록 전처는 죽엇슬망정 그 게집의 쓰던 세간이 이 집안에 그대로 노히고 그 게집의 뱃속에서 나온 자식이 어엿이 자기 눈아페서 가시가치 군다. 그리고 남편의 머릿속엔 여러 가지 기억의 뿌리를 박아놋코……
> 지금의 남편과 금녀와의 결혼 생활은 반은 전처의 생활을 연장해서 계속하는 거나 다름업다고 생각할 때 분햇다.[19]

인용문에서처럼 금녀는 의붓아들의 뒤편에서 죽은 전처의 모습을 보고 있다. 그러니까 전처를 질투하기에 의붓아들을 심하게 미워한다. 금녀는 이미 자식이 있는 후처 자리임을 알고 결혼한 터이다. 그런데도 그녀는 그러한 자신의 처지에 대해 발광에 가까운 분노를 느끼며 그러한 상황을 견디지 못한다. 그녀는 폐렴에 걸린 의붓아들을 간호하다가 그가 죽었으면 좋겠다고 기도를 하거나 심지어 그를 찢어 죽이고 싶다고 독백하기도 한다. 그런데도 남편은 그녀의 이러한 고통과 분노를 전혀 알아차리지 못하고 있다.

결국 금녀는 이런 상황을 견디다 못해 남편이 출장을 떠난 사이에 예전에 자기를 좋아했던 명재를 찾아 나선다. 그런데 명재도 과거에 집안의 지병 때문에 금녀를 붙잡지 못했던 자신의 행동을 후회하고 있었던 터이

---

19) 이선희, 「연지」, 깊은샘자료실 편, 『원본신문연재소설전집』 5, 깊은샘, 1987, 231쪽.

기에 그들은 일탈적 만남을 지속하게 된다. 결국 그들은 함께 나진으로 도망하다가 심한 감기와 설사로 여행을 계속할 수 없는 그녀의 딸로 인해 청진의 여관에서 머물게 된다. 그때에 금녀는 그녀에게 의붓아들이 그러했던 것처럼 그에게 그녀의 딸이 미워해야 할 거추장스러운 존재란 점을 깨닫는다.

그러니까 이선희는 금녀를 통해 계모는 천성적으로 악녀라는 전통적 심상을 뒤집고 있다. 즉 금녀의 악한 성격 때문이 아니라 계모라는 자리가 그녀를 악녀로 만들고 있다는 것이다. 금녀는 의붓아들을 죽이고 싶도록 미워하는 자신에 대한 죄책감을 느끼고 있었기에 명재를 통해 그러한 상처를 위로받고자 했다. 이에 그녀는 계모의 악독함을 변호하는 마음으로 「장화홍련전」을 길거리에서 사 들고 그를 찾아간 것이다. 하지만 남편이 그러했듯이 명재 역시 그녀의 마음을 전혀 알아차리지 못한다. 명재는 그녀에게 둔감한 남자이고 그녀의 딸에게도 어색한 아저씨일 뿐이었던 것이다.

그러므로 「연지」는 이성애를 이겨내는 모성애에 대해서가 아니라 그것의 이면이라 할 계모의 마음을 변호하는 데 초점을 맞춘 작품이라 할 수 있다. 이선희는 함남 원산이 고향으로 폐를 앓던 어머니와 세 살 때부터 떨어져 지냈으며 일곱 살에 어머니를 잃는다. 그녀는 1933년에 개벽사에 입사하여 월간 『신여성』의 기자로 일하다가 1936년에 전처의 자식이 있는 프로문학 계열의 극작가 박영호와 결혼한다. 계모 밑에서 자란 이선희가 계모가 되었다는 것이다. 그러니까 계모로서 전처 소생 자식을 키우게 된 작가의 실제 체험이 금녀의 의식 속에 투영되고 있는 셈이다.[20]

20) 한승우, 「이선희 소설 연구—여성 주인공의 여정을 중심으로」, 중앙대학교 석사학위 논문, 2001. 12, 9쪽.

결국 금녀는 함께 도망가던 애인을 집에 돌려보내려 한다. 그렇다고 그녀가 남편과 의붓아들이 있는 가정으로 다시 돌아가기로 한 것은 아니다. 그런데도 윤옥희는 "기존의 도덕을 벗어난 과감한 행동을 하였지만 도망간 뒤 되돌아온다는 것은 주목할 만한 사실이다"[21]라고 하며 금녀가 가정으로 다시 돌아간다고 여긴다. 하지만 이것은 이선희 소설에서 빈번하게 나타나는 해결 보류의 결말 방식을 간과한 판단이라 할 수 있다.

「계산서」(『조광』, 1937. 3)에서도 해결이 보류되고 있다. 여기에서 기혼녀 신여성 주인공 '나'는 남편의 사랑에 대한 배신감 때문에 가출하여 남편에게 다리 하나나 목숨이라는 과도한 계산서를 청구하면서 만주 지방을 떠돈다. 그러다가 병이 들어 어느 백계 러시아인의 집에 머물고 있다. 그렇지만 '나'는 받을 것을 다 못 받고 그대로 주저앉는 것이 모든 아내의 약점이요 애교라며 남편과의 계산을 끝내지 못한다. 그렇다고 그녀가 가정으로 다시 돌아가기로 작정한 것은 아니다. 계산서를 다 청산할 때까지 그녀가 그곳에 머물 것이라 하고 있기 때문이다. 김미현은 "이렇게 열린 형태로 결말을 처리하는 것은 여성적 글쓰기의 중요한 특성인 모순적 양면성을 드러내는 기법의 활용이라고 할 수 있다"[22]라고 한다. 이선희의 소설은 대개 이렇게 해결 보류로 작품이 끝나며 그것이 이중성을 나타낸다는 것이다.

그런데 「연지」의 금녀와 「계산서」의 '나'는 남성에 대한 피해 의식을 보여주고 있는 듯하다. 금녀는 의붓자식으로 인해 견딜 수 없는 고통을 받으며 증오심을 갖지만 남편은 그런 점을 전혀 알아차리지 못하고 있기에 그것은 그녀만의 고통과 증오라 할 수 있다. 또한 '나'는 절름발이가 된

---

21) 윤옥희, 「1930년대 여성 작가소설연구」, 성균관대학교 박사학위 논문, 1997, 145쪽.
22) 김미현, 「'성장'과 '생존'의 두겹쓰기―이선희론」, 한국여성소설연구회, 앞의 책, 386쪽.

자신을 남편이 멸시할 뿐만 아니라 다른 여자와 바람을 피운다고 의심하여 가출하지만 그러한 의심의 실질적인 증거는 제시되지 않기에 과잉 대응이라 할 수 있다. 이에 이재선은 "그의 문학의 본질적인 성격을 이루는 것은 남성원리로부터의 피해자 의식과 여성으로서의 보편적 존재확인에 관한 문제다"[23]라고 하며 이선희 소설의 본질이 피해 의식에 있다고 본다. 그렇지만 금녀와 '나'의 일탈을 단순히 피해 의식의 산물로만 보기는 어렵다. 그녀들의 일탈 행위는 이전까지는 사소한 일로 그냥 덮어두거나 무시해왔던 부부 간의 심층적 억압과 저항을 표면화하는 예민한 여성 주체의 내면을 나타내는 것으로 보이기 때문이다.

그리고 이선희의 소설에서는 다른 여성 작가들에게서는 찾아볼 수 없는 독특한 종결 방식을 발견할 수 있다. 얼핏 사족으로도 여겨질 법한 희화적 발화가 작품의 마지막에 엉뚱하게 덧붙여지고 있다는 것이다.

① 이땅은 마적이 있어서 좋고 돼지가 죽은 아히 시체를 묻고 뜯어 먹는다는 이야기가 있어서 좋고 죽음 같은 고독이 있어서 좋다.[24]

② 밤이기퍼서 지금쯤은 항구의 갈보들이 한창 아양을 피울 때다.[25]

①은 「계산서」의 마지막 발화이고, ②는 「연지」의 마지막 발화이다. 이것들은 모두 우스꽝스러운 태도를 나타냄으로써 지금까지의 엄숙하고 긴박한 분위기를 깨트리고 있다. 출산 중에 다리 하나를 잃어버렸고 남

---

23) 이재선, 앞의 책, 440쪽.
24) 이선희, 「계산서」, 『한국근대단편문학대계』, 태학사, 1990, 37쪽.
25) 이선희, 「연지」, 깊은샘자료실 편, 앞의 책, 233쪽.

편에게 애인이 생겼다는 것을 알게 되어 가정을 이탈하여 만주 지역을 유랑하던 아내가 남편에게도 자신처럼 다리나 목숨으로 보상받아야 한다며 엄격한 계산을 요구하는 절박한 상황에서 "돼지가 죽은 아이의 시체를 뜯어 먹는다는 이야기가 있어서 좋다"고 말할 수는 없다. 또한 의붓아들을 용납할 수 없어 남편을 배신하고 애인과 함께 도주하던 여자가 자신의 딸에 대한 모성애 때문에 이성애를 단념해야 하는 진지한 상황에서 "항구에 밤이 깊어 갈보들이 한창 아양을 피울 때"라고 말할 수는 없기 때문이다.

이러한 희화적 발화는 기존의 규범을 그대로 수용하는 여성 주인공의 선택이 진심이 아니라는 점을 나타내고 있는 것이다. 지금까지의 진지한 태도와 달리 경박한 태도로 비장한 상황에서 웃음을 유발함으로써 사태의 본질을 호도하려 한다. 이러한 태도의 변화는 타자의 억압적 시선을 강하게 의식하는 화자가 자신의 본질을 감추기 위한 유효한 방법이라 할 수 있다. 우리가 사회의 일원으로 살아가기 위해서는 끊임없이 각성된 긴장을 필요로 하며 적응을 위한 유연성이 뒤따라야 한다. 긴장과 유연성이야말로 정상적 삶을 가능하게 하는 상보적 두 힘인 것이다. 그러므로 우리는 경직성을 풀어줄 웃음을 필요로 한다. "기성적인 것, 기계적인 것 그리고 주의에 반대되는 방심, 요컨대 자유스러운 활동성에 대립되는 자동주의, 이것이 결국 웃음이 강조하고 교정하려고 하는 결점인 것"[26]이라 한다. 그러니까 이들 작품에서는 갑작스럽게 웃음거리를 던져줌으로써 통념의 경직된 굴레에서 벗어나고 있으며, 그럴 때에 낯설지만 자유로운 진정한 선택이 가능하다는 점을 알려주고 있다는 것이다.

---

26) 앙리 베르그손, 김진성 역, 『웃음—희극의 의미에 관한 시론』, 종로서적, 1983, 81쪽.

이처럼 이선희의 소설은 결말에서 규범적 인식에 부응하는 화해 방안을 제시하면서도 우스꽝스러운 희화적 발화를 마지막에 갑자기 추가함으로써 그러한 화해가 진심이 아님을 우회적으로 나타내고 있다. 이제까지 이선희 소설에서 이러한 희화적 발화의 역할은 간과되거나 무시되어 왔다. 그리하여 그것들은 충격적인 일탈을 보여주다가 결말에서 돌연히 규범에 순응하는 회귀적 선택을 하는 현실 순응적 작품으로 여겨지기도 했다. 하지만 이것은 여성 작가의 일탈에 대해서는 특히 가혹한 잣대를 들이대는 타자의 시선을 차단하거나 흐리게 하고자 하는 여성 소설의 이중성을 고려하지 않은 판단이라 할 수 있다.

그러니까 이선희의 「연지」에서는 애인과 함께 가출하던 기혼 신여성이 결국에는 이성애를 거부하고 모성애를 추구하게 함으로써 규범에 순응하는 것으로 오인하게 한다. 하지만 해결을 보류하는 결말 방식과 갑작스런 희화적 발화에 의거한 이중성을 통해 여성 주체의 그러한 최종 선택이 실제의 지향과는 다름을 우회적으로 알려주고 있다.

4. 「혼명에서」의 양가적 사회 진출

백신애의 「혼명에서」의 신여성 주인공 '나'는 이혼녀이다. 그녀는 남편에 대한 사랑을 전혀 나타내지 않으며 애인에 대한 사랑만 보여준다. 또한 자식이 없기에 그녀의 모성애가 아니라 그녀에 대한 어머니의 모성애를 보여준다. 그리하여 그녀에 대한 모성애와 애인에 대한 그녀의 이성애가 서로 충돌하여 갈등을 일으킨다.

「인맥」의 선영은 이혼녀가 되기 전에 곧장 가정으로 복귀하며, 「연지」의 금녀는 가정에 복귀할 것인지 이혼녀가 될 것인지를 결정하지 않은 해결 보류의 상태에서 멈추고 있다. 하지만 「혼명에서」의 '나'는 이미 친정으로 돌아와 있는 이혼녀이다. 그리고 「인맥」의 선영에게 가족은 거의 영향을 미치지 않으며 「연지」의 금녀에게는 아예 가족이 나타나지 않는다. 그러나 「혼명에서」의 '나'에게는 가족이 존재하여 그녀에게 큰 영향을 미치고 있다.

그렇다면 「혼명에서」의 '나'는 자신의 신념을 실천하는 데 오히려 굴레로 작용하는 모성애의 이러한 부정적 측면을 어떻게 받아들이고 있으며 그것에 대한 해결책을 어떻게 찾아가고 있는가.

> 나는 가족들의 정성을, 아니 그보다 어느때든지 그들을 배반하고야말 인간임을 확실히 자인하면서도, 그들의 사랑을 배반할수없으며, 나에게 이고통을 주는가족을 미워하여야 될것이로대 그반대로 지극히 사랑합니다.
> 웨? 나는 내사랑하는 가족들을 기쁘게 해주며, 그들의 원하는 딸이 되지 못합니까!
> 웨 나는 기어히 배반하고야말 인간이거든 그들의 사랑과 정성에 무엇까닭에 감격합니까? 감격할 뿐만아니라 그들에게 보답하기 위하여 이생명이라도 바처버리고 싶을때가 있습니다![27]

인용문에서 '나'는 가족들에 대한 양가적 태도를 드러낸다. 그녀는 자신이 가족들을 배반할 인간이라 말하면서 동시에 그들을 배반할 수 없는 인간이라고 말하고 있다. 뿐만 아니라 자신에 고통을 주는 가족들을 미워하면서도 지극히 사랑하고 있다고 한다. 왜 그녀는 가족들의 호의와 관심을 배반하거나 그들을 미워하지 못하는 것이며 그들을 미워하면

---

27) 백신애, 「혼명에서」, 『조광』, 1939. 5, 243쪽.

서도 사랑하고 있는 것인가. 이것은 그녀가 가족들의 요구와 관심을 일방적으로 수용하거나 거부할 수 없다는 점을 나타낸다. 그러니까 그녀는 가족에 대한 미움이나 그들을 배반하고자 하는 마음을 이런 양가적 태도로 은폐하고 있다는 것이다.

백신애의 처녀작 「나의 어머니」(『조선일보』, 1929. 1. 1~6)에서도 미혼인 신여성 주인공 '나'에게 어머니의 모성애와 자신의 이성애가 대립하여 갈등을 일으키고 있다. 여기에서 어머니의 사랑은 딸의 신념을 실천하는 데 굴레가 되고 있다. 어머니는 사회운동으로 교원에서 쫓겨난 딸이 동네 청년회의 연극 공연을 준비한다고 매일 밤 외출하여 청년들과 어울리는 일을 불안스럽게 여긴다. 어머니는 자신이 추천하는 신랑감과 딸이 결혼하여 평온하게 살아주길 바라지만, 딸은 그러한 어머니의 요구를 받아들일 수 없다. 딸에게는 자신과 같은 길을 가면서 결혼을 약속한 애인이 있기 때문이다. 이에 모녀는 시종 합치점을 찾지 못하고 있다.

「혼명에서」의 '나'에게는 어머니의 눈물로 표현되는 모성애가 억압의 굴레로 작동하고 있다. 그렇지만 'S'에 대한 '나'의 이성애가 그것을 극복하는 힘으로 작용한다. '나'는 눈물로 자신의 행동을 제약하는 어머니의 곁을 잠시 떠나 경주로 여행을 할 때에 옛 동지로부터 소개받은 S와 운명적이라고 할 우연적인 만남을 거듭하게 된다. 그리고 이런 과정에서 그녀는 그에게 차츰 연애 감정을 갖는다.

> 내입으로 분명히말한다면 나는 당신에게 "연애이상"이라고 하겠읍니다. 그것을 무엇이라고 일흠짓는지 나는 알지 못하며 알려고 애쓰기도 싫습니다. 다맛 "연애이상"이라고 밖에 아모런 표현도 할수없읍니다. 왜냐하면 연애는 미(美)입니다. 신비스러운 미(美)이여요. 그러나 나는 당신에게 그 신비스런 미의 감정을 지나 "힘"이란 느낌을 가지는

까닭입니다. 힘은 모—든 것을 정복하는 "절대"의 미를 가졌어요.[28)]

인용문에서 '나'는 S와의 관계를 '연애 이상'이라 부른다. 그에 대한 사랑이 남녀의 연애 감정을 넘어서는 최상의 힘을 느끼게 해준다는 것이다. 이처럼 그녀는 일반적인 연애의 범주에서 그들의 관계를 분리시키고 있다. 연애를 미화하면서 연애를 부정하고 있는 것이다. '나'는 연애를 부정하고 있기에 S도 애인이면서 애인이 아니다. 그러니까 이렇게 이성애를 부정하는 이중성을 통해 '나'는 개인적인 연애 감정으로 모성애를 거부하지 않는다는 점을 나타낸다. 그렇다고 '나'가 이혼녀이기에 S와의 사랑을 부정하고 있는 것은 아니다. 그에게도 그녀가 이혼녀란 점은 그들의 사랑에 전혀 장애가 되지 않는다. 직접 제시되는 그의 발화나 그녀가 대신 전달하는 발화에도 그러한 점을 찾아볼 수 없다. 그녀는 시종 자신이 이혼녀란 점보다는 과거 조직 활동에서 이탈한 전향자란 점을 부끄러워하고 있다.

「연지」의 금녀에게 애인 명재는 평범한 남자였다면, 「인맥」의 선영에게 애인 허윤은 이상적 남자였다. 그리고 「혼명에서」의 '나'에게도 애인 S는 이상적 남자이지만, 선영과 달리 '나'는 애인에 대한 맹목적 사랑에 빠져 있지 않다. 또한 「연지」에서는 조선의 정치적 현실이 전혀 거론되지 않는다. 그러나 「인맥」에서는 당시 현실에 관련되는 일도 더러 나온다. 선영의 오빠가 사회운동 자금을 마련하고자 복면을 하고 자신의 집에서 강도 짓을 하다가 아버지의 고발로 감옥 생활을 한다든지, 그녀를 한번 본 뒤에 집요하게 쫓아다니며 그녀에게 구애하는 김동호가 감옥에서 막 출옥

---

28) 백신애, 「혼명에서」, 앞의 책, 262쪽.

한 사회운동가로 제시된다든지 하는 점이 그러하다. 물론 이런 점은 선영의 허윤에 대한 맹목적 사랑에 비해 부차적인 의미를 가질 뿐이다.

그렇지만 「혼명에서」에는 현실적 상황이 본질적인 의미를 지니고, '나'의 S에 대한 사랑이 부차적인 의미를 갖는다. 이처럼 연애를 부차적으로 본다는 점에서 '나'가 콜론타이의 '붉은 사랑'을 추구하는 것으로 볼 수도 있다. 『붉은 사랑』에서는 연애가 그들의 임무인 사회 진보에 공헌하는 동지적 사랑이고 자각한 남녀의 사상적 결합을 강조한 사랑이어야 한다. 또한 남녀가 서로 매력을 느낄 때에 자유롭게 육체적으로 결합할 수 있지만 연애가 일차적인 임무인 사회운동에 지장을 주지 않아야 한다.[29]

백신애는 경북 영천읍 창구동에서 근대적 산업의 일종인 정미소 경영으로 재산을 축적한 신흥 자본가 집안 출신이다. 그런데 그녀의 아버지가 보수적이고 권위적이어서 백신애의 학업이나 사회 활동을 엄격히 제한하는 억압자였다면, 오빠 백기호는 진보적인 사회운동가로 활동하며 그녀를 격려하고 후원하는 조력자였다.[30] 백신애도 진보적 사회운동가였던 오빠의 영향을 받으며 사회주의 여성 단체인 '조선여성동우회'와 '경성여자청년동맹'에서 임원으로 활발하게 활동한 바 있다. 그러나 그녀가 붉은 사랑을 전적으로 받아들인 것으로 보이지는 않는다. 작가의 삶에서나 작품 속 신여성 주인공들에게서 개방적인 성의식을 찾아볼 수 없기 때문이다. 뿐만 아니라 「사명에 각성한 후」(『신가정』, 1935. 2)에서 해산을 남성에게 떼어 맡기지 못하는 이상, 남성과 여성은 서로 없는 것을 보충하며 한 가정 한 사회를 위하여 각기 사명에 충실해야 한다며 자유주의 여성론자인 엘렌 케이처럼 모성의 역할을 긍정하고 있다.

29) 서형실, 「일제말기 신여성의 자유연애론」, 『역사비평』25, 역사비평사, 1994, 119~121쪽.
30) 한명환, 「백신애 연구」, 고려대학교 석사학위 논문, 1986, 16쪽.

「혼명에서」의 '나'는 이성애를 맹목적으로 선호하고 있지 않으며 모성애도 일방적으로 무시하고 있지 않다. 그녀가 설득을 통해 어머니의 눈물이란 모성애의 굴레에서 점차적으로 벗어나고 있음이 그러하다. 자신의 입장만을 긍정하거나 주장하지 않는다고 그녀의 의식이 모호하고 혼란스럽다는 것은 아니다. 그녀는 S에 대한 이성애에 의거하여 어머니의 모성애를 자신이 바라는 방향으로 변화시키고 있을 뿐만 아니라, 집을 떠남에 있어서도 이성애를 동지적인 유대감과 융합하여 자신의 갈 길을 적극적으로 찾아가고 있기 때문이다.[31] '나'는 S를 통해 자신의 방향을 확고히 하는 데 큰 도움을 받고 있지만, 갑작스런 그의 죽음에도 그녀가 행로를 바꾸지 않듯이 그녀의 변화가 남자에게 의존하는 타율적인 것은 아니라고 할 수 있다.

그러니까 「혼명에서」의 '나'는 가족에 대한 증오와 사랑의 양가적인 태도와 애인과의 사랑을 인정하면서 부정하는 이중성 속에서 자신의 사회 진출을 정당화한다. 그녀는 모성애와 이성애의 어느 한쪽을 일방적으로 수용하거나 배제하지 않으며 점차 이성애를 통해 모성애의 굴레에서 벗어나고 있다. 또한 이성애도 개인적인 연애 감정을 넘어서서 동지적 유대감에 융합됨으로써 신념의 실천에 기여한다.

5. 맺음말

앞에서 1930년대의 제2기 여성 작가 중에서 최정희, 이선희, 백신애의 작품에서 기혼 신여성을 주인공으로 삼고서 애정 문제를 정면에서 다룬

---

31) 박종홍, 「백신애 소설의 '집 떠남' 고찰」, 『현대소설연구』 제55호, 한국현대소설학회, 2014. 4, 302쪽.

「인맥」과 「연지」, 그리고 「혼명에서」를 대상으로 삼아 이중성에 초점을 맞추어 그것들을 대비적으로 살펴보았다. 이때에 여성 주체의 본질적 지향을 나타내는 이성애와 모성애를 세분하여 그것의 선택과 배제 양상을 중점적으로 분석하였다.

최정희의 「인맥」에서 선영은 애인에 대한 사랑을 절대시함으로써 모성애도 이성애에 종속시키고 있었다. 그녀는 일시적으로 가출하지만 애인과의 사랑을 지키기 위해 즉시 남편이 있는 집으로 돌아가서 아내와 어머니로서의 역할을 다하듯이 반어적 양상으로 가정에 복귀하고 있었다. 그러니까 이러한 이중성을 통하여 규범에 대한 저항을 은폐하고 있었다.

이선희의 「연지」에서 금녀는 의붓아들에 대한 미움으로 인해 남편을 배신하고 애인과 야반도주를 하지만 결국 모성애로 이성애를 거부하고 있었다. 이때에 그녀의 앞길을 명확하게 제시하지 않는 해결 보류의 종결 방식과 진지함을 희석시키는 갑작스런 희화적 발화에 의거한 이중성을 통해 그러한 규범 수용이 자신의 지향과 다름을 나타내고 있었다.

백신애의 「혼명에서」에서 '나'는 자식이 없는 이혼녀로서 가족들에 대한 양가적 태도와 애인에 대한 사랑을 인정하면서도 부정하는 이중성 속에서 자신의 사회 진출을 정당화하고 있었다. 그녀는 모성애의 굴레를 이성애를 통해 점차 이겨내고 있으며 이성애도 개인적 연애 감정을 넘어서는 동지적 유대감에 융합됨으로써 신념의 실천에 기여하고 있었다.

그러니까 제1기 여성 작가들이 자신들의 비도덕적 일탈로 사회와 문단의 지탄을 받으며 배척당했던 것과 달리 제2기 여성 작가들은 파격적 일탈에도 불구하고 이중성을 적극적으로 활용하여 이러한 도덕적 비난과 배척에서 비껴가고 있었다. 그러므로 그녀들은 주체의 균열을 전도나 모순의 이중성을 통해 나타냄으로써 비도덕적이란 비난을 피해갈 수 있었고, 이런 점으로 인해 문단의 인정도 받을 수 있었던 것이다.

물론 최정희, 이선희, 백신애의 소설에서 애정에 대한 이중성은 각기 다르게 나타나고 있었다. 그들의 성장 배경이나 현재의 처지에 따라 그들이 중시하는 바가 다르기 때문일 것이었다. 하지만 공통적으로 그러한 이중성의 파악이 작품의 심층적 지향을 밝히는 데 중요한 열쇠가 되고 있었다. 또한 이런 작업을 통해 세 여성 작가의 변별성도 뚜렷이 밝힐 수 있었다.

백신애 소설의 '집 떠남'

1. 문제 제기

집은 인간의 마음을 편안하게 만들고 휴식을 통해 활력을 찾고 생활의 기쁨을 얻는 안정의 공간이자 외부의 충격으로부터 자신들을 지키고 장애를 극복할 수 있도록 하는 보호의 공간이다. 뿐만 아니라 집은 외부 공간보다 열악하여 인간의 마음을 조급하게 만들어 휴식을 빼앗는 불안의 공간이기도 하고 다른 구성원의 요구와 금기에 따라야 하는 감금의 공간이기도 하다.[1] 그리하여 우리는 집에 머물고자 하는 욕구를 갖듯이 집을 떠날 욕구 역시 갖는다. 이때에 자발적으로 새로운 활로를 찾아 떠나기도 하고 타율적으로 집을 떠나기도 한다. 특히 여성의 경우에는 집 떠남이 특별한 의미를 갖는다. 여성들은 가족의 보호에서 벗어나 자기정체성을 확인하고 그들을 규제하고 금지하는 테두리에서 벗어나고자 집을 떠나는 경우가 많기 때문이다.

---

[1] 가스통 바슐라르, 곽광수 역, 『공간의 시학』, 동문선, 2003, 133~157쪽.

백신애의 소설에 대한 전반적 연구는 비교적 풍부하게 이루어진 바 있다. 이들 연구에서는 백신애가 빈곤과 여성의 문제를 함께 다룬 작가란 점에 의미를 부여한다. 하지만 이것들은 작품의 소재를 중시함으로써 이러한 소재를 통합하여 일관된 의미를 부여하는 방법이란 중요한 문제를 간과하고 있다. 이에 이런 부족한 측면을 메우기 위해서는 '집 떠남'과 같은 세부적 과제에 대한 미시적이고 집중적인 분석을 필요로 한다. 여기서 집 떠남이란 외출, 가출, 출가, 여행 등 집을 떠나는 모든 행위를 포괄하는 개념이다.

선행 연구에서 김미현은 여성 소설에서 집이 억압의 공간으로 기능하고 여행이 자아의 변화를 위한 새로운 출발의 의미를 갖는다는 점을 여성 소설 작가들의 다양한 작품을 통해 살펴보고 있다. 하지만 이 연구는 여행이란 개념에 집 떠남을 포괄하여 전체 여성 소설의 특성을 파악하는 데 한정되고 있다.[2] 그리고 한승우는 이선희의 소설을 대상으로 삼아 여성 주인공의 여정을 준비기·이행기·실체기로 나누고 각각의 과정 속에서 여성 주인공들이 자아의 변화를 어떻게 경험하는가를 살펴보고 있다. 하지만 여정 자체의 공시적 변별성을 다루지는 않는다.[3] 또한 박종홍은 백신애의 「혼명에서」를 대상으로 삼아 신여성의 양가성과 집 떠남을 검토하고 있다. 이것은 집 떠남의 양상을 특정 작품에 한정하여 부분적으로 다루고 있다.[4]

---

2) 김미현, 「생존의 현실과 의식 구조」, 『한국여성 소설과 페미니즘』, 신구문화사, 1996, 249~370쪽.
3) 한승우, 「이선희 소설 연구 — 여성 주인공의 여정을 중심으로」, 중앙대학교 석사학위 논문, 2001. 12.
4) 박종홍, 「신여성의 양가성과 '집 떠남' 고찰」, 『한민족어문학』 48집, 한민족어문학회, 2006, 307~332쪽.

이에 여기에서는 백신애의 소설 중에서 신여성을 주인공으로 삼고 있는 「나의 어머니」(『조선일보』, 1929. 1. 1~6), 「낙오」(『중앙』, 1934. 12), 「혼명에서」(『조광』, 1939. 5)를 대상으로 삼아 집 떠남의 양상과 의미를 체계적으로 살펴보고자 한다. 「나의 어머니」와 「혼명에서」는 일인칭 소설이고, 「낙오」는 삼인칭 소설이다. 그리고 「나의 어머니」는 백신애의 처음 발표작이라면, 「혼명에서」는 죽기 직전 그녀의 마지막 발표작이다.

백신애의 아버지 백내유는 전통적 가족주의에 의거하여 딸의 교육 및 사회 활동에 강한 규제를 가한 완고한 가장이었다. 그럼에도 그녀는 오빠 백기호의 영향 속에서 사회주의에 동조하여 적극적으로 사회활동에 나선다. 어려서부터 한문과 여학교 강의록을 집안에서 혼자 배웠으나 신교육에 대한 열망 속에서 보통학교에 편입하여 졸업하고 대구사범에서 일년 과정의 강습을 받은 뒤에 고향 영천 부근의 보통학교에서 교원생활을 한다. 하지만 여성동우회의 조직 결성에 앞장섰다는 점과 오빠의 사상활동을 이유로 권고사직을 당하고,[5] 그들 부녀 사이에 심각한 갈등이 야기된다.[6] 그렇지만 그녀는 일방적으로 아버지의 가족주의를 부정하거나 오빠의 사회주의를 긍정하지 않는다. 뿐만 아니라 근대 신여성으로서의 기본적 담론이라 할 자유주의도 배제하지 않고 있다.

그리하여 백신애 소설의 신여성 주인공들은 대립되는 세 가지 '사회어'를 발화하고 있다. 대립하는 언어 주체에 따른 자유주의, 가족주의, 사회주의 담론들이 그것이다. 그러니까 작가 백신애가 그러했듯이 자유주의, 가족주의, 사회주의의 세 가지 담론이 신여성 주인공들의 의식 속에서 서로 충돌하여 경쟁하고 있다는 것이다. 그렇다면 신여성 주인공들의 의

---

5) 백신애, 「자서소전」, 『여류단편걸작집』, 조선일보 출판부, 1938, 273쪽.
6) 이강언, 「백신애의 삶과 문학」, 『한국현대소설의 전개』, 형설출판사, 1992, 124~126쪽.

소설비평의 다원성

식이 외적으로 발현된 집 떠남도 이러한 세 가지 담론과 긴밀하게 관련된다고 할 수 있을 것이다.

지마에 의하면 텍스트에서는 사회에서와 마찬가지로 다양한 집단 언어인 '사회어(sociolecte)'가 상호 충돌하고 있다. 잠정적으로 사회어란 하나의 코드화된 어휘 목록, 다시 말해 특별한 집단 관여성의 법칙에 따라 구성된 어휘 목록이라고 정의할 수 있다. 자유주의, 인간주의, 기독교주의, 사회주의 등의 사회어가 그 자체의 담론화와 무관하게 존재하지 않으며, 이 담론화는 충분히 이질적인 형식을 취할 수 있다. 비교적 동질적인 코드와 어휘 목록으로부터 몇몇 관점에서는 서로 반박까지 할 수 있을 만큼 충분히 상이한 담론들을 구성하는 것이 가능하다. 여기서 담론화란 그 자체로는 하나의 이론적 구조물에 지나지 않는, 즉 현실적인 것에 대한 하나의 가설에 지나지 않는 사회어의 경험적 의사표명을 가리킨다.[7]

이에 여기에서는 세 가지 담론에 기반을 둔 각각의 집 떠남을 '자유적 집 떠남', '가족적 집 떠남', '사회적 집 떠남'의 세 가지로 나누어 그 양상과 의미를 체계적으로 살펴보고자 한다. '자유적 집 떠남'은 개인의 자유로운 요구와 기대를 충족시키기 위해 집을 떠나는 것이다. 이것은 가족의 동의나 승인을 필요로 하지 않으며 그들의 요구를 거부하기도 한다. 그리고 '가족적 집 떠남'은 이와 달리 개인의 욕망 추구보다 가족들의 요구와 기대에 호응하여 집을 떠나는 것이다. 또한 '사회적 집 떠남'은 집단을 중시하여 조직 활동에 참여하고자 하거나 교육을 통한 계몽 활동을 중시하는 것이다. '사회적 집 떠남'은 '자유적 집 떠남'처럼 가족들의 소망이나 기대와 무관한 행동이다. 하지만 자유적 집 떠남'이 개인적인 욕망의 성

---

7) 피에르 지마, 정수철 역, 『문학의 사회비평론』, 태학사, 1996, 166~188쪽.

취나 일탈을 보여주는 것이라면, '사회적 집 떠남'은 집단적인 소망과 요구를 실현하기 위해 개인적인 욕망을 억제하는 것이다.[8]

그런데 집 떠남에서는 이러한 지향 가치의 차이뿐만 아니라 지속 기간의 차이도 중요하다. 집을 떠나는 기간의 양적 차이가 질적 차이를 보여줄 수도 있기 때문이다. 이에 여기에서는 지속 기간의 길이에 따라 짧은 '집 떠남'과 오랜 '집 떠남'으로 나누어 앞에서 분류한 세 양상이 작품에서 어떻게 실현되고 있는가를 살펴볼 것이다. 지속 기간의 길고 짧음이 어느 정도여야 하는가를 정하기는 어렵다. 분석의 목적이나 방식에 따라 그 기준이 달라질 수 있을 것이기 때문이다. 하지만 대략 한 달 이상을 기준으로 삼아 짧은 기간과 오랜 기간을 구분하기로 한다.

2. 짧은 집 떠남을 통한 사회 진출의 모색

「나의 어머니」에는 신여성 주인공 '나'의 짧은 '사회적 집 떠남'이 지속적으로 반복되고 있다. 그녀가 청년회관의 건축 기금을 마련하기 위한 소인극 공연의 책임을 맡아 매일 밤늦게까지 외출하고 있기 때문이다. '나'도 완고한 시골에서 여자가 연극 공연에 참여한다는 게 불편한 일이라 여겨 처음에는 참여를 거절했다. 하지만 그녀는 자신의 참여로 다른 여자들도 참여시킬 수 있다며 그녀를 붙잡는 청년회 간부들의 간청을 뿌리칠 수 없었기에 계속 관여하게 된다. 그럼에도 다른 여자들은 참여하지 않았고 결국 남자들만 학교의 빈 교실을 빌려 밤마다 공연 연습을 계속한다.

---

8) 박종홍, 앞의 글, 322쪽.

어머니가 어디까지든지 늦게 온 나를 이상하게 의심하여 자기 마음대로 기막힌 상상을 하여 가며 나를 더럽게 말하는 것이 말할 수 없이 가슴이 터져 오르나 그래도 이를 바득바득 갈면서

"어머니 잡시다!"

하고 떨치는 손을 다시 어머니의 무릎에 걸었다.

"내 팔자가 사나우려니까 천하 제일이라고 칭찬이 비오듯 하던 자식들이……. 아이구내 팔자도…… 너 보는데 좋다 좋다 하니 내내 그러는 줄 아니? 그래도 제 집에 돌아가면 다 욕한단다. 네 오라비도 그렇게 열이 나게들 쫓아다니고 어쩌고 하더니 한번 잡혀간 뒤로는 그만이더구나. 너도 또 추켜내다가 네 오라비처럼 감옥 속에나 보내지 별 수 있을 줄 아니?"[9]

인용문에서는 '나'와 어머니의 언어가 얼마나 불통하고 있는가를 잘 보여준다. 하지만 그녀와 어머니와의 불화는 해결책을 찾을 수 없다. 그녀가 어머니의 소망을 이루어줄 수 없기 때문이다. 그녀는 자신과 같은 처지의 사람을 사랑하여 장래의 남편으로 결정하고 있다. 그러하기에 어머니가 원하는 '김가'와의 결혼이란 오랜 '가족적 집 떠남'을 단호히 거절하고 자신의 활동에 매진한다. 최독견은 「나의 어머니」에 대해 "전편을 통하여 억지가 없고, 순진한 정서의 유로가 보인 것도 좋지만은 후미에 이르러서 그 필봉이 한층 날카로워지고 침착해진 것이 무엇보다도 좋다"[10]라고 고평했다. 이것은 주인공 '나'의 굳건한 주체 의식을 주목한 판단이라 할 수 있다.

「나의 어머니」에서 '나'는 보통학교 교원 자리에서 쫓겨나 실직 상태로 청년회 활동에 열심히 참여하고 있으며 그녀의 오빠도 감옥에 들어가 있

---

9) 백신애, 「나의 어머니」, 최혜실 편, 『아름다운 노을 (외)』, 범우, 2004, 20쪽.
10) 최독견, 「심사평」, 『조선일보』, 1929. 1. 1.

다. 이런 점은 작가의 자전적 체험을 그대로 보여주는 것이다. 백신애 역시 고향 영천에서 보통학교 교원을 그만두고 실직 상태로 있다가 서울로 간 뒤에 '조선여성동우회'와 '경성여자동맹'에서 간부로 활동한다. 그리고 1927년에는 시베리아로 건너가 유랑 생활을 하였으며, 1928년에 고향으로 다시 돌아와 당시 아버지와 별거 상태로 혼자 살고 있던 어머니와 함께 지낸다. 그러다가 1929년에 박계화란 필명으로 투고한 「나의 어머니」가 『조선일보』 신춘문예에 일석으로 당선되어 작가로 활동하게 된다.[11]

그리고 「낙오」에도 교원인 신여성 주인공의 짧은 집 떠남이 나오고 있다. 먼저 '경순'은 A고을에서 보통학교 교원으로 근무하는데 동료 교원이었던 '정희'의 결혼식에 참석하고자 짧은 '자유적 집 떠남'으로 일주일 휴가를 얻어 서울로 올라간다. 정희는 경순과 함께 동경으로 공부하러 떠나기로 약속을 했던 직장 친구였다. 그런데 정희가 갑자기 사직원을 내고 서울의 집으로 돌아간 뒤에 청첩장을 학교 직원 일동에게 보내온 것이다. 그리하여 서울에서 정희를 만난 경순은 그녀가 결혼 전날에 동경으로 도망가기로 작정했다는 말을 듣는다. 이에 경순은 아무것도 모르고 결혼 준비에 애쓰는 정희의 가족을 생각하여 그녀의 마음을 돌려보려 하지만, 그녀는 결국 동경으로 떠나버린다. 그러므로 여기에서 경순의 '자유적 집 떠남'은 실질적으로 정희의 가출을 확인하기 위한 집 떠남이라 할 수 있다.

「혼명에서」에도 신여성 주인공 '나'의 짧은 '집 떠남'이 두 번 연속해서 나오고 있다. 먼저 '자유적 집 떠남'이 나오고 이어서 '가족적 집 떠남'이 나온다. 처음의 '자유적 집 떠남'은 '나'가 경주로 여행을 떠난 일이고, 다

---

11) 한명환, 「백신애 연구」, 고려대학교 석사학위 논문, 1986, 24쪽.

음의 '가족적 집 떠남'은 그녀가 어머니의 권유로 병을 치료하기 위해 서울로 떠난 일이다. 이런 짧은 집 떠남은 비록 과거에 일어난 일이지만 '나'의 회상을 통해 구체적으로 제시되고 있다. 그런데 '나'는 이러한 두 번의 짧은 집 떠남에서 'S'와 세 번이나 우연히 만난다.

'나'는 자신의 울적한 마음을 풀어보고자 충동적으로 집을 떠나 경주로 간다. 그녀의 고통은 이혼으로 집에 다시 돌아온 그녀에 대한 가족들의 지나친 관심 때문이다. 물론 그녀 스스로 이혼을 고통스럽게 생각하고 있는 것은 아니다. 그녀는 결혼할 때부터 이혼을 이미 예상하고 있었기에 그것을 자연스런 일로 받아들이고 있다. 문제는 그녀의 이혼을 불명예로 여기는 가족들의 시선이다.

그러니까 '나'는 자신의 의식과 행위를 통제하는 가족들의 사랑이라는 난제에 대한 해답을 찾기 위해 짧은 '자유적 집 떠남'을 하고 있는 것이다. 그런데 우연히 옛 동지인 '김'과 동행하는 'S'를 기차에서 만나 함께 경주로 가게 된다. '나'와 S는 함께 여행을 하면서 김을 매개로 쉽게 동질화되고 있다. 이때에 S는 '나'의 약한 마음을 비판하면서도 은연중에 용기를 주고 그녀의 자기 성찰을 돕는다. 그러니까 '나'의 '자유적 집 떠남'은 그들과의 만남을 통해 '사회적 집 떠남'으로 이행하고 있다. 그렇지만 여행 다음날에 '나'는 집으로 돌아가고 그들도 급히 서울로 출발해야 했기에 연락처도 서로 주고받지 못한 채 헤어진다.

그런데 '나'는 집에 돌아온 이튿날 다시 집을 떠나게 된다. 어머니의 간청으로 그녀의 위병을 치료하고자 서울로 가게 되었기 때문이다. 그녀는 짧은 '가족적 집 떠남'인 이번 서울행 기차에서도 우연히 그들을 다시 만난다. 이에 다시 만난 그들 세 사람은 그녀가 서울에 머무는 동안 함께 지내며 동지애를 돈독히 한다. 뿐만 아니라 '나'와 S는 연애 감정도 갖게 된다. 그리하여 그들이 개성과 평양으로 여행을 가기 위해 떠날 때에 두 남녀는 진로를 확고히 정하기 위한 검토와 연구를 충실히 하고 내년 3월에 다시 만날 것을 굳게 약속하고 헤어진다. 하지만 그녀는 며칠 후에 집으로 내려가는 기차 속에서 그들을 다시 만난다.

> 세 번째의 우연! 그것도 역시 기차우에서입니다. 나는 트랑크에 약을가득지어담고 그것으로서 기어이 내 병을 고치고말리라 결심하며 집으로돌아오는 기차속에서 또다시 당신을 만났던것입니다.
> 서울서 우리가 헤어질때는 내년봄에 내가 건강을회복한후 다시만날 기회가 있으리라는것과 서로주소를알리며 자주서신왕복이나 하자는 약속으로 떠났던것이었는데 내가 의원에게 일주일간 진찰을받는 동안 당신의고향인 동경으로 들어가는 차중에서 또 우연히 만났던것입니다.
> 이상스런 세번째의 해우에는 당신도 놀라는 얼굴이었습니다. 나는 너머나 기의하여 내가 마치 무슨 눈에보이지않는 운명에 희롱을 받는 듯하여 반가웁고 기쁘다느니보다 몸에 소름이 끼쳤습니다.[12]

인용문에서처럼 '나'는 S와 세 번째 만났을 때에 그 일을 기뻐하는 대신에 몸에 소름이 끼칠 정도로 놀란다. 그러한 그들의 만남을 운명으로 여겨 충격을 받은 것이다. 하지만 S는 그녀의 운명론을 논리적으로 비판한다. 세상에 우연이란 것은 없으며 피차 또박또박 제가 지나야 할 길을 밟아온 결과로 그 길이 한곳에 교차하고 있을 뿐이란 것이다. 이런 그의 비판을 통해 그녀는 운명론적 인식의 충격에서 벗어나 그들의 만남을 차분하게 받아들일 수 있게 된다. 그리하여 그들의 이런 거듭되는 만남을 통

---

12) 백신애, 「혼명에서」, 『조광』, 1939. 5, 255~256쪽.

소설비평의 다원성

해 그녀의 짧은 '가족적 집 떠남'도 결국 '사회적 집 떠남'으로 이행한다.

3. 오랜 집 떠남을 위한 신념의 확인

「낙오」에서 정희는 결혼식 전날에 부모의 뜻을 거역하고 집을 나와서 기약도 없이 동경으로 떠나간다. 이러한 그녀의 집 떠남은 기간이 정해지지 않았고 그 목적이 선진 학문을 공부하기 위한 것이기에 오랜 '사회적 집 떠남'이라 할 수 있다. 물론 동경으로 떠난 정희가 앞으로 어떤 공부를 할 것이고 그것을 통해 어떤 일을 할 것인지는 구체적으로 제시되고 있지 않다. 단지 경순의 자기 성찰을 통해 과감하게 집을 떠난 정희가 자신이 뜻하는 바를 이룰 만한 선각적 인물이란 점을 짐작할 수 있을 뿐이다.

> 경순이는 몹시 흥분하여지며 소리를 높여 한숨에 배앗터던것다.
> "과연 그러타 정히와 같이 의지가굳어야한다. 인간사회에서는 무엇이든지 희생이없고는 살어갈수가없는것이다. 적으나크나 남의희생이 없이는 못사는것이다" 하고 입속에서 한탄하듯 속삭엿다. 처음은 정히의 태도를 비난도 하엿스나 지금 자긔는 여전히 가슴에 불평을 가득품고도 큰소리하번못하고 순순이향상없는 생활을 계속하는 핏기없는인간이다. 라고늣기는 동시에 정히의 그림자는 훨신멀니 자기의 앞을 거러가고 잇는것을늣겻다(10·3)[13]

인용문에서 경순은 가족을 도외시하고 집을 떠난 정희를 비판했던 자신의 태도를 반성하고 있다. 뿐만 아니라 연애 때문에 정희가 집을 떠났

---

13) 백신애, 「낙오」, 『중앙』, 1934.12, 28쪽.

을 것이라고 오해하는 동료 직원들의 고정관념도 비판한다. 그러니까 동료 직원들과 자신보다 훨씬 앞서가는 긍정적 면모로 정희의 열정과 용기를 옹호하고 있는 것이다. 이전에 경순도 동경으로 공부하러 떠나고자 했다. 하지만 그녀는 가족의 생계에 대한 염려로 집 떠남을 실행하지 못한 것을 자신의 한계로 여기고 있다. 그러니까 경순은 관점의 전환을 통해 세상의 일반적 시선을 대변하는 동료들의 잘못된 인식을 비판할 뿐만 아니라 자신의 실천력 부재도 반성함으로써 정희의 '사회적 집 떠남'을 옹호하고 있는 것이다. 이에 김미현은 "백신애의 「낙오」에서는 여성인물에 대한 평가가 급격하게 변화됨으로써 소설 전체가 반전 구조를 보이고 있다"[14]라고 하며 경순의 그러한 변화가 작품 구조로 변화로 이어진다는 점을 주목한다.

그리고 「혼명에서」에서 오랜 집 떠남은 모두 '나'의 발화를 통해 간접적으로 제시되고 있다. 과거에 있었던 일이나 미래에 있을 일로 제시되고 있다는 것이다. 먼저 과거의 일로 오랜 '사회적 집 떠남'과 '가족적 집 떠남'이 나온다. 조직 운동에의 참여란 '사회적 집 떠남'은 구체적 언급이 없기에 실질적 면모를 파악하기 어렵다. 하지만 결혼이란 오랜 '가족적 집 떠남'은 반복적으로 언급되고 있어 그 내용을 충분히 짐작할 수 있다. '나'는 흔히 '출가'라 부르는 결혼 제도에 의해서 집을 떠났지만 결국 이혼을 하고 집으로 돌아왔다. 그동안 가족들에게 실망을 주지 않으려고 묵묵히 참고 견뎌온 결혼 생활이었기에 그녀는 집으로 돌아옴으로써 오히려 평안을 찾지만, 그것은 일시적인 평안일 뿐이다.

---

14) 김미현, 앞의 책, 316쪽.

소설비평의 다원성

나의 괴롬은 이것이었어요.

나에게 이혼한 여자이란 불명예를 회복시키라는 것입니다. 그러자면 첫째 방 안에서 나오지말어야하며, 세상의 기구한 억칙에서 흘러온 가진 비평을 일일이 변명하고 그리고 주위의 명예를 위하야 세상에 사죄하는 뜻으로 근신하여야되며 그리고 얌전스런 여인으로서의 본분을 지켜야된다는 것입니다. 그러면 새로운 행복이 나에게 오리라는것이여요.[15]

인용문에서처럼 이혼녀인 '나'에게 가족들은 명예를 지킬 수 있는 일을 해야 한다고 강요하고 있다. 그러나 그녀는 이혼을 전혀 부끄러운 일로 여기지 않기에 그들이 원하는 대로 살 수 없다. 그리하여 그녀는 자신의 진로를 새롭게 모색해야 한다. 이때에 그녀에 대한 가족들의 사랑 특히 '어머니의 눈물'이 그녀의 결심을 방해하고 있다. 그런데 이런 일들에도 작가의 자전적 체험이 그대로 나타난다. 백신애는 완고한 아버지의 종용에도 결혼을 기피하고 국내외를 떠돌지만, 결국 어머니의 간청으로 인해 은행에 근무하는 이근채와 1933년에 결혼한다. 그러다가 몇 년 뒤에 심각한 불화 속에서 이혼하며, 이혼의 충격 속에서 심신이 쇠약해지고 결국 1939년 6월 23일 경성제국대학병원에서 췌장암으로 생을 마감하였다.[16]

이처럼 「혼명에서」의 '나'는 가족들의 규제로 인해 집을 억압의 공간으로 여기기도 한다. 그리하여 김정자는 "백신애의 소설에서 주거공간(집)이 안락과 평온의 공간이 되지 못한다는 것은 특이한 사실이다"[17] 라고

---

15) 백신애, 「혼명에서」, 앞의 책, 248쪽.
16) 한명환, 앞의 글, 24~28쪽.
17) 김정자, 「여성 소설의 공간적 의미 대비」, 『한국여성 소설연구』, 민지사, 1991, 70쪽.

하며 백신애 소설의 주인공들에게 집이 안락과 평안의 공간이 되지 못한다는 점을 지적하고 있다. 하지만 「혼명에서」의 '나'에게 집은 한편으로는 평안의 공간이면서 다른 한편으로는 억압의 공간이 되는 긍정과 부정의 양면성을 지닌 공간이다. 가족에 대한 그녀의 양가적 태도가 그런 점을 짐작하게 해준다. '나'는 "나에게 이 고통을 주는 가족을 미워하여야 될 것으로대 그 반대로 지극히 사랑합니다"[18]라고 했다. 이처럼 그녀에게는 가족이 고통을 주는 미움의 대상이면서 사랑의 대상이기도 하다. 그러니까 가족들이 그녀에게 이중적인 존재이듯이 그들의 거주지인 집도 평안의 공간이면서 억압의 공간이기도 하다는 것이다.

그런데 '나'의 오랜 '사회적 집 떠남'은 앞으로 이루어질 일이다. 그녀가 겨울을 집에서 보낸 뒤에 봄에 집을 떠나 사회 활동에 참여하려 하고 있기 때문이다. 그녀는 짧은 '자유적 집 떠남'에서 만난 동지이자 애인인 S와 합류하여 함께 활동하고자 한다. 그녀의 이런 집 떠남이 연애의 자유를 실현하기 위한 오랜 '자유적 집 떠남'으로 오해받을 수도 있다. 그렇지만 그녀는 S와의 관계를 사랑 이상의 것으로 여기며 동지로서의 의리를 더욱 중시한다. 그러므로 그녀의 집 떠남이 사랑 때문인 것은 아니다.

> "오-직 당신의 변치않는 신념! 그신념에 매진하는것뿐! 그것이 당신의 어머니를 불안에서 구하는것이됩니다. 당신의 갈길이 얼마나 뜻 있는것인가를 잘 이해시킨후 절대의 불굴의보조로 걸어가십시오, 그때는 어머니가 당신을 애호할것입니다. 굳은신념! 절대불굴의 정신! 이것은또 절대의 힘이랍니다. 절대의힘! 이것이라야 모-든것을 정복합니다"
>
> "환경의 더구나 이해없는, 당신을 알지못하는 환경이 어떻게 비방

---

18) 백신애, 「혼명에서」, 앞의 책, 243쪽.

소설비평의 다원성

하든 욕하든 그것이 문제시될 턱없읍니다. 나는 웬세상이 비방한대도 내신념을 바리지는 안습니다. 세상에다 자아를 자랑하고만싶은 허영을바리서요, 세상은 의래히 욕하고 시기하고싶어하는 것입니다. 그러면 세상의 성미를 다—맞혀주려면 결국 당신자체는 가치없는 하나 흙무덤으로 끄치고말뿐입니다. 도리어 세상을 내성미에 맞도록 만드세요!"[19]

　인용문에서 S는 직접적인 발화를 통해 '나'의 허영심을 비판하고 있다. 그러니까 그는 가족들의 언어에 그녀의 언어를 일치시키는 대신에 강한 신념에 의한 절대의 힘으로 그녀가 그들의 언어를 바꾸어야 함을 강조한다. 이에 그녀도 자신의 의존적 태도를 반성하고 있다. 물론 그녀의 '사회적 집 떠남'은 S의 갑작스런 죽음으로 좌절될 위기에 처한다. 하지만 그녀는 자신의 신념을 포기하지 않고 집을 떠나기로 한다. 이처럼 그의 죽음은 그녀에게 사회 활동을 단절시키는 것이 아니라 새로운 출발을 위한 의지를 강화시키고 있다. 그러하기에 사랑을 성취하기 위한 그녀의 '자유적 집 떠남'도 신념을 실천하기 위한 '사회적 집 떠남'에 포괄된다.

　그런데 이은숙은 "처녀작 「나의 어머니」에서부터, 유작 「아름다운 노을」에 이르기까지, 그의 모든 작품은 비록 표면적 주제는 여성의 문제가 아닌 작품의 경우에서도 그의 심층에는 여성의 현실에 대한 그의 문제의식이 저변을 이루고 있다"[20]라고 하며 백신애가 시종 여성 문제를 탐구하는 데 중점을 둔다고 본다. 또한 서정자도 "동시대의 박화성과 강경애가 사회와 인간조건에 관심을 둔 데 비하여 백신애는 여성문제

---

19)　위의 책, 253~254쪽.
20)　이은숙, 「백신애 소설 연구」, 서울대학교 석사학위 논문, 1989. 8, 85쪽.

에 보다 관심을 둔 작가였다"[21]라고 하며 백신애의 주된 관심이 여성 문제에 있는 것으로 본다. 하지만 백신애의 유작 「아름다운 노을」(『여성』, 1939. 11~1940. 2)을 중시한 이러한 평가를 그대로 받아들이기는 어렵다. 중년의 화가인 여성 주인공이 아들 나이의 미소년 '정규'에게 사랑을 느낀다는 「아름다운 노을」은 백신애 자신이 발표하지 않은 유고 작품이다. 그러므로 이것을 대상으로 삼아 백신애의 여성 의식을 규명하는 작업은 신뢰성이 현저히 떨어진다고 할 수 있다. 앞에서 살펴보았듯이 「낙오」의 정희와 「혼명에서」의 '나'는 사랑의 성취보다 신념의 실천을 더욱 중시하고 있기 때문이다.

그런데 「나의 어머니」와 「낙오」에서 딸들이 어머니의 소망을 일방적으로 거부하고 있음과 달리, 「혼명에서」의 '나'는 가족주의 담론을 대변하는 어머니의 사랑을 부정함에 있어서도 상호적인 접촉을 보여주고 있다. '나'의 굳은 결심과 설득으로 인해 어머니도 딸의 사회 진출을 인정하고 있기 때문이다. 최혜실은 "그는 능력 있었던 아버지의 인정을 받고 싶었고 그러기 위해서 어느 정도의 제한 속에서 자신을 이해하고 사랑하는 오빠를 따랐다. 오빠의 사회주의 사상에 동조함으로써 그와 연대하며 일종의 '어머니 공포증(matrophobia)'을 지니게 되었던 것이다"[22]라고 하며, 백신애의 남성 추종과 어머니 공포증을 거론하고 있다. 그런데 그녀가 남성에 대한 무의식적 동경 속에서 어머니를 기피하고 있는 것으로 보기는 어렵다. 백신애의 소설에서 아버지는 부재하지만 어머니는 항상 여성 주인공의 곁에 존재하며 딸에 대한 한결같은 사랑을 보여주고 있기 때문이다.

21) 서정자, 『한국근대여성 소설연구』, 국학자료원, 1999, 234쪽.
22) 최혜실, 「그 여자가 말하는 세 가지 방식」, 최혜실 편, 앞의 책, 424~425쪽.

「혼명에서」의 '나'는 어머니의 언어도 인정함으로써 가족주의 담론을 일방적으로 배제하고 있지 않다. 그러니까 '나'의 언어와 어머니의 언어가 다성적으로 발화되면서 자신의 언어를 찾아가고 있다는 것이다. 지마도 "개인이 양립할 수 없는 어휘들을(따라서 사회어들) 사용한다는 사실을 통해 흔히 개인적인 한 담화의 비일관성을 설명하곤 한다"[23]라고 하며, 한 개인이 다른 집단 소속의 언어를 함께 사용할 수 있다고 한다.

'나'는 과거에 '사회적 집 떠남'을 포기하고 다시 집으로 돌아온 일에 대해서는 시종 후회하고 있다. S가 방향을 전환한 후의 감상을 묻자 그녀는 단체에서 떨어져 나온 개인이 얼마나 무가치하고 외로운 존재인가를 깨달았다고 한다. 이때에 그녀가 '의기'란 어휘를 중시하고 있는 점도 '신념'이란 어휘의 약화나 상실이 아니라 맹목적인 신념 추구에서 벗어나고 있음을 나타낸다고 보아야 할 것이다. S의 죽음 이후에 2부의 제목이 '천국으로 가는 편지'가 되고 있다. 그런데 이때의 천국은 재래의 천국이 아니라 '희망의 녹기를 높이 꽂은' 새로운 천국이다. 그러니까 '나'는 '사회적 집 떠남'을 통해 현세에 존재할 이상 사회 건설에 적극적으로 참여하고자 한다는 것이다.

4. 집 떠남에 따른 백신애 소설의 위상

여기에서는 1930년대 여성 소설 내에서 백신애 소설의 위상을 살펴보기 위해 이선희, 최정희, 박화성, 강경애의 신여성 주인공 소설들에 나타난 집 떠남의 양상과 의미를 개괄적으로 살펴보기로 한다.

---

23) 피에르 지마, 앞의 책, 183쪽.

먼저 이선희의 「계산서」(『조광』, 1937. 3)와 「연지」(『조선일보』, 1938. 7. 24~8. 11), 그리고 「탕자」(『문장』, 1940. 1)에서는 '자유적 집 떠남'만 나타나고 있다. 「계산서」의 신여성 주인공 '나'는 출산 중에 사고로 다리 하나를 잃고 장애자가 되었다. 그녀는 이런 상실감 속에서 남편에게 다른 여자가 생겼다고 짐작하자 '자유적 집 떠남'으로 만주 지역을 떠돈다. 그러다가 그녀는 병이 들어 백계 러시아인의 집에 머물면서 남편의 배신에 대한 대가로 그의 다리나 죽음이라는 과다한 계산을 요구하고 있다. 그리고 「탕자」에서 주인공인 '나'는 짧은 '자유적 집 떠남'으로 여행을 떠나서 매력적인 등대지기를 만난다. 그 뒤에 그녀는 약혼자가 있는 현실 세계로 다시 돌아가야 할지 아니면 낯선 섬이란 환상 세계에 계속 머물러야 할지를 고민하고 있다. 또한 「연지」에서 가정주부인 주인공 '금녀'는 오랜 '자유적 집 떠남'으로 애인 명재와 함께 나진으로 야반도주를 한다. 하지만 그녀는 심한 감기와 설사로 여행을 계속할 수 없는 그녀의 딸로 인해 청진의 여관에서 머물면서 그녀에게 전실 소생의 아들이 그러했던 것처럼 명재에게 자신의 딸이 미워할 수밖에 없는 거북한 존재란 점을 깨닫는다. 이에 그녀는 그를 고향으로 돌려보내기로 한다. 전체적으로 이선희의 소설은 이처럼 애정으로 인한 '자유적 집 떠남'에 초점이 맞추어지고 있다.

최정희의 「지맥」(『문장』, 1939. 9)과 「인맥」(『문장』, 1940. 4), 그리고 「천맥」(『삼천리』, 1941. 1~4)에서도 신여성 주인공의 일탈적인 '자유적 집 떠남'이 주로 나타나고 있다. 「천맥」과 「지맥」에서 주인공 '연이'와 '은영'은 공식적인 혼례를 거치지 않은 상태로 유부남과 동거함으로써 오랜 '자유적 집 떠남'을 보여준다. 또한 「인맥」에서 가정주부인 '선영'은 친구의 남편에게 사랑을 고백하다 거절당하자 다른 남자를 찾아가 여관에서 며칠 동안 함께 지내는 짧은 '자유적 집 떠남'을 보여준다. 그녀가 며칠 뒤에 남편이 있는 집으로 돌아가서 가정에 충실하고 있지만, 그것이 애인에 대한 사랑을 포기한 것은 아니다. 물론 「천맥」에서는 연이가 재혼하는 대신에 옥수동 보육원을 찾아가서 고아들의 어머니 노릇을 하듯이 '사회적 집 떠남'도 나타난다. 하지만 결말에서 그녀가 원장인 선우 선생에 대한 사랑으로 고뇌하고 있듯이 이것도 '자유적 집 떠남'으로 이행하고 있다.

이처럼 이선희와 최정희의 소설에서는 개인적인 사랑을 중시하는 '자유적 집 떠남'이 지배적인 비중을 갖는다. 물론 '자유적 집 떠남'만 나타나는 이선희의 소설과 달리 최정희의 소설에서는 '자유적 집 떠남'뿐만 아니라 '사회적 집 떠남'이 나타나고 있기는 하다. 하지만 그것도 결국 '자유적 집 떠남'으로 이행하고 있다.

그리고 박화성의 「신혼여행」(『조선일보』, 1934. 11. 6~12. 4)에서 R보육학교 졸업반 학생인 신여성 주인공 '복주'는 성대 의과 졸업반 학생인 '준호'와 결혼한 뒤에 목포 근해의 A섬의 어촌으로 신혼여행을 간다. 서울에서 실업가의 딸로 귀하게 자라온 그녀가 조선의 비참한 현실을 직접 목격하고 남편의 뜻에 따라 빈궁한 사람들에게 봉사하는 삶을 살고자 결심하고 있다. 이런 점에서 그녀의 여행은 짧은 '사회적 집 떠남'이라 할수 있다. 그렇지만 그녀의 이러한 변화는 자발적인 것이 아니라 사랑하는 사람을 맹목적으로 따르고 있는 것일 뿐이다. 그러하기에 그것은 이념이 아니라 오히려 사랑이 중시되는 '자유적 집 떠남'으로 보아야 할 것이다.

물론 「눈오든 그밤」(『신가정』, 1935. 1~3)에서 교원인 신여성 주인공 '나'가 짧은 '사회적 집 떠남'을 행하고 있기는 하다. 그녀는 학교 동료인

K형의 병문안을 갔다 온 뒤에 자신의 방이 도적을 맞아 동경에 유학 중인 오빠에게 보낼 삼십 원을 잃어버린다. 그런데 자신이 아끼는 제자 최순석이 감옥에 있는 아버지의 벌금 때문에 그런 일을 했음을 알고 고민한다. 그러다가 그의 도적질은 사회에 책임이 있다는 점을 깨닫는다. 이에 그녀는 새벽 네 시에 그에게 이 사실을 알려주고자 집을 떠나고 있다. 그렇지만 이런 '사회적 집 떠남'을 작가의 본질적인 지향으로 보기 어렵다.

「북국의 여명」(『조선중앙일보』, 1935. 3. 31~12. 4)에서 주인공 '효순'은 사상운동의 지도적 인물인 '김준호'를 추종하여 함께 살고 있는데, 투옥되었던 남편이 전향하여 집에 돌아오자 그를 비겁자라고 매도하며 아이들을 어머니에게 맡긴 채 홀로 북국으로 떠난다. 그렇지만 효순의 이러한 오랜 '사회적 집 떠남'은 작가의 실제 삶과 반대되는 것이다. 박화성은 남편 김국진이 1934년에 출옥한 후에 사상운동을 계속하고자 간도 용정의 동흥중학교 교원으로 갈 때에 함께 떠나지 않았다. 뿐만 아니라 몇 년 뒤에는 이혼을 하고 목포의 실업가 천독근과 재혼하고 있다. 강경애가 남편 장하일을 따라 용정으로 이주하고 그곳에서 생활하면서 작품 활동을 계속 한 것과 대조적인 면모를 보여준다. 그러니까 박화성소설의 '사회적 집 떠남'은 『신혼여행』의 주인공처럼 사상운동가인 애인에 대한 사랑으로 사회운동을 중시하는 것이거나, 「북국의 여명」의 주인공처럼 작가의 실제 삶과는 반대되는 선택을 보여주고 있는 것이다. 그러므로 그것의 진정성을 의심하게 된다.

강경애의 「그 여자」(『삼천리』, 1932. 9)에서 신여성 주인공 '마리아'는 간도 용정의 정화여학교 교사이자 자만심 강한 '여류 작가'이다. 그녀는 교장의 명령을 받아 짧은 '사회적 집 떠남'으로 얼두거우(二頭溝)에 가서 예수교회 안에 설치된 부인 청년회에서 강연을 하게 된다. 그런데 그곳의 현실 사정을 모르면서 간도의 노동자와 농민이 조선을 떠난 일을 비난하다가 성난 군중들에게 폭행까지 당한다. 그리고 「원고료이백원」(『신가정』, 1935. 2)에서 여류작가인 신여성 주인공 '나'는 어려운 경제 형편에 D일보에 장편소설을 연재한 원고료 이백 원을 받아들고 무엇에 쓸까 꿈에 부푼다. 하지만 남편은 그녀의 마음도 모르고 그 돈을 감옥에서 병을 얻은 남편의 동지와 감옥에 남편을 보낸 친구 부인을 위해 쓰자고 한다. 이에 그녀는 서운함에 울다가 남편에게 뺨을 맞고 악을 쓰며 달려들지만 결국 눈 오는 밤에 집에서 쫓겨난다. 하지만 이러한 짧은 '사회적 집떠남'에서 '나'는 자신의 이기심과 허영심을 충분히 반성하고 남편의 뜻에 따라 원고료를 어려운 동지들에게 쓰기로 작정한다. 짧은 '사회적 집떠남'을 통해 「그 여자」에서는 신여성의 허영심을 고발하는데 머물고 있다면, 「원고료이백원」은 그것에 한 걸음 더 나아가 신여성의 자기 성찰도 추가하고 있다.

또한 「어둠」(『여성』, 1937. 1~2)에서 간호사인 주인공 '영실'은 함께 일하던 의사에게 몸과 마음을 모두 바치며 사랑했으나 자신의 처지로 인해 배신을 당해 심한 정신적 압박을 받고 있다. 그러던 중에 사회변혁을 위한 투쟁에 나섰다가 경성의 감옥에 갇혀 있던 오빠가 사형을 당했다는 소식을 듣는다. 이에 그녀는 정신적인 혼란 상태에서 수술에 참여하던 중에 발광하여 자신을 배신한 의사에게 달려들다가 병원에서도 쫓겨난다. 여기에서 그녀가 직접 사회운동을 하거나 교육을 위해서 집을 떠나고 있지는 않지만, 사회적 모순으로 애인에게 배신당하고 오빠를 잃은 채 병원에서 쫓겨나고 있다. 그러하기에 이것도 넓게 보면 '사회적 집 떠남'이라 할 수 있을 것이다. 이처럼 신여성을 주인공으로 삼은 강경애의 소설에서는 '사회적 집 떠남'만 나타나고 있다.

위에서 살펴본 것에 의하여 애정에서부터 이념까지에 이르는 스펙트럼을 작성해보면 신여성을 주인공으로 삼은 여성 소설에서는 이선희, 최정희, 박화성, 백신애, 강경애의 순서로 그 자리를 매길 수 있을 것이다. 이때에 일반적인 평가와 달리 박화성과 백신애 소설의 위치가 달라지고 있다. 박화성의 소설은 이념을 우선시하는 듯하지만 '사회적 집 떠남'이 애정을 중시하는 '자유적 집 떠남'에 종속되고 있다면, 백신애의 소설에서는 '자유적 집 떠남'이 '사회적 집 떠남'에 포용되고 있기 때문이다. 그러하기에 박화성 소설보다 백신애 소설이 강경애 소설과의 친연성이 더 강하다고 할 수 있다.

5. 맺음말

신여성을 주인공으로 삼은 백신애 소설에서는 자유주의, 가족주의, 사회주의의 세 담론이 상호 충돌하고 경쟁하면서 방향을 찾아가고 있었다. 이에 의거하여 백신애 소설의 집 떠남을 '자유적 집 떠남', '가족적 집 떠남', '사회적 집 떠남'으로 나누고, 집 떠남의 기간이 길고 짧음에 따라 그것들이 어떤 양상으로 나타나고 있으며 그 의미는 무엇인가를 살펴보았다. 또한 이러한 집 떠남의 양상과 의미를 통해 1930년대 여성 소설에서 백신애 소설의 위상이 어떠한가를 확인해보았다.

「나의 어머니」에는 짧은 '사회적 집 떠남'이 지속적으로 나오고 있었고, 「낙오」와 「혼명에서」에는 회상 속에서 짧은 '자유적 집 떠남'과 가족적 집 떠남'이 나오면서 그것들이 오랜 '사회적 집 떠남'을 인정하는 계기가 되고 있었다. 또한 「혼명에서」에는 오랜 '사회적 집 떠남'과 '가족적 집 떠남'

이 과거의 일로 언급되고 있는데 신여성 주인공이 전향자이자 이혼녀이기에 그러한 집 떠남은 의미를 가질 수 없었다. 하지만 그녀는 애인이자 동지인 S의 돌연한 죽음에도 불구하고 다시 사회운동에 참여하려 하고 있었다. 이처럼 '나'는 '자유적 집 떠남'을 포용한 오랜 '사회적 집 떠남'을 예정함으로써 신념의 실천 의지를 뚜렷이 보여주고 있었다.

집 떠남의 양상과 의미를 통해 1930년대 여성 소설 내의 위상을 살펴볼 때에 '사회적 집 떠남'의 비중이 높다는 점에서 백신애의 소설은 이선희와 최정희의 소설과는 거리가 멀고, 강경애와 박화성의 소설과는 거리가 가까웠다. 이때에 일반적 평가와는 달리 박화성 소설보다 백신애 소설이 강경애 소설과의 친연성을 더욱 강하게 보여주었다.

그런데 이것은 중산층 신여성을 주인공으로 삼은 여성 소설을 검토한 성과였다. 후속 작업으로 빈곤층 구여성을 주인공으로 삼은 여성 소설의 '집 떠남'에 대한 검토가 이루어질 때에 백신애 소설의 이러한 위상은 더욱 확고해지거나 수정될 것이다.

┃참고문헌

1. 기본자료

『광장/구운몽』, 문학과지성사, 1976.

『김동인전집』, 삼중당, 1976.

『김탄실』, 김상배 편, 솔뫼, 1981.

『나혜석전집』, 이상경 교열, 태학사, 2000.

『밀림』, 영창서관, 1942.

『원본신문연재소설전집』, 깊은샘, 1987.

『아름다운 노을 (외)』, 최혜실 편, 범우, 2004.

『이광수전집』, 삼중당, 1963.

『임꺽정』, 을유문화사, 1948.

『정삼이사』, 을유문화사, 1947.

『정본 이상문학전집』, 김주현 주해, 소명출판, 2005.

『한국근대단편문학대계』, 태학사, 1990.

『한국문학전집』, 신여원, 1972.

『한국전후문제작품집』, 신구문화사, 1960.

『현대한국문학전집』, 신구문화사, 1965.

『신한국문학전집』, 어문각, 1980.

2. 단행본

강상희, 『한국 모더니즘 소설론』, 문예출판사, 1999.

강영주, 『벽초 홍명희 연구』, 창작과비평사, 1999.

강인숙, 『한국현대작가론』, 동화출판사, 1971.

고석규, 『여백의 존재성』, 지평, 1990.

구인환 외, 『한국현대장편소설연구』, 삼지원, 1989.

⎯⎯⎯⎯⎯, 『한국전후문학연구』, 삼지원, 1995.

권영민 편, 『이상문학연구60년』, 문학사상사, 1998.

권오룡, 『존재의 변명』, 문학과지성사, 1989

김 현, 『프랑스 비평사』, 문학과지성사, 1981.

김경용, 『기호학이란 무엇인가』, 민음사, 1994.

김미현, 『한국여성 소설과 페미니즘』, 신구문화사, 1996.

김상선, 『신세대작가론』, 일신사, 1982.

김성수, 『이상, 욕망의 기호』, 월인, 2004.

김열규 · 신동욱 편, 『김동인연구』, 새문사, 1982.

김영작, 『한말내셔널리즘 연구』, 청계연구소, 1989.

김용성, 『현대문학사탐방』, 국민서관, 1973.

김우창, 『궁핍한 시대의 시인』, 민음사, 1985

김욱동, 『『광장』을 읽는 일곱 가지 방법』, 문학과지성사, 1996.

김윤식, 『한국문학사논고』, 법문사, 1974.

⎯⎯⎯⎯, 『(속)한국근대작가논고』, 일지사, 1981.

⎯⎯⎯⎯, 『이광수와 그의 시대』 3, 한길사, 1986.

⎯⎯⎯⎯, 『한국근대소설사연구』, 을유문화사, 1986.

⎯⎯⎯⎯, 『김동인연구』, 민음사, 1987.

⎯⎯⎯⎯, 『염상섭연구』, 서울대학교 출판부, 1987.

⎯⎯⎯⎯, 『이상소설연구』, 문학과비평사, 1988.

⎯⎯⎯⎯, 『한국 현대 현실주의 소설 연구』, 문학과지성사, 1990.

⎯⎯⎯⎯, 『한 · 일 근대문학의 관련양상 신론』, 서울대학교 출판부, 2001.

⎯⎯⎯⎯ · 김 현, 『한국문학사』, 민음사, 1974.

⎯⎯⎯⎯ · 정호웅 편, 『한국문학의 리얼리즘과 모더니즘』, 민음사, 1989.

김정자, 『한국여성 소설연구』, 민지사, 1991.

김주현, 『이상 소설 연구』, 소명출판, 1999.

류동규, 『전후 월남작가와 자아 정체성 서사』, 역락, 2009.

백 철, 『조선신문학사조사』 근대편, 수선사, 1948.

_____, 『조선신문학사조사』 현대편, 백양당, 1949.

변태섭 외, 『전통시대의 민중운동』, 풀빛, 1981.

서대석, 『군담소설의 구조와 배경』, 이화여자대학교 출판부, 1985.

서정자, 『한국근대여성 소설연구』, 국학자료원, 1999.

손종업, 『극장과 숲 — 한국 근대문학과 식민지 근대성』, 월인, 2000.

신경득, 『한국전후소설연구』, 일지사, 1983.

신범순 외, 『이상 문학연구의 새로운 지평』, 역락, 2006.

양병우, 『역사의 방법』, 민음사, 1988.

유기룡, 『한국현대소설작품연구』, 형설출판사, 1989.

윤효녕 외, 『주체 개념의 비판』, 서울대학교 출판부, 1999.

이강언, 『한국현대소설의 전개』, 형설출판사, 1992.

이경훈, 『이상, 철천의 수사학』, 소명출판, 2000.

이남호, 『문학의 위족』 2, 민음사, 1990.

이동하, 『현대소설의 정신사적연구』, 일지사, 1989.

이재선, 『한국 단편소설 연구』, 일조각, 1979.

_____, 『한국현대소설사』, 홍성사, 1979.

이진경, 『근대적 시 · 공간의 탄생』, 푸른숲, 1997.

임형택 · 강영주 편, 『벽초 홍명희와 『임꺽정』의 연구자료』, 사계절, 1996.

정재정, 『일제침략과 한국철도』, 서울대학교 출판부, 1999.

정한숙, 『현대한국소설론』, 고려대학교 출판부, 1977.

정호웅, 『문학사 연구와 문학 교육』, 푸른사상, 2012.

조진기, 『한국근대 리얼리즘소설연구』, 새문사, 1989.

조혜정, 『한국의 여성과 남성』, 문학과지성사, 1988.

채진홍, 『홍명희의 『임꺽정』 연구』, 새미, 1996.

최봉영, 『주체와 욕망』, 사계절, 2000.

최혜실, 『한국모더니즘소설연구』, 민지사, 1992.

한국일본근대문학회 편, 『일본근현대문학과 연애』, 제이앤씨, 2008.

가스통 바슐라르, 곽광수 역, 『공간의 시학』, 동문선, 2003.

노드롭 프라이, 임철규 역, 『비평의 해부』, 한길사, 1986.

노신, 정래동 · 정범진 역, 『중국소설사』, 금문사, 1964.

레나 린트호프, 이란표 역, 『페미니즘 문학 이론』, 인간 사랑, 1998.

레온 에델, 이종호 역, 『현대심리소설연구』, 형설출판사, 1960.

_____, 김윤식 역, 『작가론의 방법』, 삼영사, 1983.

로만 야콥슨, 신문수 편역, 『문학 속의 언어학』, 문학과지성사, 1989.

로버트 V. 다니엘스, 김쾌상 역, 『어떻게 그리고 왜 역사를 연구해야 하나』, 평단문화
　　　사, 1984.

멀치아 엘리아데, 이은봉 역, 『종교형태론』, 한길사, 1996.

미하일 바흐친, 전승희·서경희·박유미 역, 『장편소설과 민중언어』, 창작과비평사,
　　　1988.

보리스 우스펜스키, 김경수 역, 『소설구성의 시학』, 현대소설사, 1992.

볼프강 쉬벨부쉬, 박진희 역, 『철도 여행의 역사』, 궁리, 1999.

볼프강 클라인, 신수송 역, 『언어와 시간』, 역락, 2001.

빈센트 B. 라이치, 김성곤 외 역, 『현대미국문학비평』, 한신문화사, 1993.

수잔 스나이더 랜서, 김형민 역, 『시점의 시학』, 좋은날, 1998.

쉴로미드 리몬-케넌, 최상규 역, 『소설의 시학』, 문학과지성사, 1985.

스칼라피노·이정식, 한홍구 역, 『한국공산주의운동사』 제1권, 돌베개, 1986.

앙리 베르그손 지음, 김진성 역, 『웃음―희극의 의미에 관한 시론』, 종로서적, 1983.

앤터니 이스톱, 박인기 역, 『시와 담론』, 지식산업사, 1994.

엘리자베드 라이트, 권택영 역, 『정신분석비평』, 문예출판사, 1989.

윌프레드 L. 궤린 외, 정재완·김성곤 역, 『문학의 이해와 비평』, 청록출판사, 1978.

유진 런, 김병익 역, 『마르크시즘과 모더니즘』, 문학과지성사, 1986.

율란디 야코비, 이태동 역, 『칼 융의 심리학』, 성문각, 1978.

이반 스트렌스키, 이용주 역, 『20세기 신화이론―카시러·말리노프스키·엘리아데· 레
　　　비스트로스』, 이학사, 2008.

익냐스 렙, 제석봉·정진형 편역, 『정신위생』, 학문사, 1982.

자크 라캉, 권택영 편, 『욕망이론』, 문예출판사, 1994.

제라드 주네트, 권택영 역, 『서사담론』, 교보문고, 1992.

조르즈 뿔레, 김기봉 외 역, 『인간의 시간』, 서강대학교 출판부, 1998.

질베르 뒤랑, 유평근 역, 『신화비평과 신화분석』, 살림, 1998.

채트먼, 한용환 역, 『이야기와 담론』, 푸른사상사, 2006.

츠베탕 토도로브, 곽광수 역, 『구조시학』, 문학과지성사, 1977.

_____, 최현무 역, 『바흐찐 : 문학사회학과 대화이론』, 까치, 1987.

칼빈 S. 홀, 이지수 역, 『성격의 이론』 상, 중앙적성연구소 출판부, 1974.

티보데, 유억진 역, 『소설의 미학』, 신양사, 1959.

페터 V. 지마, 허창운 역, 『문예미학』, 을유문화사, 1993.

_____, 서양상·김창주 역, 『소설과 이데올로기』, 문예출판사, 1997.

폴 리쾨르, 김한식·이경래 역, 『시간과 이야기』 1, 문학과지성사, 1999.

_____, 『시간과 이야기』 2, 문학과지성사, 2000.

프란츠 슈탄첼, 안삼환 역, 『소설형식의 기본 유형』, 탐구당, 1982.

_____, 김정신 역, 『소설의 이론』, 문학과비평사, 1990.

프랭크 커머드, 조초희 역, 『종말의식과 인간적 시간』, 문학과지성사, 1993.

프로이트, 김성태 역, 『정신분석입문』, 삼성출판사, 1977.

피에르 지마, 정수철 역, 『문학의 사회비평론』, 태학사, 1996.

한스 마이어홉, 김준오 역, 『문학과 시간현상학』, 심상사, 1979.

홉스봄, 황의방 역, 『의적의 사회사』, 한길사, 1982.

A. Bronson Feldman, *Psychoanalysis and Literature*, edited by Hendrik M. Ruitenbeek, E. P. Dutton & Co. Inc., 1964

Arnold Hauser, *The philosophy of Art History*, New york: Alfred A.Knopf, 1959

Avrom Fleishman, *The English Historical Novel*, The Johns Hopkins Press, 1971.

Eric Lawrence Gans, *Signs of paradox: irony*, resentement, and other mimetic structures, Stanford, Calif.: Stanford University Press, 1977.

Georg Lukács, *The Historical Novel*, Penguin Books, 1969.

George Woodcock, *The paradox of Oscar Wilde*, The Macmillan Company: New York, 1950.

Géard Genette, *Narrative Discourse*, Translated by Jane E. Lewin, Cornell University Press, 1980.

Hendrik M. Ruitenbeek Edited, *Psychoanalysis and Literature*, new york: E. P. Dutton, 1964.

Ian Watt, *The Rise of the Novel*, Penguin Books, 1966.

Jean Laplanche et J. B. Pontalis, *Vocabulaire de la Psychanalyse*, Presses Universitares de France, 1967.

Kaplan Morton and Robert Kloss, *The Unspoken Motive*, New York: The Free Press,

1973.

Lucien Goldmann, *The Hidden God*, Routledge and Kegan Paul Ltd, 1964.

Norman Friedman, *Form and Meaning in Fiction*, The University of Georgia Press, 1975.

Peter Brooks, *Reading For The Plot-design and intention in narrative*, Harvard University Press 1992.

Peter Brooks, *The Melodramatic Imagination*, Yale University Press, New Haven and London, 1976.

René Girard, Deceit, *Desire, and the Novel*, translated by Yvonne Freccero, The Johns Hopkins University Press, 1965.

Robert Scholes and Robert Kellogg, *The Nature of Narrative*, Oxford University Press, London and Oxford and New York, 1979.

Tzvetan Todorov, *Qu'est-ce que le structuralisme?* 2 Pétique, Èdition du Seuil, 1973.

中村光夫, 『明治文學史』, 筑摩書房, 1966.

3. 학위 논문

강영주, 「한국근대역사소설연구」, 서울대학교 박사학위 논문, 1986.

강인숙, 「자연주의연구 ― 불·일·한 삼국 대비론」, 숙명여자대학교 박사학위 논문, 1985.

권성우, 「1930년대 한국 모더니즘소설 연구」, 서울대학교 석사학위 논문, 1989.

김겸향, 「최명익 소설의 공간연구」, 이화여자대학교 석사학위 논문, 1990.

김상홍, 「이범선 소설 연구 ― 단편소설을 중심으로」, 연세대학교 석사학위 논문, 1985.

김석봉, 「1920년대 초기 단편소설의 서사론적 연구」, 서울대학교 석사학위 논문, 1997.

김혜영, 「한국 모더니즘소설의 글쓰기 방법 연구 ― 시간 구성 원리를 중심으로」, 서울대학교 박사학위 논문, 2000.

명형대, 「최명익 소설의 공간구조 연구」, 부산대학교 박사학위 논문, 1991.

박상준, 「1920년대 초기 소설 연구」, 서울대학교 석사학위 논문, 1993.

박정애, 「최정희 소설에 나타난 여성적 글쓰기의 특성 연구」, 서울대학교 석사학위 논문, 1998.

박종홍, 「일제강점기 한국역사소설연구」, 경북대학교 박사학위 논문, 1990.

방민호, 「전후소설에 나타난 알레고리 연구 — 장용학 · 김성한의 소설을 중심으로」, 서울대학교 석사학위 논문, 1993.

백천풍, 「한국 근대문학 초창기의 일본적 영향」, 동국대학교 석사학위 논문, 1981.

송백헌, 「한국근대역사소설연구」, 단국대학교 박사학위 논문, 1982.

신재성, 「1920~30년대 한국역사소설연구」, 서울대학교 석사학위 논문, 1986.

유국한, 「김동인 소설의 기법 연구」, 서울대학교 석사학위 논문, 1987.

유소정, 「최명익 소설의 시간과 공간 연구」, 이화여자대학교 석사학위 논문, 2002.

윤명구, 「김동인 소설 연구」, 서울대학교 박사학위 논문, 1984.

윤부희, 「최명익소설연구」, 이화여자대학교 석사학위 논문, 1993.

윤옥희, 「1930년대 여성 작가 소설연구」, 성균관대학교 박사학위 논문, 1997.

이숙경, 「장용학 소설에 나타난 신화적 원형 고」, 서울대학교 석사학위 논문, 1981.

이용남, 「이해조연구」, 서울대학교 석사학위 논문, 1982.

이주형, 「1930년대 한국장편소설연구」, 서울대학교 박사학위 논문, 1984.

임선애, 「1930년대 한국여류소설 연구」, 효성여자대학교 박사학위 논문, 1992.

장수익, 「1920년대 초기 소설의 시점 연구」, 서울대학교 박사학위 논문, 1998.

전은정, 「일제하 '신여성' 담론에 관한 분석」, 서강대학교 석사학위 논문, 2002.

조보라미, 「최인훈 소설의 환상성 연구」, 서울대학교 석사학위 논문, 1999.

조현일, 「손창섭 · 장용학 소설의 허무주의적 미의식에 대한 연구」, 서울대학교 박사학위 논문, 2002. 8.

최원식, 「현진건연구」, 서울대학교 석사학위 논문, 1974.

최현희, 「최인훈 소설에 나타난 '사랑'의 의미 연구」, 서울대학교 석사학위 논문, 2003.

최혜실, 「1930년대 한국 심리소설소설연구 — 최명익을 중심으로」, 서울대학교 석사학위 논문, 1986.

한명환, 「백신애 연구」, 고려대학교 석사학위 논문, 1986.

한상규, 「1930년대 모더니즘 문학의 미적 자율성 연구」, 서울대학교 박사학위 논문, 1998.

한승우, 「이선희 소설 연구—여성 주인공의 여정을 중심으로」, 중앙대학교 석사학위 논문, 2001.

4. 일반 논문

공종구, 「최명익 소설에 나타난 동양론의 전유와 변주」, 『현대소설연구』 제46호, 한국 현대소설학회, 2011.

김기현, 「최서해의 전기적 고찰 (1)」, 『고대어문론집』 16, 1975.

_____, 「최서해와 카프」, 『성봉김성배박사회갑기념논문집』, 1977.

김성진, 「최명익 소설에 나타난 근대적 시·공간 체험」, 『현대소설연구』 제9호, 한국 현대소설학회, 1998.

김윤식, 「우리 역사소설의 네 가지 유형」, 『소설문학』 제11권 6호, 1985.

김은전, 「한·일 양국의 서구문학 수용에 관한 비교문학적 연구」, 『기헌손낙범선생회 갑기념논문집』, 1971.

김재영, 「『임꺽정』 연구 I ─ 이장곤 이야기의 변개를 중심으로」, 한국문학연구회 편, 『다시 읽는 역사문학』, 평민사, 1995.

김치홍, 「최명익의 「장삼이사」 고」, 『명지어문학』 19집, 명지대학교 국어국문학과, 1990.

김태현, 「위기의 시대와 상품소설」, 『문학의 시대』 제2집, 풀빛, 1984.

김학동, 「자연주의 소설론」, 『한국근대문학연구』, 서강대학교 인문과학연구소, 1969.

김홍중, 근대적 성찰성의 풍경과 성찰적 주체의 알레고리」, 『한국사회학』 제41집 3호, 한국사회학회, 2007.

노영희, 「이상문학과 동경」, 『비교문학』, 한국비교문학회, 1991.

류희식, 「장용학 소설 『원형의 전설』에 나타난 탈근대성」, 『한민족어문학』 제49집, 한 민족어문학회, 2006.

문영진, 「에피파니적 글쓰기와 미시사회의 발견─「장삼이사」를 중심으로」, 『현대소설 연구』 제12호, 한국현대소설학회, 2000.

문종혁, 「몇 가지 이의─소설 「지주회시」의 인물 「오」가 증언하는 이상」, 『문학사상』 19, 문학사상사, 1974.

박종홍, 「최서해소설의 정신분석학적 고찰」, 『울산어문론집』 제1집, 울산공과대학 국 어국문학과, 1984.

_____, 「윤백남의 역사소설고」, 『국어교육연구』 제17집, 1985.

_____, 「이인직 소설의 시각고」, 『어문학』 제54집, 한국어문학회, 1993.

_____, 「김동인의 삶과 욕망의 경쟁구조」, 『한국소설의 전개』, 여송이동희교수정년
　　　　퇴임기념논문집 간행위원회, 1998.

_____, 「『임꺽정』의 '초점 인물'과 시각 고찰」, 『문예미학』 제5호, 문예미학회, 1999.

_____, 「1930년대 한국 모더니즘 소설의 역설 연구」, 『어문학』 70, 한국어문학회,
　　　　2000.

_____, 「『운현궁의 봄』, 영웅주의의 극적 서술」, 문학사와 비평학회, 『문학사와 비평』
　　　　8집, 새미, 2001.

_____, 「『밀림』의 담론 고찰」, 『현대소설연구』 제16호, 한국현대소설학회, 2002.

_____, 「근대소설에 나타난 신여성의 '정조관념'」, 『한국문학논총』 34집, 한국문학회,
　　　　2003.

_____, 「창조 소재 김동인 소설의 '일원묘사' 고찰」, 『현대소설연구』 제25호, 한국현
　　　　대소설학회, 2005.

_____, 「『임꺽정』의 양가성 고찰」, 『우리말글』 제41집, 우리말글학회, 2007.

_____, 「이상의 「실화」, 다중 주체의 '정사' 욕망」, 『한중인문연구』 제27집, 한중인문
　　　　학회, 2009.

_____, 「최명익 창작집 『장삼이사』의 초점화 양상 고찰」, 『국어교육연구』 제46집, 국
　　　　어교육학회, 2010.

_____, 「일제강점기 역사소설의 세 양상」, 『우리말글』 제56집, 우리말글학회, 2012.

_____, 「『원형의 전설』의 신화성 고찰」, 『국어교육연구』 제53집, 국어교육학회, 2013.

_____, 「『광장』의 낙원 회귀 고찰」, 『한중인문연구』 제42집, 한중인문학회, 2014.

_____, 「백신애 소설의 '집 떠남' 고찰」, 『현대소설연구』 제55호, 한국현대소설학회,
　　　　2014.

_____, 「여성 소설의 '이중성' 고찰」, 『어문론총』 60호, 한국문학언어학회, 2014.

박현숙, 「새 자료로 본 동인 문학의 이면」, 『문학사상』 2호, 1972.

배기정, 「『찔레꽃』의 전개 양상과 그 의미」, 『국어교육연구』 26, 국어교육연구회, 1994.

백낙청, 「역사소설과 역사의식」, 『창작과 비평』 봄호, 1967.

서영채, 「알레고리의 내적 형식과 그 의미 — 장용학의 『원형의 전설』론」, 『민족문학사
　　　　연구』 제3호, 1993.

서종택, 「『원형의 전설』의 동굴모티프」, 『문학과 비평』 가을호, 1987.

서준섭, 「모더니즘과 1930년대의 서울」, 『한국학보』 제12집, 일지사, 1986.

서형실, 「일제말기 신여성의 자유연애론」, 『역사비평』 25, 역사비평사, 1994.

손정수, 「김동인 초기 소설에 나타난 서사 형식의 변모과정에 관한 고찰」, 『문학사와 비평』 8집, 문학사와 비평학회, 2001.

안창수, 「찔레꽃에 나타난 삶의 양상과 그 한계」, 『영남어문학』 12, 1985.

양문규, 「최명익 소설연구」, 『인문학보』 9집, 강릉대학교, 1990.

양진오, 「현진건의 『무영탑』 연구」, 『현대소설연구』 제19호, 한국현대소설학회, 2003.

유문선, 「애정갈등과 통속소설의 창작방법 : 김말봉의 '찔레꽃'에 관하여」, 『문학정신』, 1990.

윤애경, 「최명익 심리소설의 서술 방식과 현실 인식 양상」, 『현대문학이론연구』 제24집, 현대문학이론학회, 2005.

이경훈, 「모더니즘 소설과 질병」, 『1930년대 한국 모더니즘 작가 연구』, 평민사, 1999.

이균영, 「김철수연구」, 『역사비평』 겨울호, 1988.

이동하, 「최명익론—세계의 폭력과 지식인의 소외」, 『월북문인연구』, 문학사상사, 1989.

이미림, 「최명익 소설의 '기차' 공간과 '여성'을 통한 자아탐색 —「무성격자」 「심문」을 중심으로」, 『국어교육』 105집, 한국어교육학회, 2001.

이용남, 「서정과 고발의 미학」, 『한국의 전후문학』, 한국현대문학연구회, 1991.

이주형, 「『혈의루』와 『모란봉』의 시대적 성격검토」, 『이숭녕고희기념논총』, 1977.

_____, 「1920년대 소설에서의 지식인의 고뇌와 작품 형식」, 『국어교육연구』 22, 경북대학교 사범대학 국어교육연구회, 1990.

이해성, 「새 자료를 통해 본 최서해의 생애」, 『문학사상』 26, 1974.

장석흥, 「사회주의 수용과 신사상연구회의 성립」, 『한국독립운동사연구』 제5집, 한국독립운동사연구소, 1991.

장수익, 「최명익론 — 승차 모티프를 중심으로」, 『외국문학』 가을호, 열음사, 1995.

_____, 「김동인 소설과 근대문학의 자율성」, 『문학사와 비평』 8집, 문학사와 비평학회, 2001.

장영우, 「이상향의 동경과 휴머니즘의 정신」, 『한국문학연구』 제18집, 동국대 한국문학연구소, 1995.

전광용, 「이인직 연구」, 『서울대 논문집』 6집, 1957.

전우형, 「『오발탄』의 매체 전환구조와 영화예술적 속성 구현 양상」, 『한국현대문학연구』 제28집, 한국현대문학연구회, 2009.

정경운, 「『실화』에 나타난 半근대주의자의 욕망」, 『현대문학이론연구』 18집, 현대문학이론학회, 2002.

정혜영, 「역사의 대중화, 문학의 대중화 ― 이광수『마의태자』를 중심으로」, 『현대소설연구』 제50호, 한국현대소설학회, 2012.

조영복, 「이상의 예술 체험과 1930년대 예술 공동체의 기원」, 『한국현대문학연구』 23집, 2007.

최시한, 「김동인의 시점과 시점론」, 『문학사와 비평』 8집, 문학사와 비평학회, 2001.

_____, 「근대소설의 형성과 '공간'」, 『현대문학이론연구』 제32집, 현대문학이론학회, 2007.

최원식, 「『은세계』 연구」, 『창작과비평』 48, 1978.

최인자, 「1920년대 초기 편지체소설의 표현적 의미」, 『국어교육연구』 제1권, 1994.

최혜실, 「분단문학으로서의 『원형의 전설』」, 『국어국문학』 116, 국어국문학회, 1995.

하정일, 「전후소설의 성격과 이범선 문학」, 『한국문학연구』 제21집, 동국대 한국문학연구소, 1999.

한 기, 「『광장』의 원형성, 대화적 역사성, 그리고 현재성」, 『작가세계』 봄호, 1990.

한국여성소설연구회, 『페미니즘과 소설비평』 근대편, 한길사, 1995.

한귀영, 「부랑자의 탄생: 근대인과 그 타자성」, 서울 사회과학 연구소, 『근대성의 경계를 찾아서』, 새길, 1997.

한혜선, 「『고향』과 『장삼이사』의 서사담론 양상」, 『현대소설연구』 제12호, 2000.

황종연, 「낭만적 주체성의 소설」, 『문학사와 비평』 8집, 문학사와 비평학회, 2001.

사노 마사토, 「이상의 동경 체험 고찰」, 『한국현대문학연구』 제7집, 1999.

박종홍 朴鍾弘

경남 밀양에서 출생하여 경북대학교 국어교육과를 졸업하고, 서울대학교 국어국문학과
에서 석사학위를 받았으며, 경북대학교 국어국문학과에서 박사학위를 받았다. 「김동인연
구」(1982년), 「일제강점기 한국역사소설연구」(1991년) 등의 현대소설에 관한 논문을 다수
발표하였으며, 『한국근대소설논고』(1990년), 『현대소설원론』(1993년), 『현대소설의 시각』
(2002년) 등의 저서가 있다. 현재 영남대학교 사범대학 국어교육과 교수로 재직 중이다.

소설비평의 다원성

인쇄 · 2015년 8월 10일
발행 · 2015년 8월 20일

지은이 · 박종홍
펴낸이 · 한봉숙
펴낸곳 · 푸른사상사
주간 · 맹문재 | 편집 · 지순이, 김선도 | 교정 · 김수란
등록 · 1999년 7월 8일 제2-2876호
주소 · 서울시 중구 충무로 29(초동) 아시아미디어타워 502호
대표전화 · 02) 2268-8706(7) | 팩시밀리 · 02) 2268-8708
이메일 · prun21c@hanmail.net / prunsasang@naver.com
홈페이지 · http://www.prun21c.com

ⓒ 박종홍, 2015
ISBN 979-11-308-0525-2 93810
값 25,000원